**HAYMON** taschenbuch **159**

W0266333

Gedruckt mit freundlicher Unterstützung
durch die Kulturabteilung der Stadt Wien.

Auflage:
4 3 2 1

2017 2016 2015 2014

**HAYMON tb 159**

Originalausgabe
© Haymon Taschenbuch, Innsbruck-Wien 2014
www.haymonverlag.at

Alle Rechte vorbehalten. Kein Teil des Werkes darf in irgendeiner Form (Druck, Fotokopie, Mikrofilm oder in einem anderen Verfahren) ohne schriftliche Genehmigung des Verlages reproduziert oder unter Verwendung elektronischer Systeme verarbeitet, vervielfältigt oder verbreitet werden.

**ISBN 978-3-85218-959-8**

Umschlaggestaltung: Eisele Grafik·Design, München
Buchgestaltung, Satz: hœretzeder grafische gestaltung, Scheffau/Tirol
Umschlagfotos: Wassertropfen: nexus 7/Shutterstock;
Tasse: Kalnenko/Shutterstock; Tisch: Piotr Krzeslak/Shutterstock
Autorenfoto: Heinz Tomek

Gedruckt auf umweltfreundlichem,
chlor- und säurefrei gebleichtem Papier.

Eva Gründel

# Mörderwetter

Ein England-Krimi

Eva Gründel
**Mörderwetter**

**Für meinen Mann**

*'Tis a vile thing to die, my gracious lord,*
*When men are unprepar'd and look not for it.*

*Ein hässlich Ding, zu sterben, gnäd'ger Herr,*
*unvorbereitet und sich nichts versehend.*

William Shakespeare, Richard III., 3. Akt, 2. Szene

Noch einmal blickte er sich um, bevor er ins Dunkel des Gartenlabyrinths tauchte. Wie erwartet war niemand zu sehen – und das war gut so. Seine Verabredung ging niemanden etwas an. Die nächste halbe Stunde würde vermutlich ziemlich unerfreulich werden, aber das musste er in Kauf nehmen. Ein paar unerquickliche Minuten zahlten sich aus, wenn man dafür ein Vermögen einstreichen konnte.

Dabei könnte er sich die bevorstehende Konfrontation eigentlich ersparen. Rechtlich war alles wasserdicht, dafür hatten seine Anwälte längst gesorgt. Zu dumm, dass er sich überhaupt auf dieses Treffen einließ, aber er war überrumpelt worden, was ihm ganz und gar nicht gefiel. Nun erwarteten ihn Anschuldigungen, Vorwürfe, vielleicht sogar Tränen, doch davon würde er sich nicht rühren oder gar umstimmen lassen. Die Sache war gelaufen, Punktum.

Leise knirschte der Kies unter seinen Schuhsohlen, sonst herrschte absolute Stille. Kein Sonnenstrahl verirrte sich zwischen die dichten, grünen Wände. Ganz so, als hielte die Natur den Atem an. Unwillkürlich straffte er die Schultern.

Doch keine Vorahnung von etwas Bedrohlichem, nur ein leises Unbehagen beschlich ihn, als er die Mitte des Irrgartens erreichte.

## Prolog

Die Wucht des Aufpralls war so groß, dass der Mann nach vorne stürzte, auf die Knie fiel und sich gerade noch mit den Armen abstützen konnte. Als er den Kopf hob, wollte er nicht glauben, was er sah. Ein Rhinozeros hatte ihn gerammt – vor der Pestsäule in der Wiener Innenstadt, mitten auf dem Graben. Es gab keinen Zweifel, das wild gewordene Tier hatte umgedreht und kam nun direkt auf ihn zu. Ohne zu überlegen wälzte sich der Mann auf dem regennassen Pflaster zur Seite und lag nun auf dem Rücken wie ein hilfloser Käfer.

Am besten, ich stelle mich tot, dachte er, doch das ließen die aufgeregten Stimmen rund um ihn nicht zu. Jemand beugte sich zu ihm nieder.

„Er atmet. Hat schon jemand die Rettung gerufen?"

„Nicht nötig", krächzte der Mann. „Aber vielleicht kann mir jemand auf die Beine helfen."

Hilfsbereite Hände streckten sich ihm entgegen. Kurz darauf stand er – wackelig zwar, aber unverletzt – auf den Beinen und stützte sich an der steinernen Umrahmung der Pestsäule ab.

„Das war ein Nashorn. Ein Nashorn hat mich angegriffen!"

Das Stimmengewirr verstummte.

„Doch die Rettung, er redet wirr. Wahrscheinlich eine Kopfverletzung. Oder er ist betrunken." Eine junge Frau griff nach ihrem Handy.

„Warten Sie", rief der Mann, der sich von einem Dutzend Schaulustiger umringt sah. „Sehen Sie, hier hat das Biest mich getroffen." Mit schmerzverzerrter Miene tastete er an seinen Rücken nach einem kleinen Riss in seinem Mantel.

„Das ist passiert, als Sie hingefallen sind“, antwortete die Frau mit dem Handy. „Ein Nashorn! So ein Blödsinn.“

„Kein Blödsinn“, mischte sich ein junger Mann ein, der wie aus dem Nichts aufgetaucht war. Mit beiden Händen hielt er ein etwa ein Meter langes Horn, das ohne Zweifel von einem Rhinozeros stammte. Ungläubig starrten ihn die Umstehenden an.

„Das lag da drüben, direkt vor dem Eingang zur Peterskirche.“ Seine Worte gingen in durchdringendem Sirenengeheul unter; irgendwer hatte nicht nur die Rettung, sondern auch die Polizei gerufen. Das rotierende Blaulicht der Einsatzfahrzeuge, die nahezu gleichzeitig eintrafen, ließ die Szene noch bizarrer erscheinen, als sie ohnedies bereits war.

Wenige Minuten später war der Spuk vorbei. Der Gestürzte hatte sich nun doch von der Rettung zur Untersuchung in ein Spital bringen lassen, und die meisten Schaulustigen hatten sich rasch davon gemacht, als die Polizisten anfingen, die Personalien der Passanten aufzunehmen. Letztlich blieben gerade einmal drei Zeugen übrig – und die hatten nichts gesehen. Lediglich der junge Mann, der noch immer das Horn in seinen Händen hielt, bewies, dass an der unglaublichen Geschichte doch etwas dran sein musste.

Als Ilse Hubinek eine gute Stunde später aus der Spiegelgasse auf den Graben trat, verriet nichts mehr, dass sich hier vor Kurzem etwas höchst Merkwürdiges ereignet hatte. Trotz des ungemütlichen Novemberwetters war die Wiener Innenstadt in den frühen Abendstunden voller Menschen, die eilig aneinander vorbeihasteten. Kaum einer blieb vor den schon weihnachtlich geschmückten Schaufenstern stehen. In wenigen Tagen, wenn die allgegenwärtigen Punschhütten Einzug gehalten hatten, würde sich das Bild freilich ändern. Nicht zum Schöneren, dachte Ilse, der vor dem Rummel rund um die rustikalen Buden, die billiges hochprozentiges Gesöff um teures Geld ausschenkten, bereits graute.

Wie automatisch drehte sie den Fernsehapparat auf, nachdem sie kaum eine halbe Stunde später ihre Wohnungstür in der Porzellangasse aufgesperrt hatte. „Wien heute" versäumte sie selten, auch wenn sie meist nur mit halbem Ohr zuhörte, weil sie zugleich irgendwelche Haushaltsarbeiten erledigte. Diesmal aber ließ bereits die erste Meldung sie in ihren Ohrensessel vor dem Bildschirm sinken. Gebannt lauschte sie den Worten der Moderatorin:

„Zwei Nashorn-Hörner wurden heute am späten Nachmittag aus dem Auktionshaus in der Dorotheergasse geraubt. Zwei englischsprachige Männer hatten sich die mehrere Kilogramm schweren Trophäen, die kurz darauf versteigert werden sollten, für einen Augenschein aus der Vitrine nehmen lassen. Kaum hatten sie zwei der Hörner in Händen, ergriffen sie die Flucht. Die Spur der Räuber verlor sich vor dem Portal der Peterskirche, wo ein Täter seine Beute fallen ließ. Das von der Polizei sichergestellte und dem Dorotheum umgehend übergebene Horn mit einem Rufpreis von 12.000 Euro wurde wenig später um 80.000 Euro versteigert. Von dem zweiten Horn fehlt jede Spur. Die Polizei nimmt an, dass eine organisierte Bande hinter dem Überfall steckt. In China gilt das zu Pulver zerriebene Horn eines Rhinozeros als Potenz- und Heilmittel. Nashörner stehen mittlerweile unter Artenschutz. Auch wenn allein in Südafrika heuer bereits rund 340 Nashörner illegal erlegt wurden, haben es Wilderer immer schwerer. Die steigende Nachfrage treibt nun die Preise für historische Nashörner in astronomische Höhen, was immer mehr Kriminelle anlockt. So verschwanden etwa Anfang Juni aus dem Zoologischen Museum in Hamburg fünf Hörner."

Als die Moderatorin die nächste Nachricht verlas, stellte Ilse Hubinek den Ton leiser und griff zum Telefon. Dass sie um ein Haar Augenzeugin eines Raubüberfalls geworden wäre, musste sie sofort ihrer Tochter Elena erzählen. Wenn die Zeitangaben stimmten, hatte sie nur wenige Minuten zuvor die Eingangshalle des Dorotheums verlassen. Ilse Hubinek drückte die Taste mit der eingespeicherten Nummer – und ließ den Hörer wieder sinken. Elena würde sich ja doch nur lustig über sie machen. Was war das Beinahe-Erlebnis der Mutter schon gegen die Abenteuer, die ihr selbst widerfuhren.

Wenn überhaupt, würde Ilse die Sache bei ihrem nächsten Telefonat beiläufig erwähnen.

## 1. Kapitel

„Typisch Mutter! Wenn sie sich einmal in etwas festgebissen hat, lässt sie nicht mehr locker. Was interessiert Giorgio schon ein Raubüberfall in Wien!" Kopfschüttelnd warf Elena Martell einen kurzen Blick auf die Pestsäule, die an diesem sonnigen Vormittag im April gleichermaßen von Tauben und Touristen umlagert war. „Ein halbes Jahr ist das jetzt her, gesehen hat sie gar nichts, weil sie zu spät gekommen ist, und trotzdem redet sie noch immer von der Nashorn-Geschichte im Dorotheum."

Erst jetzt fielen Elena die erstaunten Blicke der Passanten auf, die die vor sich hin murmelnde Frau misstrauisch musterten. Schlagartig verstummte sie. Das hatte sie nun von ihren Selbstgesprächen. Die hielten sie sicher für meschugge. Fast hätte sie wieder laut aufgelacht. Aus den tiefsten Tiefen ihrer Erinnerung war plötzlich das jiddische Wort aufgetaucht, das den Nagel auf den Kopf traf. Da lebte sie nun seit mehr als zwanzig Jahren in Italien, erst in Rom und seit 2005 auf Sizilien, doch das gute alte Wienerisch hatte sie nicht verlernt. Auf ihre Umwelt wirkte sie sicherlich nicht wie eine *pazza*, eine Verrückte, sondern bloß ein wenig närrisch und überspannt. Meschugge eben. Und das konnte man auch werden, wenn vier Wochen Heimaturlaub mit Mutter vor einem lagen. Demnächst würde es zum ersten, aber bestimmt nicht zum letzten Mal krachen.

Ilse Hubinek und ihre Tochter Helene, die nach ihrer Hochzeit mit dem Südtiroler Bildhauer Paul Martell auch den ungeliebten Vornamen abgelegt und nur allzu gern gegen die italienische Variante Elena eingetauscht hatte, waren einander viel zu ähnlich, um sich nicht in kürzester Zeit in die Haare zu geraten. Nichtsdestotrotz liebten die beiden einander sehr, und ihre Versöhnungen waren stets tränenreich, sentimental – und für einen Dritten ziemlich anstrengend. Irgendwann hatte sich Paul bei aller Wertschätzung für seine Schwiegermutter geweigert, die Rolle des Stoßdämpfers zu spielen, und war in Rom geblieben, wenn Elena zu ihren Pflichtbesuchen nach Hause gefahren war.

Auch Giorgio schien seit seinem ersten Weihnachtsurlaub in Wien wenig Lust auf eine baldige Wiederholung zu haben, gestand sich Elena ein. Paul und Giorgio, die beiden Männer ihres Lebens! Sie hätten sich vermutlich sogar gut verstanden. Verstohlen wischte sich Elena über die Augen, die noch immer feucht wurden, wenn sie an ihren Mann dachte, der mit nur 45 Jahren an einem bösartigen Kopftumor gestorben war.

Acht Jahre war das mittlerweile her, und an die erste Zeit danach wollte sie lieber nicht zurückdenken. Nicht an den fassungslosen Schmerz, den sie mit viel zu viel Wein betäuben hatte wollen. Nicht an die Einsamkeit und schon gar nicht an die tiefe Depression, in die sie gefallen war. In Rom würde die Welt für sie für immer dunkel bleiben, das war ihr in einer nüchternen Phase klar geworden. Aber auch nach Wien konnte und wollte sie nicht zurückkehren.

Die Lösung hieß, so stellte sich heraus, Sizilien. Dort hatte Elena gute Freunde. Kurzerhand war sie nach Taormina übersiedelt, um sich dort als Reiseleiterin eine neue Existenz aufzubauen. Als gut versorgte Witwe hätte sie nicht arbeiten müssen, doch mit noch nicht einmal 40 steckte sie voller Tatendrang. *Dolce far niente* – am Nichtstun konnte sie bis heute nichts Süßes entdecken.

In Gedanken versunken war Elena vor der Pestsäule stehen geblieben und erst eine Taube, die heftig flatternd unmittelbar vor ihren Füßen landete, holte sie in die Realität zurück. Mit einem spitzen Schrei sprang sie zur Seite und trat einem arglosen Touristen, der eben dabei war, ein Foto zu schießen, auf die Füße. Ohne sich dafür zu entschuldigen, drehte sie sich um und ergriff die Flucht. Vor keinem Tier ekelte es Elena mehr als vor den gefiederten Ratten, die ihr den Aufenthalt in Städten seit einem hässlichen Kindheitserlebnis immer wieder vergällten.

„Der hält mich jetzt auch für meschugge", stellte sie fest, als sie nach wenigen Schritten in die taubenfreie Dorotheergasse bog. Der „Trześnieswski", ein winziges Lokal, in dem es, seit Elena denken konnte, die besten Brötchen von Wien gab, war bei jedem ihrer Heimatbesuche eines ihrer ersten Ziele. Sollte sie ihrer Mutter ebenfalls welche mitbringen? Später vielleicht, überlegte sie, erst wollte sie dem Dorotheum einen Besuch abstatten.

Noch bevor sie allerdings die wenigen Schritte dorthin gegangen war, läutetet ihr Handy. Giorgio! Für einen Moment war Elena versucht, den Anruf einfach zu ignorieren. Permanente Erreichbarkeit war für sie nach wie vor mehr Fluch als Segen, eine Ansicht, die in ihrem Umfeld zumeist auf Unverständnis stieß. Selbst ihre Mutter liebte ihr Mobiltelefon über alles und ließ sich dieses Vergnügen einiges kosten.

„Was ist passiert, Giorgio?", meldete sich Elena. Ihr Tonfall ließ keinen Zweifel daran, dass sie nicht zum Plaudern aufgelegt war.

„Wieso? Es ist alles in bester Ordnung. Ich wollte nur noch einmal deine Stimme hören, bevor ich ins Flugzeug steige“, antwortete Giorgio pikiert. „Aber wenn ich dich störe ...“

„Sei bitte nicht gleich beleidigt. Wir haben doch erst vor zwei Stunden miteinander telefoniert und ausgemacht, dass du dich meldest, sobald du in London gelandet bist. Also muss ich doch annehmen ...“

„Musst du nicht. Der Flug wird pünktlich starten und mir geht es gut. Stimmt nicht. Es geht mir schlecht, denn du fehlst mir jetzt schon, *carissima*.“

Diese Sizilianer! In der Kunst, eine Frau zu umgarnen, waren sie Weltmeister. Aber bisweilen konnten diese Charmeoffensiven ganz schön anstrengend sein. Unwillkürlich verzog sich Elenas Mund zu einem Lächeln. Eigentlich sollte ich ihn beim Wort nehmen und ebenfalls nach London fliegen. Aber das wäre ihm vermutlich gar nicht recht. Auch wenn er es nicht zugeben wollte, die Einladung von Scotland Yard zu einem Erfahrungsaustausch hatte ihn ganz schön aus dem Häuschen gebracht. Für einen kleinen Commissario aus Sizilien, der bisher erst wenig von der Welt gesehen hatte, bedeutete das Zusammentreffen mit den renommiertesten Kunstfahndern Europas unendlich viel. Und bestätigte außerdem, dass Mut belohnt wurde.

Vor kaum drei Jahren hatte Giorgio Valentino den Sprung ins kalte Wasser gewagt, seinen Job als Chef der Mordkommission von Trapani an den Nagel gehängt und bei der italienischen Kunstpolizei ganz neu angefangen. Der Liebe wegen. Nach einem Mord an einem Mitglied ihrer Reisegruppe war er Elena Martell begegnet, in die er sich Hals über Kopf verliebt hatte. Sie zu erobern, war nicht einfach gewesen und er hatte sich keine Illusionen gemacht. Sie wohnte in Taormina, er am anderen Ende der Insel, dort, wo sich die

Füchse im Winter Gute Nacht sagen. Wenn ihre Beziehung eine Zukunft haben sollte, musste einer von ihnen sein Leben radikal ändern, das war ihm klar. Elena aber würde nie in das verschlafene Provinzstädtchen Trapani übersiedeln. Und als sich dann die Tutela Patrimonio Culturale, die italienische Kunstpolizei T.P.C., in Rom für ihn interessierte, ergriff er kurzentschlossen seine Chance.

Giorgio, der ein Doktorat in Germanistik und Kunstgeschichte an der Universität von Palermo erworben hatte und mangels anderer Zukunftsperspektiven bei der Polizei gelandet war, gab mit Mitte 40 den Posten als Leiter einer Mordkommission auf und wechselte von der Polizia Statale zu den Carabinieri. Ein ungeheuerlicher Schritt, den ihm seine ehemaligen Kollegen nie verziehen. Und noch weniger gönnte ihm der Vize-Questore, dass sein einstiger Untergebener in Rekordzeit Karriere machte und Leiter der T.P.C.-Filiale von Catania wurde. Eine neue Wohnung brauchte sich Giorgio nicht zu suchen, er zog zu Elena nach Taormina und nahm die halbstündige Fahrt ins Büro bereitwillig auf sich.

„Du gehst mir auch ab", schwindelte Elena, die seit dem morgendlichen Anruf nicht an Giorgio gedacht hatte. „Wien ist so leer ohne dich ..." Bei aller Liebe, die sie für den klugen, gut aussehenden Mann empfand, ab und zu sehnte sie sich nach Freiheit und Unabhängigkeit. Sie genoss es, allein durch die Gassen ihrer Heimatstadt zu schlendern und vor niemandem Rechenschaft ablegen zu müssen, wie sie ihre Zeit verbrachte. Aber das konnte sie Giorgio natürlich nicht sagen, schon gar nicht am Telefon. Er würde sie gründlich missverstehen, und Spannungen zwischen ihnen waren das Letzte, was er jetzt brauchen konnte.

„In drei Wochen bin ich ja schon wieder bei dir", sagte er mit einem zufriedenen Seufzer. „Aber jetzt muss ich aufhören, sie haben den Flug eben aufgerufen. *Ciao, amore mio. Ti voglio bene.*"

Ihre kleine Notlüge hatte funktioniert, stellte Elena zufrieden fest, doch bevor sie das Handy in ihrer Handtasche verstauen konnte, läutete es erneut. Sie blickte erst gar nicht auf das Display, bevor sie den Anruf annahm.

„Ich liebe dich auch. Hast du das nicht mehr gehört?"

„Habe ich nicht, aber es freut mich von Herzen", antwortete eine weibliche Stimme, die Elena im ersten Moment nicht zuordnen konnte.

„Ich bin es, Adele. Störe ich?"

„Ganz und gar nicht", schwindelte Elena erneut. So gern sie auch mit Adele Bernhardt plauderte, im Moment hatte sie nicht die geringste Lust dazu. Im Gegensatz zu Giorgio aber ließ sich die alte Mittelschulprofessorin nicht hinters Licht führen.

„Höre ich da einen leisen Unterton von Unwillen? Du brauchst gar nichts zu sagen, ich weiß alles, ich habe mit Ilse gesprochen. Sie hat mir gesagt, dass du in der Stadt bist und man dich besser nicht stören soll. Aber es ist dringend und vielleicht auch besser, wenn deine Mutter nicht mithört. Ich will dich nämlich nach England entführen – und das wäre ihr vermutlich gar nicht recht."

„Was soll ich in England? Besser gesagt: Was machst du dort?"

„Einem Hilferuf von Feli Folge leisten. Aber das ist eine längere Geschichte. Ein Vorschlag: Du suchst dir ein ruhiges Plätzchen auf einer Parkbank und ich rufe dich in einer Stunde wieder an. Bis bald!"

Verdutzt starrte Elena auf ihr verstummtes Mobiltelefon. Adele Bernhardt war immer für eine Überraschung gut, das wusste Elena nur allzu genau. Ihre 78 Jahre sah man der Wienerin, die seit Jahrzehnten in München lebte, nicht an. Es steckte mehr Leben und Unternehmungslust in ihr als in vielen Jüngeren, das hatte sie mehr als einmal unter Beweis gestellt. Zuletzt bei einer Fahrt durch die libysche Wüste im vergangenen Jahr, bei der Elena beinahe ihr Leben gelassen hätte. Gemeinsam mit acht ehemaligen Schülern, die ihr vierzigjähriges Matura-Jubiläum feiern wollten, hatte Adele eine Sahara-Tour geplant und Elena als Reiseleiterin engagiert. Felicitas Cape, verheiratet mit einem Engländer, war ebenfalls mit von der Partie gewesen.

Was um alles in der Welt konnte die kapriziöse Landschafts- und Gartenarchitektin dazu bewogen haben, ihre alte Lehrerin um Hilfe zu bitten? Felis Scheidung war kurz nach Libyen ohne Komplikationen über die Bühne gegangen, erinnerte sich Elena, die von Adele auf dem Laufenden gehalten wurde. Wahrscheinlich langweilte sie sich; finanzielle Probleme konnten jedenfalls nicht der Grund sein. Adele würde sie also in einer Stunde wieder anrufen. Zeit genug, um dem Dorotheum einen kurzen Besuch abzustatten.

Elena liebte die Atmosphäre im ältesten Auktionshaus der Welt, das keineswegs verstaubt vor sich hin dämmerte. Im Gegenteil. Bereits das Foyer begrüßte Besucher mit einem dezenten Ambiente in modernem Design. In kleinen Glasvitrinen lockten schimmernde Perlenketten, rubinbesetzte Ringe und diamantene Ohrgehänge. Ein paar Schritte weiter lag der Raum, der für Elena, die sich nichts aus Schmuck, sehr viel aber aus den praktischen Hinterlassenschaften einer stilvollen Epoche machte, die größte Anziehungskraft besaß. Hier standen kleine Gebrauchsgegenstände und Möbel, die man – ohne darauf zu bieten – zu Fixpreisen erwerben konnte.

Auch das passte zu Wien, zu ihrer Stadt, die weit pragmatischer war, als man ihr zutraute. Ein Auktionshaus mit Waren zu Fixpreisen – ein Widerspruch in sich selbst, der Elena jedes Mal aufs Neue amüsierte. Sofort stach ihr ein schmales Jugendstil-Regal mit zierlichen Messingknöpfen um einen akzeptablen Preis ins Auge. Es würde perfekt in die kleine Nische im Schlafzimmer ihrer Mutter passen.

War es original oder bloß „nachempfunden", wie es so schön hieß? Elena hatte Kunstgeschichte studiert, zu einer Zeit, als noch niemand auf die Idee gekommen wäre, einen Fälscher als Künstler zu bezeichnen. Aber jetzt? Ihre Sicht auf die Dinge hatte sich eindeutig verschoben, seit Giorgio gegen Betrüger in der Kunstszene ermittelte. Und er nun besser als sie wusste, um welche Summen es ging.

„Kunst ist die neue Währung der Unterwelt", hatte Giorgio mit bitterem Unterton gesagt, als er nach dem Jobwechsel von seinem ersten Ausbildungskurs in Rom heimgekommen war und ihr damit die Dimensionen klarmachen wollte, die Kunstdelikte angenommen hatten. Wie nie zuvor mischte die Mafia seit geraumer Zeit im internationalen Kunsthandel mit. Aus gutem Grund: Ob Diebesgut oder Fälschung, im Vergleich zum Geschäft mit Rauschgift war das Risiko klein und der Gewinn groß. Einen Drogenhändler steckte man für Jahrzehnte hinter Gitter, einen Hehler für kaum ein paar Jahre.

Nur schwer konnte sich Elena von dem schwarz lackierten Hoffmann-Regal losreißen. Wenn sie noch länger in diesem Raum blieb, würde sie irgendeiner Versuchung erliegen – und sei es bloß der eines eisernen Zeitungsständers in stilisiertem Tulpendekor, den in Wahrheit niemand brauchte.

Elena brachte sich nebenan in Sicherheit vor Spontankäufen. Der großzügig angelegte Ausstellungsraum, der sich über zwei Stockwerke erstreckte, beherbergte ausschließlich Gegenstände, die versteigert werden sollten und nicht sofort gekauft werden konnten. Hier musste sich die Sache mit den Nashörnern abgespielt haben, überlegte Elena, während sie ihren Blick nach oben richtete. Ein frecher Raub direkt vor den Augen der zahlreichen Kaffeehausgäste, die von den Tischen an der Balustrade nur hilflos hatten zusehen können.

Im November, kurz vor der Versteigerung, war das Kaffeehaus des Dorotheums sicherlich gut besucht gewesen, an jenem Vormittag im Mai aber war das Lokal, in das kaum ein Sonnenstrahl drang, gähnend leer. Auch Elena hatte eigentlich nicht vor einzukehren. Nicht hier, sondern draußen fand das Leben statt – ein nach Flieder duftender Frühling, der nirgendwo schöner sein konnte als auf einer Parkbank im Wiener Burggarten. Aber es war bereits später, als sie angenommen hatte. In wenigen Minuten würde Adele anrufen. Kurzentschlossen bestieg Elena den Lift, der sie hinauf zu einem gelangweilt an der Theke lehnenden Kellner brachte. Ein Telefonat würde hier niemanden stören.

Kaum hatte Elena Platz genommen, läutete ihr Handy.

## 2. Kapitel

Auch in der Münchener Wohnung von Adele Bernhardt hatte der Frühling Einzug gehalten. In den Hängekästen auf ihrem Balkon in Bogenhausen reckten die ersten grünen Blätter irgendwelcher exotischer Blumenzwiebeln, die sie sich leichtfertig hatte einreden lassen, ihre zarten Triebe der Sonne entgegen. Umso üppiger prangten die vertrauten, etwas spießigen Geranien in allen Rottönen, die sie im bereits blühenden Zustand erworben hatte.

Adele, die mit einer Kaktusgießkanne die trockene Erde der interessanten Neuerwerbungen tröpfchenweise begoss, zweifelte, ob sie in der Gärtnerei klug gewählt hatte. Gleichzeitig aber gratulierte sie sich nicht zum ersten Mal zu ihrer Entscheidung, das Haus am Stadtrand von München gegen die 80 Quadratmeter „in bester Lage", wie es auf dem Immobilienmarkt hieß, eingetauscht zu haben und nicht wie einst einen Garten in Haar bestellen zu müssen.

Es war wirklich schön hier in diesem noblen Wohnbezirk, den sie sich heute wahrscheinlich nicht mehr leisten könnte. Nach dem Tod ihres um einiges älteren Mannes war sie mit ihren kaum 60 Jahren noch nicht pensioniert gewesen, sondern hatte fünf weitere Jahre an einem Münchener Gymnasium Philosophie und Geschichte unterrichtet. Ihr Leben musste sie neu organisieren. Zurückkehren in ihre Geburtsstadt Wien? Damit verband sie nichts mehr als sentimentale Erinnerungen. Ihre zwei Töchter waren in Bayern daheim, ebenso wie mittlerweile auch sie. Einst war sie eher widerwillig übersiedelt, aber ihr Mann, Dozent für altenglische Literatur an der Universität Wien, hatte damals endlich eine Professur angeboten bekommen. Aber eben leider nicht daheim, sondern in München.

Wie lange war das jetzt schon wieder her! Mittlerweile befanden sich die Töchter in den sogenannten gesetzteren Jahren, die älteste Enkeltochter war dem Teenageralter längst entwachsen und der jüngste Enkelsohn durchlitt mit fünfzehn gerade seine hoffentlich letzte Pubertätskrise. Und sie selbst? Unglaublich, aber wahr: In zwei Jahren würde sie ihren 80. Geburtstag feiern.

Adele war nicht besonders eitel, aber sie warf nicht ungern einen Blick in den einstmals in Böhmen gekauften bleigefassten Jugendstil-Spiegel, den sie bei allen ihren Übersiedlungen mitgeschleppt und nunmehr als Blickfang in ihrem Wohnzimmer aufgehängt hatte. Aus dem geschliffenen Glas blickte ihr keine Greisin, sondern eine immer noch hübsche, schlanke Frau aus wachen, violett-blauen Augen entgegen.

Kritisch schob sie ihr kinnlang geschnittenes, silberblondes Haar aus dem Gesicht. Ihre Naturfarbe, für die andere Frauen ein kleines Vermögen ausgeben mussten. Ein Friseurbesuch war dennoch dringend nötig und auch eine Kosmetikbehandlung würde ihrer empfindlichen Haut nicht schaden. Das ist das Schicksal von echten Rothaarigen, sagte sie sich, als sie prüfend ihre farblosen Wimpern betrachtete, die ebenso wie ihre Augenbrauen nach einer Tönung verlangten. Aber sonst konnte sie eigentlich zufrieden mit sich sein. Adele war gut gealtert. Noch immer passte sie mit ihren knapp 1,70 Metern problemlos in Kleidergröße 40, was ihr allerdings einiges an Disziplin abverlangte. Sie kochte und aß für ihr Leben gern gut und kalorienreich und liebte dazu ein gepflegtes Glas Wein.

Dafür war es an diesem sonnigen Vormittag eindeutig noch zu früh, nicht aber für einen Kaffee aus der funkelnagelneuen Espressomaschine, die ihre Töchter ihr zum Geburtstag geschenkt hatten. Keine mit Kapselautomatik, das hatte sie sich ausbedungen, sondern eine mit klassischem Brühkopf. Weil sie nicht einsah, dass sie einer praktischen Verpackung wegen einen vielfachen Kaffeepreis zahlen sollte. Guten Kaffee macht man mit Liebe, dachte sie, als sie das aromatische Pulver nach Augenmaß portionierte und mit sanftem Druck flachpresste. Es ist doch genauso ein Zeremoniell wie die Zubereitung von Tee! Und davon würde sie demnächst mehr als genug bekommen.

In fünf Tagen würde sie nach London fliegen, um einer ehemaligen Schülerin moralischen Beistand zu leisten. Das hatte sie zumindest ihren Töchtern erklärt, die sich von der Aussicht, jeden zweiten Tag ihre Balkonblumen gießen zu müssen, alles andere als begeistert zeigten. Natürlich war der Grund für die spontane Entscheidung, die sie erst gestern Abend getroffen hatte, eine Ausrede. Felicitas Cape würde sehr wohl auch ohne sie zurechtkommen, doch die Aussicht, an einer Gartentour durch das sanfte Hügelland nordwestlich von London teilnehmen zu können, war für Adele so verführerisch gewesen, dass sie zugesagt hatte, ohne lange nachzudenken.

Ihre Spontanität würde sie noch einmal den Kopf kosten, hatte ihr Mann sie nicht nur einmal gewarnt. Und tatsächlich wäre vieles in ihrem Leben bei sorgfältigem Abwägen allen Für und Widers anders gelaufen. Konfliktfreier, einfacher, glatter. Ob aber auch besser, das mag dahingestellt bleiben, dachte Adele, als sie ihre dampfende Kaffeetasse und einen Teller mit ein paar selbstgebackenen Keksen auf dem schmalen Balkontisch platzierte.

Einen Ludwig Jakubowski würde es zum Beispiel in ihrem Leben heute nicht geben, hätte sie nicht bei einer Gruppenreise durch Sizilien spontan seinen Vorschlag zu einer Urlaubsverlängerung in einem Privatquartier bei Taormina angenommen. Die Aussicht, nicht nur Ludwig, sondern auch ihre damalige Reiseleiterin Elena nach London verschleppen zu können, gefiel ihr außerordentlich. In wenigen Minuten würde sie mehr wissen.

„Grüß dich. Du bist pünktlich wie immer", meldete sich Elena nur Sekunden, nachdem Adele die Wiener Nummer gewählt hatte. „Also, was gibt es?"

„Ich fliege am Samstag nach London, Ludwig kommt ebenfalls. Du wirst es nicht glauben, aber unsere verwöhnte Feli hat einen Job als Reiseleiterin für eine Gartentour angenommen und jetzt hat sie Angst vor der eigenen Courage. Also will sie für Claqueure im Bus sorgen. Und du bist noch dazu ein Profi, der ihr soufflieren könnte ..."

„Stopp, meine Liebe, du brauchst gar nicht weiterzureden. Ich bin gerade erst nach Wien gekommen, meine Mutter hat sich seit einem halben Jahr auf meinen Besuch gefreut, ich kann sie unmöglich gleich wieder allein lassen. Auch wenn ich noch so gerne wollte. Giorgio sitzt nämlich gerade in einem Flugzeug nach London und ..."

„Das ist doch großartig", unterbrach Adele. „Dann wären wir alle wieder versammelt. Und um deine Mutter mach dir keine Sorgen. Ich werde Ilse überreden, ebenfalls mitzukommen. Wetten, dass mir das gelingt?"

Elena schüttelte den Kopf und verdrehte die Augen, was ihr einen erstaunten Blick des unterbeschäftigten Kellners eintrug. Ilse Hubinek und Adele hatten einander während eines Weihnachtsurlaubs in Wien kennen gelernt. Dass sie seither in Kontakt standen, war Elena alles andere als recht, denn sie konnte sich unschwer ausmalen, dass sie und ihre Beziehung zu Giorgio für die beiden älteren Damen das Gesprächsthema Nummer eins waren. Aber vielleicht hatte die Freundschaft der beiden nun doch eine gute Seite. Je länger Elena darüber nachdachte, umso lieber wollte sie mit nach England kommen. Zum einen war sie schon lange nicht mehr in London gewesen, zum anderen hatte sie noch nie eine Garten- und Schlösser-Fahrt unternommen.

„Also gut, einverstanden, Adele, aber ich mische mich nicht ein. Du klärst die Sache mit Mutter ab. Wenn sie tatsächlich will, habe ich nichts dagegen. Wohin geht es eigentlich genau?"

„Soviel ich weiß, in die Cotswolds, ins sogenannte Herz Englands. Dort gibt es jede Menge Schlösser und Herrensitze samt Gärten und Parks. Unsere Tour soll fünf Tage dauern und durch die Grafschaften Oxfordshire, Gloucestershire ..."

„Bete mir jetzt bitte nicht das ganze Programm herunter, bevor ich überhaupt weiß, ob es klappt", fiel diesmal Elena Adele ins Wort. „Ich werde mich schon rechtzeitig einlesen. Was mich weit mehr interessiert: Was soll das Ganze kosten?"

„Flüge nach London sind billig, ich habe mich natürlich informiert. Für die Busfahrt wird uns Feli einen Sonderpreis herausschlagen, das hat sie versprochen. Relativ teuer sind die Hotels in London, aber da habe ich auch schon etwas Passendes gefunden."

„Im Internet, nehme ich an." Unwillkürlich verzog sich Elenas Mund zu einem Lächeln. Niemand sollte alte Damen unterschätzen. Ebenso wie Ilse liebte Adele ihren Computer und verbrachte nicht selten gleich mehrere Stunden vor dem Bildschirm. Im Gegensatz zu ihr selbst. Elena hatte nun einmal ein gestörtes Verhältnis zur Technik und war deswegen auch keineswegs imstande, Flugtickets via Internet zu buchen.

„Wo sonst?“, konterte Adele. „Der Drucker hat meine Flugtickets bereits ausgespuckt. Ankunft Heathrow, Samstag, 28. April, 11:45 Uhr. Rückflug nach München am Montag, 14. Mai, 16:10 Uhr.“

„Das sind ja mehr als zwei Wochen“, stellte Elena irritiert fest. „So lange wird Mutter kaum bleiben wollen und auch ich ...“

„Wenn du dich nur nicht täuschst. Ilse hält außer dir nichts in Wien. Und da du ja mit von der Partie sein wirst ...“

Giorgio würde bis zwölften Mai in London sein, überlegte Elena. „Also gut. Ihr beiden übernehmt die Regie. Ich bin mit allem einverstanden, aber ums Quartier und die Tickets muss sich Mutter kümmern.“

„Klar, du machst *busdriver's holidays* und überlässt das Steuer anderen.“

„Wie bitte?“

„Du kennst den Ausdruck nicht?“, lachte Adele. „Was macht ein Buschauffeur in seinem Urlaub? Seine Familie bucht eine preiswerte Pauschalreise – und wo landet er? Im Bus!“

„Und wahrscheinlich kennt er sogar den Fahrer. So wie ich Feli kenne.“

„Mit dem Unterschied, dass sie kein Profi ist und deine Hilfe vielleicht bitter nötig hat, Elena.“

„Den Appell an meine Hilfsbereitschaft kannst du dir schenken. Ich habe doch schon ja gesagt. Außerdem könnte es für mich ausgesprochen lustig werden, einmal als Mitglied der Gruppe und nicht als Reiseleiterin unterwegs zu sein. Gibt es sonst noch etwas?“

„Nicht dass ich wüsste. Außer, dass ich gern mit dir plaudere. Aber dazu haben wir ja demnächst reichlich Gelegenheit. Servus, Elena. Auf bald.“

Mit einem zufriedenen Schmunzeln trug Adele ihre leere Kaffeeschale in die Küche. Das Gespräch war wie erwartet positiv verlaufen. Dass sie längst mit Ilse Hubinek Kontakt aufgenommen hatte, gehörte zu den Dingen, die sie Elena nicht unbedingt auf die Nase binden musste. Adele ging in ihr Arbeitszimmer und schaltete den Computer ein. Sie wollte Ilse die frohe Botschaft zukommen lassen, dass Elena zu allem Ja und Amen gesagt hatte. Doch Ludwig kam ihr mit seiner Mail zuvor.

*Betrifft: England mit Dir*

*Liebe Adele,*
*natürlich komme ich mit, denn ich war schon seit Ewigkeiten nicht mehr in London, und das Vergnügen, es gemeinsam mit Dir neu zu entdecken, werde ich mir nicht entgehen lassen. Um die Flüge kümmere ich mich selbst. Finde Du bitte ein bequemes Bett für uns. Sei aber bei der Suche nicht allzu sparsam. Es muss ja nicht gleich das Ritz oder das Dorchester sein, aber für durchgelegene Matratzen und ein Bad auf dem Gang bin ich eindeutig zu alt.*
*In Liebe*
*Ludwig*

Das hatte sie notwendig gehabt, ärgerte sich Adele. Er stellte sie doch glatt als unverbesserlichen Sparefroh hin. Schlimmer noch, als Geizkragen, der jeden Cent zwei Mal umdrehte. Aber schon im nächsten Moment gewann ihr Humor die Überhand und sie lachte laut auf. Er hat ja nicht ganz unrecht, gestand sie sich ein. Auch wenn sie sich dank ihrer durchaus ansehnlichen Pension einiges leisten konnte, für manche Dinge gab sie nun einmal ungern viel Geld aus. Und dazu gehörten die ihrer Meinung nach unverschämten Hotelpreise, die in Weltmetropolen verlangt wurden.

Wie sie bereits herausgefunden hatte, rangierte London bei den Übernachtungskosten in Europa gemeinsam mit Oslo auf Rang drei, lediglich Zürich und Moskau waren noch um einiges teurer. Ob Ludwig das wusste? Garantiert. Der erfahrene Buchhändler, der ihr auf Sizilien auf bezaubernd altmodische Weise den Hof gemacht und sie letztlich erobert hatte, war immer gut informiert. Drei Jahre war das mittlerweile her, und wenn es nach Ludwig ginge, wären sie längst zusammengezogen. Adele hingegen schob eine Entscheidung weiterhin hinaus. Sie war seit nunmehr achtzehn Jahren Witwe – und an ihre Unabhängigkeit gewöhnt.

Ein Argument, das ein Mann wie Ludwig nicht gelten lassen wollte. Auch er lebte seit seiner bald zwei Jahrzehnte zurückliegenden Scheidung allein. „Du bist jünger und flexibler als ich. Du findest rasch eine andere, die nur allzu gern Tisch und Bett mit dir teilen möchte“, hatte Adele erst vor Kurzem gescherzt, was Ludwig jedoch in die falsche Kehle geraten war. „Komm mir nicht mit den lächerlichen zwei Jahren daher, die du früher auf die Welt gekommen bist. Wenn du mich nicht willst, dann sag es, aber mach keine dummen Witze. Was soll ich mit einer Jüngeren? Ich habe mein ganzes Leben auf eine Frau wie dich gewartet. Und ich werde weiter warten.“

Was bist du doch für eine dumme Gans, schalt sich Adele, als sie an das unerquickliche Gespräch zurückdachte. 78 Jahre und kein bisschen weise. Da macht dir ein kultivierter Mann, den du von Herzen magst, in deinem Alter mehr als einmal einen Antrag, und du lässt ihn zappeln. Als wären wir Teenager, die noch das ganze Leben vor sich haben.

Adele griff nach dem silbernen Bilderrahmen, den sie auf ihrem Schreibtisch aufgestellt hatte, und betrachtete das Foto, das ein fröhliches Paar vor dem Hintergrund des majestätischen Ätna unter einem blitzblauen Himmel zeigte. Sie trug eine rote Bluse zu einem cremefarbenen Leinenkostüm, er ein weißes Hemd zu einer sportlich geschnittenen dunklen Hose. Keine Jeans, die zog er selbst auf Reisen nicht an, dafür fühlte er sich zu alt. Trotzdem verweigerte er Krawatten und erschien selbst zu eleganten Anlässen „oben ohne".

Die Sonne ließ ihren damals ziemlich kurz geschnittenen Pagenkopf hell aufleuchten, während Ludwigs dichte, graubraun melierte Haare auf dem Bild weit dunkler wirkten als in natura. War er seither so stark ergraut? Das hätte ihr eigentlich auffallen müssen, als Ludwig zu Ostern, vor ein paar Tagen, eigens nach München gekommen war, um ihren Geburtstag mit ihr zu feiern. Nur zu gerne wäre er länger geblieben, aber er musste noch den Rest einer Kur absolvieren, die er ihretwegen unterbrochen hatte. Sein kleines Bäuchlein war ein wenig größer geworden, daran erinnerte sie sich deutlich. Aber man konnte ihn noch immer als schlank bezeichnen – und sie beide als gut aussehendes Pärchen, befand Adele nicht ohne Stolz.

Nach der Englandreise werde ich eine Entscheidung treffen, schwor sie sich. Eigentlich weiß ich jetzt schon, wie sie ausfallen wird, doch eine Galgenfrist will ich mir noch zugestehen. Vorerst bekommt er eine Antwort auf seine Mail.

*Betrifft: England-Invasion*

*Lieber Ludwig,*
*nur ein mutiger Mann traut es sich zu, gleich mit drei Witwen gen England zu ziehen, aber du kannst natürlich immer noch kneifen. Elena hat ihr Okay gegeben, worauf Ilse nur gewartet hat. Die beiden kommen also auch. Was Du noch nicht weißt: Giorgio ist ebenfalls in London, bei einem Seminar von Scotland Yard, und wir werden ihn sicherlich treffen.*

*Zur Hotelwahl: Mit Dorchester oder Ritz hinkst Du der Zeit und dem Luxus hoffnungslos hinterher. In London gibt es ein Waldorf Astoria mit 6 Sternen, das liegt natürlich zentral und dürfte Deinen Ansprüchen entsprechen.*

*Wie vereinbart werde ich für uns ein nettes Zimmer buchen.*

*Umarmung*
*Adele*

Soll er doch glauben, wir steigen im Astoria ab! Nein, das kann er nicht ernsthaft annehmen, aber für eine Sekunde wird er sich schrecken. Recht geschieht ihm. Bevor Adele es sich anders überlegen konnte, drückte sie die Enter-Taste und schickte die Mail auf den Weg.

## 3. Kapitel

Beschämt blickte Giorgio auf die beiden Stummel, die er in einer Viertelstunde in den groben Sand des Aschenbechers gedrückt hatte. Für unsereins hat man wahrlich nicht mehr viel übrig. Mehr als einen kleinen, ungemütlichen Raum, in dem ein Ventilator vergebens gegen den beißenden Geruch ankämpfte, den hunderte Zigaretten hinterlassen hatten, stellte New Scotland Yard seinen Beamten nicht zur Verfügung. Unwiederbringlich vorbei waren die Zeiten eines pfeifenqualmenden Sherlock Holmes, für immer dahin die Ära kettenrauchender Detektive. Wenigstens sperrt man uns nicht in winzige, gläserne Zellen, wie auf manchen Flughäfen, in denen man als Raucher wie in einem Käfig sitzt und hämischen Blicken ausgesetzt ist. Aber vielleicht gab es das auch hier – irgendwo in diesem zwanzig Stockwerke hohen Glaspalast, den zu erkunden er noch keine Zeit gefunden hatte.

Erst gestern war Giorgio in London Heathrow gelandet und hatte nach einer mehr als einstündigen Odyssee das Hauptquartier der legendären britischen Polizei erreicht. Weiter als bis zur Empfangshalle war er nicht gekommen, denn dort hatte ein eigens abkommandierter Constable ihn an der Rezeption abgefangen und zu dem gleich um die Ecke liegenden Apartmenthaus begleitet, in dem New Scotland Yard seine Gäste unterbrachte. Zu mehr als einem kurzen Spaziergang hatte er sich danach nicht mehr aufraffen können und war bald zu Bett gegangen.

An die bei einem Straßenstand hastig verschlungene Pizzaschnitte, die ihm wie ein Stein im Magen gelegen war, wollte er lieber nicht mehr zurückdenken, auch nicht an den grässlichen Kaffee heute Morgen im nahen Coffeeshop, den man hierzulande Espresso nannte. Unausgeschlafen, aber pünktlich war er um neun Uhr im Hauptquartier erschienen und sogleich in den Seminarraum im zehnten Stock geführt worden.

Nach zwei Stunden Einführungsvorträgen, denen er zu seiner eigenen Überraschung problemlos folgen konnte, hatte man Styroporbecher herumgereicht. Ein Schluck genügte und Giorgio wusste, dass er das schlammfarbene Gebräu nicht trinken würde. Tee mit Milch und Zucker war eindeutig nichts für einen Sizilianer, der nach einem schaumgekrönten Cappuccino und einer Zigarette lechzte. Kurzentschlossen hatte er nach den Toiletten gefragt und sich auf die Suche nach einem Kaffeeautomaten und einem Raucherraum gemacht.

Sollte er sich tatsächlich noch eine dritte Zigarette anzünden, bevor die kurze Pause zu Ende war? Er war eindeutig nikotinsüchtig, darüber machte er sich keine Illusionen. Übers Aufhören aber hatte er bisher nie ernsthaft nachgedacht. Als Giorgio noch zögerte, trat ein Mann in etwa seinem Alter durch die Glastüre. Der ist auch nicht besser dran als ich, dachte Giorgio, als er aus den Augenwinkeln beobachtete, wie der Mann eine Marlboro aus einem zerknautschten Päckchen fingerte und gierig den ersten Zug inhalierte. Automatisch griff Giorgio nach seinen Diana Rossa, von denen er vorsorglich eine Stange mitgebracht hatte. Ein Kollege in Catania hatte ihn vor den exorbitanten Zigarettenpreisen in England gewarnt.

Lange würde der Vorrat nicht anhalten, wenn er so weitermachte. Andererseits war es sicherlich der falsche Zeitpunkt, sich aus Sparsamkeitsgründen einzuschränken. Wenn er auf die denkbar einfachste Weise mit Einheimischen in Kontakt kommen und beim Plaudern sein Englisch verbessern wollte, dann musste er möglichst viele Rauchpausen einlegen. Und tatsächlich konnte es nicht mehr lange dauern, bis der andere, der ihm bereits freundlich zugenickt hatte, ein Gespräch beginnen würde.

Raucher sind nun einmal kommunikativer als Nichtraucher, lautete Giorgios Credo, das sich bisher stets bewahrheitet hatte. Eine Feststellung, die Elena zwar nicht in Zweifel zog, aber kritisch zu kommentieren pflegte. „Ausreden, nichts als Ausreden, auch wenn es stimmen mag. Ihr tratscht nur deswegen so gern miteinander, weil ihr allesamt ein schlechtes Gewissen habt und Spießgesellen wollt. Wenn du Kontakt suchst, dann leg dir einen Hund zu. Das funktioniert mindestens genauso gut und ist gesünder." Ihre spöttischen Kommentare, seit denen er das Thema nicht mehr vertiefen wollte, klangen ihm noch in den Ohren.

Aber wo sollte er hier in London einen Hund hernehmen, fragte sich Giorgio. Hätte er vielleicht Ercole mitbringen sollen? Nicht einmal Elena wäre es gelungen, ihren geliebten Köter an den strengen Quarantänebestimmungen der Briten vorbeizuschmuggeln. Der sizilianische Vierbeiner war diesmal nicht mit nach Wien gekommen, sondern in der Obhut von Freunden in Taormina geblieben. Aber sie selbst würde in drei Tagen hier eintreffen, und erstmals gestand sich Giorgio ein, dass er darüber alles andere als erfreut war. Bei aller Liebe, Elena konnte ziemlich anstrengend sein, und im Moment benötigte Giorgio all seine Energie, um bei Scotland Yard eine *bella figura* zu machen.

Ab Samstag erwartete ihn jedoch geballte Frauenpower. Auch wenn er Elenas Mutter und Adele Bernhardt sehr schätzte, diese beiden Damen waren ebenfalls wahrlich keine Leichtgewichte. Der arme Ludwig Jakubowski, ganz alleine würde er damit zurechtkommen müssen. Wenn sich dann auch noch Felicitas Cape dazugesellte, hatte er vermutlich gar nichts mehr zu melden.

An Feli, die er vor ziemlich genau zwei Jahren in Libyen kennen gelernt hatte, erinnerte er sich nur flüchtig. Wenn er sich recht entsann, war sie eine zierliche, hübsche Person mit einem schmalen Gesicht und hellen, halblangen Haaren. Ein Frauentyp, der sich sein mädchenhaftes Aussehen bis ins Alter bewahrte. Sie musste mittlerweile auch schon an die 60 sein, überschlug er kurz. Erstaunlich, dass sie es sich noch zumutete, ohne jegliche Erfahrung als Reiseleiterin zu arbeiten. So jedenfalls hatte es Elena dargestellt, als sie ihm erklärte, warum sie Feli unbedingt zu Hilfe kommen müsse.

Wie auch immer, die Invasion aus Österreich und Deutschland war nicht mehr aufzuhalten. Glücklicherweise begann die Gartentour, die Feli zu führen gedachte, gleich am Montag, also galt es bloß, das Wochenende zu überstehen. Giorgio erschrak über sich selbst. Erschienen ihm zwei gemeinsame freie Tage mit Elena tatsächlich als etwas, das überstanden werden musste? Hier in London sehr wohl, gestand er sich ehrlich ein. Von all den neuen Eindrücken fühlte er sich zutiefst verunsichert. Schlimmer noch, er kam sich vor wie der letzte Provinzler – und das war er letztlich ja auch. Seine Auslandsreisen konnte er an den Fingern einer Hand abzählen, während Elena an der Seite ihres verstorbenen Mannes die halbe Welt bereist hatte.

Sie kannte London gut, er war zum ersten Mal hier. Für ihn waren selbst so banale Dinge wie die Orientierung in der U-Bahn ein Problem.

Sie sprach fließend Englisch, er hatte es bloß in der Schule gelernt und erst seit der Einladung von Scotland Yard in einem Crash-Kurs mit einem Amerikaner, der bei den American Forces Italy nahe Catania stationiert war, in aller Eile aufpoliert.

Sie musste in England vor nichts und niemandem eine gute Figur machen, während er als Offizier einer international anerkannten Carabinieri-Einheit den Ruf seiner Behörde zu wahren hatte. Tagtäglich, außer an Samstagen und Sonntagen, und das mehr als zwei Wochen lang.

Unbewusst seufzte Giorgio auf, was ihm die Aufmerksamkeit des Marlboro-Rauchers, der sich eben eine weitere Zigarette anzünden wollte, eintrug. Giorgio zückte sein Feuerzeug.

„Danke. Meines macht es wirklich nicht mehr lange."

„Ich habe ein zweites in Reserve. Wenn Sie wollen ..."

Das längst überfällige Gespräch zwischen zwei Fremden, die dasselbe Laster teilten, war eröffnet.

„Zu liebenswürdig, aber ich muss ohnedies gleich weitermachen. In der Mittagspause besorge ich mir ein neues. Die Zigaretten gehen mir auch bald aus, also muss ich sowieso zum Automaten."

„Wo ist denn hier der nächste?", fragte Giorgio, um irgendetwas zu sagen. „Ich bin erst gestern angekommen und kenne mich noch nicht aus."

Der Engländer musterte Giorgio mit geschultem Blick. Ein Südeuropäer, kein Zweifel. Das verrieten die dichten, schwarz-grau melierten Haare, die dunkelbraunen Augen und der olivfarbene Teint ebenso wie die lässige Körperhaltung, die den viel zu eleganten Anzug nicht overdressed wirken ließ. Der schlanke Mann mit der geradezu klassischen Nase in dem schmalen, gut geschnittenen Gesicht hätte Spanier oder

Grieche sein und sein Englisch in Amerika gelernt haben können. Doch sein grässlicher Akzent erinnerte den in legere Jeans und Blazer gekleideten Scotland-Yard-Beamten spontan an den Protagonisten der Mafia-Serie, die derzeit bei BBC lief.

„Sie sind einer der Gäste, die an dem Seminar unserer Kunstfahnder teilnehmen, nehme ich an. Und wenn mich nicht alles täuscht, kommen Sie aus Italien."

„Stimmt beides. Valentino mein Name, sehr erfreut." Ohne nachzudenken streckte Giorgio seine Hand aus, die vom anderen erst nach kurzem Zögern ergriffen wurde. Verflixt, die Engländer halten nicht viel vom Händeschütteln, erinnerte er sich schlagartig, das hatte ihm sein amerikanischer Freund eingebläut. „Ich arbeite für die italienische Kunstpolizei und leite die Abteilung in Catania."

„Sie sind also Sizilianer. Das habe ich mir fast gedacht." Den Grund dafür verschwieg er besser, aber ein verstohlenes Lächeln konnte sich Giorgios Rauchkumpane nicht verkneifen. „Ich kenne Italien leider nur bis Rom, südlicher bin ich nie gekommen. Aber entschuldigen Sie, ich habe mich noch gar nicht vorgestellt. Sydney Aaron Smith vom Morddezernat. Detective Chief Inspector Smith, um genau zu sein. Ich sage das nur dazu, weil mein Nachname nicht eben selten ist und falls Sie mich einmal in meinem Büro besuchen wollen, ..."

„... könnte ich in diesem riesigen Glaskasten beim falschen Smith landen", setzte Giorgio fort, der sich über die neue Bekanntschaft mehr freute, als der andere ahnen konnte. Es war noch gar nicht so lange her, dass er selbst als Kriminalkommissar für Gewaltverbrechen zuständig gewesen war. Eine Zeit, der er bisweilen nachtrauerte, was er sich allerdings nicht einmal selbst eingestehen wollte. Er gab sich einen Ruck. Als Commissario würde er jetzt jedenfalls nicht in London mit einem Kollegen plaudern, sondern hinter seinem Schreibtisch in Trapani versauern.

„Auf meinem Türschild steht: Tenente Colonnello Valentino. Falls es Sie einmal nach Sizilien verschlagen sollte, hier ist meine Karte." Giorgio zückte seine Brieftasche aus der Brusttasche seines dunkelgrauen Armani-Anzugs, den er eigens für diese Reise erworben hatte. Auch die Visitkarten waren neu, auf den alten stand noch Maggiore, was dem anderen aber vermutlich ebenso wenig gesagt hätte wie sein jetziger Rang.

„Darüber lässt sich reden. Ich halte viel von einem Bier nach Dienstschluss. Kommen Sie doch, wenn Sie hier fertig sind, mit. Sie finden mich nach sechs p.m. im Golden Horse. Das ist ein Pub gleich am Ende von Strutton Ground. So heißt die kleine Straße auf der anderen Seite der Victoria Street. In dem Viertel kann man übrigens auch mittags gut und preiswert essen. The Laughing Halibut ist bekannt für exzellente Fish 'n' Chips. Ein kleiner Tipp, falls Ihnen die berühmt-berüchtigte Kantine von Scotland Yard nicht zusagen sollte ..."

Das konnte ja heiter werden. Wie sollte ihm etwas schmecken, was nicht einmal die Engländer mochten, fragte sich Giorgio, der wie jeder Italiener gutes Essen nicht nur über alles schätzte, sondern als wesentlichen Bestandteil des nationalen Kulturverständnisses empfand. Auch Bier war nicht unbedingt seine Sache, aber vielleicht gab es ja in englischen Pubs auch einen halbwegs trinkbaren Wein.

Hungrig, durstig und müde betrat Giorgio am Ende des langen ersten Tages bei Scotland Yard das Golden Horse. Das Essen in der Kantine war noch schlimmer gewesen, als er es sich vorgestellt hatte. Eine wässrige Gemüsecremesuppe, danach ein undefinierbares Stück Fisch, dazu zermatschte Kartoffeln und zu Tode gekochte Rüben. Den giftgrünen Pudding zum Nachtisch hatte er gar nicht erst angerührt.

Das Lokal war gesteckt voll, stickig und laut. Um die Theke scharten sich die Gäste in Dreierreihen, die Stehpulte waren allesamt besetzt. In Sizilien galt Giorgio mit seinen 1,82 Metern als groß, aber vor dieser Wand aus ihm zugewandten Rücken nützte ihm das gar nichts. Entschuldigungen murmelnd bahnte er sich eine Schneise zum Hinterzimmer, in dem er zu seiner Erleichterung Sydney an einem der kleinen Holztische entdeckte. Giorgio war sich nicht sicher gewesen, ob er seinen neuen Freund auf Anhieb erkennen würde.

Detective Chief Inspector Smith sah ziemlich durchschnittlich aus. Er trug seine dunkelblonden Haare seitlich gescheitelt und weder auffallend kurz noch lang, es gab keine Vorboten einer Glatze wie Geheimratsecken oder eine hohe Stirn, und auch die hellen Augen unter den ein wenig struppig geratenen Brauen oder die schmale, leicht höckerige Nase ließen sich nur schwer beschreiben. Lediglich der breite Mund mit erstaunlich großen Schneidezähnen, der sich nun zu einem Willkommenslächeln verzog, verlieh dem Gesicht Charakter.

„Nehmen Sie Platz, Tenente Colonnello. Und verteidigen Sie den Sitz daneben. Was soll ich Ihnen bringen? Die haben recht gute Rotweine hier. Wenn mich nicht alles täuscht, auch italienische. Oder wollen Sie vorher einen Blick auf die Karte werfen?“

„Ich hatte vor, es erst einmal mit einem englischen Bier zu probieren, antwortete Giorgio tapfer. „Ich nehme ganz einfach das gleiche wie Sie.“

„Sie wagen sich an ein Ale?“, fragte Sydney gedehnt. „Dann empfehle ich ein Indian Pale Ale, das ist stärker, allerdings auch herber als die anderen Sorten. Ich habe mit einem gewöhnlichen Pale Ale begonnen, einem sogenannten Bitter, aber ich wechsle gerne beim zweiten Glas.“

Giorgio blickte Sydney nach, der sich gekonnt Richtung Barmann drängte. Das nächste Mal würde er an der Reihe sein, dann konnte er sich auch eine Speisekarte besorgen. Vorerst würde er seinen Hunger bezähmen und darauf hoffen, dass sich das Lokal allmählich ein wenig leerte. Die Aussicht, irgendetwas hinunterzuschlingen, während der Ellbogen des Nachbarn beinahe in den eigenen Teller hing, gefiel Giorgio nämlich ganz und gar nicht.

Zwei Stunden später sollte sich seine Hoffnung, in Ruhe essen zu können, erfüllen. Der Ansturm auf das Pub, in dem sich die Angestellten der umliegenden Bürogebäude allabendlich ein Stelldichein gaben, hatte sichtlich nachgelassen. Das von Sydney empfohlene Lamm mit Minzsauce war zu Giorgios Erleichterung schon aus, aber Cornish Pasty gab es noch – und dieses Gericht entpuppte sich als überraschend wohlschmeckende Fleischpastete in Blätterteig. Dazu genoss er sein drittes Glas Barolo.

Zwei hatte er bereits nach seinem ersten und letzten Versuch, dem bitteren Ale etwas abzugewinnen, auf leeren Magen getrunken. Er spürte die Wirkung des Weins, was nicht unangenehm war, da der leichte Schwips sein Englisch deutlich verbesserte. Seine Hemmungen waren gefallen, ungeniert und locker plauderte Giorgio in der für ihn ungewohnten Sprache drauflos.

„Unsere Lebensgeschichten sind fast austauschbar. Auch wenn du Jura studiert hast und ich Germanistik, letztlich sind wir bei der Polizei gelandet. Beide haben wir zwei erwachsene Kinder, sind geschieden, möchten gerne wieder heiraten, nur unsere Freundinnen denken nicht einmal im Traum daran. Weil sie ihre Unabhängigkeit nicht aufgeben wollen."

„Du lebst mit deiner Elena wenigstens zusammen. Meine Deborah beharrt auf ihrer eigenen Wohnung", räsonierte Sydney mit schwerer Zunge. „Und das bei den Mieten hier! Ich hätte gute Lust, eine Zwei-Mann-Kommune zu gründen. Damit wären meine finanziellen Probleme gelöst."

Auch Giorgio war längst alles andere als nüchtern und ebenfalls in weinerlicher Stimmung. „Gute Idee. Wenn Elena mich nicht mehr will, komme ich nach London und wir gehen gemeinsam auf Mörderjagd ..."

„Du bist bei der Kunstpolizei, schon vergessen? Aber es klingt ganz so, als würdest du den Wechsel zu den Fahndern nach gestohlenen Schätzen bereuen. Was ich gut verstehen könnte. Ich möchte mit keinem der Kollegen von der Art Theft Squad tauschen", stieß Sydney hervor. In unmittelbarere Nähe saß niemand mehr, dennoch senkte er die Stimme. „Unsere Abteilung für gestohlene Kunst und Antiquitäten pfeift finanziell aus dem letzten Loch. Wenn man ihnen noch einmal das Budget kürzt, ist Schluss mit lustig."

„So schlimm?"

„Noch schlimmer. Seit Richard Ellis zur Jahrtausendwende den Yard verlassen und sich selbständig gemacht hat. In den Neunzigern hat er die Abteilung geleitet. Sein größter Fall war der von Oslo. Ihm ist es gelungen, Edvard Munchs ‚Schrei' aufzuspüren. Drei Monate, nachdem das Bild aus der norwegischen Nationalgalerie gestohlen worden war. Aber außer einem Anerkennungsschreiben und ein paar Zeitungsartikeln hat ihm das nichts eingebracht. Als privater Ermittler verdient er sich jetzt eine goldene Nase. Und geschrieben wird über den sogenannten Sherlock Holmes der Kunstszene mehr denn je."

„Und einen solchen Mann hat man gehen lassen?", wunderte sich Giorgio. „Das war mehr als kurzsichtig, denn der Wert der gestohlenen Werke geht inzwischen in die Milliarden und nur ein Bruchteil wird wieder aufgespürt. Jetzt verstehe ich einiges. Mit diesem Seminar, zu dem man mich eingeladen hat, will Scotland Yard tatsächlich einen neuen Anfang setzen. Einer der Eröffnungsredner hat davon gesprochen, aber ich habe das für eine Floskel gehalten."

„Das war bitterer Ernst. Überleg doch. Wer übernimmt die Kosten für deinen Aufenthalt? Ich meine nicht das Übernachten. Im Apartmenthaus des Yard sind immer ein paar Wohnungen frei. Ich rede von den Flügen und sonstigen Spesen. Der Yard sicher nicht, das möchte ich wetten." Sydney stützte sich auf seine Ellbogen und sah Giorgio prüfend an. „Nun sag schon, die Tickets hat Italien bezahlt und deine Auslagen ersetzt dir keiner, stimmt's?"

„Du hast recht. Mein Chef in Rom hat die Einladung als Ehre angesehen und den Flug bereitwillig übernommen", gestand Giorgio ein. „Aber meine Behörde kann sich das auch leisten. Die Carabinieri-Einheit zum Schutz des Kulturerbes ist die älteste und erfolgreichste Kunstpolizei der Welt", fügte er fast trotzig hinzu. „Wir arbeiten mit mehr als 300 Vollzeit-Agenten in ganz Italien, unsere Datei umfasst ..."

„Ist ja gut. Die Details kannst du beim Seminar erzählen. Ich garantiere dir, dass alle gelb vor Neid werden", unterbrach Sydney lachend. „Ich wollte eigentlich nur wissen, ob du den guten alten Zeiten nachtrauerst."

„Auf gar keinen Fall", antwortete Giorgio eine Spur zu rasch.

Sein Gegenüber sah ihn schweigend an.

„Also gut. Ich kann dir offenbar nichts vormachen. Als Leiter der Mordkommission von Trapani war ich mehr oder minder mein eigener Chef und ich habe meinen Job gerne und, wie ich glaube, auch gut gemacht. Andererseits hatte ich mit knapp 40 Jahren den Plafond erreicht. Beruflich und privat. Bis zu meiner Pensionierung hätte sich nicht mehr viel geändert. Dann traf ich Elena – und sie hat mein Leben auf den Kopf gestellt. In jeder Hinsicht. Ich hatte Glück und konnte als frischgebackener Kunstfahnder gleich einen ziemlich spektakulären Fall lösen. Erfolg motiviert, das weißt du genauso gut wie ich. Nein, ich bereue mein neues Leben nicht eine Sekunde." Giorgio hob sein Glas und leerte es in einem Zug. „Auf Mörderjagd würde ich trotzdem allzu gern wieder einmal gehen", fügte er leise hinzu.

„Komm mit mir hinaus, Giorgio. Ich lechze schon wieder nach einer Zigarette", schlug Sydney vor. „Danach trinken wir noch etwas. Daheim wartet ohnedies keiner auf uns."

Aus „etwas" wurden noch einige Gläser. Die beiden gehörten an diesem Abend zu den letzten Gästen des Golden Horse.

Da sag noch einmal jemand, die Engländer seien kühl und distanziert, kicherte Giorgio in sich hinein, als er die Türe zu seinem Apartment aufsperrte und leicht schwankend ins Schlafzimmer tappte. Sein Londonaufenthalt ließ sich jedenfalls gut an, auch wenn ihm morgen früh garantiert der Schädel brummen würde.

## 4. Kapitel

Missmutig starrte Elena aus dem Busfenster, während die Landschaft als verzerrtes Bild an ihr vorbeiglitt. Seit drei Tagen schüttete es unentwegt, und das Wasser rann in dichten Schlieren die Scheiben herunter. Mehr als die Hälfte der Reise lag bereits hinter ihr, noch eine Nacht in dem zugegebenermaßen gemütlichen Hotel in Bourton-on-the-Water, dann war es überstanden. Für sie, aber vor allem für Feli, deren Job bei diesem Sauwetter wahrlich nicht leicht war. Erfahrungsgemäß ließen Gruppen ihre schlechte Laune in seltener Einigkeit am Reiseleiter aus und machten ihn für alle Missstände verantwortlich. Was hätte Feli tun sollen? Etwa mit Petrus telefonieren? Oder gar einen heidnischen Sonnentanz aufführen?

Eine Fahrt durch England im Mai hatten sich die Teilnehmer der Gartentour durch die lieblichen Hügel der Cotswolds zweifellos anders vorgestellt. Nach der Besichtigung der Kiftsgate Court Gardens und von Hidcote Manor Garden waren sie gestern Nachmittag weit früher als geplant und völlig durchnässt in ihr Quartier zurückgekehrt. Auf den angekündigten „Long Walk" zwischen den pitschnassen Hainbuchenhecken hatten die Reisenden nämlich ebenso einhellig verzichtet wie auf eine nähere Erkundung der vielgerühmten „Wildnis", eines vielseitig bepflanzten Naturgartens, der sich als wenig einladende Schlammwüste präsentiert hatte.

Die Situation drohte aus dem Ruder zu laufen, das war Elena klar geworden, als der kleine, glatzköpfige Italiener auf dem Platz hinter dem Chauffeur zu zappeln begonnen hatte. Ihre Theorie, dass es auf jeder Reise ein statistisches Ekel gab, das sich zumeist in der ersten Sitzreihe breitmachte, würde sich wieder einmal bestätigen. Am meisten ärgerte es sie, dass dieser alte Wichtigtuer aus Rom gratis mitfuhr. Kaum hatte er herausgefunden, dass sie fließend Italienisch sprach, war er gleich am ersten Abend nicht mehr von ihrer Seite gewichen.

Ob sie wollte oder nicht, Elena kannte nun die Lebensgeschichte dieses Francesco Montini, die langweiliger nicht sein konnte. Er war bis zu seiner Pensionierung Finanzbeamter gewesen und engagierte sich seither ehrenamtlich bei der FAI, dem italienischen Umwelt-Fonds, der sich für die Renovierung und Erhaltung historischer Bauten und Gartenanlagen einsetzte.

Als Anerkennung seiner langjährigen Dienste war ihm diese Reise geschenkt worden. Wahrscheinlich um ihn wenigstens für ein paar Tage los zu sein, dachte Elena grimmig. Wenigstens waren die anderen Italiener an Bord halbwegs sympathisch, auch wenn dieser Triestiner Gynäkologe Lorenzo Burano und seine Frau Emilia nicht unbedingt ihr Fall waren. Dafür gefiel ihr Maurizio Bardi, der mit seinen geschätzten 1,90 Metern alle um Haupteslänge und den kleingewachsenen Römer gleich um zwei Köpfe überragte, umso besser. Auch wenn sie nicht klug daraus wurde, was ein allein reisender junger Mann aus der Toskana auf einer Gartentour durch England eigentlich zu suchen hatte.

Bevor die Stimmung endgültig kippte, war Feli gerade noch rechtzeitig eine rettende Idee gekommen. Während einer lange zurückliegenden nasskalten Schullandwoche hatte ihre damalige Klassenlehrerin Adele Bernhardt den örtlichen Pfarrer, der die Kleiderspenden des Dorfes verwaltete, aufgesucht und ihm Regenjacken und warme Pullover für ihre Schüler aus ärmeren Verhältnissen abgeschnorrt. Mit den anderen war sie danach in den Nachbarort gefahren, wo sich die bessergestellten Halbwüchsigen in einem kleinen Kaufhaus mit dem Nötigsten versorgen konnten. Zu Vorzugspreisen, die Adele nach zähem Hin und Her ausgehandelt hatte.

Diesmal würde es kein Skonto geben, selbst wenn ihre alte Lehrerin durchaus imstande war, auch hier einen Preisnachlass zu verlangen, sagte sich Feli, bevor sie zum Mikrophon gegriffen hatte. Ihr Vorschlag, anstelle des vorgesehenen Spaziergangs durch das malerische Bourton-on-the-Water die nächste größere Stadt aufzusuchen, um sich mit Gummistiefeln und wasserdichten Mänteln einzudecken, war begeistert aufgenommen worden – nur nicht vom mürrischen Chauffeur, der sich noch einmal hinters Steuer setzen und nach Cheltenham fahren musste.

Dieser Kevin Middler war überhaupt alles andere als ein Glücksgriff. „Liegt gar nicht mehr in den Cotswolds und steht nicht im Programm", hatte er versucht, Feli abzuwimmeln. Erst nach dem energischen Eingreifen Elenas, die als professionelle Reiseleiterin prinzipiell keinen Widerspruch eines Fahrers duldete, zeigte er sich zu der Extratour in den noblen Kurort bereit. Von den eleganten Fassaden der Regency-Häuser hatte die Gruppe wenig zu sehen bekommen, dafür aber ein gut sortiertes Fachgeschäft für Sportbekleidung gefunden.

„Wir sehen aus wie die Besatzung eines Kutters auf Walfischfang", konnte sich Adele eine spitze Bemerkung nicht verkneifen, als sie ihren Regenhut mit Nackenschutz überstülpte und ihr Spiegelbild dabei kritisch in der verglasten Hoteltüre betrachtete. Die Damen hatten für ihre überlangen Mäntel, schweren Stiefel und Südwester einheitlich Gelb gewählt, die Herren Schwarz. Mit Ausnahme des stets Hand in Hand marschierenden Ehepaares aus Triest, das es irgendwie geschafft hatte, passende Größen in Hellblau aufzutreiben und im Partnerlook zu erscheinen.

„Ein wenig lächerlich in dem Alter, findest du nicht?“, hatte Ilse Hubinek ihrer Tochter zugezischt, als sie in der beeindruckenden Gartenanlage von Broughton Grange hinter den beiden hertrotteten.

„Dafür könnte man dich für ein Eierschwammerl halten. Schwarz steht dir eindeutig besser, aber du hast ja nicht auf mich gehört.“ Bei aller Liebe, Elena und ihre Mutter schenkten einander nichts. „Für Hüte bist du zu klein. Wenn du jetzt einen aufsetzen musst, dann nimm um Himmels willen einen unauffälligen. Deiner ist mit Abstand der größte mit der breitesten Krempe.“

„Gebt Frieden, ihr zwei“, hatte Adele gerade noch rechtzeitig die Wogen geglättet, die über den beiden zusammenzuschlagen drohten. „Auf dieser Reise wird nicht gestritten, das habt ihr mir hoch und heilig versprochen. Schaut euch lieber die herrlichen Rhododendren an. Und was sagt ihr zum Heckenschnitt? Diese Knotengärten sind lebende Kunstwerke in klassischem und in modernem Design. Leider ist es für die Rosenblüte eindeutig noch zu früh, da müssten wir im Juni wiederkommen.“

Mit Sicherheit nicht, hatte Elena gedacht, als sie vor allen anderen ins trockene Innere des Busses geklettert war. In Taormina schien jetzt die Sonne auf die Bougainvilleen, die sich als violettes Blütenmeer an ihrem Häuschen emporrankten. Wild wachsende Oleanderbüsche in allen Schattierungen, von weiß über rosa bis dunkelrot, fanden sich in jedem trockenen Flussbett. Entlang der Autobahnen explodierten die dottergelben Bällchen der Akazienmimosen zu Myriaden Feuerwerksgarben. Wie sollten ihr da ein paar bunte

Blütenkaskaden imponieren, die selbst mit den leuchtendsten Farben nicht gegen das Grau in Grau des englischen Himmels ankommen konnten?

Ilse war die schlechte Laune ihrer Tochter nicht entgangen, aber sie ließ sich ihre eigene davon nicht verderben. Wahrscheinlich Streit mit Giorgio, dachte sie, als sie in der Sitzreihe neben Adele und Ludwig Platz nahm. Mit dieser Mutmaßung lag sie jedoch falsch. Zum Streiten hatte Elena gar keine Gelegenheit gehabt. Aus für sie unerfindlichen Gründen war Giorgio seit gestern Abend nicht erreichbar. Auch die Nachricht, die sie noch vor dem Frühstück auf seinem Handy hinterlassen hatte, blieb bisher unbeantwortet.

Ab sofort kann er mich gern haben, beschloss Elena beim Mittagessen, das die Gruppe in einem auf alt getrimmten touristischen Pub in einem winzigen Weiler zwischen Banbury und Chipping Norton einnahm. Das Essen war erstaunlich gut, was die allgemeine Stimmung eindeutig hob. Das saftige Steak hatte offensichtlich allen gemundet, auf den Tellern war bis auf ein paar Erbsen und Bratkartoffeln kaum etwas übrig geblieben.

Selbst die „Heikelfraktion", wie Elena die vier Italiener im Stillen nannte, schien diesmal zufrieden zu sein. Dem Pfarrer und der Buchhändlerin – den einzigen Engländern, die mit von der Partie waren – schmeckte ohnedies alles, und auch die fünf chinesischen Gäste hatten sich bisher noch nie beklagt. Irrtum, korrigierte sich Elena, als ihr Blick auf das Ehepaar Chen und ihre beiden Söhne fiel. Die vier waren ebenfalls britische Staatsbürger und auch der um einiges ältere Mann neben ihnen kam nicht aus China, sondern aus den USA.

Wie hieß er bloß? Um Elenas Namensgedächtnis stand es nicht zum Besten, ein Handicap für eine Reiseleiterin, aber das sollte diesmal ihre Sorge nicht sein. Kim Wang, fiel es ihr plötzlich ein. Ein Geschäftsmann aus New York mit unüberhörbar amerikanischem Akzent, der bisher alles „just great" gefunden hatte.

Es ist dennoch ein Glück für Feli, dass wir vier dabei sind, konstatierte Elena. Immerhin stellen Adele, Ludwig, Ilse und ich mehr als ein Viertel der fünfzehnköpfigen Gruppe und können somit die schlimmsten Nörgler in Schach halten.

Trotz der Schutzkleidung war jedoch auch an diesem Vormittag die Besichtigung weit kürzer ausgefallen als geplant. Ein bestens geschulter Angestellter hatte sie durch den Privatbesitz des Bankiers Stephen Hester geführt, sein Garten zählte zu den Höhepunkten der Tour. Kein geringerer als Tom Stuart-Smith, einer der führenden Landschaftsarchitekten Englands und Gewinner der Chelsea-Gold-Medaille, hatte Broughton Grange 2001 seinen unverwechselbaren Stempel aufgedrückt.

Nach einem besonders heftigen Guss, begleitet von peitschenden Windböen, wollte jedoch keiner mehr den Ausführungen im Freien folgen. Trotz der neuen wasserdichten Mäntel und der Gummistiefel; das Wetter war einfach zu scheußlich. Tapfer hatte Feli im Bus daraufhin einen langen Vortrag über Ornamente-, Flecht- und Schachbrettmuster in Knotengärten von der Renaissance bis heute gehalten, doch allmählich langweilte sie damit selbst die Geduldigsten. Für graue Theorie hatten die Reisenden nicht eine ziemlich erkleckliche Summe hingeblättert. Sie wollten für ihr Geld seltene Blumen sehen und durch duftende Gärten wandeln.

Viel früher als geplant war die Gruppe im Pub eingetroffen, denn auch auf eine Besichtigung von Broughton Castle oder gar einen Spaziergang durch eines der malerischen Dörfer von Oxfordshire hatte niemand die geringste Lust verspürt. Was also mit der überschüssigen Zeit anfangen? Ein Problem, mit dem sich jeder Reiseleiter irgendwann einmal herumschlagen musste, aber für eine Anfängerin wie Felicitas Cape war es doppelt schlimm. Als der Nachtisch serviert wurde, stand Elena auf und trat an die Bar. Nach einer kurzen Verhandlung mit dem Chef des Hauses winkte sie Feli unauffällig zu sich.

„Deine Gäste brauchen jetzt ein wenig Aufmunterung, und Zeit musst du auch schinden. Ich habe Sherry für alle bestellt und zwar so viel, wie sie wollen. Das spendierst du als Einladung deiner Agentur. Du wirst sehen, wenns etwas gratis gibt, saufen sie wie die Löcher – am meisten die, die am lästigsten sind. Wie das Ekel aus Rom. Nach ein paar Gläsern sind sie alle streichelweich, glaube mir."

„Im Pauschalpreis für das Essen ist pro Person nur ein Getränk inbegriffen, egal ob Wasser, Bier oder Wein. Hast du eine Ahnung, was selbst ein einziger Sherry für fünfzehn Leute in einem Lokal wie diesem kostet? Die Agentur wird das nicht bezahlen. Für so etwas habe ich kein Budget, das hat man mir eigens gesagt", protestierte Feli.

„Das Reisebüro wird dafür aufkommen, das garantiere ich dir. Und wenn ich höchstpersönlich dort auftauchen muss. Die können dich nicht buchstäblich im Regen stehen lassen. Und falls doch, zahle ich das eben aus meiner eigenen Tasche. Der Wirt gibt mir nachher eine Extrarechnung und wenn ich darauf sitzenbleiben sollte, werde ich es überleben. Kopf hoch, bald hast du es überstanden. Ich gehe jetzt zum Tisch zurück und du erscheinst dann in ein paar Minuten mit dem Sherry – es ist deine Party."

Wie nicht anders erwartet, wurde der Auftritt des Kellners, der mit einem aufmunternden Lächeln die bernsteinfarben funkelnden, gut gefüllten Gläser servierte, von begeisterten Ausrufen empfangen. Bereits ein paar Schlucke zeigten die erwünschte Wirkung, als der Kellner kurz darauf auch noch eine volle Flasche Sherry zur Selbstbedienung auf den Tisch stellte, erntete er dafür sogar Applaus.

„Eine hervorragende Idee", flüsterte Adele, die selbst recht gern das eine oder andere Gläschen trank, ihrer einstigen Schülerin zu. „Ich bin nur gespannt, wer sich als erster nachschenkt. Ich tippe auf unseren Liebling aus Rom."

Doch es war nicht Signor Montini, der schon wenige Minuten später nach der Flasche griff, sondern Percival Cockerton. Sieh mal einer an, unser Pastor hat es faustdick hinter den Ohren, stellte Adele amüsiert fest. Und mit dem Nachschub ist er auch bald fertig.

Tatsächlich schüttete der Pfarrer bis zum Aufbruch still und unauffällig ein Glas nach dem anderen in sich hinein. Mindestens fünf, konstatierte Elena, aber man merkt es ihm nicht an. Lediglich seine dicken, rosa Backen sind noch etwas röter geworden und die hellblauen Froschaugen scheinen etwas weiter hervorzuquellen, aber das ist auch schon alles. Im Gegensatz zu den anderen, die fröhlich vor sich hin kichernd den Bus bestiegen, verzog der dickliche Brite, der genauso gut 40 wie 60 sein konnte, keine Miene.

„Wie lange fahren wir bis Whiteberry Yew Hall?", erkundigte sich Elena bei Feli, bevor sie losfuhren.

„Eine gute halbe Stunde, schätze ich. Der Landsitz liegt mitten im Nirgendwo zwischen Moreton-in-Marsh und Stow-on-the-Wold. In oder besser gesagt bei Fretton-on-Hill, denn nach der Ortschaft müssen wir abzweigen und noch ein paar Kilometer auf einer schlecht asphaltierten Nebenstraße hinter uns bringen. Aber frag mich jetzt nicht, in welche Himmelsrichtung. Auf der Karte ist Yew Hall nicht eingezeichnet, und ich habe mich jedes Mal verfahren, wenn ich dort zu tun hatte. Aber Kevin findet problemlos hin, er arbeitet schon seit Jahren für die Wharvedales."

„Wenigstens etwas", knurrte Elena, die den Fahrer nicht ausstehen konnte. „Du machst jedenfalls jetzt mal Pause. Nach dem Essen und dem Sherry wollen dir die Leute garantiert nicht zuhören, sondern schlafen. Schau sie dir doch an. Lass das Mikrophon stecken und komm zu mir auf den Rücksitz. In der letzten Reihe kannst du unbemerkt ein Nickerchen machen. Oder mit mir tratschen, ganz wie du willst."

„Ich muss die Gäste doch auf das vorbereiten, was sie erwartet ..."

Elena erstickte Felis Protest im Keim.

„Das Wichtigste steht im Programm: Besichtigung des Familiensitzes eines der ältesten Adelsgeschlechter des Landes, Spaziergang durch die weitläufige Anlage mit dem berühmten Irrgarten, danach wird man uns einen typischen englischen Tee servieren."

„Aber ich habe eine Überraschung. Der Earl of Wharvedale ist anwesend und möchte uns höchstpersönlich durch sein Haus führen. Und beim Tee wird uns die Countess Gesellschaft leisten."

„Um Himmels willen, kündige nichts an, was vielleicht nicht eintrifft", unterbrach Elena erneut. „Das ist eine goldene Reiseleiterregel. Es kann immer etwas dazwischenkommen – und wie stehst du da, wenn keiner der Wharvedales sich blicken lässt?"

„Ich habe noch vor dem Frühstück mit Roger telefoniert. Er und Patricia werden uns in Empfang nehmen und machen damit für uns keine Ausnahme. Offenbar ist es ihm ein Vergnügen, seine Schätze herzuzeigen. Was mich offen gestanden wundert. Aber vielleicht ist ihm langweilig, seit er nicht mehr jede Woche in den Schlagzeilen steht. Oder er will sich auf diese Weise mit seiner Agentur von der Konkurrenz unterscheiden. Ihm gehört das Reisebüro, das mich engagiert hat", sprudelte Feli hervor.

„Bitte langsam, sonst komm ich nicht mit. Du arbeitest für Roger Wharvedale?"

„Roger Deverell, Earl of Wharvedale, um korrekt zu sein. Er ist ein alter Freund von meinem Ex-Mann. Zu Lebzeiten seines Vaters hat Roger uns oft nach Yew Hall eingeladen. Das Anwesen war damals allerdings ziemlich heruntergekommen. Erst als er selbst den Grafentitel tragen konnte und reich geheiratet hat, ist es mit dem Familiensitz wieder aufwärts gegangen. Das muss so Mitte der neunziger Jahre gewesen sein. Patricia ist Amerikanerin und um einiges jünger. Sie dürfte jetzt Anfang 40 sein, er jenseits der 50. Mit dem Geld seines Schwiegervaters hat Roger erst das Schlösschen und dann die Gärten instand gesetzt. Da kam ich ins Spiel. Meine Kinder waren aus dem Haus und ich wollte wieder als Landschaftsarchitektin Fuß fassen. Roger schlug mir vor, den Irrgarten von Whiteberry Yew neu zu gestalten. Ich war selig, aber nicht lange. Er hat mir den Auftrag bald wieder entzogen und einem seiner Freunde übertragen."

„Mit welcher Begründung?"

„Gar keiner. Roger ist Weltmeister darin, Beziehungen auszunützen und Seilschaften aufzubauen. Das muss man wohl können, wenn man als Lobbyist erfolgreich sein will. Und das war er, bis ihm der Boden unter den Füßen zu heiß geworden ist. Als Berater des Rüstungskonzerns British Force Demand. Für den BFD, von dem du sicher schon gehört hast, ist er jahrelang im ehemaligen Ostblock und auch in Russland tätig gewesen. Dabei sollen Unsummen an Bestechungsgeldern geflossen sein. Die Medien haben sich darauf gestürzt, schließlich ist ein Waffenhändler, der aus dem britischen Hochadel stammt, nicht gerade alltäglich. Bevor es jedoch zu einer Anklage kommen konnte, hatte der BFD eine Zahlung in Millionenhöhe entrichtet und damit die Affäre niedergeschlagen. Offiziell behielt Roger, dem man nichts strafrechtlich Relevantes nachweisen konnte, seine weiße Weste, aber als Lobbyist war er endgültig aus dem Rennen ..."

„... und bescheidet sich seither mit einer kleinen Reiseagentur?"

„Zumindest beschert sie ihm ein offizielles Einkommen ..."

„Aber davon kann er doch nicht leben. Jedenfalls nicht auf großem Fuß. Und das tut er nach wie vor, oder?"

„Roger lässt sich nichts abgehen. Das hat er nie. Wie er das macht, ist allerdings ein Rätsel. Die Sanierung von Whiteberry Yew, die Erhaltung seiner Londoner Residenz im noblen Belgravia, seine Reisen, all das verschlingt Unsummen, die nicht einmal sein Schwiegervater aus dem Ärmel schütteln könnte. Der macht freilich schon lange kein Geld mehr locker, solange kein Erbe unterwegs ist. Damit hat es aber offenbar nicht geklappt, denn die Deverells haben bereits Mitte der neunziger Jahre geheiratet ..."

„Also vor mehr als fünfzehn Jahren", stellte Elena nachdenklich fest. „Erstaunlich, dass die Ehe trotzdem hält. Man sollte doch meinen, dass ein Earl of Wharvedale alles daran setzt, dass sein Geschlecht nicht ausstirbt."

„Roger ist sicherlich überzeugt davon, dass ihm dafür alle Zeit der Welt bleibt. Seine biologische Uhr tickt ja nicht. Er kann auch als Greis noch Vater werden." Feli verzog ihr Gesicht zu einem bitteren Lächeln. „Mein Ex hat noch vor unserer Scheidung sein eigenes Enkelkind gezeugt. Jedenfalls hält man ihn für den Großvater, wenn er seinen Jüngsten im Kinderwagen spazieren fährt."

„Schau doch einmal hinaus", unterbrach Elena, um Feli von ihren düsteren Gedanken abzulenken. Auch sie wollte außerdem über ihre eigene Kinderlosigkeit nicht nachdenken. „Es hat aufgehört zu regnen und der Himmel wird heller. Vielleicht haben wir doch noch Glück mit dem Wetter."

Als der Bus wenige Minuten später in die dunkle Eibenallee einbog und die imposante Fassade von Whiteberry Yew Hall erstmals in Sicht kam, brach sogar die Sonne durch. Endlich. Das sanfte Licht ließ die honigfarbenen Säulen aufleuchten, auf den Rosen in dem großzügig angelegten Rondo vor dem Hauptportal funkelten die letzten Regentropfen wie geschliffene Diamanten.

Heute kann eigentlich nichts mehr schief gehen, dachte Elena, als das Grafenpaar der Gruppe entgegenging.

## 5. Kapitel

Die spitzen Schreie, die aus dem Inneren des Irrgartens drangen, verstummten abrupt. Die meisten aus der Gruppe, die nach der offiziellen Besichtigung von Schloss und Garten noch einmal durch die weitläufige Anlage schlenderten, um vor dem Tee letzte Fotos zu schießen, hatten sie gar nicht gehört. Elena hingegen saß bereits in dem kleinen Pavillon unweit des Gartenlabyrinths, in dem zum Abschluss ein „Cream Tea" mit allen erdenklichen süßen Köstlichkeiten serviert werden sollte. Nicht ganz freiwillig – ein „Fehltritt" am Seerosenteich hatte ihr kurz zuvor einen verknacksten Knöchel beschert.

Dem Geschrei im Irrgarten maß Elena vorerst keine Bedeutung bei. Erst als das chinesische Ehepaar aus London in heller Panik herbeistürzte und hinter der Eibenhecke des Irrgartens verschwand, wurde ihr bewusst, dass etwas ganz und gar nicht stimmte. Während sie überlegte, ob sie den beiden trotz ihres anschwellenden Fußes folgen sollte, traf ein weiterer Bus ein. Um anderthalb Stunden zu früh, denn Feli hatte ihr nervös erklärt, dass sie Whiteberry Yew Hall mit ihren Schäfchen spätestens um halb sechs wieder verlassen musste.

Ausnahmsweise wurde an diesem Tag noch eine weitere Gruppe erwartet, die mit der anderen möglichst nicht zusammentreffen sollte. Der Nimbus der Exklusivität wäre dahin, hatte Roger ihr mit Augenzwinkern erklärt. Jeder, der sein Schloss betrat, sollte das Gefühl haben, er wäre ein persönlicher Gast des Grafenpaares und nicht Teilnehmer einer Massenveranstaltung.

Die Situation hätte sich vielleicht noch retten lassen, wäre der zweite Bus gleich wieder abgefahren, um in der Gegend herumzukurven oder nach Fretton-on-Hill zurückzufahren. Stattdessen ergoss sich ein nicht enden wollender Strom chinesischer Touristen aus seinem Inneren. Gleichzeitig drangen erneut Hilferufe aus dem Irrgarten. Zumindest hörte es sich so an, denn Elena verstand kein Wort. Wohl aber die Neuankömmlinge, die wie elektrisiert zusammenzuckten, bevor sie allesamt in Richtung der Schreie rannten und einer nach dem anderen im dichten Grün verschwanden.

„Was ist geschehen?“, rief Countess Patricia von der Freitreppe aus. Bis vor wenigen Minuten hatte sie Elena Gesellschaft geleistet. Eben war sie ins Schloss gegangen, um in der Küche nach dem Rechten zu sehen.

„Ich weiß es nicht, aber ich werde es Ihnen gleich sagen“, antwortete Elena, die eine vom Gärtner zurückgelassene Leiter am hellen Stamm einer uralten Platane entdeckt hatte und darauf zuhumpelte. Vergessen war der verstauchte Knöchel. Wenn sich Elena etwas in den Kopf setzte, konnte sie höchstens ein Liegegips davon abhalten. Das Erklettern der Holzsprossen fiel ihr nicht leicht, aber schließlich stand sie dort, wo sie hinwollte.

Aus luftiger Höhe überblickte Elena den Irrgarten, der einem geöffneten Ameisenhaufen glich. In den schmalen Pfaden zwischen den gut und gern zwei Meter hohen Eiben wuselten Dutzende Chinesen, die sich heillos verirrt hatten und weder den Weg zur Mitte noch zum Ausgang finden konnten. Ihre entsetzen Rufe vereinigten sich zu einer Klangwolke, die an das Gezwitscher eines aufgebrachten Spatzenschwarms erinnerte. Elena kniff die Augen zusammen, um gegen die schräg einfallende Nachmittagssonne besser sehen zu können.

Nein, sie hatte sich nicht geirrt. Im Zentrum der Anlage, die sie vor einer knappen Stunde mit noch heilem Knöchel besichtigt hatte, lag zu Füßen der lebensgroßen Hermesskulptur eine Gestalt mit seltsam verkrümmten Gliedmaßen. Elena kannte die Örtlichkeit; der Graf höchstpersönlich hatte ihre Gruppe ins Innere des Irrgartens geführt und mit leiser Ironie auf die vielen Talente des Götterboten hingewiesen. Elena sah den Hausherrn vor sich, wie er liebevoll über den glatten Marmor der exzellenten Kopie von Kleomenes' Merkur strich.

„Eigentlich wurde dieser Hermes im fünften Jahrhundert vor Christus von Phidias geschaffen. Kaiser Augustus hat dann den später auch Germanicus genannten Athener Bildhauer Kleomenes damit beauftragt, einen römischen Merkur zu schaffen. So entstand diese Statue. Kleomenes hat einfach eine Kopie modelliert, dem Götterboten jedoch die Gesichtszüge eines römischen Offiziers verliehen. Das Original können Sie im Louvre besichtigen“, hatte er erklärt und lächelnd hinzugefügt: „Hermes-Merkur ist wohl der vielseitigste Sohn des Zeus. Wahrscheinlich mag ich ihn deshalb so gern. Unter anderem galt er als Schutzherr der Wanderer und der Kaufleute. Sein Heroldstab besaß Zauberkräfte, er konnte mit ihm einschläfern, wen immer er wollte. Deshalb sah man in ihm auch den Hüter des Schlafes und der Träume. Nicht zuletzt war er so schlau, dass er zum Gott der Diebe und Betrüger wurde. Sie sehen, nicht immer war negativ besetzt, was wir heute verurteilen.“

Elena hatte ihn fasziniert angestarrt. Und du, lieber Roger, hast den Kopisten dazu angehalten, diesen Hermes mit deinen eigenen Gesichtszügen auszustatten, dachte sie. Wenn man genau hinsieht, ist die Ähnlichkeit geradezu verblüffend. Der in dubiose Geschäfte verwickelte Earl of Wharvedale spielte damit unverhohlen auf seinen schlechten Ruf an und machte allen klar, dass er sich keineswegs für die Schlagzeilen, in die er geraten war, genierte. Strotzend vor Selbstbewusstsein hatte er sich neben seinem Hermes, der ein kleines Vermögen gekostet haben musste, in Pose geworfen und sich bereitwillig fotografieren lassen. Ein Landedelmann von Kopf bis Fuß; bekleidet mit einem hellbraunen Tweed-Sakko mit rot-gelbem Karomuster über einem dottergelben Pullover und einer passenden dunkelbraunen Schnürlsamthose.

Auch die reglose Gestalt trug Gelb, Näheres konnte Elena nicht erkennen. Wohl aber ihre Mutter, unverwechselbar durch ihren Eierschwammerl-Hut, den sie trotz Sonnenschein nach wie vor aufhatte. Und wenn sie nicht alles täuschte, befanden sich gleich hinter ihr Adele und Ludwig, gefolgt von einer aufgeregt mit den Armen rudernden Feli. Allmählich konnte Elena auch die meisten anderen Teilnehmer ihrer Gruppe identifizieren. Das Arztehepaar aus Triest, der Pastor, die junge Buchhändlerin aus London, der attraktive Italiener und auch der alte Wichtigmacher aus Rom hatten sich unter die Invasion aus China gemischt.

„Was ist los? Nun sagen Sie schon!“, rief Countess Patricia, die sich anschickte, ebenfalls die Leiter zu erklimmen.

„Bleiben Sie bitte unten“, suchte Elena in einer Notlüge Zuflucht. „Von hier oben sieht man auch nicht viel. Ich glaube, jemandem ist schlecht geworden. Kein Grund zur Aufregung. Vielleicht könnte Ihr Butler im Irrgarten Nachschau halten ...“

„Charles ist schon unterwegs. Irgendwer muss die Leute ja wieder herausführen. Den Ausgang zu finden ist nämlich schwieriger, als man glaubt. Soll ich einen Arzt rufen, was meinen Sie?“

„Könnte nicht schaden“, sagte Elena, während sie die Sprossen vorsichtig hinunterstieg. „Lieber einmal zu oft als einmal zu spät.“ Kaum waren ihr die Worte entschlüpft, hätte sie sich am liebsten auf die Zunge gebissen.

„Was heißt zu spät? Es geht also doch um etwas Ernstes. Und wo um alles in der Welt steckt mein Mann? Das ist wieder einmal typisch. Wenn man ihn braucht, ist er nie da.“ Patricia Deverell war ängstlich und wütend zugleich. Eine brisante Mischung, dachte Elena. Vor allem dann, wenn es darum ging, klaren Kopf zu bewahren. Etwas Tragisches war geschehen, so viel stand fest. Aber sie wollte nicht gleich das Schlimmste annehmen, auch wenn ihr Instinkt das Gegenteil sagte.

„Sie rufen einen Notarzt und ich suche den Reiseleiter der Chinesen. Die müssen erst einmal weg oder zumindest in ihren Bus steigen und auch dort bleiben. Sonst löst sich das Chaos nie auf.“ Automatisch hatte Elena die Zügel in die Hand genommen und Patricia gehorchte ihr widerspruchslos. Sie lief zum Pavillon, wo ihr Handy lag, während Elena sich anschickte, zu den Bussen zu humpeln.

„Er braucht keinen Arzt mehr.“ Elena fuhr herum und starrte Adele an, die plötzlich vor ihr stand. „Es ist leider wahr. Der Mediziner aus Triest hat zwar noch Wiederbelebungsversuche unternommen, aber die hat er bald wieder aufgegeben. Nichts mehr zu machen, sagt er.“

„Es war also ein Herzinfarkt? Du sprichst doch vom Grafen?“

„Von wem denn sonst?“, antwortete Adele mit ungewohnter Schärfe.

„Woher soll ich das wissen? Im Gegensatz zu dir war ich schließlich nicht vor Ort“, schnappte Elena zurück. „Wieso bist du eigentlich schon wieder hier? Vor ein paar Minuten hab ich dich mit Ludwig und Mutter noch im Irrgarten gesehen.“

„Entschuldige“, lenkte Adele ein. „Ich hab deinen Knöchel glatt vergessen und in dem Wirrwarr gar nicht gemerkt, dass du fehlst. Ich bin dem Butler gefolgt, denn der kennt sich im Irrgarten aus. Er hat nur kurz auf seinen toten Herrn geblickt und dann auf dem Absatz umgedreht. Die anderen suchen noch immer nach dem Ausgang. Und du? Wo bist du gewesen?“

„Ich war die ganze Zeit mit der Countess drüben im Pavillon. Weiß sie es schon?“

„Wenn mich nicht alles täuscht, bringt man es ihr eben bei.“

Die beiden Frauen blickten zu der Szene, die sich in einiger Distanz wie ein Stummfilm vor ihren Augen abspielte. Patricia Deverell war aufgesprungen, um zum Irrgarten zu eilen, doch der Butler, der beruhigend auf sie einsprach, stellte sich ihr in den Weg.

„Charles weiß, was er tut“, murmelte Elena. Ihr hatte die bestimmte, aber ruhige Art des etwa Sechzigjährigen, der allgegenwärtig zu sein schien, sofort gefallen. „Wo ist Feli? Am besten, sie trommelt die Gruppe zusammen, damit wir so schnell wie möglich abfahren können.“

„Das stellst du dir einfacher vor, als es ist. Die Chinesen wird niemand zurückhalten wollen, denn sie sind erst gekommen, als alles bereits geschehen war. Aber wir ...“

„Du willst doch nicht etwa sagen, dass etwas mit dem Tod des Grafen nicht stimmt? Adele, wach auf. Nicht immer geht es gleich um Mord, wenn es einen Toten gibt.“

Ohne es auszusprechen, dachten beide an das Schicksal des unglückseligen Oberstudienrates, der auf Sizilien während einer Rundreise, die Elena geleitet hatte, erschlagen worden war. Damals hatten sie und Adele einander kennen und schätzen gelernt. Auch in Libyen, das sie unmittelbar vor Gaddafis Sturz gemeinsam bereist hatten, war Elena über ein Mordopfer gestolpert.

„Normalerweise nicht. Aber wenn du dabei bist ...“

„Gibst du mir die Schuld daran, dass der Graf heute gestorben ist?“

„Von Schuld kann keine Rede sein. Aber du musst doch zugeben, dass du seltsame Todesfälle geradezu magisch anziehst. Oder seltsame Todesfälle dich. Wie man's nimmt.“

„Red keinen Unsinn! Und schon gar nicht vor den anderen, ich flehe dich an. Wie geht es jetzt weiter?“

„Wir müssen auf die Polizei warten.“

„Sagt wer?“

„Der Butler. Er hat schon angerufen, die Beamten müssten jeden Moment hier sein.“

Kaum hatte Adele ausgesprochen, kam ein Streifenwagen mit Blaulicht auf sie zu, aus dem zwei Uniformierte stiegen. Bevor sie ein Wort gesagt hatten, kündigte in der Ferne eine Sirene die Ankunft der Ambulanz an.

Charles war Herr der Situation . „Folgen Sie mir“, rief er dem Notarzt zu, sobald die Sanitäter eine Bahre aus dem Fahrzeug gehievt hatten. Erst dann wandte er sich den Polizisten zu, die entgeistert auf das Chaos um sie herum starrten. „Sie, meine Herren, kümmern sich am besten erst einmal um die Touristen.“ Die meisten Chinesen hatten mittlerweile aus dem Irrgarten herausgefunden und bevölkerten nun laut schnatternd die kiesbestreuten Wege. Auch Felis Gruppe hatte sich nahezu vollzählig versammelt und betrachtete fassungslosdas Geschehen.

„Im Moment können wir gar nichts tun“, rief Elena ihren Mitreisenden zu. „Felicitas wird Sie zum Pavillon führen. Zu dem weißen Holzbau dort drüben, wo wir unseren Tee einnehmen sollten.“ Widerspruchslos folgte die Gruppe ihrer Reiseleiterin, während Elena unauffällig zu zählen begann. Zwölf, dreizehn ... Mit Feli und ihr sollten es sechzehn sein. Bis auf Dr. Lorenzo Burano, der sich offenbar noch immer bei dem Verstorbenen aufhielt, waren alle da.

Der achteckige Pavillon, der sich perfekt in die Gartenlandschaft einfügte, stammte eindeutig aus den letzten Jahrzehnten des neunzehnten Jahrhunderts und war wohl dank Patricias Mitgift vor dem Verfall gerettet worden. Eine überdachte Veranda, die sich ringsum erstreckte und mit zierlichen Tischchen und Stühlen zum Verweilen einlud – bei der Renovierung war an nichts gespart worden. Allein die Waschanlagen und Toiletten, die man nachträglich eingebaut hatte, mussten ein kleines Vermögen gekostet haben: Veilchensträußchen als verspieltes Dekor schmückten wie zu Königin Viktorias Zeiten die Fliesen, dazu passten die goldfarbenen Armaturen und die kleinen Schälchen mit duftenden Rosenblättern. Der Earl of Wharvedale wusste, womit man Besuchern imponieren konnte.

„Es tut mir unendlich leid, dass unser Besuch in Whiteberry Yew Hall von diesem tragischen Geschehen überschattet wird. Aber es macht den Grafen nicht wieder lebendig, wenn wir jetzt auf unseren Tee verzichten. Bitte stärken Sie sich, denn ich habe keine Ahnung, wie lange uns die Polizei hier festhalten will.“ Feli holte tief Luft, bevor sie mit belegter Stimme fortfuhr. „Sie alle haben Roger Deverell nur kurz kennen gelernt, also erwartet niemand von Ihnen, dass Sie um ihn trauern. Und es ist keineswegs pietätlos, wenn Sie jetzt am Büffet zugreifen. Margret, könnten Sie bitte einschenken?“ Mit einem gezwungenen Lächeln wandte sich Feli an das junge Mädchen mit der weißen Servierschürze, das sogleich nach der Teekanne griff.

„Gut gemacht“, flüsterte Elena, als Feli neben ihr in den Stuhl sank. „Wie du siehst hat es kaum jemandem den Appetit verschlagen. Mir ist allerdings nicht nach Essen zumute, auch wenn die Scones verlockend aussehen.“

„Hast du eine Ahnung, wie es weitergeht? Dir ist doch auf Sizilien etwas ganz Ähnliches passiert.“

„Rechne damit, dass es Stunden dauern wird. Die zwei Dorfpolizisten aus Fretton-on-Hill scheinen mir restlos überfordert. Also werden sie vermutlich die nächsthöhere Dienststelle verständigen, zumal es sich bei dem Toten um eine in ganz England bekannte Person handelt. Ich habe keine Ahnung, wer zuständig sein könnte.“

„Das CID Gloucester, nehme ich an.“

„Ist mir aus Fernsehkrimis ein Begriff, aber näheres weiß ich nicht. Ich hasse Abkürzungen. Wofür steht CID?“

„Criminal Investigation Department. Das entspricht unserer Kriminalpolizei. Wir sind hier in der Grafschaft Gloucestershire, also fällt das in die Kompetenz des CIDs der Hauptstadt. Unser Pech, denn Gloucester liegt geschätzte 70 Kilometer Luftlinie entfernt. Und das CID Cheltenham, das ebenfalls in Frage käme, ist auch nicht viel näher. Mit einer guten Stunde müssen wir mindestens rechnen, schneller schafft es selbst die Polizei mit Blaulicht nicht.“

Die Briten wissen schon, warum sie in jeder prekären Situation erst einmal eine Tasse Tee trinken, dachte Elena, als sie hinter ihrem Rücken jemanden auflachen hörte. Die Stimmung hatte sich sichtlich gebessert, was nicht zuletzt an der Sonne lag, die von einem nahezu wolkenlosen Himmel schien. Im milden Licht des späten Nachmittags zeigten sich die Cotswolds von ihrer besten Seite. Eine Amsel tirilierte sich die Seele aus dem Leib, während ein Raubvogel, der sich majestätisch vom Blau des Firmaments abhob, seine Runden zog. In der Ferne war das Blöken einer Schafherde zu vernehmen und irgendwo bellte ein Hund. Eine Landschaft wie aus einem Märchenbuch.

„Unser chinesisches Ehepaar aus London steht noch immer unter Schock. Sollten wir uns nicht ein wenig um sie kümmern?“ Die leise Stimme ihrer Mutter holte Elena abrupt zurück in die Gegenwart.

„Du hast recht. Die beiden sehen immer noch recht blass aus. Aber die Buben haben sich sichtlich erholt. Dabei haben doch die beiden den Grafen gefunden.“

„Kinder stecken so etwas leichter weg. Schau doch, die zwei interessiert nichts anderes als ihr Handy.“

Elena sprang auf und eilte zum Tisch der Familie Chen. „Was macht ihr da? Schickt ihr vielleicht Fotos in die ganze Welt?“, fuhr sie die Buben an, die nur flüchtig ihre Köpfe hoben, um danach konzentrierter als zuvor die Touchscreens ihrer Handys zu bedienen.

„Ich muss schon sehr bitten“, protestierte ihr Vater und stellte sich schützend vor seine Söhne. Mit seinen mehr als 1,80 Metern überragte Qiang Chen die meisten seiner Landleute und in jedem Fall Elena, der nun der Blick auf Lian und Lee versperrt war.

„Entschuldigen Sie bitte meinen Ton, aber auch ich habe nur Nerven“, lenkte Elena ein. „Ich glaube nicht, dass es der Polizei recht ist, wenn wir Informationen der Öffentlichkeit preisgeben, bevor man mit uns gesprochen hat. Außerdem haben Ihre Kinder vermutlich mit ihren Handys Fotos vom Toten gemacht."

„Wäre das so schlimm?"

„Nicht die Fotos, aber eine etwaige Verbreitung. Die Polizei hätte sicherlich einiges dagegen."

Qiang Chen trat beiseite – die betretenen Gesichter der Buben verrieten, dass Elena richtig geraten hatte.

„Ich möchte die Bilder sehen."

Statt einer Antwort hielten ihr die Buben die Handys hin. Die Aufnahmen waren messerscharf und zeigten jedes Detail: Die verkrümmte Haltung des Toten, die hervorquellenden Augen, den halboffenen Mund und vor allem die blutüberströmte Schläfe. Offenbar war Roger Deverell bei seinem Sturz mit dem Kopf auf der Kante des Statuen-Podests aufgeschlagen.

„Habt ihr die Fotos schon verschickt oder ins Internet gestellt? Seid ehrlich, es kommt ohnehin raus", fragte Elena ruhig. Sie hatte sich nun unter Kontrolle und würde kein zweites Mal den Fehler begehen, die beiden anzuherrschen. Das tat an ihrer Stelle einer der zwei Polizisten, der wie aus dem Nichts neben ihr aufgetaucht war. Blitzartig ließen Lian und Lee die Handys in ihren Jackentaschen verschwinden. Der Beamte hatte offensichtlich nichts bemerkt.

„Was machen Sie hier? Gehen Sie sofort zu Ihrem Bus", fuhr er die chinesische Familie an. „Das gilt auch für Sie, Sir", fügte er hinzu, als sein Blick auf Kim Wang fiel, der gemeinsam mit dem Pastor und der Buchhändlerin am Nebentisch saß.

„Ich bin Amerikaner und gehöre nicht zu den Chinesen aus China. Also lassen Sie mich in Ruhe", wies der New Yorker den Beamten in seine Schranken. „Das gilt übrigens auch für meine Freunde hier. Sie sind Engländer wie Sie, und ich möchte Sie höflich ersuchen, einen anderen Tonfall anzuschlagen. Außerdem wüsste ich gerne Ihren Namen."

Tiefe Röte überzog das von unzähligen Sommersprossen gesprenkelte Gesicht des jungen Polizisten. „Constable Waterhouse, Sir. Ich bitte um Verzeihung, aber meine Aufgabe ist es, alle chinesischen Touristen zu ihrem Bus zu bringen. Wie sollte ich ahnen, dass Sie nicht dazu gehören."

„Schon in Ordnung, Constable. Wie heißt es so schön: Sie tun ja nur Ihre Pflicht. Wenn Sie nun schon einmal hier sind, können Sie uns doch sagen, was es Neues gibt. Und vor allem, wie es weitergehen soll." Als Geschäftsmann war es Kim Wang gewohnt, rasch zur Sache zu kommen.

„Ich weiß wenig mehr als Sie, Sir, und wenn, dann dürfte ich es Ihnen nicht verraten. Nur so viel: Der Bus mit den Touristen aus China, der offenbar erst nach dem Unglücksfall eingetroffen ist, wird in wenigen Minuten abfahren. Dann wird es hier ruhiger zugehen. Von Ihrer Gruppe müssen allerdings alle einvernommen werden, sobald der Detective Inspector vom CID Gloucester eingetroffen ist. Und jetzt entschuldigen Sie mich."

„Eigentlich ein netter Kerl, dieser Constable Waterhouse", meinte Kim Wang versöhnlich. „Hoffen wir, dass der Herr Inspektor ebenso nett ist."

Dieser Wunsch sollte freilich nicht in Erfüllung gehen.

## 6. Kapitel

Es dauerte nicht eine, sondern fast zwei Stunden, bis die Polizei aus Gloucester endlich eintraf. Zwar herrschte nach wie vor Tageslicht, doch es war empfindlich kühl geworden. „Wir haben den kältesten Frühling seit zwanzig Jahren. Wenn wir uns noch lange im Freien aufhalten, holen wir uns den Tod“, sagte Feli zu ihrer fröstelnden Gruppe, die sich auf der luftigen Veranda des Pavillons mittlerweile alles andere als wohl fühlte. Angesichts der Ereignisse eine makabre Wortwahl, doch das fiel mit Ausnahme von Adele glücklicherweise niemandem auf. „Wir werden im Salon des Schlosses auf die Beamten warten. Folgen Sie bitte dem Butler.“

An beiden Seiten der ebenso pompösen wie ungemütlichen Eingangshalle führten elegant geschwungene Treppen in die oberen Stockwerke. Rechter Hand lag der Ostflügel mit den privaten Räumlichkeiten, links befanden sich die Bibliothek, das Arbeitszimmer des Grafen, der Ballsaal und der große Salon mit drei Kaminen, in denen bereits Feuer prasselte. Bei der Schlossbesichtigung, die eine kleine Ewigkeit her zu sein schien, hatten sich die Reisenden nur kurz in dem geschmackvoll möblierten Raum aufhalten dürfen. Umso bereitwilliger nahmen sie nun auf den ausladenden Sofas und Fauteuils Platz.

Das sieht ihm wieder einmal ähnlich, dachte Elena, als sich Francesco Montini in den einzigen Ohrensessel fallen ließ und prompt darin versank. Geschieht dem Wichtigtuer ganz recht, dass er Mühe haben wird, da wieder herauszukommen! Sie konnte den deklarierten Berlusconi-Wähler, der mit seinen politischen Ansichten hausieren und damit jedem auf die Nerven ging, einfach nicht ausstehen.

Trotz ihres lädierten Knöchels war ihr nicht nach Sitzen zumute. Sie humpelte zur Gartenfront, die einen grandiosen Blick auf den Schlosspark freigab. Nahezu die gesamte Länge des Raumes war vom Parkettboden bis zum stuckverzierten Plafond verglast. Ein später Sonnenstrahl ließ die geschliffenen Scheiben der in unzählige Rechtecke unterteilten, weiß lackierten Türen und Fenster noch einmal aufblitzen. Der nach den Regentagen mehr als reichlich getränkte Rasen leuchtete in tiefem Smaragd und harmonierte perfekt mit den in allen Rosa- und Rottönen blühenden Rhododendrenhecken rund um einen von Seerosen bedeckten Teich. Nur in Irland und seltsamerweise in Ägypten hatte Elena zuvor Gras in einem dermaßen intensiven Grün gesehen.

Sich von hier aus zu orientieren, fiel ihr nicht schwer. Dort drüben stand die Platane, an der die Leiter lehnte, und in etwa 30 Metern Distanz malte der Irrgarten sein raffiniert verschlungenes Muster auf den weißen Kies des Bodens. Selbst im schwindenden Tageslicht konnte man von hier aus einen großen, dunklen Fleck neben der Hermesstatue erkennen. Offenbar hatte man den Leichnam des Grafen noch nicht abtransportiert, sondern lediglich mit einer Plane abgedeckt.

Elena war nicht die Einzige, die auf den Schauplatz des tragischen Geschehens starrte. Maurizio Bardi, der junge Mann aus Siena, hatte sich an ihre Seite gesellt. „Was meinen Sie, wie lange wird man uns festhalten?“

„Heute Abend? Nur kurz. Die Polizei wird unsere Personalien aufnehmen, das geht rasch, denn unsere Reiseleiterin hat eine Liste. Außerdem ist unser Hotel nicht weit und wir sind noch einen weiteren Tag in den Cotswolds, also jederzeit greifbar.“

„Nicht heute, sondern überhaupt. Werden wir England wie geplant verlassen dürfen? Mein Flug nach Florenz ist für kommenden Sonntag gebucht. Ich könnte maximal zwei, drei Tage verlängern, aber spätestens am zehnten Mai muss ich in der Toskana sein."

„Noch steht ja nicht einmal fest, woran der Graf gestorben ist. Wenn es ein Herzinfarkt war, wird man uns auch nicht weiter behelligen. Die Polizei ermittelt nur prophylaktisch. Dazu ist sie laut Gesetz verpflichtet, wenn ein Toter mit einer Verletzung aufgefunden wird. Ergibt die Obduktion nichts Verdächtiges, wird der Spruch des Coroners auf natürliche Todesursache lauten und damit ist die Sache für uns erledigt."

„Was ist eigentlich ein Corner, äh, Corrona...?" Maurizio sprach zwar ein besseres Englisch als die meisten Italiener, an diesem Wort aber verhaspelte er sich gleich mehrmals.

„Wir können gern Italienisch miteinander reden", antwortete Elena lächelnd. „An der Aussprache von Coroner kommen Sie dennoch nicht vorbei. Ich kann es Ihnen erklären. Aber ich warne Sie, ich werde furchtbar gelehrt klingen. Dabei beziehe ich mein Wissen aus einem Krimi, den ich kürzlich gelesen habe. Verraten Sie mich nicht! Es tut ab und zu recht gut, allwissend zu erscheinen."

Maurizio lachte auf. „Keine Sorge, ich werde Sie nicht verraten."

„Ein Coroner ist ein Verwaltungsbeamter, Kriminalist oder Jurist, keinesfalls aber ein Rechtsmediziner. Und er ist vor allem kein Leichenbeschauer. Das ist ein Übersetzungsfehler, der immer wieder vorkommt. Die Aufgabe eines Coroners ist es, bei plötzlichen, unerwarteten, verdächtigen oder gewaltsamen Todesfällen eine Untersuchung einzuleiten. Die spielt sich fast wie ein Gerichtsverfahren ab." Elena räusperte sich, bevor sie hinzufügte: „Das Amt gab es schon in der Normannenzeit. Sie erinnern sich an die Schule: William der Eroberer, Schlacht bei Hastings, 1066. Bereits damals wollte man die örtlichen Sheriffs einer Grafschaft kontrollieren und die, ich zitiere, Klagen der Krone verwalten: Custos placitorum coronae – daher stammt die Bezeichnung Coroner. Zufrieden, oder wollen Sie noch mehr wissen?"

„Mehr als zufrieden", wehrte der junge Mann ab. „Sie haben eine meiner Bildungslücken auf beeindruckende Weise geschlossen."

„Jetzt verraten aber Sie mir etwas. Was um alles in der Welt bringt einen jungen Italiener dazu, Englands Gärten und Schlösser zu besichtigen? Dass Ihre Reisegefährten allesamt um einiges älter sein werden, müssen Sie doch gewusst haben. Sind Sie Botaniker oder Gartenarchitekt wie Feli oder etwas Ähnliches?"

Das Lächeln auf Maurizios Gesicht war plötzlich wie weggewischt. „Muss man für alles einen plausiblen Grund haben?", antwortete er fast mürrisch. „Ich hatte ein paar Tage frei, bin im Internet auf Gartentouren gestoßen und weil ich ein spontaner Mensch bin, habe ich gleich eine solche Reise gebucht. Das ist alles."

„Die Polizei wird Sie das möglicherweise auch fragen", murmelte Elena. „Vielleicht fällt Ihnen bis dahin eine plausiblere Antwort ein."

Maurizio setzte zu einer Entgegnung an, doch dann überlegte er es sich anders. Er verabschiedete sich stumm mit einem Kopfnicken und steuerte den erstbesten freien Fauteuil an. Irritiert blickte Elena ihm nach. Ein wirklich gut aussehender Mann, groß, schlank, durchtrainiert und garantiert noch keine 30. Da stimmte doch etwas ganz und gar nicht. Von wegen spontanes Interesse! Das kann er seiner Großmutter erzählen, aber nicht mir.

Wie sich bald herausstellen sollte, kam sie der Wahrheit damit ziemlich nahe.

„Möchten Sie einen Drink, Madam? Ich habe Sherry, Port und Whisky anzubieten. Oder Orangensaft, Tonic und Mineralwasser mit oder ohne Kohlensäure." Wie stets hatte sich Charles gleichsam aus dem Nichts materialisiert. Der perfekte Butler schlechthin – auf unaufdringliche Weise hatte er das Kommando übernommen.

„Saft für mich bitte. Sagen Sie, wie geht es der Countess?"

„Den Umständen entsprechend. Ihre Ladyschaft hat sich in ihre Privatgemächer zurückgezogen und möchte niemanden sehen."

„Aber die Polizei wird doch jeden Moment hier sein."

„Die kann warten. Abgesehen davon wird sie gar nichts aussagen können. Soweit ich weiß, war sie zur fraglichen Zeit mit Ihnen zusammen."

„Stimmt. Wenn wer ein Alibi hat, dann sind es wir beide. Weder die Gräfin noch ich haben die Veranda des Pavillons verlassen, das kann jeder bezeugen. Erst unmittelbar vor den Schreien der jungen Chinesen ist sie zum Schloss gegangen. Und da war ihr Mann offenbar bereits tot." Elena runzelte die Stirn. „Aber was rede ich da von Alibis. Es geht ja nicht um Mord, sondern um einen plötzlichen Herztod oder Ähnliches."

„Oder Ähnliches", antwortete der Butler kryptisch und zog sich diskret zurück. Zuerst leistet mir ein fescher und nun ein zutiefst sympathischer Mann Gesellschaft, stellte Elena amüsiert fest. Ein Brite, wie man ihn sich vorstellte. Dass Charles mit Nachnamen Hiller hieß, hatte ihr Feli verraten. Elena gefielen die feinen

Gesichtszüge, die hohe Stirn, der schön geformte Kopf, die edel gebogene schmale Nase und sogar der etwas zu klein geratene Mund. Am meisten aber hatten es ihr die klugen blauen Augen mit den unzähligen Lachfältchen angetan.

Kaum hatte ihr Charles den Rücken zugekehrt, läutete Elenas Handy. Sie hatte es eingeschaltet, damit ihr die chinesischen Buben die Fotos des toten Grafen überspielen konnten, und danach vergessen, es wieder abzustellen. Giorgio, natürlich! Was sollte sie ihm sagen? Jedenfalls nichts von der Leiche, denn er würde sich nur unnötig aufregen. Und ihr wieder einmal vorschreiben wollen, was sie zu tun und zu lassen hatte. Auch wenn seine Sorge um sie Elena rührte; sie war schließlich alt genug, um zu wissen, was sie tat – und allmählich ging ihr seine Betulichkeit auf die Nerven. Sicher nahm er an, dass sie längst wieder im Hotel war. In diesem Glauben würde sie ihn auch lassen.

„Giorgio. Buona sera."

„So förmlich, carissima?"

„Wundert dich das? Ich habe seit Ewigkeiten nichts von dir gehört. Nicht einmal meine SMS von heute früh hast du beantwortet."

„Weil ich verschlafen und danach nicht eine Minute Zeit hatte. Ich bin schließlich nicht zum Vergnügen hier."

Er hält Angriff offenbar für die beste Verteidigung. Aber das kann ich auch, sagte sich Elena.

„Du Ärmster arbeitest also den ganzen Tag bis tief in die Nacht ..."

„Was soll das?", fiel ihr Giorgio ins Wort. „Du hast keinen Grund, sarkastisch zu sein. Gestern Abend war ich mit Sydney noch auf ein Glas Wein im Pub um die Ecke und als ich heimkam, wollte ich dich nicht mehr stören." Dass es nicht bei einem Glas geblieben war, musste er Elena ja nicht auf die Nase binden. „Von dem Kollegen vom Morddezernat hab ich dir doch erzählt ..."

„Das hast du. Aber nicht, dass du nachts mit ihm um die Häuser ziehst."

„Eifersüchtig? Das ist ja was ganz Neues", lachte Giorgio. „Was soll da erst ich sagen, wenn du als Reiseleiterin wochenlang mit deinen Touristen unterwegs bist? Ein allein reisender Mann ist garantiert immer dabei. Diesmal doch auch. Dieser junge Italiener ..."

„... ist viel zu jung für mich", ging Elena bereitwillig auf das Geplänkel ein. Auf diese Weise fiel ihr das Schwindeln leichter. „Außerdem passen Mutter, Adele und Ludwig auf mich auf. Die warten übrigens schon im Speisesaal. Ich muss mich beeilen. Viel Spaß mit deinem Sydney. Wir telefonieren morgen früh. Ciao."

„Ciao, carissima", murmelte Giorgio verblüfft und sah auf die Uhr. Elena hatte es erstaunlich eilig. Vor halb acht wurde kein Abendessen serviert, das hatte sie ihm am ersten Tag ihrer Reise erzählt, und jetzt war es noch nicht einmal sieben. Irgendetwas stimmte da nicht. Er hätte der Sache nachgehen können, doch es widerstrebte ihm, der Frau, die er liebte, nachzuspionieren. Das wäre der Anfang vom Ende. Wie bei seiner Ehe, die letztlich an gegenseitigem Misstrauen gescheitert war. Statt zum Telefon griff Giorgio zur Fernbedienung, um sich die Nachrichten anzusehen.

„Es bleibt schön und es wird wärmer", verkündete Feli, die in der Bibliothek auf den Wetterbericht der BBC gewartet hatte.

„Eine gute Nachricht", sagte Emilia Piazza, die sich nur selten zu Wort meldete. Außer dass sie Gärten im Allgemeinen und seltenen Blumensorten im Speziellen nur wenig abgewinnen konnte, hatte sie bisher kaum etwas von sich gegeben. Gottergeben war die Frau des Triestiner Arztes im Windschatten ihres Mannes durch die regenverhangene Landschaft getrottet. „Ich freue mich auf Oxford und auf Blenheim Palace. Der Geburtsort von Winston Churchill, das ist ein würdiger Abschluss."

„Warten wir erst einmal ab, ob man uns überhaupt weiterfahren lässt", unterbrach Dottor Burano den ungewohnten Redeschwall seiner Frau.

„Keine Sorge, Herr Doktor. Niemand wird uns festhalten. Nur noch ein wenig Geduld, die Beamten aus Gloucester werden sich gleich um uns kümmern", beruhigte Feli den aufgebrachten Arzt, der sich allzu gern in Positur warf.

„Sie sind schon da", meldete Lian Chen. „Im Irrgarten stellen Leute in weißen Overalls Scheinwerfer auf. Dabei ist es noch gar nicht richtig finster."

Wie auf ein Stichwort stürzten alle zu den Fenstern.

„Das wird die Spurensicherung sein", mutmaßte Elena. „Die brauchen starkes Licht. Wie auch der Polizeifotograf." Von den anderen unbemerkt zwinkerte sie Lian und Lee verschwörerisch zu, bevor sie sich an Feli wandte: „Aber wie findet sich die Polizei im Irrgarten zurecht?"

„Darum hat sich Charles gekümmert. Der Gärtner und zwei Hilfsgärtner stehen Rechen bei Fuß bereit, damit nur ja kein Beamter verloren geht. Dieser Mann denkt wirklich an alles. Wenn ich genügend Geld hätte, würde ich ihn sofort abwerben."

„Du und ein Butler in deinem Ein-Personen-Haushalt! Meine liebe Feli, das würden viele missverstehen", lachte Elena.

„Sicher nicht, wenn es sich bei dem Butler um Charles handelt", konterte Feli mit einem Lächeln.

Elena stand einen Moment auf der Leitung, bevor sie begriff. Eine Antwort blieb ihr erspart.

„Detective Inspector Peter Sterling vom CID Gloucester, guten Abend." Die laute Stimme des Mannes, der in den Salon geplatzt war, ließ die Köpfe der neugierig aus den Fenstern blickenden Schar herumfahren. „Ich werde mich jetzt in die Bibliothek begeben und mit der Vernehmung beginnen. Sie werden einzeln aufgerufen ..."

„Das kommt überhaupt nicht in Frage", unterbrach Feli resolut.

„Und weshalb nicht? Ich glaube, Sie verkennen die Lage. Mit wem habe ich übrigens die Ehre?", funkelte der in einen mausgrauen Anzug gekleidete Beamte die Frau an, die es gewagt hatte, ihm zu widersprechen.

„Felicitas Cape. Die Reiseleiterin und somit verantwortlich für die Gruppe. Und ich bin mir der Situation durchaus bewusst. Sie wären gut beraten, wenn wir erst einmal unter vier Augen miteinander reden. Oder besser unter sechs. Es ist mir lieber, wenn eine Vertrauensperson dabei ist."

Dem Inspektor hatte es offenbar die Sprache verschlagen, denn Feli fuhr ungehindert fort: „Kommst du bitte mit mir, Adele?"

Elena, die angenommen hatte, dass mit der Vertrauensperson sie gemeint und bereits vorgetreten war, begriff ziemlich rasch, warum Feli lieber Adele dabei haben wollte. Sie wäre dem ihr zutiefst unsympathischen Polizisten nach kürzester Zeit an die Gurgel gesprungen – und das sah man ihr offenbar auch an. Die alte Lehrerin würde eindeutig diplomatischer vorgehen.

„Ein grässlicher Kerl! Schau nur, wie zackig er sich bewegt. Ein Möchtegern-General, der es nicht weiter als bis zu einem Inspektor der Kriminalpolizei in der tiefsten Provinz gebracht hat. Ohne *Chief* davor, dabei ist er sicherlich schon 50. Wahrscheinlich würde er uns alle am liebsten antreten und exerzieren lassen ..."

„Nicht so laut, Elena", ermahnte Ilse Hubinek ihre Tochter, die ihrem Unmut zwar auf Deutsch, aber mit zornig erhobener Stimme Luft gemacht hatte.

„Außer dir und Ludwig versteht mich eh keiner", verteidigte sich Elena und musterte die Umstehenden, die offenbar keine Notiz von ihrem Ausbruch genommen hatten. Doch dann fiel ihr Blick auf den Butler, der sie amüsiert betrachtete.

„Sie können sich sicherlich denken, was ich in etwa gesagt habe. Aber ich kann Sie beruhigen, Charles. Noch habe ich mich keiner Beamtenbeleidigung schuldig gemacht."

„Auf diese Idee wäre ich gar nicht gekommen, Madam. Und jetzt entschuldigen Sie mich bitte. Vielleicht möchte Detective Sterling auch eine Erfrischung."

Elena sah ihm nach. Kaum war Charles hinter der hohen Doppeltür verschwunden, beschloss sie, den Salon ebenfalls zu verlassen. Unglaublich, welchen Lärm ein Dutzend Leute machten, wenn die Akustik eines Raumes nicht stimmte. Da nützten dann weder Seidentapeten noch Vorhänge und Teppiche, um das Stimmengewirr zu dämpfen.

In dem breiten Korridor, der zum prachtvollen Ballsaal führte, herrschte wohltuende Stille. Weder aus dem Salon noch aus der Bibliothek daneben, in der es bei dem Disput mit dem Polizeibeamten vermutlich alles andere als leise zuging, drang ein Laut. Elena wusste, dass sich die „Schatzkammer" des Grafen ebenfalls in einem der Räume hier befand. Roger hatte sein Arbeitszimmer, das nicht Teil des Besichtigungsprogrammes war, selbst so genannt.

War es wirklich erst wenige Stunden her, dass der Earl of Wharvedale sie höchstpersönlich in seinen Privatsalon gebeten hatte? Elena rief sich die Szene ins Gedächtnis: Sie hatte wieder einmal getrödelt, weil sie sich die Stiche an der Wand näher ansehen wollte, während die anderen bereits am Ende des Ganges angelangt waren. Plötzlich ging neben ihr eine Tür auf. Heraus kam Kim Wang aus New York, der bei ihrem Anblick zusammenzuckte. Der hinter ihm stehende Graf hingegen schien alles andere als verlegen zu sein.

„Wir sehen uns spätestens beim Tee, Mister Wang. Bis dahin viel Spaß bei der Besichtigung meines Gartens."

Von wegen Garten, dachte Elena. Angesichts des weitläufigen Schlossparks war das schamlos untertrieben. Britisches Understatement eben, darin schien der Hausherr Meister zu sein. Und nicht nur darin, wenn sie nicht alles täuschte. Der Blick, mit dem der Graf sie musterte, konnte kaum missverstanden werden. Offenbar gefiel ihm, was er sah.

„Möchten Sie vielleicht ebenfalls einen Blick auf meine Schätze werfen?"

Dieser unverhofften Einladung konnte Elena nicht widerstehen. Neugierig betrat sie den Raum, der unverkennbar die Persönlichkeit des Besitzers widerspiegelte. Im Gegensatz zum Empfangssalon, der mit seiner perfekt aufeinander abgestimmten Einrichtung die Handschrift eines Innenarchitekten verriet, versammelten sich hier alle nur denkbaren Stilrichtungen.

Der wuchtige Schreibtisch mit seinem geschnörkelten Aufbau und den Löwentatzen-Füßen entstammte zweifellos der viktorianischen Epoche. Das dunkelrote Ledersofa mit einem dazu passenden Fauteuil und einer Récamiere war hingegen mindestens hundert Jahre älter. Wenn Elena sich nicht irrte, nannte man diese Möbel, bei denen das Leder in einem Rautenmuster in Falten gelegt und mit ebenfalls ledernen Knöpfen befestigt wurde, Chesterfield. Originale aus dem achtzehnten Jahrhundert waren rar und fast unbezahlbar, was sich geschickte Fälscher zunutze machten. Ihre Weisheit verdankte sie Giorgio, der sich bei den Vorbereitungen für seinen Englandaufenthalt nicht nur mit Kunst, sondern auch mit Antiquitäten beschäftigt hatte.

„Wie ich sehe, gefällt ihnen meine Sitzgarnitur. Ein Familienerbstück." Mit einer einladenden Handbewegung forderte der Graf sie auf, Platz zu nehmen. Erst jetzt bemerkte Elena den Couchtisch aus Plexiglas, der durchaus von Ikea stammen konnte. Seltsamerweise empfand sie das schmucklose moderne Design ebenso wenig als Stilbruch wie die kunterbunte Mischung an kolorierten Stichen, Landschafts-Aquarellen und abstrakten Ölbildern an den cremefarben tapezierten Wänden. Nur auf der Stirnseite des Raums bildete ein Arrangement aus Jagdtrophäen und gerahmten Fotografien eine Einheit.

„Elefant, Nashorn, Büffel, Löwe und Leopard. The Big Five! Wie Sie sehen, habe ich sie alle erlegt. Allerdings ist das bereits einige Zeit her", erklärte der Graf, der Elenas Blick gefolgt war.

Wenn er glaubt, mich damit beeindrucken zu können, hat er sich gewaltig getäuscht, dachte Elena. Wenn sie etwas verabscheute, dann waren es Stierkämpfe, Fuchsjagden und Großwildjäger. Mit sichtlichem Widerwillen betrachtete sie die Hörner und Felle der skrupellos hingeschlachteten Tiere. Auch von den Fotos, auf denen der Earl of Wharvedale triumphierend posierte, wandte sie sich rasch wieder ab. Es war ihr egal, ob der Graf ihr Missfallen bemerkte. Ihr konnte dieser

Hemingway-Verschnitt mitsamt seinem guten Aussehen jedenfalls nicht imponieren.

„Sie mögen die Jagd nicht, das sehe ich. Aber wie steht es mit dem Jäger?“, raunte Roger Elena mit seiner dunklen, angenehmen Stimme zu. „Ich darf doch hoffen, dass Sie mich bald wieder besuchen, schöne Helena. Jetzt aber muss ich Sie zu Ihrer Gruppe zurückbringen. Man wird Sie wahrscheinlich bereits vermissen.“

Ein ziemlich plumper Versuch, sie zu umgarnen – aber nicht ohne Charme, wie sich Elena selbstkritisch eingestand. Dieser Mann besaß eine Ausstrahlung, der auch sie sich nur schwer entziehen konnte. Zudem war er mit seinem dichten, blonden Haar, der schmalen Nase und den dunkelgrauen Augen, die immer wieder vergnügt aufblitzten, auch mit 50 plus noch eine attraktive Erscheinung.

Als Elena aus der Tür trat, war von ihrer Gruppe niemand mehr zu sehen. Bis auf die Buchhändlerin Susan Hampton, die ihr einen giftigen Blick zuwarf, bevor sie den Grafen mit einem „Hallo Roger“ wie einen guten alten Freund begrüßte.

„Susan, meine Liebe! Leider kann ich Sie jetzt nicht hereinbitten. Ich möchte Felis Gruppe nämlich persönlich durch meinen Irrgarten führen. Kommen Sie, meine Damen, die anderen warten schon auf uns. Und Sie, liebste Susan, kommen später zu mir.“

Später war allerdings zu spät. *Zu spät!* Zwei kleine Worte, jedes für sich allein harmlos und gemeinsam von einer Bedeutung, wie sie trauriger nicht sein konnte. Welch eine Palette an versäumten Chancen und Enttäuschungen schwang in diesen sechs Buchstaben mit. Was hatte Gorbatschow angeblich gesagt? *Wer zu spät kommt, den bestraft das Leben.* Manchmal sogar mit dem Tod. Wie den Earl of Wharvedale, der *zu spät* erkannt hatte, dass er mit seiner Gesundheit nicht ungestraft Schindluder treiben durfte. Oder dem *zu spät* klar geworden war, dass er sich mit seinen dubiosen Geschäften jemanden zum Todfeind gemacht hatte.

In Gedanken versunken blieb Elena vor der Bibliothek stehen. Erst als die Türe plötzlich aufging, wurde ihr klar, welch fatalen Eindruck sie erweckte.

„Haben Sie gelauscht? Die Mühe hätten Sie sich sparen können, denn was wir besprochen haben, wird gleich jeder hören", fuhr sie der sichtlich erboste Kommissar an, als er mit hochrotem Kopf aus dem Raum stürzte. Ohne sich noch einmal umzudrehen, eilte der Detective Inspector in den Salon. Adele und Felicitas begrüßten Elena mit lachenden Mienen. Sie hatten das Match eindeutig für sich entschieden.

„Heute wird niemand mehr einvernommen. Ihre Reiseleiterin hat mir eine Liste mit Ihren Personalien gegeben, was fürs Erste genügt. Alles Weitere werden Sie rechtzeitig erfahren. Gute Nacht!"

Keine Entschuldigung für die lange Wartezeit, kein Bitte, kein Danke. Dieser Mann war wirklich das Letzte, darin waren sich alle einig. Aber vorerst war man ihn los – und ob man ihn wiedersehen würde, hing nun vom Ergebnis der Obduktion ab.

## 7. Kapitel

Giorgio klappte sein Notizbuch zu und lehnte sich aufatmend zurück. Ein freies Wochenende lag vor ihm. Dieser Freitag war anstrengend gewesen, doch allein die Informationen, die er heute von dem Kollegen aus Deutschland zu hören bekommen hatte, waren die Reise nach London wert gewesen. Nicht weniger als 8000 Seiten Ermittlungsakten waren unter der Leitung des Berliner Kommissars René Allonge von deutschen Kunstfahndern zusammengetragen worden, um dem erfolgreichsten Fälscher der Gegenwart das Handwerk zu legen: Wolfgang Beltracchi. Im Oktober 2011 wurde er vom Landgericht Köln wegen gewerbsmäßigen Betrugs zu sechs Jahren Haft verurteilt.

Der mittlerweile sechzigjährige Beltracchi war somit erfolgreich aus dem Verkehr gezogen, ein Großteil seiner genialen Fälschungen, für die er Beträge bis in Millionenhöhen kassiert hatte, wirbelte jedoch nach wie vor den internationalen Kunstmarkt durcheinander. Lediglich in vierzehn Fällen konnte ihm der Betrug nachgewiesen werden, bis zu 200 von ihm geschaffene Gemälde waren aber – nach vorsichtigen Schätzungen – nach wie vor in Umlauf.

„Wie Sie wissen, sind London, Mailand, Zürich und Wien die Drehpunkte des internationalen Kunsthandels, des legalen wie des illegalen. In Berlin setzen wir nun auf die Zusammenarbeit mit den Kollegen." Zustimmendes Gemurmel begleitete das Schlusswort des Deutschen, der stellvertretend für seinen Chef Allonge an die Themse gereist war. „Es liegt nun an Ihnen, die Liste der 53 bisher bekannten Fälschungen, die wir ins Internet gestellt haben, zu verlängern, und so viele ‚echte Beltracchis' wie möglich aufzuspüren."

Kein leichtes Unterfangen, wie Giorgio aus Erfahrung wusste. Kaum ein Beteiligter warf freiwillig Sand in das lukrative Getriebe aus Echtheitsexpertisen und Auktionen. Nicht die privaten Sammler oder Museumsdirektoren, die dann als Betrogene dastehen würden, und schon gar nicht die Sachverständigen, die bei einer Entlarvung das Prestige ihres Berufsstands gefährdet sahen. Wozu also schlafende Hunde wecken?

Das Szenario ließ Giorgio schaudern. Nach einer simplen Wahrscheinlichkeitsrechnung befanden sich allein in Italien einige Dutzend unerkannte Beltracchi-Fälschungen. Wo sollte seine Behörde mit den Ermittlungen ansetzen? Die englischen Kollegen mit ihrem zusammengestrichenen Budget würden noch hilfloser sein, was freilich kein Trost war.

Normalerweise zählte Giorgio, der spätestens nach einer Stunde Abstinenz nach einer Zigarette lechzte, zu den ersten, die bei einer Pause den Saal verließen. Aber an diesem Freitagnachmittag gehörte er zu den letzten, die zum Ausgang strebten. Dort wurde er jedoch bereits ungeduldig von Sydney erwartet.

„Es gibt Neuigkeiten, aber die erzähle ich dir auf dem Weg zu deinem Apartment. Du musst Koffer packen und zwar rasch."

„Nett von dir, dass du mich an meinem freien Wochenende verschleppen willst, aber ich kann nicht weg. Erstens kommt Elena heute Abend von ihrer Gartentour zurück nach London und zweitens will ich den Vortrag, den ich am Montag halten muss, nochmals überarbeiten", erklärte Giorgio entschieden. „Aber ein Bier geht sich schon noch aus."

„Das werden wir in Fretton-on-Hill trinken. Da werden wir auch übernachten. Nimm Sachen für zwei, drei Tage mit ..."

„Wo ist das überhaupt, und was soll *ich* dort?"

„Fretton liegt in den Cotswolds und warum wir dorthin fahren, sag ich dir, wenn du mich endlich ausreden lässt." Sydney fingerte eine Zigarette aus der Packung, zündete sie jedoch nicht gleich an, sondern holte erst einmal tief Luft.

„Ich nehme nicht an, dass dir der Name Roger Deverell, Earl of Wharvedale ein Begriff ist. In England kennt ihn jeder, auch wenn es seit einiger Zeit still um ihn geworden ist. Vor ein paar Jahren waren seine dubiosen Waffengeschäfte für die Boulevardblätter das Thema Nummer eins. Vor Gericht ist er allerdings nie gestanden. Der Rüstungskonzern, für den er als Lobbyist tätig war, hat ihn buchstäblich freigekauft. Damit war auch Schluss mit den Millioneneinkünften, und seine Lordschaft musste sich nach anderen Einkommensquellen umsehen. Hier kommen meine Kollegen von der Kunst- und Trödeltruppe ins Spiel."

Giorgio hob fragend eine Augenbraue, wagte es aber nicht, Sydney erneut ins Wort zu fallen.

„Verzeihung, so nennen wir intern die ‚Art Squad', die auch für gestohlene oder gefälschte Antiquitäten zuständig ist. Aber zurück zum Thema: Es besteht seit Langem der Verdacht, dass der gute Roger seinen aufwändigen Lebensstil durch einen mehr als fragwürdigen Handel mit Kunstschätzen aller Art finanziert. Nachzuweisen war ihm aber bisher nichts, denn sämtliche Bemühungen, einen Hausdurchsuchungsbefehl zu erwirken, hat er dank seiner guten Beziehungen erfolgreich abgeschmettert. Offiziell lebt er von den Einkünften seines Reisebüros, von Mieteinnahmen und vom Geld seiner Frau ...

„Und jetzt hat Scotland Yard die Erlaubnis, sein Haus zu durchsuchen?", warf Giorgio, der allmählich ungeduldig wurde, nun doch ein. „Und was hast du damit zu tun? Du bist doch kein Kunstfahnder, sondern von der Mordkommission?“

„Der Earl of Wharvedale wurde gestern Nachmittag auf seinem Landsitz mit einer Kopfwunde tot aufgefunden. Bis tief in die Nacht liefen die Telefone heiß, sogar der Innenminister soll sich eingeschaltet haben. Wie auch immer, das Obduktionsergebnis liegt dank der Interventionen von ganz oben bereits vor. Der Earl ist niedergestoßen worden, was ein Hämatom an seinem Brustbein belegt. Er ist mit der Schläfe an einer scharfen Kante aufgeschlagen. Es kam zu einer Gehirnblutung, die ziemlich rasch zum Tod geführt hat.“

„Also Mord, Totschlag oder zumindest Körperverletzung mit tödlichem Ausgang. Und du leitest ab sofort die Ermittlungen, während sich die Kollegen von der ‚Trödeltruppe‘ im Windschatten der Mordkommission den lang ersehnten Zugang zum Haus verschaffen. Sehe ich das richtig? Und was habe ich damit zu tun?“

„Du warst Kriminalkommissar, bist nun bei der Kunstpolizei und somit die ideale Kombination für diesen Fall.“

„Aber wie ein Minister ohne Portefeuille und somit nutzlos“, widersprach Giorgio.

„Im Gegenteil. Du bist ein Italiener, der zwar ein grässliches Amerikanisch spricht, aber du hast Germanistik studiert und verstehst Deutsch. Ich habe hier eine Liste der Verdächtigen. Einer aus der Reisegruppe, die sich zum fraglichen Zeitpunkt auf dem Anwesen der Wharvedales aufgehalten hat, ist mit höchster Wahrscheinlichkeit der Täter – oder die Täterin. Auch eine Frau könnte durchaus den Earl zu Fall gebracht haben. Aber ich schweife ab. Der springende Punkt ist: Vier Personen besitzen italienische, vier weitere österreichische Pässe. Dann haben wir noch einen Deutschen und einen Amerikaner an Bord. Lediglich sechs Touristen – und der Busfahrer – sind britische Staatsbürger."

„Alle verstehen doch Englisch, wie ich annehme. Abgesehen davon: Ich bin kein Dolmetscher", protestierte Giorgio.

„Das nimmt auch keiner an", beschwichtigte Sydney den aufgebrachten Giorgio, der offenbar nicht die geringste Lust hatte, London zu verlassen. „Aber wenn die Leute untereinander in ihrer Muttersprache reden, kannst du vielleicht etwas aufschnappen ..."

„... und danach laufe ich wie ein mieser, kleiner Polizeispitzel zu euch. Nein danke, auf mich müsst ihr verzichten ..."

„... und *du* verzichtest auf die einmalige Chance, dabei zu sein, wenn ein Kunstskandal erster Güte auffliegt. Seine Lordschaft hatte jede Menge Dreck am Stecken. Wenn ich an deiner Stelle wäre, würde ich die adelige Räuberhöhle nur allzu gern stürmen. Du sitzt ab Montag aber offenbar lieber wieder im Vortragsraum, um von deinen Erfolgen zu erzählen. Der Seminarleiter wird sich sicher wundern, wieso du überhaupt da bist. Mit ihm und den jeweiligen Chefs ist alles bereits abgesprochen. Schade, Giorgio. Ich wünsche dir ein schönes Wochenende." Wütend drehte sich Sydney auf dem Absatz um.

„Warte doch, Sydney. Es tut mir leid, aber das alles kommt für mich ziemlich überraschend", stammelte Giorgio. „Wenn ich dir helfen kann, komme ich natürlich mit. Und du hast recht, eine solche Gelegenheit bekomme ich kein zweites Mal."

„Dann beeil dich. In zwanzig Minuten holt uns Detective Sergeant David Freeman mit dem Dienstwagen ab. Er ist ein netter Kerl, du wirst sehen. Auf der Fahrt können wir dann alles Weitere besprechen."

„Und dein Koffer?"

„Hat Deborah gepackt. Das wird uns nur kurz aufhalten. Meine Wohnung liegt in der richtigen Richtung ..."

„... und die wäre? Ich habe nicht die geringste Ahnung, wohin wir fahren."

„Die Cotswolds sind dir kein Begriff? Dann ist es höchste Zeit, dass du sie kennen lernst. Eine der schönsten Gegenden von England!"

Irgendetwas klingelte in Giorgios Hinterkopf. Er hatte den Namen schon gehört, aber von wem und wann? Im Moment fiel es ihm nicht ein, also konnte es auch nicht allzu wichtig sein. Statt darüber nachzudenken richtete Giorgio seine Aufmerksamkeit lieber auf das oberirdische London. Bisher hatte er nämlich außer auf den kurzen Wegen von und zu den U-Bahn-Stationen kaum etwas von der Stadt gesehen.

In Central London, in dem sich der Verkehr aufgrund der teuren City-Maut in Grenzen hielt, kamen sie rasch voran. Doch kaum hatten sie die nordwestlichen Außenbezirke in Richtung der Autobahn M4 erreicht, begann die Kolonne zu stocken. In aller Ruhe konnte Giorgio die Häuserzeilen der Wohnviertel betrachten, die sich von Straße zu Straße nur wenig voneinander unterschieden. Lediglich der Anstrich der Türen brachte etwas Abwechslung in die einheitlich gestalteten Fassaden der aneinanderklebenden Backsteinbauten, doch auch hier blieb die Auswahl auf wenige Farben beschränkt. Blitzblau, Karmesinrot, Giftgrün, Sonnengelb oder Weiß, mehr gab die Palette nicht her. Auch die Türklopfer aus Messing – Ringe,

Hände oder Löwenköpfe – wiederholten sich in schöner Regelmäßigkeit.

Sergeant Freeman war ein versierter Autofahrer, der immer wieder auf Schleichwege auszuweichen versuchte, was leider nichts nützte. Es war Freitagabend und laut Wettervorhersage der Beginn des ersten schönen Wochenendes seit Langem. Halb London drängte hinaus aufs Land, und wie es aussah, würden sie stundenlang in den verstopften Straßen feststecken.

„Wir sind im Einsatz, worauf warten Sie noch, David?"

„Auf Ihr Okay, Sir", grinste der Sergeant seinen Vorgesetzten via Rückspiegel an. Sekunden später erstickte die Sirene jedes Gespräch. Gemeinsam mit dem flackernden Blaulicht zeigte der ohrenbetäubende Lärm die gewünschte Wirkung. Die Blechlawine vor ihnen teilte sich wie das Rote Meer unter Moses, und der weiße Vauxhall Astra mit dem blau-gelben Signet an den Seiten glitt ungehindert an den Autoschlangen vorbei.

Wie ein verhinderter Rennfahrer sieht der junge Mann gar nicht aus, wunderte sich Giorgio. Er war freilich nicht der Erste, der sich vom unsportlichen Äußeren des etwa Dreißigjährigen täuschen ließ. David Freeman konnte man sich durchaus als biederen Buchhalter, jedoch nur schwer als Detektiv vorstellen, der hinter dem Steuer eines Boliden Verbrecher jagte. Alles an ihm war etwas zu rund geraten – angefangen beim Kopf in perfekter Kugelform über die zylindrische Leibesmitte bis zu den Zehen, die in nahezu ebenso breiten wie langen Schuhen steckten. Seine goldblonden Naturlocken kringelten sich wie bei einem Weihnachtsengel um sein Haupt und rahmten ein kreisförmig geschnittenes Gesicht ein, aus dem kugelrunde, himmelblaue Augen mit dem Ausdruck kindlichen Erstaunens auf eine Welt voller Ecken und Kanten blickten.

Wenn Giorgio die Meilenangaben auf dem Tacho richtig umrechnete, brausten sie mit mehr als 150 Stundenkilometern dahin. Eine Geschwindigkeit, mit der sich der Sergeant offenbar nicht bescheiden wollte. Ohne Zustimmung seines Vorgesetzten aber wagte er es offenbar nicht, den Gashebel weiter durchzutreten. Ein Ansinnen, das Sydney kurz und bündig abschmetterte. „Lass es gut sein, David. Wir erreichen Whiteberry Yew Hall auch ohne Raserei noch bei Tageslicht“, stellte er zufrieden fest, während der Vauxhall mit nunmehr ausgeschaltetem Folgetonhorn auf der M40 Richtung Oxford dahinbrauste.

„Was bedeutet eigentlich *Yew*? Ich habe den Ausdruck noch nie gehört. In meinem Dictionary steht er auch nicht“, erkundigte sich Giorgio, nachdem er sein Taschenwörterbuch zugeklappt hatte.

„Yew ist ein anderes Wort für Eibe. So gut wie alles an dem Baum ist giftig, das Holz, die Rinde, die Nadeln, der Samen. Ich hatte einmal einen Fall, da hat die Ehefrau ihren Mann mit Eibenmarmelade umgebracht. Wir konnten ihr den Mord jedoch nicht nachweisen. Der Samenmantel der tiefroten Früchte ist nämlich das einzig Ungiftige, schmeckt sehr süß und eignet sich zum Einkochen, wenn man die gefährlichen Samen entfernt. Ihr sind leider ein paar hineingerutscht. Die Geschworenen glaubten an ein Versehen und die Frau wurde freigesprochen.“ Sydneys Gesicht verzog sich zu einer grimmigen Miene. Dass die Mörderin davongekommen war, zählte zu den wenigen Niederlagen seiner bisherigen Karriere.“

„Der Earl ist aber nicht vergiftet worden“, stellte Giorgio lakonisch fest. Auf Italienisch sagt man übrigens Tasso. Aber wieso Whiteberry? Du sagst doch, die Beeren sind rot?“

„Normalerweise schon, aber was ist bei den Wharvedales schon normal? Irgendein Vorfahre unseres Rogers hat irgendwann von einer seltenen Eiben-Art mit weißen Früchten gehört. Dass diese exotische Rarität nur in China vorkommt, hat ihn nicht weiter gestört, im Gegenteil. Je ausgefallener, desto besser. Kurzerhand hat er gleich mehrere Dutzend Bäumchen nach England geholt, eingepflanzt und seinen Landsitz entsprechend umgetauft. Wie Whiteberry Yew Hall vorher geheißen hat, fällt mir grade nicht mehr ein.“

„Woher weißt du das alles überhaupt?“, wunderte sich Giorgio. „Bist du etwa Adelsexperte?“

„Wirklich nicht. Gegen die Queen habe ich nichts, aber sonst kann mir der Adel samt und sonders gestohlen bleiben. Vor allem so schräge Vögel wie der derzeitige Earl of Wharvedale. Aber ob man wollte oder nicht, an ihm ist man die längste Zeit nicht vorbeigekommen. Als er noch für Schlagzeilen gesorgt hat, hat sich die Presse mit Berichten über sein Privatleben förmlich überschlagen. Auch das Fernsehen hat jede Menge Homestories gezeigt, nicht nur über Yew Hall, sondern auch über seine Stadtresidenz. Natürlich in standesgemäßer Lage, in Belgravia, dem teuersten Pflaster Londons, wenn nicht der ganzen Welt. Woher er das Geld für die Renovierung genommen hat? Darüber haben die Medien ausführlich spekuliert ... Um Himmels willen, die Medien! Die Journalistenmeute hab ich völlig vergessen.“

Sydney griff nach dem Handy in seiner Sakkotasche, doch die war leer.

„Rück ein wenig zur Seite. Ich glaube, es ist herausgerutscht und jetzt sitzt du drauf.“ Er hatte richtig geraten, das vermisste Telefon lag eingeklemmt zwischen Sitzbank und Lehne. „Funktioniert. Die Dinger sind robuster, als sie aussehen", stellte er erleichtert fest. Doch dann verdüsterte sich seine Miene. „Verflixt, irgendwann muss ich die Nummer gelöscht haben."

„Falls Ihnen der CID Gloucester etwas nützt, den habe ich eingespeichert, Sir", mischte sich der Sergeant ein.

„Sie lassen Ihre Hände schön am Steuer. Aber danke, in Gloucester wird man ja wohl wissen, wo und wie ich Peter Sterling erreichen kann. Giorgio, fisch mir bitte Davids Handy vom Beifahrersitz, ich reiche nicht hin."

„Ausgerechnet du willst einen Reporter anrufen?", fragte Giorgio verwundert.

„Wie kommst du bloß auf so eine Idee? Das ist das Letzte, was mir einfallen würde. Nein, Sterling ist kein Journalist. Er ist Detective Inspector in Gloucester und ich muss ihn unbedingt sofort sprechen. Aber wahrscheinlich ist es ohnedies bereits zu spät."

„Wofür denn? Könntest du vielleicht aufhören, in Rätseln zu sprechen?"

„Für unser Nachtquartier. Sterling hat garantiert nicht daran gedacht, Zimmer für uns zu reservieren. Nach Fretton-on-Hill kommt kaum ein Tourist, und wahrscheinlich haben sich unsere Freunde von Presse und Fernsehen sämtliche verfügbaren Betten bereits gesichert."

Ein Verdacht, der sich bald bestätigen sollte. „So etwas macht er absichtlich", schäumte Sydney. „Er ist wütend, weil wir ihm den Fall weggeschnappt haben und wird uns noch eine ganze Menge weiterer Prügel vor die Füße werfen. Offenbar ist ihm nicht klar, dass ihn seine Vorgesetzten in Gloucester sowieso zurückgepfiffen hätten. Die Sache wäre für einen einfachen

Beamten wie ihn, der gestern Abend zufällig Dienst hatte, um einige Schuhnummern zu groß. Sterling ist und bleibt ein Idiot.

„Du kennst ihn?"

„Von der Polizeischule. Und schon damals hab ich ihn nicht ausstehen können – was auf Gegenseitigkeit beruht. Ich habe in London Karriere gemacht, er hat es nicht einmal in der Provinz weiter als bis zum Detective Inspector gebracht. Leider wird er uns erhalten bleiben, denn jetzt hat der CID Gloucester keinen Grund mehr, ihn abzuberufen. Wie du dir vorstellen kannst, ist man dort ebenfalls nicht erfreut darüber, dass sich Scotland Yard eingeschaltet hat. Pro forma darf man uns jedoch einen Beamten zur Seite stellen und wenn es der unfähigste ist – umso besser!"

Rivalitäten, die Giorgio bekannt vorkamen. Er selbst hatte die unüberbrückbare Kluft zwischen Polizei und Carabinieri zu spüren bekommen. Ein Kriminalkommissar, der seinen Job gegen den eines Kunstfahnders eintauschte, galt in Italien als Verräter. Wie schwer ihm die Entscheidung gefallen war, ahnte freilich keiner seiner einstigen Kollegen, die nun die Straßenseite wechselten, wenn sie ihm in Giorgios Heimatstadt Trapani über den Weg liefen. Er war viel zu selten dort, wie er sich eingestand, aber das war der Preis für sein neues Leben an Elenas Seite, das so viel bunter und spannender war als sein altes.

„Wir sind gleich in Fretton. Wollen Sie sofort nach Yew Hall weiterfahren oder möchten Sie zuerst ein Hotel suchen, Sir?" Früher als erwartet kam das Ortsschild in Sicht und David Freeman drosselte das Tempo.

„Mehr als eines wird es nicht geben", brummte Sydney. „Da ist es ja schon. Bleiben Sie kurz stehen, Sergeant. Viel Hoffnung habe ich nicht, aber ich frage nach. Du kannst inzwischen einen Blick auf meine Unterlagen werfen, Giorgio. Damit wir nicht gänzlich unvorbereitet sind, habe ich mir das vorläufige Obduktionsergebnis und die Daten der Reisegruppe mailen lassen."

Sobald Sydneys schlaksige Gestalt hinter der dunkelgrün lackierten Eingangstür des White Lamb Inn verschwunden war, nahm Giorgio sich die Teilnehmerliste vor. Eher desinteressiert überflog er die Namen – und stöhnte entsetzt auf.

## 8. Kapitel

Während der Vauxhall die letzten Kilometer bis Whiteberry Yew Hall über die schmale Nebenstraße rumpelte, überlegte Giorgio fieberhaft. Wie und wann sollte er Sydney beibringen, dass er sich ab sofort aus den Ermittlungen heraushalten musste? Ausgerechnet Elena stand auf der Liste der Verdächtigen. Und nicht nur sie, sondern auch ihre Mutter, ihre gemeinsamen Freunde Adele und Ludwig sowie die Reiseleiterin Felicitas.

Er würde die Angelegenheit nicht in Anwesenheit von Sergeant Freeman besprechen, so viel stand fest. Je weniger über seine indirekte, aber dennoch fatale Verwicklung in den Fall bekannt wurde, umso besser für alle Beteiligten. Nur allzu gut konnte er sich vorstellen, wie rasch Gerüchte bei Scotland Yard die Runde machen würden. Schlimmer noch, auch die Presse konnte früher oder später Wind davon bekommen.

„Wenn man vom Teufel spricht …“, murmelte Giorgio fast unhörbar vor sich hin, als nach einer scharfen Kurve die Einfahrt zum Familiensitz der Wharvedales in Sicht kam. Auch aus der Distanz von etwa hundert Metern war zu erkennen, was sich dort abspielte. Gut ein Dutzend Reporter, Kameraleute und Fotografen drängte sich vor dem mächtigen schmiedeeisernen Tor. Als sie den sich nähernden Wagen bemerkten, stürzten sie auf das Polizeiauto zu, sodass es nur noch im Schritttempo weiterkam und schließlich anhalten musste. Wie kurz zuvor inmitten einer Schafherde, die in aller Ruhe die Straße überquert hatte. Ein nicht enden wollender Strom wolliger Körper war an den Autofenstern vorbeigezogen, blökend wie nun die Medienmeute, die sich durch die eilig geschlossenen Scheiben Gehör zu verschaffen suchte.

Vergebens, denn mehr als Wortfetzen drangen nicht zu den Insassen vor. Und auch damit war Schluss, als David die Geduld verlor und die Sirene einschaltete. Erschrocken wichen die Belagerer zurück, gleichzeitig öffnete sich das Tor zur Einfahrt. Geistesgegenwärtig hatte ein Polizist, der vermutlich für diese Aufgabe abkommandiert worden war, den automatischen Toröffner betätigt. Der Vauxhall machte einen Satz nach vorne – und war in Sicherheit. Auch wenn sich die beiden Torflügel nun mit enervierender Langsamkeit wieder aufeinander zubewegten. Einer der Reporter wagte es dennoch, hindurchzuschlüpfen, doch der Wachposten scheuchte ihn zurück.

„Gut gemacht, Constable", sagte Sydney anerkennend. „Polizeistation Fretton, nehme ich an?" Verlegen räusperte sich der junge Mann und setzte zu einer Antwort an. Mit einer gebieterischen Handbewegung wurde er von einem Beamten in Zivil zur Seite gewunken.

„Messerscharf kombiniert, Smith. Oder muss ich jetzt Detective Chief Inspector zu dir sagen?" Der süffisante Tonfall war nicht zu überhören. Offenbar kaute Peter Sterling noch immer an der bitteren Pille, dass seinem CID – und somit ihm – der Fall entzogen worden war.

„Erst einmal wünsche ich dir einen schönen Abend", antwortete Sydney freundlich. Er würde sich von seinem Konkurrenten aus Jugendtagen nicht provozieren lassen. „Wenn du mich so nennen möchtest, steht dir das natürlich frei. Du hast ja immer schon ein Faible für Förmlichkeiten gehabt. Ich sollte dich dann wohl ebenfalls mit deinem Rang ansprechen."

Eins zu null für Scotland Yard, stellte Giorgio, der dem Schlagabtausch fasziniert gefolgt war, fest. Besser konnte man einen Fehdehandschuh kaum zurückwerfen. Umso dringlicher erschien es ihm, seinem Freund reinen Wein einzuschenken. Dieser CID-Mann war ein nicht zu unterschätzender Gegner, dem man unter gar keinen Umständen Munition für eine Intrige liefern durfte.

„Bis später", beendete Sydney das Gespräch. Widerwillig gab Sterling, der mit unverhohlener Neugier ins Wageninnere spähte, den Weg frei. Nur allzu gern hätte er gewusst, wer der zweite Mann auf dem Rücksitz war. Aber das würde er in Kürze herausfinden.

„Halten Sie bitte kurz an, Sergeant", bat Giorgio, als sich der Wagen Richtung Schloss in Bewegung setzte.

„Du möchtest austreten? Eine gute Idee. Wenn wir gleich nach der Toilette fragen, macht das sicher keinen guten Eindruck. Das gilt auch für Sie, David, aber Sie warten, bis wir zurück sind. Kann aber dauern, denn rauchen werden wir auch eine. Wer weiß, wann wir wieder Gelegenheit dazu haben." Mit einem spitzbübischen Lächeln vergewisserte sich Sydney, dass er Zigaretten und Feuerzeug eingesteckt hatte.

Die beiden verschwanden hinter den mächtigen Stämmen der Eibenallee. Als sie nach einer geraumen Weile wieder auftauchten, war Sydneys heitere Miene wie weggewischt. Er hatte eine Entscheidung getroffen, mit der er seine Karriere riskierte – aber wie auch immer die Sache ausgehen mochte, er würde dazu stehen.

„Spätestens übermorgen kann sich alles in Wohlgefallen aufgelöst haben", hatte er Giorgio gegenüber argumentiert. „Die Gruppe wird Sonntagfrüh mit dem Bus aus London angekarrt. Vom selben Chauffeur, dann haben wir den auch bei der Hand. Das hat mein Chef mit der Reiseleiterin telefonisch bereits vereinbart. Ein wenig umständlich, aber die einzige Möglichkeit. Wie du weißt, konnten wir die Leute nicht zwingen, in den Cotswolds zu bleiben, solange nicht feststand, woran Wharvedale gestorben ist. Wenn sich bei den Vernehmungen herausstellt, dass deine Elena als Täterin nicht in Frage kommt, ist alles in bester Ordnung. Bis dahin kein Sterbenswort zu wem auch immer. Vor allem nicht zu ihr. Bisher weiß sie nur, dass sie mit den anderen zu einem Lokalaugenschein nach Yew Hall zurückkommen muss. Dass auch du hier bist, kann sie nicht ahnen."

Giorgio wäre am liebsten auf der Stelle umgekehrt.

„Elena wartet in ihrem Londoner Hotel auf mich. Eigentlich sollte ich schon dort sein. Wenn ich mich nicht melde, wird sie Himmel und Hölle in Bewegung setzen, um mich zu finden."

„Dann ruf sie an – und zwar gleich. Erfinde irgendwas, warum du heute verhindert bist. Auch für morgen musst du dir etwas einfallen lassen. Dass du diesmal auch am Samstag zum Seminar musst, weil ein ganz wichtiger Mann aus Deutschland doch noch kommt. Irgend sowas halt. Morgen bist du jedenfalls unabkömmlich – und am Sonntag wird sie dann keine Zeit haben, weil sie unterwegs zu uns ist."

Nach dem kurzen Telefonat war Giorgio noch verstörter als zuvor. Wie ihm nun klar war, hatte ihn Elena bereits gestern angelogen und auch jetzt hatte sie rasch eine Ausrede parat gehabt, als er, um auf den Busch zu klopfen, für Sonntag einen Bummel durch den Hyde Park vorgeschlagen hatte. Offenbar war Elena nicht bereit, ihm über ihre Verwicklung in den dubiosen Todesfall reinen Wein einzuschenken. Den Grund dafür konnte er freilich unschwer erraten: Sie wollte wohl nicht, dass er ihr das Versprechen abnahm, sich keinesfalls in die Arbeit der Polizei einzumischen.

Zwar waren diesmal andere über die Leiche gestolpert, nicht Elena selbst, doch wieder einmal war ein Mord in ihrem unmittelbaren Umfeld passiert. Wie zuletzt bei ihrer Wüstentour durch die Sahara. Und wieder einmal würde sie ihre Nase in Dinge stecken, die sie nichts angingen – und sich damit vielleicht erneut in Lebensgefahr begeben, weil sie einem Mörder zu nahe gekommen war. Diesmal ist wenigstens ihre Mutter dabei, beruhigte Giorgio sich selbst. Auch wenn es ihm mehr als fraglich erschien, ob Ilse Hubinek ihre Tochter von irgendetwas abhalten konnte, das sie sich in den Kopf gesetzt hatte.

Der feinkörnige Kies knirschte leise, als Sergeant Freeman den Vauxhall langsam auf dem Rondo vor dem Hauptportal ausrollen ließ. Obwohl die Dämmerung kaum eingesetzt hatte und erst wenige Sterne am nahezu wolkenlosen Himmel aufblitzten, tauchten versteckt angebrachte Scheinwerfer den Eingangsbereich in helles und dennoch mildes Licht. Lautlos öffnete sich die schwere Holztür und eine Gestalt in einem dunklen Anzug erschien.

Giorgio fühlte sich in eine Filmszene versetzt, als er hinter Sydney eine der beiden Freitreppen hinaufstieg, die sich in eleganten Bögen emporschwangen, um sich unter einem schmalen Portikus zu einem perfekten Rund zu vereinen. Erst als die zwei oben angekommen waren, trat der Mann, der sie reglos erwartet hatte, vor.

„Chief Inspector Smith und Tenente Colonnello Valentino, wie ich annehme. Guten Abend. Sie werden bereits erwartet.“ Weder die Bekleidung noch die förmliche Begrüßung ließen einen Zweifel daran, dass sie vom Majordomus von Yew Hall in Empfang genommen wurden. „Vielleicht könnte Ihr Sergeant den Wagen auf dem Parkplatz abstellen. Auf der Rückseite findet er dann auch den Dienstboteneingang."

Eine Anweisung, die nicht wiederholt werden musste. Bevor Sydney ein Wort sagen konnte, öffnete Freeman, der verschüchtert auf der untersten Stufe stehen geblieben war, bereits die Fahrertür. Mit unbewegter Miene wandte sich der Butler wieder den Besuchern zu. „Wenn Sie mir nun bitte folgen würden."

Sydney und Giorgio, die bisher nicht mehr als die üblichen Begrüßungsworte herausgebracht hatten, blieb gar nichts anderes übrig, als stumm hinter ihrem Führer herzutrotten. Ohne sich auch nur einmal umzuwenden, durchquerte er die große Eingangshalle, hinter der sich ein ziemlich kleiner, anheimelnder Salon befand. Offenbar gehörte es zum guten Ton, nicht anzuklopfen, denn bevor sie es sich versehen konnten, standen sie vor der Herrin des Hauses.

„Danke, Charles. Ich komme schon zurecht", entließ die Countess of Wharvedale ihren Butler und sah die Besucher an. Dieser an Überraschungen reiche Tag hielt für Giorgio noch eine weitere parat: Wie auch immer er sich die Witwe eines englischen Grafen vorgestellt haben mochte, so wie diese Frau jedenfalls nicht. Von Trauerkleidung hielt sie offenbar wenig. Ein fließend fallendes Ensemble aus hellblauer Wildseide unterstrich ihre schlanke, mädchenhafte Figur. Dazu trug sie eine doppelreihige Halskette und Ohrgehänge aus Türkisen, die ihren dezent gebräunten Teint zur Geltung brachten.

Mit ihren klaren, ebenmäßigen Gesichtszügen, der zierlichen Nase, den blaugrauen Augen und einem perfekt geschnittenen Mund verkörperte sie jenen klassischen Typ einer kalifornischen Blondine, den Grace Kelly zum Schönheitsideal schlechthin erhoben hatte.

Es war nicht zu übersehen, dass Gracia Patricia von Monaco Patricia of Wharvedale als Vorbild diente.

Ebenso erstaunlich wie ihre Erscheinung war auch die Begrüßung, die sich in jeder Hinsicht vom höflichen, aber distanzierten Empfang durch ihren Butler unterschied. Die Gräfin stellte das Glas, an dem sie bei Giorgios und Sydneys Eintreten genippt hatte, auf einer gut bestückten Hausbar ab und ging mit ausgestreckten Armen auf sie zu. „Herzlich willkommen, meine Herren. Sie können sich gar nicht vorstellen, wie froh ich bin, dass Sie kommen konnten. Sie sind natürlich meine Gäste. Aber bevor wir beim Essen alles Weitere besprechen, müssen Sie unbedingt einen Aperitif nehmen. Was darf es sein? Whisky, Cognac, Sherry? Vielleicht ein Martini-Cocktail oder ein Campari?"

Giorgio fing sich als erster und murmelte die obligaten Höflichkeitsfloskeln, was wiederum eine unerwartete Reaktion zur Folge hatte.

„Woher haben Sie bloß Ihren hübschen amerikanischen Akzent", rief die Gräfin lachend aus. „Leider habe ich meinen irgendwann verloren." Was natürlich schamlos gelogen war, wie Sydney aus einem erst kürzlich ausgestrahlten Interview wusste. Für die Amerikanerin Patricia Marilyn Newhouse war es alles andere als einfach gewesen, nach ihrer Hochzeit mit einem waschechten Earl das Englisch der britischen Oberschicht zu erlernen. Es hatte sie, wie sie vor laufender Kamera eingestand, unzählige Stunden – und das gesalzene Honorar für die besten Sprachlehrer des Landes – gekostet.

Wie Giorgio, der am liebsten auf der Stelle verstummt wäre, verabscheute auch Sydney jene Art von Small Talk, die hier in höchster Perfektion gepflegt wurde. Belangloses Geplapper war offenbar der Preis, den man in diesen Kreisen für eine Dinner-Einladung bezahlen musste.

Zwanzig Minuten und zwei Drinks später fanden sich die beiden im sogenannten „kleinen Speisezimmer" wieder. Eine kokette Untertreibung, denn eine Großfamilie hätte an der langen Tafel durchaus Platz gefunden. Erstaunlicherweise strahlte der Raum trotz seiner Größe eine behagliche Atmosphäre aus, was nicht zuletzt an den goldfarbenen Samtvorhängen und der raffinierten Beleuchtung liegen mochte.

Augen zu und durch, dachte Giorgio, der sich selbst in diesem Ambiente nicht allzu viel von der englischen Küche versprach. Hungrig, wie er war, würde er wohl sogar eine langweilig gewürzte Gemüsesuppe und danach den zu erwartenden trockenen Lammbraten samt dieser abscheulichen Minzsauce irgendwie hinunterwürgen können. Er würde sich jedenfalls nichts anmerken lassen. Als jedoch ein adrett gekleidetes Hausmädchen den ersten Gang servierte, las die Gräfin in seinem Gesicht wie in einem offenen Buch.

„Ich hoffe, Ihren Geschmack getroffen zu haben", sagte sie lächelnd. „*Rigatoni al sugo di noci*, ein Lieblingsgericht meines Mannes. Aber lassen wir jetzt die Konversation. Gutes Essen sollte man schweigend genießen." Die bissfest gekochte Pasta in einer Sauce aus Walnuss- und Pinienkernen hätte jedem italienischen Spitzenlokal alle Ehre gemacht, ebenso die mit jungen Kartoffeln im Rohr auf den Punkt gegarte Goldbrasse. Erst als ihre Gäste die mit einem Gewürzlikör verfeinerte *Zuppa inglese* ausgelöffelt hatten, nahm die Countess den Gesprächsfaden wieder auf.

„Roger wurde in Italien geboren, wussten Sie das? Sein Vater war damals britischer Botschafter in Rom. Er hat perfekt Italienisch gesprochen, weil er erst als

Zehnjähriger nach England gekommen ist. Nach Eton, ins Internat, um genau zu sein. Seine um einiges ältere Schwester Florence ist in Italien geblieben. Bis heute. Sie hat in Florenz Kunstgeschichte studiert und dort auch ihren späteren Ehemann kennen gelernt."

Die Gastgeberin erwartete offenbar keine Antwort, sondern deutete auf die eben servierte Käseplatte, die mit schwarzen und grünen Oliven dekoriert war.

„Unseren Weißwein haben Sie bereits gekostet, jetzt ist der Rote an der Reihe. Ebenfalls ein Francini, was Ihnen vielleicht etwas sagt."

Giorgio nickte zustimmend. „Einer der edelsten Tropfen der Toskana und in ganz Italien bekannt. Wenn mich nicht alles täuscht, liegt das Weingut Francini in der Nähe von Montepulciano."

„Richtig, genauer gesagt in den Hügeln zwischen Valdichiana und Val d'Orcia. Meine Schwägerin Florence ist die Witwe von Carlo Francini. Aber reden wir lieber über die weitere Vorgehensweise. Wie ich vom Sekretär des Innenministers erfahren habe, findet morgen ein Lokalaugenschein auf Yew Hall statt und bereits am Montag die Untersuchungsverhandlung des Coroners im Rathaus von Fretton. Dort könnten Sie auch in irgendeinem Büro die Teilnehmer der Reisegruppe einvernehmen, aber das halte ich für zeitaufwändig und somit wenig sinnvoll. Auf Yew Hall haben wir genügend Platz. Am besten, Sie schauen sich morgen früh um, welche Räumlichkeiten sich am besten eignen."

Mit so viel Entgegenkommen hatte Sydney, der sich in seiner Haut sichtlich unwohl fühlte, nicht gerechnet. In wenigen Stunden würde die Art Squad von Scotland Yard mit einem Hausdurchsuchungsbefehl eintreffen und es war mehr als fraglich, ob er dann noch immer willkommen wäre. Daher blieb ihm nichts anderes übrig, als reinen Tisch zu machen.

„Das ist sehr freundlich von Ihnen …“, setzte er zu einer Erklärung an.

„… aber Sie fürchten, dass ich Sie hinauswerfen könnte, weil Ihre Kollegen mein Haus auf den Kopf stellen werden. Und jetzt überlegen Sie, wie Sie mir das beibringen sollen. Dabei weiß ich doch längst Bescheid. Auch über Ihre Rolle, Tenente Colonnello. Als Kriminalist sind Sie ein Allrounder und somit nicht nur der ideale Berater für den Chief Inspector, sondern auch für die Kunstfahnder.“ Amüsiert betrachtete Patricia Deverell die verlegenen Mienen der beiden Männer.

„Ich war doch diejenige, die bei Scotland Yard interveniert hat, dass man mir die fähigsten Beamten schickt. Ich möchte, dass der Tod meines Mannes so schnell wie möglich aufgeklärt wird. Und ich habe selbstverständlich auch nichts gegen die Durchsuchung seiner Privaträume einzuwenden. Ich selbst weiß kaum etwas über Rogers Geschäfte, darum habe ich mich nie gekümmert. Auch ich halte es aber durchaus für möglich, dass hier das Motiv für seine Ermordung zu finden ist.“

„Ich weiß nicht, was ich sagen soll, Countess …“, stammelte Sydney, doch auch diesmal kam er nicht weit.

„Am besten gar nichts“, fertigte ihn die Gräfin kurz und bündig ab. „Und bevor ich es vergesse: Ihre Zimmer sind bereit. Sie übernachten natürlich hier, denn woanders werden Sie wohl schwerlich noch ein freies Bett finden. Außerdem ist es für alle Beteiligten praktischer, wenn Sie vor Ort sind. Vielleicht möchten Sie sogar heute schon mit dem Personal sprechen, das spart Ihnen morgen einiges an Zeit. Ja? Charles, bitte begleiten Sie den Chief Inspector in die Küche. Ich werde mich unterdessen noch ein wenig mit unserem Gast aus Italien unterhalten."

Diese Frau ist wahrlich kein Leichtgewicht, dachte Giorgio, als er der Gräfin in den kleinen Salon nebenan folgte. Ihr entging nichts von dem, was um sie herum vorging. Umso unwahrscheinlicher erschien es ihm, dass sie von den Machenschaften ihres Mannes keine Ahnung gehabt haben sollte. Das Gegenteil würde man ihr aber wohl kaum jemals nachweisen können.

„Bedienen Sie sich selbst", riss ihn Patricias wohlmodulierte Stimme aus seinen Überlegungen. Mit einem leisen Seufzer ließ sie sich in einen mit Chintz überzogenen Fauteuil fallen und deutete auf eine mit goldfarbener Flüssigkeit gefüllte Karaffe, die neben zwei Gläsern auf einem Tischchen beim Kamin stand. Für mich bitte auch einen Sherry – und dann setzen Sie sich zu mir."

Giorgio fiel beim besten Willen nichts ein, womit er ein Gespräch eröffnen konnte. Am liebsten hätte er an diesem Abend nichts mehr getrunken, aber nun nahm er erst einmaleinen kräftigen Schluck, um sich eine kleine Atempause zu verschaffen. Es funktionierte.

„Erzählen Sie mir doch etwas von Ihrer wunderschönen Insel", forderte ihn die Countess auf, bevor sein Schweigen peinlich werden konnte. „Es ist Jahre her, dass ich das letzte Mal auf Sizilien war."

Gottergeben fügte sich Giorgio darein, erneut Zeit mit sinnlosem Small Talk zu vergeuden.

„Wo sind Sie daheim? In Taormina? Wie schön! Erst gestern habe ich jemand aus Taormina kennen gelernt. Eine Österreicherin, die sich dort ein Haus gekauft hat. Sie kennen sie vielleicht, eine hübsche Frau in meinem Alter. Ihren Namen habe ich leider vergessen. Sie werden sie ohnedies treffen, sie gehört zu dieser

Reisegruppe. Doch nicht zu den Verdächtigen, so viel ist sicher."

Elena! Es gab keinen Zweifel, Patricia meinte seine Elena. Schlagartig war die Müdigkeit, die Giorgio nach dem üppigen Mahl überkommen hatte, wie weggewischt.

„Solange nicht geklärt ist, wer sich zum Zeitpunkt des Mordes wo befunden hat, sind alle verdächtig", widersprach er. Auch wenn er lieber das Gegenteil gesagt hätte.

„Diese Frau hat ein durch nichts zu erschütterndes Alibi, glauben Sie mir. Sie ist in der fraglichen Zeit mit einem verstauchten, geschwollenen Knöchel gemeinsam mit mir vor dem Pavillon gesessen. Roger hat uns sogar noch zugewinkt, bevor er zum Irrgarten gegangen ist. Und sie war immer noch dort, als die chinesischen Buben Alarm geschlagen haben. Das kann vom Gärtner bis zum Serviermädchen das gesamte Personal bezeugen."

Wieder verschanzte sich Giorgio hinter seinem Glas, das er nun in einem Zug leerte. Er konnte sein Glück kaum fassen. Am liebsten wäre er der Countess um den Hals gefallen, aber er durfte sich keinesfalls etwas anmerken lassen. Was ihm allerdings nicht besonders gut gelang.

„Ein Alibi, das somit auch für Sie gilt", stellte er trocken fest und erzielte damit die erwünschte Wirkung. Patricia, die seine heftige Reaktion mit einem erstaunten Heben ihrer Augenbrauen quittiert hatte, ließ sich ablenken.

„Ich werde auch eines brauchen. Der trauernde Ehepartner rangiert doch in der Liste der Verdächtigen immer ganz oben", antwortete sie mit leisem Spott. „Vor allem, wenn der Ermordete alles andere als ein Mustergatte war. Aber genug davon. Als Ausländer können Sie hierzulande nicht offiziell ermitteln, also dürfte Sie weder der Zustand meiner Ehe noch mein Alibi allzu sehr interessieren. Es sei denn, Sie überschreiten Ihre Beraterfunktion ...“

Die Warnung war unüberhörbar und machte Giorgio klar, dass er eine Grenze verletzt hatte. Erst hatte das Kätzchen geschnurrt, jetzt zeigte es seine Krallen.

Zu seiner Erleichterung betrat Sydney in diesem Moment den Raum.

## 9. Kapitel

Diese Vögel zwitscherten nicht, sie brüllten. Giorgio warf einen Blick auf seinen Wecker. Fünf Uhr! Eine unchristliche Zeit, doch es war sinnlos, sich weiter im Bett herumzuwälzen. Es würde auch nichts bringen, das Fenster zu schließen, denn wenn er erst einmal aufstand, dann war es mit dem Schlaf endgültig vorbei. Er gönnte sich noch einen letzten Versuch, indem er sich die Decke über den Kopf zog, was nur wenig nützte. Das Konzert wurde zwar leiser, aber dafür bekam er kaum noch Luft. Was natürlich auch an den Zigaretten lag, von denen er einfach nicht lassen konnte.

Automatisch griff er nach der Packung Diana Rossa. Die Versuchung, sich sogleich eine anzustecken, war groß, aber die Macht der Gewohnheit war größer. Elena zuliebe rauchte Giorgio nicht mehr im Bett. Er bewunderte sie aufrichtig dafür, dass sie es geschafft hatte, dem Nikotin abzuschwören, und sah ein, dass ihr gemeinsames Schlafzimmer seither eine Tabu-Zone war.

Auf Yew Hall war man offenbar weniger heikel. In den Tapeten aus roséfarbener Seide hing ebenso wie in den darauf abgestimmten Vorhängen aus altrosa Damast unverkennbar der schale Geruch nach kaltem Rauch. Im offenen Kamin lag zwar kein Stäubchen Asche mehr, doch wahrscheinlich hatte hier noch in den letzten kalten Apriltagen ein wärmendes Feuer gebrannt.

Selbst an diesem Maimorgen empfand Giorgio die Zimmertemperatur als ziemlich kühl. Er war dankbar für den dicken Teppich, als er mit nackten Füßen zum Fenster tappte. Er lehnte sich hinaus – und für einen Moment verstummte das Vogelgezwitscher, um danach umso heftiger wieder einzusetzen. Doch es störte ihn nicht länger, denn keine Musik der Welt konnte besser zu dem Anblick passen, der sich vor seinen Augen ausbreitete.

Behutsam strichen die schräg einfallenden Strahlen der Morgensonne über Bäume und Sträucher, die kundige Gärtnerhände in Kugeln und Pyramiden, Trapeze und Dreiecke verwandelt hatten. Nichts war dem Zufall überlassen worden; nicht die Anordnung der Wege, die einmal schnurgerade und dann wieder in schwungvoll angelegten Biegungen Rasenflächen durchschnitten, und auch nicht die blühenden Spaliere und Hecken rund um einen von Seerosen bewachsenen Teich.

Als die Vogelschar wieder einmal eine Pause einlegte, vernahm Giorgio ganz und gar nicht leise Schnarchtöne, die aus dem geöffneten Fenster nebenan drangen. Sydney schlief den Schlaf der Gerechten – und vor Kurzem hätte er ihn darum beneidet. Angesichts des Märchengartens an einem perfekten englischen Morgen wie diesem erschien ihm nun aber jede Minute, die er weiterhin im Zimmer vertrödelte, als Vergeudung. Dementsprechend eilig fiel auch die Morgentoilette aus.

Giorgios Haare waren vom Duschen noch feucht, als er keine zwanzig Minuten später über die unmerklich ansteigende Hauptachse der Anlage schlenderte. Eigentlich hatte er sich gleich auf die Suche nach dem Schauplatz der Tragödie machen wollen. Von seinem Fenster aus war der Irrgarten nicht zu erkennen, also musste sich dieser auf der anderen Seite des Schlosses befinden. Doch die Aussicht, die sich ihm bot, war verlockender gewesen.

Nahezu nahtlos schien der kunstvoll angelegte Barockgarten in die umliegenden Hügel überzugehen. Bauernland, bedeckt von einem Tuch aus smaragdfarbenem Samt, in dem willkürlich verlaufende Wege und Bäche ein Muster aus unregelmäßigen Vierecken malten. Nur da und dort ragte ein einsamer Baum empor, bisweilen setzte ein kleines Wäldchen einen dunklen Akzent in das helle Grün der Wiesen und Felder, die sich in sanften Wellen vor ihm ausbreiteten.

In diesem bukolischen Traum fehlt bloß noch ein Schäfer mit seiner Herde, dachte Giorgio, und noch im selben Moment ging sein Wunsch in Erfüllung. Zwei struppige Köter undefinierbarer Rasse umsprangen laut bellend gut drei Dutzend Schafe, um sie in die gewünschte Richtung zu dirigieren. Jeden Pfiff ihres Herrn, der gemächlich hinter seinen Tieren hertrottete, wussten sie entsprechend zu deuten. Fasziniert beobachtete Giorgio die klugen Hunde bei ihrer Arbeit – und wäre beinahe in einen Abgrund gestürzt, der sich unvermittelt vor ihm auftat.

Keine meterhohe Mauer wie neben dem Einfahrtstor, sondern ein tiefer Graben schützte an dieser Seite das Anwesen vor unerwünschten Eindringlingen. Eine im Barock nicht selten geübte Praxis, um die Illusion von Weite und Freiheit zu schaffen, hätte ihm Felicitas erklären können. Giorgio hatte von Gartenarchitektur zwar nicht die geringste Ahnung, doch er begriff instinktiv, dass dieses Nebeneinander von Kunst- und Naturlandschaft einen Gutteil des Charmes von Yew Hall ausmachte.

Als von der Schafherde, die zielstrebig Hügel um Hügel erklomm, kaum noch etwas zu sehen war, wandte er sich um. Das Schloss breitete sich in seiner ganzen Pracht und Größe vor Giorgios Augen aus. Kein Zweifel, der Familiensitz der Wharvedales trug die Handschrift von Andrea Palladio. Auch wenn der, einer der größten Architekten, die Italien je hervorgebracht hatte, zum Zeitpunkt der Errichtung von Yew Hall bereits gut und gern zweihundert Jahre tot war.

Auf einer Reise durch den Veneto, die er sich nach seiner aufreibenden Scheidung gegönnt hatte, war Giorgio auf Schritt und Tritt auf Palladio-Villen gestoßen. Bei einer Reise durch England würde es ihm nicht viel anders ergehen: Allen voran war es der britische Adel gewesen, dem es Palladios unverwechselbare Markenzeichen – klare Formensprache, ausgewogene Proportionen und nicht zuletzt die Kolossalordnung von Säulen und Pilastern als dekorativer Blickfang – angetan hatten. Wer auf sich hielt, gab sich „palladianisch", auch die Wharvedales bildeten da keine Ausnahme. 1729 war das auf die Normannenzeit zurückgehende Herrenhaus niedergerissen worden, keine zwanzig Jahre später drehte sich der Hochadel des Landes im Ballsaal von Yew Hall bereits zum Kontertanz.

Beim Aperitif hatte die Countess einiges über die Baugeschichte des Schlosses erzählt, doch Giorgio erinnerte sich nur vage an Einzelheiten. Viel lieber hätte er über Irrgärten gesprochen, doch aus begreiflichen Gründen war dieses Thema im Hause Wharvedale derzeit tabu. Er kannte nicht einmal den Unterschied zwischen *mazes* und *labyrinths,* und was er dazu in seinem Wörterbuch fand, machte ihn auch nicht schlauer. Bei erster Gelegenheit würde er Felicitas fragen, beschloss er. Vorerst aber würde er sich dieses *maze* – oder was auch immer – einmal ansehen.

Giorgio umrundete den Pavillon, der um diese frühe Stunde noch im Schatten lag. In der kritischen Zeitspanne sind Elena und die Countess hier gesessen. An einem der nun vom Morgentau nassen Tischchen, weithin sichtbar für jedermann. Ihre Alibis würden nicht zu erschüttern sein, konstatierte er befriedigt. Als Nächstes wollte er sich eine Vorstellung davon machen, wie es dem Mörder gelungen sein konnte, ungesehen vom Tatort zu verschwinden.

Nichts leichter als das, stellte Giorgio fest, als er nach ein paar Schritten zwischen den bedrückend hoch aufragenden grünen Wänden die erste Gabelung erreichte. Ohne die von der Polizei angebrachten Markierungen wäre er vielleicht bereits hier in die Irre gegangen. Wohin hätte ihn das wohl geführt? Absichtlich verließ er den durch einen Ariadnefaden aus blauweißen Plastikbändern gekennzeichneten Pfad. Nichts wies vorerst darauf hin, dass es der falsche Weg ins Innere war, der sich zwischen meterhohen Palisaden aus glatt abrasierten Eiben dahinschlängelte. Wieder gelangte Giorgio zu einer Abzweigung. Nun lag die Entscheidung bei ihm. Nach links, nach rechts oder umdrehen?

Am liebsten hätte er auf der Stelle kehrtgemacht. Eine leichte Klaustrophobie, die ihm seit seiner Kindheit zu schaffen machte, ließ ihn im Flugzeug stets auf einem Gangsitz bestehen. Er nahm auch lieber die Treppe, als sich in einen kleinen Aufzug zu zwängen. Kein Wunder also, dass er sich zwischen diesen undurchdringlichen Hecken, die immer näher zusammenzurücken schienen, zunehmend unbehaglich fühlte. Aber sein Ehrgeiz ließ ihn weitergehen. Kurzentschlossen zog er seinen Pullover aus und band die Ärmel an einem Ast fest.

Hierher würde er zurückfinden, wenn er keine weitere Abzweigung nahm, sagte er sich und wandte sich nach links. Eine Vorsichtsmaßnahme, die er sich ersparen können hätte. Bereits nach der nächsten Biegung weitete sich der Weg zu einem kleinen Rondo und endete in einer Nische, in der sich im Laub eine lebensgroße Bronzefigur verbarg: eindeutig Amor. Giorgio grinste amüsiert. Eine ähnliche Statue hatte er in den Gärten des Poseidon-Bades auf Ischia gesehen. Wie auch hier war die nackte Gestalt des Liebesgottes dort von einer dunklen Patina überzogen – bis auf eine Stelle, die, von der verstohlenen Berührung unzähliger Hände blankgeputzt, golden glänzte.

Seine beginnende Panik hatte sich in nichts aufgelöst. In bester Laune streifte Giorgio seinen Pullover über und kehrte zum markierten Weg zurück. Zu weiteren Abstechern fehlte ihm jegliche Lust, sie waren auch gar nicht mehr nötig. Er hatte in Erfahrung gebracht, was er wissen wollte. Nun war ihm klar: Falls es dem Mörder nicht gelungen war, rechtzeitig aus dem Irrgarten zu schlüpfen, konnte er sich unschwer in irgendeiner Nische oder einem Seitenpfad versteckt haben, sobald sich jemand unerwartet genähert hatte. Nachdem die Buben die Leiche entdeckt und Alarm geschlagen hatten, musste es in dem Labyrinth wie in einem Ameisenhaufen zugegangen sein. Ein Kinderspiel, sich da unbemerkt unter die aufgeregte Menge zu mischen, die in den engen Pfaden aneinander vorbei drängte.

Tiefer und tiefer stieß er ins Innere der verschlungenen Anlage vor, bis er schließlich das Zentrum erreichte. Zu Füßen dieser Hermes-Statue hatte Roger Deverell, der dreizehnte Lord of Wharvedale, mit eingeschlagenem Schädel sein Leben ausgehaucht. Ein unrühmliches Ende für den letzten Nachkommen eines ruhmreichen Geschlechts – das damit ausgestorben war.

Wer wohl der neue Hausherr von Whiteberry Yew Hall werden würde? Vermutlich der National Trust, der verfügte über die nötigen Mittel. Allein die Erhaltung eines Anwesens dieser Größenordnung musste Unsummen verschlingen. Wie lange hätte das Privatvermögen seiner Lordschaft dafür noch ausgereicht? Welche neuen Quellen mochte er angezapft haben, nachdem die Mitgift seiner Frau aufgebraucht und seine Karriere als Waffen-Lobbyist beendet war? Konnten ihm seine dubiosen Geschäfte zum Verhängnis geworden sein? War, wie so oft, Geld das Motiv für die Tat?

Vielleicht war diese Spur auch völlig falsch. Roger Deverell wurden unzählige Affären nachgesagt, also kam auch ein betrogener Ehemann in Betracht. Oder eine eifersüchtige Frau, die ihn aus enttäuschter Liebe umgebracht hatte. Durchaus möglich, überlegte Giorgio, der bisher von einem männlichen Täter ausgegangen war. Es brauchte nicht allzu viel Kraft, um jemanden, der nicht damit rechnete, mit einem Stoß zu Fall zu bringen. Dass der Angegriffene sich dabei eine so schwere Verletzung zuziehen konnte, dass er daran starb, war für den Täter vermutlich nicht kalkulierbar gewesen. Handelte es sich also gar nicht um Mord, sondern um Totschlag oder gar nur Körperverletzung mit tödlichem Ausgang?

An eine geplante Tat hatte Giorgio von Anfang an nicht geglaubt, aber ein anderes Szenario war durchaus vorstellbar: Roger Deverell stürzt auf die Umrandung des Podests und wird bewusstlos. Wie leicht ist es nun, dem Wehrlosen den Rest zu geben. Man braucht nur seinen Kopf zu packen und ihn an der empfindlichsten Stelle, nämlich der Schläfe, noch einmal an der Kante aufzuschlagen. Eine Sache von wenigen Sekunden – und eindeutig Mord.

Eine solche Tat geschah jedoch nicht ohne schwerwiegendes Motiv. Und dieses galt es zu finden.

Nachdenklich betrachtete Giorgio den rostbraunen Fleck auf dem hellen Kies. Der nächste Regenguss würde das Blut, von dem das meiste im Boden versickert war, endgültig wegwaschen. Könnte der Fall bis dahin gelöst sein? Er wollte jedenfalls nicht in Sydneys Haut stecken, für den jeder noch so kleine Ermittlungsfehler zum Stolperstein in seiner Karriere werden konnte. Jeder Hinweis war hilfreich für ihn, und Giorgio wollte alles daran setzen, ihm zu helfen.

Noch einmal sah er sich am Ort des Geschehens um. Hier würde er nichts mehr finden, was die Spurensicherung nicht längst entdeckt hatte. Oder doch? Manchmal kam es nur auf die richtigen Fragen an. War es den chinesischen Buben gelungen, in kürzester Zeit den richtigen Weg zu finden, oder waren auch sie durch das Labyrinth geirrt? Möglicherweise hatten sie während der offiziellen Führung bereits geplant, zurückzukehren und deshalb unauffällig Papierschnipsel gestreut oder Spagatschnüre an Ästen befestigt. Das sollte man klären, denn damit ließe sich die Tatzeit noch weiter eingrenzen.

Giorgio zückte sein Notizbuch, das er immer bei sich trug. Er war zügig ausgeschritten und hatte von der Mitte bis zum Ausgang des Labyrinths exakt zwölf Minuten gebraucht. Um es in einer vergleichbaren Zeit zu schaffen, hätte der Täter den Weg ganz genau kennen müssen, was den Kreis der Verdächtigen ziemlich eingrenzen würde.

Vermutlich hatte sich Roger Deverell mit seinem Mörder – oder seiner Mörderin – vor der ersten Abzweigung verabredet und war mit ihm (oder ihr) gemeinsam zur Hermes-Figur gegangen. Aber warum eigentlich? Um nicht von irgendwem, der wie die beiden Halbwüchsigen den Irrgarten auf eigene Faust erkundete, gesehen oder gar belauscht zu werden?

Die Schlussfolgerung, die auf der Hand lag, führte zur nächsten Frage: Worum war es bei dem heimlichen Treffen gegangen? Ein Rendezvous, das besser nicht im Arbeitszimmer stattfand, weil seine Frau dort jederzeit hineinplatzen konnte? Ein Geschäftsgespräch, das so delikat war, dass nicht einmal jemand vom Personal etwas davon mitbekommen durfte? Weil es sich doch wieder um Waffen drehte? Oder um etwas ebenso Einträgliches – wie beispielsweise das Geschäft mit Kunstwerken? Darüber konnte die bevorstehende Hausdurchsuchung erste Erkenntnisse bringen.

Eine dritte Möglichkeit sah Giorgio vorerst nicht, doch auszuschließen war bei einem Mann wie Roger Deverell, dem man seine dunklen Geldquellen und Machenschaften zu Lebzeiten nicht hatte nachweisen können, so gut wie gar nichts.

„Stehst du immer mit den Hühnern auf? Ich such dich schon überall." Ein sichtlich unausgeschlafener Sydney kam gähnend auf ihn zugeschlendert und riss Giorgio aus seinen Gedanken. „Du hast den *early morning tea* verpasst, den Charles dir aufs Zimmer bringen wollte."

„Ich nehme an, Sir, Ihnen ist ein Espresso lieber." Hinter Sydneys Rücken tauchte der Butler mit einem schwer beladenen Tablett auf, das er auf einem der Pavillon-Tischchen abstellte, bevor er ein Tuch hervorzog und zwei der noch immer feuchten Stühle abwischte. „Kaffee auch für Sie, Chief Inspector, oder lieber noch einen Tee?", fragte er und deutete auf die größere der beiden Kannen, die er neben diversen Tassen, Gläsern, einer Karaffe Orangenjuice, einem Krug Wasser und einer bis zum Rand gefüllten Keksdose platziert hatte.

„Das Frühstück ist in einer halben Stunde im Morgensalon bereit."

Von wegen Frühstück! Das hat er doch eben serviert, dachte Giorgio und genehmigte sich einen zweiten Espresso, der genau so schmeckte, wie er ihn mochte – schwarz, stark, heiß und süß. Dazu zwei, drei *biscotti*, mehr nahm er auch daheim nicht zu sich. Nun aber erwartete ihn ein *english breakfast* mit allem, was dazugehörte. Mit Eiern in allen nur denkbaren Varianten, gebratenem Speck, Würstchen und gegrillten Tomaten konnte er sich zur Not anfreunden. Aber wie jemand um diese Tageszeit geräucherten Hering oder gekochten Schellfisch essen konnte, würde ihm immer ein Rätsel bleiben.

„Sag nicht, du hast gearbeitet." Sydney deutete auf Giorgios Notizbuch, das aufgeschlagen neben seiner Mokka-Tasse lag. Neugierig beugte er sich vor, als eine leichte Brise aufkam und mit den eng beschriebenen Seiten spielte.

„Gearbeitet ist vielleicht übertrieben. Aber ja, ich hab mir einige Gedanken gemacht und ein paar Punkte aufgeschrieben, die ich mit dir durchgehen will. Aber vorerst müssen wir etwas Grundsätzliches klären. Ist es dir wirklich recht, ..."

„... dass du dich einmischst? Ja, ja und nochmals ja. Ich habe angenommen, das hätten wir schon gestern geklärt. Was sollte sich seither geändert haben? Nichts, außer dass deine Elena aus dem Schneider ist, und das ist doch genau das, worauf wir gehofft haben. Hast du in der Nacht noch mit ihr gesprochen?"

„Wollte ich, aber dann hab ich's mir anders überlegt. Soll sie ruhig noch ein wenig schmoren. In etwa einer Stunde werde ich sie anrufen. Ich bin gespannt, welche Ausreden sie mir dann auftischen wird."

„Ich habe gestern schon ein wenig beim Personal vorgefühlt."

„Und was ist dabei herausgekommen?"

„Wie es aussieht, kommt von den Angestellten keiner als Täter in Frage. Bis auf den Butler."

„Bis auf Charles", wiederholte Giorgio gedehnt. „Dieser Mann ist gleichzeitig überall und nirgends. Er wird uns kein Alibi liefern, aber wir werden seine Aussagen auch nicht widerlegen können."

„Das werden wir ja sehen", sagte Sydney angriffslustig. „Ich nehm ihn mir gleich mal vor."

„An deiner Stelle würde ich abwarten und erst einmal herausfinden, wie er zu seinem Dienstgeber gestanden ist", warnte Giorgio. „Ich halte diesen Mann für durch und durch loyal. Es fragt sich nur, wem gegenüber."

„Ihre Ladyschaft braucht seine Hilfe nicht ..."

„Nicht im Zusammenhang mit dem Tod ihres Mannes, aber was ist mit den dubiosen Geschäften des Grafen? Wenn die auffliegen und vielleicht gar Wiedergutmachungen in Millionenhöhe zu leisten sind, ist ihr Erbe in Gefahr. Im schlimmsten Fall könnte sogar Yew Hall unter den Hammer kommen."

Sydney begriff sofort.

„Je rascher der Mord aufgeklärt wird, umso besser für die schöne Patricia. Sobald der Fall abgeschlossen ist, gibt es keinen Grund mehr, weiterhin in der Vergangenheit seiner Lordschaft herumzustochern. Die Geldquellen sprudeln vielleicht sogar noch eine Zeitlang weiter und alles ist in schönster Ordnung. Das heißt aber auch, dass die Hausdurchsuchung nichts bringen wird."

„Möglicherweise weniger, als sich deine Kollegen von der Kunst-Squadra erwarten", stimmte Giorgio zu.

„Doch ihre Ladyschaft ist ziemlich nervös, deshalb bin ich überzeugt, dass sehr wohl einige interessante Dinge auftauchen werden. Andererseits war Roger Deverell viel zu gewieft, um auf nur ein Pferd zu setzen. Schmutziges Geld kann er durchaus auch woanders gemacht haben, und seine Frau, die sich so ahnungslos gibt, weiß darüber mit Sicherheit ganz genau Bescheid. Wie wahrscheinlich auch der treue Diener, ..."

„... der schweigen wird wie ein Grab, wenn er es für richtig hält", sagte Sydney und lachte erbittert auf. „Und den naiven Inspektor lullt man mit Entgegenkommen und Gastfreundschaft ein. Aber so werden wir nicht spielen." Zornig sprang er auf und schob dabei seine Tasse so heftig von sich, dass der Tee überschwappte und auf seine Hose tropfte.

„Setz dich wieder nieder." Giorgio griff nach dem Krug und schüttete in aller Seelenruhe eine gehörige Portion Mineralwasser über Sydneys Oberschenkel."

„Spinnst du ..."

„Ein altes sizilianisches Hausmittel. Die Kohlensäure wird den Fleck in kürzester Zeit zum Verschwinden bringen. Funktioniert auch bei Kaffee, Rotwein oder Blut."

Fassungslos starrte Sydney auf sein nasses Hosenbein – und bekam einen Lachanfall. „Ich glaub dir kein Wort", stieß er hervor. „Du willst nur verhindern, dass ich mir Charles auf der Stelle vorknöpfe."

„Ich gebe zu, das ist ein willkommener Nebeneffekt, denn bis das trocknet, ist deine Wut verraucht", antwortete Giorgio und griff nach seinem Notizbuch. „Und jetzt hör dir an, was ich mir überlegt habe."

## 10. Kapitel

Charles schloss die Tür seines Apartments hinter sich und ließ einen Stoß Zeitungen auf die schwarz lackierte Oberfläche der Jugendstilkommode fallen. Kein Stäubchen wirbelte auf, wie er zufrieden konstatierte. Sogar an einem turbulenten Tag wie heute hatte Muriel es nicht verabsäumt, seine Wohnräume sorgfältig zu putzen.

Trotz der zusätzlichen Arbeit bewältigte das von ihm geschulte Personal seine Aufgaben vorbildlich. Vor seiner kurzen Pause hatte er alles noch einmal gewissenhaft kontrolliert. Für die Touristen, die im lichtdurchfluteten Morgensalon auf ihre Vernehmung warteten, stand im danebenliegenden Frühstückszimmer eine reiche Auswahl an Erfrischungen bereit. Auch die drei Beamten der Kunstpolizei, die seit dem frühen Vormittag in den Privatgemächern des Grafen das Unterste zuoberst kehrten, waren mit Getränken versorgt. In der Küche liefen die Vorbereitungen für den Lunch und die Hausmädchen Margret und Muriel hatten die Tische des Pavillons bereits gedeckt. Somit konnte er nun in aller Ruhe einen Blick in die Zeitungen werfen.

Er griff zur *Times*, die er erst einmal von dem dicken Paket an Sonntags-Beilagen befreien musste. Gestern war das Ableben des *Right Honourable Earl of Wharvedale* dem Blatt lediglich eine Kurzmeldung wert gewesen. In der heutigen Ausgabe brachte es einen dreispaltigen Artikel über das Ereignis, wobei man sich jeglicher Spekulation enthielt. Im Gegensatz zum *Guardian*, der mit dem Titel *Der plötzliche Tod des Waffen-Lobbyisten Roger Deverell* und einem Foto des verschlossenen Eingangstors von Yew Hall aufmachte. Blätter wie den *Mirror* oder die *Sun* nahm Charles prinzipiell nicht in die Hand, aber er konnte sich die Schlagzeilen des Boulevards unschwer vorstellen.

Ihre Ladyschaft musste sich auf einiges gefasst machen. Es konnte nur eine Frage der Zeit sein, bis auch sie erneut ins Kreuzfeuer der Medien geraten würde. Wie zuletzt vor acht Jahren, als ihr Mann mit einem Fuß im Gefängnis gestanden hatte und nur um Haaresbreite einer Anklage entgangen war. Ihm war Bestechung von Amtsträgern in Millionenhöhe vorgeworfen worden, doch der Rüstungskonzern BFD hatte sich schützend vor seinen Lobbyisten gestellt.

Die weiße Weste des Earl of Wharvedale war seither bis zum heutigen Tag – zumindest im juristischen Sinn – unbefleckt geblieben, und genau darauf kam es in seinen Kreisen an. Die Deverells gehörten weiterhin *dazu*, mochte man hinter vorgehaltener Hand munkeln, was immer man wollte. Aber Englands Adel kannte kein Erbarmen. Sollte man Roger nun posthum kriminelle Machenschaften nachweisen, musste das mit Sicherheit seine Witwe ausbaden.

Der Begriff Ächtung mochte vielleicht hart klingen, in letzter Konsequenz lief es jedoch darauf hinaus. Einladungen an die bürgerlich geborene Countess würden nur noch sporadisch einlangen und schließlich ganz ausbleiben. Zumal der Grafentitel in Ermangelung eines Erben für immer erloschen war. Als Mutter des nächsten Earl of Wharvedale hingegen wäre Patricias gesellschaftliche Position unantastbar gewesen.

Charles erinnerte sich noch gut an die Verzweiflung der jungen Gräfin, als sie von einem Arzt zum anderen gepilgert war, um den Grund für ihre Unfruchtbarkeit herauszufinden. Der Earl hingegen hatte das Ausbleiben eines Erben mit erstaunlicher Gelassenheit hingenommen. Der Tenor der lautstarken Auseinandersetzungen: Der Verdacht, es könne an ihm liegen, sei unsinnig, eine Untersuchung bei ihm unnötig und der Nachwuchs werde sich schon irgendwann einstellen. Er könne schließlich auch mit 70 noch Kinder zeugen ...

Nicht gerade die feine englische Art, einer Frau unter die Nase zu reiben, dass man sie im Falle ihres „Versagens“ jederzeit gegen ein jüngeres Modell austauschen konnte. Aber die sprichwörtliche Höflichkeit seiner Landsleute hatte nicht zu den Tugenden Roger Deverells gezählt. In der Öffentlichkeit war er charmant gewesen – und in den eigenen vier Wänden ein Ekel. Davon konnte seine Ehefrau ebenso ein Lied singen wie das Personal.

Mit einer Ausnahme: Seinem Butler war der Graf stets mit Respekt begegnet – aus gutem Grund. Mit einem Charles Hiller wäre er vielleicht umgesprungen wie mit allen anderen auch, nicht aber mit dem Freiherrn Karl von Hillershausen. Dass der Majordomus auf Yew Hall einem alten österreichischen Adelsgeschlecht entstammte, war seit Jahrzehnten ein gut gehütetes Geheimnis, von dem nicht einmal Patricia wusste.

Wäre seine wahre Identität bekannt geworden, Charles hätte auf der Stelle seine Koffer gepackt. Wie damals, als sich sein erster Arbeitgeber nach ein paar Gläsern zuviel vor seinen Gästen mit der noblen Herkunft seines Dieners gebrüstet hatte. Mit Schaudern dachte Charles an den neureichen Fabrikanten zurück, der ihn vor seiner Einstellung taxiert hatte wie ein Pferd in seinem Rennstall. Mit einem Vollblut konnte man angeben, mit einem Blaublut auch, also bekam Charles den Job, den er dringend brauchte.

Bis zu seinem dreißigsten Geburtstag hatte er keine Zukunftsängste gekannt. Kellner, Hilfsgärtner, Mann für alles – Karl alias Charles war zum Lebenskünstler geworden, nachdem er das prüde, spießige Wien der späten 1960er Jahre gegen die bunte, weite Welt des Swinging London eingetauscht hatte. *Flower Power* und *Love, not War, The Beatles, Twiggy* und *Carnaby Street* – was war das doch für eine herrliche, unbeschwerte Zeit, wenn man jung war. Und welch eine sorgenvolle, sobald man älter wurde.

Im England der 1970er Jahre lag die Wirtschaft danieder und selbst schlecht bezahlte Aushilfsjobs waren rar gesät. Für Charles wurde die Situation allmählich prekär. Er hätte natürlich jederzeit nach Österreich heimkehren können, aber in den Schoß der Familie zu flüchten und klein beizugeben, kam für ihn nicht in Frage. Eine Berufsausbildung musste her –und zwar rasch. Aber auf welchem Gebiet? Das einzige, wovon er etwas verstand, war eine gepflegte Lebensart. Also kratzte er seine letzten Ersparnisse zusammen und ließ sich in einer Butlerschule einschreiben.

Seine Rechnung ging auf. Nachdem er den Kurs mit Bravour absolviert hatte, fand er bald eine Anstellung. Bei Mister Neureich. Etwas Besseres durfte sich ein Anfänger, der keine Empfehlungsschreiben vorweisen konnte, nicht erwarten. Nach der peinlichen Szene mit seinem Dienstgeber wäre er jedoch lieber verhungert, als länger unter diesem Dach auszuharren. Was einer der anwesenden Herren sofort begriffen haben musste.

Wie oft hatte Charles an diesen Tag denken müssen: Als er wenig später mit gepackten Koffern das Haus verließ, wartete ein Chauffeur in einem silberfarbenen Bentley auf ihn. Im Auftrag des Earl of Wharvedale, der ihn auf seinem Landsitz in Gloucestershire zu sprechen wünschte. Charles kam, sah – und blieb. In den Diensten des alten Grafen, der über die Herkunft seines Butlers niemals auch nur ein einziges Wort verlor. Achtzehn Jahre später erbte Roger Deverell den Grafentitel – und Charles. Und wie sein Vater hielt er sich stets an die stillschweigende Übereinkunft, das Inkognito des Karl von Hillershausen zu wahren.

Mit einem leisen Seufzer nahm Charles die Lesebrille ab und schob die ungelesenen Zeitungen beiseite. Wenn überhaupt, dann würde er heute erst spät dazu kommen, sich die Beilagen der *Sunday Times* vorzunehmen. Das hatte er sich selbst eingebrockt. Dass ihre Ladyschaft die Polizei und die einzuvernehmenden Touristen großzügig bewirtete, war seine Idee gewesen. Die Hausdurchsuchung fand mit oder ohne ihre Zustimmung statt, und somit war es das Klügste, gute Miene zum bösen Spiel zu machen. So oder so würden einige unangenehme Dinge ans Tageslicht kommen, doch ob sie ausreichten, ihrem Mann strafrelevante Machenschaften nachzuweisen, war mehr als fraglich.

Charles wusste besser als jeder andere, wie vorsichtig Roger Deverell seine dubiosen Geschäfte gehandhabt hatte. In seiner „Schatzkammer" würde man zwar jede Menge gefälschter Bilder finden, doch es war nicht verboten, Kopien zu sammeln. Solange keine Beweise dafür auftauchten, dass der Graf Fälschungen großer Meister als Originale verhökert hatte, blieb den Kunstfahndern von Scotland Yard nichts anderes übrig, als unverrichteter Dinge wieder abzuziehen.

Keiner aus dem Kreis von Rogers Freunden würde zugeben, dass in ihren Schlössern längst nicht mehr ererbte Turners oder Gainsboroughs hingen, sondern „echte" Mrugullas oder Beltracchis. Weil sie die Originale mit Hilfe von Deverell längst zu Geld gemacht und gegen die Arbeiten der gegenwärtig besten Fälscher der Welt – interessanterweise beide Deutsche – ausgetauscht hatten. In manchen Adelshäusern würde es früher oder später ein böses Erwachen geben, aber selbst das war keineswegs sicher. Die Fälschungen waren so gut gemacht, dass es häufig nur schwer möglich war, sie als solche zu identifizieren. Der geniale Engländer Tom Keating zum Beispiel, der nach eigenen Angaben mehr als 2000 Werke von hundert verschiedenen Künstlern gefälscht hatte, war bereits 1984 gestorben – und bis dato war erst ein Bruchteil seiner Arbeiten entdeckt worden.

Ein Gutteil der Millionen, die in die Taschen seiner Lordschaft geflossen waren, lag sicher deponiert bei einer Bank auf den Kanalinseln. Den Rest hatte er als Einnahmen aus seinem Reisebüro deklariert, mit dem er gleich zwei Fliegen mit einer Klappe schlug. Einerseits konnte er Schwarzgeld weißwaschen, andererseits auf dezente Art „Kundenkontakte“ pflegen. Wer mit dem Earl ins Geschäft kommen wollte, musste nur eine Gartentour buchen, die unter anderem nach Whiteberry Yew Hall führte. Dort konnten sich Interessenten unauffällig die Objekte ihrer Begierden zeigen lassen.

Charles hatte von den Mauscheleien mehr mitbekommen, als er wollte. Auch, dass Roger vor geraumer Zeit auf eine weitere Einnahmequelle gestoßen sein musste, die offenbar mit seiner in Italien lebenden Schwester Florence in Zusammenhang stand. In den letzten Monaten war der Earl auffällig oft in die Toskana gereist und jedes Mal in bester Laune zurückgekehrt.

Um welche Geschäfte auch immer es sich dabei gehandelt haben mochte, Lady Florence konnte damit nichts zu tun haben, da war sich Charles sicher. Die

Grafentochter hatte nur einmal in ihrem Leben für einen Eklat gesorgt. Ihre Hochzeit mit einem um einiges älteren, geschiedenen Italiener, den böse Zungen als simplen Weinbauern bezeichneten, war in der Londoner Gesellschaft für einige Zeit das Gesprächsthema Nummer eins gewesen. Doch wie alle Skandale war auch dieser irgendwann in Vergessenheit geraten, zumal Signora Florina, wie sie sich nun nannte, nur noch selten nach England kam. Zuletzt zur Hochzeit einer Großnichte – und nun zum Begräbnis ihres Bruders.

So traurig der Anlass auch war, Charles freute sich auf ein Wiedersehen. Er hegte große Hochachtung für die nur wenig jüngere Lady Florence, die sich, genauso wie er, über gesellschaftliche Konventionen hinweggesetzt hatte. Eine Entscheidung, die sie beide nicht bereuten. Sie blickte auf eine glückliche Ehe zurück – und er auf ein Leben, wie er es sich mit einem anderen Beruf nie hätte leisten können. Als junger Mann hätte er nie zu träumen gewagt, einmal auf einem der schönsten Landsitze Englands zu wohnen. Oder in einem Sechs-Zimmer-Apartment in Belgravia. Dafür musste er nur ein paar Stunden am Tag in die Rolle eines Butlers schlüpfen, was an seinem Selbstwertgefühl keineswegs kratzte. Titel und Rang bedeuteten ihm wenig, seit er seinem Elternhaus den Rücken gekehrt hatte.

Mit kaum zwanzig war es Charles nicht leicht gefallen, seinem stockkonservativen Vater die Wahrheit zu sagen. Nach seinem Coming-out hatte er kurzerhand die Koffer gepackt und sich ein One-Way-Ticket nach London gekauft. Jahrelang herrschte Funkstille, heute galt „Onkel Karl“ im Hause seines jüngeren Bruders als gern gesehener Gast – aber auch nicht mehr. Eine endgültige Rückkehr nach Österreich war für beide Seiten undenkbar. England war unwiderruflich zu seiner Heimat geworden, auch wenn Charles nach wie vor am liebsten in seiner Muttersprache las.

Stefan Zweig, Egon Friedell, Carl Zuckmayer – die Zeugen einer entschwundenen Welt –, aber auch Skurriles wie Herzmanovsky-Orlando und sein literarischer Erbe Herbert Rosendorfer. Sie alle fanden sich fein säuberlich nach dem Alphabet sortiert neben aktuellen Autoren in seinen Bücherschränken.

Dank des Internets konnte sich Charles nicht nur über das literarische Geschehen in Österreich auf dem Laufenden halten, sondern die Bücher auch gleich bestellen. Von selbst wäre er nie darauf gekommen, besaß er doch nicht einmal einen eigenen PC. Erst Patricia, die täglich stundenlang vor ihrem Computer saß, hatte ihn auf die Idee gebracht. Seit die Stadtwohnung am Chester Square von Grund auf renoviert wurde, erledigte sie ihre Einkäufe im Netz, wovon jede Menge eintreffender Pakete und Päckchen zeugten. Dessous, Strümpfe und Modeschmuck kamen ebenso mit der Post wie alle nur erdenklichen Pillen und Kosmetika. Seit selbst ihr exquisites Parfum ins Haus geliefert wurde, verließ die Countess Yew Hall nur noch, um einen ihrer Londoner Ärzte oder ihre bevorzugte Modedesignerin aufzusuchen.

In diesen Fällen fungierte Charles als Chauffeur und brachte ihre Ladyschaft noch am selben Tag wieder zurück. Ihr Mann hingegen fuhr nach wie vor mindestens einmal pro Woche nach London, wo er – zumindest offiziell – in seinem Club abstieg. Zwar setzte er sich meist selbst hinter das Steuer des Daimler, doch er legte Wert auf die Begleitung seines Butlers.

Wo dieser die Nacht verbrachte, interessierte ihn nicht, solange er sich zur vereinbarten Zeit in der St. James Street einfand. Ein ideales Arrangement für

Charles – auf diese Weise hatte er über all die Jahre seine Beziehung zu einem mittlerweile pensionierten Werbetexter in aller Diskretion aufrechterhalten können. Er hatte sich nie gefragt, ob genau das der Grund war, warum der Earl ihn stets nach London mitgenommen hatte. Was auch immer man Roger Deverell vorwerfen mochte, er war weder engstirnig noch intolerant gewesen, sondern weltoffen und bisweilen sogar überraschend feinfühlig.

Der Schlag der anmutigen Pendeluhr auf dem Kaminsims ließ Charles aus seinen Gedanken aufschrecken. Er liebte das kleine, um 1820 in Wien entstandene Meisterwerk, das in seiner schlichten Formgebung perfekt zum Stil der übrigen Einrichtung passte. Die Zeiger des von zwei geschwungenen Voluten getragenen Ziffernblatts standen auf zwölf. Höchste Zeit, sich wieder um die Gäste zu kümmern.

Zuvor aber würde er seinen Pass zurück an seinen Platz legen. Chief Inspector Smith hatte ihn unmittelbar nach dem Frühstück zu einer Befragung gebeten und seinen Ausweis sehen wollen. Charles war klar, dass sein Name in der oberen Hälfte der Verdächtigen-Liste stand. Er hatte kein Alibi und kannte sich im Labyrinth aus wie kaum ein anderer, was beides eindeutig gegen ihn sprach. Andererseits fehlte jede Spur eines denkbaren Motivs.

Warum sollte ausgerechnet er den Mann töten, der genügend andere Feinde hatte? Weil der Butler zu viel von den Geschäften seines Dienstherrn wusste? Dann wäre nicht der Graf das Opfer, sondern Charles. Man konnte ihm natürlich auch unterstellen, im Auftrag eines Dritten gehandelt zu haben. Er in der Rolle eines gedungenen Mörders? Allein bei der Vorstellung musste er laut auflachen, auch wenn der Polizei diese Idee vielleicht gar nicht komisch erscheinen mochte.

Charles zog den Pass aus der Brusttasche seines Sakkos und klappte ihn auf: Karl Friedrich Anton Hillershausen, geboren am 29. Oktober 1948 in Graz, 178 cm groß, österreichischer Staatsbürger. Die Rubrik „besondere Kennzeichen" fehlte ebenso wie nunmehr die Spalte „Beruf". Noch mit 45 hatte er amtlich als Student gegolten, erinnerte sich Charles. Kritisch betrachtete er sein Konterfei, das ihn seiner Ansicht nach älter erscheinen ließ, als er an Jahren zählte. Trotz der unmerklich geschürzten Lippen, denn er wollte nicht aussehen wie so manche Politiker, deren herabgezogene Mundwinkel die Arbeit der Karikaturisten unfreiwillig erleichterten.

Wie Charles Hiller auf dem Foto aussah, war Chief Inspector Smith herzlich egal gewesen, nicht aber, dass dieser Name amtlich gar nicht existierte. Erst nach einer Reihe von Erklärungen hatte er allmählich den Grund für das Inkognito des österreichischen Adeligen begriffen, der einer Tätigkeit weit unter seinem Stand nachging.

Ein englischer Pass hätte wahrscheinlich weniger Verdacht erregt, überlegte Charles, der längst seine Staatsbürgerschaft hätte eintauschen können. Aber wozu? Dann würde er wirklich unter falscher Flagge segeln, so hatte er stets argumentiert, sobald das Thema in seinem Freundeskreis angesprochen wurde. Er war nun einmal Österreicher und gedachte es auch zu bleiben. Nicht aus Sentimentalität oder Patriotismus, dazu war er viel zu leidenschaftlich Europäer, dem die zunehmend EU-feindliche Haltung in seinem Gastland ganz und gar nicht gefiel. Aber es gab nun einmal Dinge, die sich rationalen Erklärungen entzogen.

Wie seine heimliche Sehnsucht, Schriftsteller zu sein. Davon wusste niemand. Wem hätte er seine Manuskripte auch zeigen können? In seinem Umfeld verfügten einige zwar über recht passable Deutschkenntnisse, doch die reichten nicht aus, um seine Arbeit auch nur annähernd beurteilen zu können.

Charles überzeugte sich nochmals davon, dass die Schreibtischlade mit seinen Dokumenten abgeschlossen war. Muriel würde es wohl kaum wagen, in seinen Sachen herumzustöbern, aber er ging lieber auf Nummer sicher. Das Romanmanuskript, dieser dicke Stoß mit den unzähligen handschriftlichen Korrekturen und Verbesserungen, noch auf seiner alten Olivetti getippt, war sein größter Schatz.

Bevor die Tür hinter ihm ins Schloss fiel, blieb Charles' Blick bei dem Spruch an seiner Pinnwand hängen, den er zu seinem Lebensmotto erklärt hatte.

*„Der ist weise, der mehr Träume hat, als die Realität zerstören kann.“*

## 11. Kapitel

„Am Schluss kommt nicht immer das Beste“, seufzte Sydney. In Absprache mit Giorgio, der ihm erst am späteren Nachmittag bei den Vernehmungen zur Seite stehen konnte, waren die italienischen Touristen zuletzt an der Reihe gewesen. Während sich der junge Mann aus der Toskana und das Ehepaar aus Triest widerspruchslos in ihr Schicksal gefügt hatten, hatte Francesco Montini seinem Ärger lauthals Luft gemacht. Dabei waren die Englischkenntnisse des Römers so dürftig, dass er wie kein anderer auf die Dienste eines Übersetzers angewiesen war.

„Tausend Dank. Ohne deine Hilfe würde ich mit dem Kerl noch immer hier sitzen. Aber jetzt gönnen wir uns erst einmal eine Pause. Und du erzählst mir, wie es bei dir gelaufen ist.“

„Höchst erfolgreich für deine Kollegen, aber eher enttäuschend für mich. Eine Durchsuchung dieser Art war für mich nichts Neues. Ich konnte dazu auch wenig beitragen. Die meiste Zeit bin ich im Weg gestanden und hab zugesehen, wie ein Bild nach dem anderen kurz gemustert und für den Abtransport verpackt wurde. Mit freiem Auge lassen sich die Originale von den meisterhaft ausgeführten Kopien jedenfalls nicht unterscheiden. Von einem Gemälde gibt es drei Ausführungen – und alle gleichen einander wie ein Ei dem anderen.“

„Womit zumindest eines feststeht: Unser Mordopfer hat nicht mit irgendwelchen Wald-und-Wiesen-Kopisten, sondern mit Fälschern aus der Top-Liga gearbeitet. Sehe ich das richtig?“

„Goldrichtig. Aber ob auch Beltracchis darunter sind, an denen meine Chefs das größte Interesse haben, wird sich erst nach eingehenden Untersuchungen herausstellen. Da wäre ich gerne dabei. Ich habe bereits in Rom vorgefühlt, ob eine Verlängerung meines Aufenthaltes möglich wäre. Die Chancen stehen gar nicht so schlecht."

„Wann planst du, nach London zurückzukehren? Du musst ja noch deinen Vortrag halten."

„Frühestens übermorgen, aber wahrscheinlich erst am Mittwoch. Heute sind wir nicht einmal mit der sogenannten Schatzkammer des Earl fertig geworden. Im ganzen Schloss hängen und stehen noch Gemälde und Kunstgegenstände herum, die man sich genauer ansehen sollte. Wer weiß, vielleicht gelingt mir ja wieder einmal eine sensationelle Entdeckung."

Kaum waren ihm diese Worte entschlüpft, biss sich Giorgio auf die Zunge. Nach ein paar Gläsern Wein hatte er Sydney davon erzählt, wie es ihm gelungen war, den Raub eines der kostbarsten Fundstücke aus der griechischen Antike aufzuklären. Nun aber klang die Anspielung auf seinen spektakulären Erfolg selbst in seinen Ohren nach peinlichem Eigenlob. Giorgio räusperte sich verlegen.

„Das war nur ein Scherz. Die Sache mit dem *Tanzenden Satyr* war reines Anfängerglück, aber wie gesagt, ich bleibe dir noch eine Weile erhalten. Heut Abend wirst du allerdings ohne mich auskommen müssen."

Sydney grinste. „Du übernachtest bei Elena? Wie kommst du nach Bourton-on-the-Water?"

„Ihr Hotel wird mir ein Taxi schicken ..."

„Unsinn, das ist viel zu teuer. David wird dich hinbringen. Das ist wohl das Mindeste, womit sich der Yard für deine Dolmetscherdienste revanchieren kann. Du kommst dann morgen einfach mit der ganzen Gruppe nach Fretton zum Coroner. Die Verhandlung ist für zehn Uhr angesetzt."

„In sechzehn Stunden! Das wird knapp. Bis dahin wirst du noch jede Menge Protokolle schreiben …"

„… und per Mail an den Coroner schicken müssen. Ganz richtig. Normalerweise brauche ich dafür einen Tag, aber in diesem Fall stehen wir alle unter Zeitdruck. Ohne triftige Verdachtsmomente kann man keinen Ausländer daran hindern, England zu verlassen, und so gut wie alle aus der Gruppe wollen nächstes Wochenende heimfliegen. Dazu kommt das enorme Medieninteresse …"

„Dann sollten wir deine Aufzeichnungen gemeinsam durchgehen. Gibt es weitere Alibis?"

„Du wirst dich freuen", antwortete Sydney und griff nach einem Stoß Papier. „Das sind die Ausdrucke der Aussagen."

Gespannt beugte sich Giorgio vor, doch bevor er auch nur eine Zeile lesen konnte, öffnete sich die Tür.

„Was gibt es, Charles?" Sydneys Frage erübrigte sich, denn hinter dem Butler tauchte eines der Hausmädchen auf und schob einen mit Flaschen und Gläsern bestückten Servierwagen ins Zimmer.

„Es wird bald ziemlich kühl. Muriel kümmert sich sofort um das Kaminfeuer. Dinner wird um acht serviert. Wenn Sie wünschen, können Sie auch hier speisen. Die Countess lässt sich für heute Abend entschuldigen. Haben die Herren vielleicht einen speziellen Wunsch?"

„Das fügt sich ideal. Der Tenente Colonnello übernachtet heute in Bourton und ich habe noch einen Berg Arbeit zu erledigen. Mir ist es mehr als recht, wenn Sie mir irgendwann später eine Kleinigkeit zu essen bringen. Damit spare ich eine Menge Zeit", antwortete Sydney.

„Wie wäre es mit einem Steak, rosa gebraten, und dazu gebackene Kartoffeln und Erbsen, Sir? Und als

Nachtisch vielleicht warmer Schokoladenkuchen mit *double cream*?“

Sydney strahlte. Allein schon beim Gedanken an das angekündigte Mahl, wie es englischer nicht sein konnte, lief ihm das Wasser im Mund zusammen.

„Jetzt gönnen wir uns erst einmal einen Gin Tonic“, sagte er vergnügt, als sie wieder allein waren.

„Gern, aber spann mich nicht länger auf die Folter. Wen können wir als Täter ausschließen?“

„Gleich vier auf einen Streich: Deine Freunde und die Arztgattin aus Triest, die sich zur fraglichen Zeit alle beim Seerosenteich aufgehalten haben. Und der ist, wie du weißt, ziemlich weit vom Labyrinth entfernt. Ludwig Jakubowski hatte Emilia Piazza gebeten, ihn mit den beiden Damen zu fotografieren. Mit seiner Kamera natürlich. Und die hat nicht nur das Datum, sondern auch die Uhrzeit eingeblendet: 3. Mai, 16:54 Uhr.“

„Das ist doch kein Alibi, zu diesem Zeitpunkt war Roger Deverell längst tot“, widersprach Giorgio spontan und griff nach seinem Notizblock, in dem er hektisch zu blättern begann.

„Hier steht es. Um 15:20 Uhr wurde der Graf zum letzten Mal gesehen und zwar vom Gärtner in der Nähe des Labyrinths. Auffinden der Leiche: 16:20 Uhr. Wahrscheinliche Tatzeit: zwischen 15:45 Uhr und 16:10 Uhr.“

Am liebsten hätte Giorgio den Gedanken nicht weitergesponnen, aber das ließ der Profi in ihm nicht zu. Er musste Sydney, der offenbar irgendetwas durcheinandergebracht hatte, über seinen Irrtum aufklären.

„Alle vier sind somit nach wie vor verdächtig, denn wo sie sich nach dem Mord aufgehalten haben, ist uninteressant“, fügte er matt hinzu.

„Ich gebe dir völlig recht. Interessanterweise hat Emilia Piazza mit ihrer Canon zwei Nahaufnahmen von den Seerosen gemacht, und zwar um 16:56 Uhr. Exakt zu diesem Zeitpunkt wurde sie allerdings von mehreren Personen im Teepavillon gesehen. Ebenso wie die anderen drei."

Giorgio verstand gar nichts mehr.

„Wir haben Greenwich Mean Time, schon vergessen? Du hast Deine Armbanduhr wahrscheinlich im Flugzeug um eine Stunde zurückgestellt. Aber deinen Fotoapparat eher nicht, oder? Ebenso wenig wie Mr. Jakubowski oder Mrs. Piazza. Tatsächlich wurden die Fotos kurz vor 16 Uhr aufgenommen. Selbst im Laufschritt braucht man vom Teich bis zum Eingang des Irrgartens gute zehn Minuten und dann mindestens noch einmal so lang bis in die Mitte. Du kannst beruhigt sein, diese Alibis halten."

Wie peinlich, dachte Giorgio und senkte verlegen den Kopf. Ein solcher Anfängerfehler hätte ihm nicht passieren dürfen. Zu seiner Erleichterung betrachtete Sydney das Thema als abgehakt.

„Mit deiner Elena können wir somit sieben Personen, also mehr als ein Drittel der Gruppe, ausschließen, denn die beiden chinesischen Buben kommen nicht ernsthaft in Betracht. Übrig bleiben ihre Eltern, der New Yorker Geschäftsmann, der Arzt aus Triest, der Pensionist aus Rom, der junge Mann aus der Toskana, die Londoner Buchhändlerin, der Pastor aus Sussex und die Reiseleiterin."

„Felicitas? Stimmt! Sie ist mit den Deverells seit Langem befreundet und kennt sich auf Yew Hall bestens aus. Wie natürlich auch der Chauffeur ..."

„Kevin Middler hat sich wie immer schnurstracks in die Küche begeben, um sich den Bauch vollzuschlagen. Er arbeitete schon seit einigen Jahren für den Grafen und könnte durchaus ein Motiv gehabt haben. Aber er hat sich nach übereinstimmenden Aussagen des gesamten Personals nicht vom Fleck gerührt."

„Was ist mit dem Gärtner und seinen beiden Helfern?"

„Die hatten ihren freien Nachmittag und den haben sie wie immer in einem Pub in Fretton verbracht. Das kann laut Sergeant Freeman das halbe Dorf bezeugen."

Giorgio rekapitulierte, wobei er seine Finger zu Hilfe nahm.

„Wenn ich richtig zähle, haben wir somit insgesamt neun Verdächtige, ..."

„... die wir jetzt einzeln durchgehen werden. Mit wem möchtest du anfangen?", fragte Sydney und griff nach den Protokollen.

„Lassen wir doch den Zufall entscheiden, damit wir uns nicht von vornherein auf eine Bewertung festlegen", schlug Giorgio vor.

„Eine gute Idee", stimmte Sydney zu. „Ich hätte nämlich mit Charles begonnen. Der zählt für mich zu den Hauptverdächtigen."

Verflixt, das war schon sein zweiter Fehler! Giorgio erschrak. Er hatte doch glatt den Butler vergessen, was Sydney, der unbefangen weiterredete, offenbar entgangen war.

„Hier ist die Liste. Mach die Augen zu und tipp mit dem Finger auf einen Namen. Wir ziehen das erste Kaninchen aus dem Hut. Es heißt Lorenzo Burano."

Sydney zog das entsprechende Blatt aus dem Stoß.

**Lorenzo Burano**

- Am 9. 7. 1962 in Monfalcone geboren, verheiratet mit Emilia Piazza.
- Gynäkologe, Oberarzt am Ospedale Maggiore in Triest, florierende Privatordination.

- Kunstsammler, Schwerpunkt Garten- und Blumenbilder, vorzugsweise Impressionisten.
- Reisegrund: Vorgezogenes Geschenk seiner Frau zum 50. Geburtstag (im Juli wegen Urlaubsvertretung verhindert). Will Deverell nicht gekannt haben.
- Alibi: Äußerst vage. Ist nach eigenen Angaben ziellos durch den Park geschlendert und war kurzfristig in Gesellschaft von Susan Hampton, die aber keine konkreten Zeitangaben machen kann.
- Motiv: Stand eventuell wegen eines Gemäldekaufs mit Deverell in Kontakt.

„Darüber könntest du etwas wissen, Giorgio. Hast du auf Yew Hall ein Bild gesehen, das in Frage kommen könnte?"

„Unter den bisher beschlagnahmten fällt mir auf Anhieb keines ein. Aber bisher wurde ja erst ein Bruchteil des Hauses durchsucht. Ich werde die Kollegen bitten, darauf zu achten. Aber abgesehen vom Motiv, traust du Burano die Tat zu?"

„Einerseits ja, denn er ist ziemlich eitel. Wie so mancher Mörder, der glaubt, dass er viel zu klug ist, um erwischt zu werden. Auf der anderen Seite hat unser Herr Doktor einiges zu verlieren."

„Wahrscheinlichkeit also in etwa fifty-fifty", resümierte Giorgio und schloss die Augen. „Auf wen habe ich als Nächstes getippt?"

**Kim Wang**

- Am 19. 1. 1956 in Peking geboren, verheiratet.
- Amerikanischer Staatsbürger, wohnhaft in New York.

- Geschäftsmann, spezialisiert auf die Ausstattung von Chinarestaurants in den USA und Europa.
- Reisegrund: Hat Deverell im Vorjahr bei einem Empfang der britischen Handelskammer in New York kennen gelernt. Ist auf Geschäftsreise in England, wollte ein paar Urlaubstage anhängen und erinnerte sich an das Reisebüro des Earl.
- Alibi: Keines. Zuletzt um ca. 15:30 Uhr in der Gruppe gesehen. Hat sich allein auf die Suche nach den wenigen noch vorhandenen Exemplaren der Whiteberry Yews gemacht.
- Motiv: Verfügt durch seine Import-Export-Firma über ein weltweites Vertriebsnetz für sperrige Güter. Wäre ein idealer Partner für illegalen Kunsthandel.

„Du meinst, dass man zwischen all den vergoldeten Möbeln und Schnitzereien alles Mögliche am Zoll vorbeischmuggeln kann?“

„Exakt! Deverell muss an jemand wie Kim Wang höchst interessiert gewesen sein. Jedenfalls hat er ihn während der Schloss-Besichtigung in seinen Privatsalon eingeladen. Von selbst hat Wang davon nichts erzählt, das kam erst zur Sprache, als wir ihn mit einer Zeugenaussage konfrontiert haben.“ Sydney schmunzelte. „Dreimal darfst du raten, wer ihn gesehen hat? Und anschließend selbst zu einem Tête-à-Tête mit dem schönen Roger verschwunden ist?“

„Elena, wie ich deinem Gesichtsausdruck entnehme.“ Giorgios grimmige Miene sprach Bände.

„Kein Grund zur Eifersucht“, beruhigte ihn Sydney. „Mehr als ein paar Minuten kann sie mit dem Grafen nicht allein gewesen sein. Und sie hat uns noch etwas Interessantes erzählt: Auf dem Gang hat sich Susan

Hampton herumgetrieben und die soll alles andere als erfreut gewesen sein, als sie die beiden zusammen aus der Tür kommen sah. Ich schlage vor, wir nehmen uns die junge Dame gleich vor. Aber zurück zu Kim Wang. Deine Einschätzung, Giorgio? 70 zu 30, dass er unser Mann ist?“

„Erscheint mir ziemlich hoch gegriffen, aber vorerst rutscht er in der Liste ziemlich weit nach oben. Auch wenn er unschuldig ist, sauber kommt er mir nicht vor.“

Sydney nickte zustimmend und klappte seinen Laptop auf. „Könnte einiges zutage kommen, wenn wir seine nächste Lieferung nach England unter die Lupe nehmen. Darum sollen sich die Kollegen vom Zoll kümmern.“

**Susan Hampton**

- Am 17. 2. 1978 in London geboren, ledig.
- Gelernte Buchhändlerin, eröffnete vor knapp einem Jahr einen eigenen Laden beim Covent Garden Market. Hat sich auf Musik- und Gartenbücher spezialisiert. Zwei Häuser weiter befindet sich Deverells Reisebüro, für das sie bei ihren Stammkunden Werbung macht.
- Reisegrund: Als Revanche für die Werbung wurde sie auf diese Tour eingeladen.
- Alibi: So gut wie keines. Wurde von Burano nach der offiziellen Besichtigung des Labyrinths mit Beschlag belegt, konnte ihn aber abschütteln. Hat sich danach auf die Suche nach Deverell gemacht, ihn jedoch nirgendwo gefunden.
- Motiv: Vielleicht gab es neben der Geschäftsverbindung auch private Kontakte.

„Ich habe sie bisher noch nicht gesehen. Ist sie hübsch?"

„Warum willst du das wissen?" Sydney kicherte amüsiert. „Ihr Sizilianer seid wirklich unverbesserlich."

„Mich interessiert lediglich, ob sie attraktiv genug ist, um als Geliebte Deverells in Frage zu kommen", gab Giorgio sich entrüstet, bevor er ebenfalls zu lachen begann.

„Wenn einem schmalhüftige, vollbusige Frauen mit rot-blonden Locken, grünen Katzenaugen und jeder Menge Sommersprossen gefallen – ja! Stell dir eine junge Shirley MacLaine vor, das kommt ungefähr hin."

„Susan Hampton könnte also einen ganz speziellen Grund gehabt haben, nach Yew Hall zu kommen. Vielleicht hat der Graf das Verhältnis beendet und sie wollte es nicht wahrhaben ..."

„Oder er hat ihr die nötigen Mittel für ihren Buchladen vorgestreckt", unterbrach Sydney. „Das wäre für ihn eine weitere Möglichkeit gewesen, Schwarzgeld weiß zu waschen. Sie behauptet, von einer im Vorjahr verstorbenen Tante einiges geerbt zu haben. Das lässt sich aber erst morgen überprüfen."

„Abgelegte Freundin oder säumige Schuldnerin oder vielleicht sogar beides. 60 zu 40, dass sie es war, würde ich meinen", sagte Giorgio und griff nach der Liste.

**Francesco Montini**

- Am 21. 9. 1943 in Rom geboren, verwitwet.
- Pensionierter Finanzbeamter, ehrenamtlich für den Non-Profit-Fonds FAI, die italienische Variante des British National Trust, tätig.
- Reisegrund: Bekam die Gartentour zum Dank für seine Dienste von der FAI-Organisation geschenkt.

- ALIBI: Ja und nein. Wurde während der gesamten Zeitspanne von irgendwem aus der Gruppe im Park gesehen. Allerdings keine konkreten Angaben, weil jeder sofort die Flucht ergriffen hat, sobald Montini in Sichtweite kam.
- MOTIV: Keines. War nie zuvor in England, keine Berührungspunkte mit Deverell.

„Ad acta mit Montini," schlug Giorgio vor. „Alles andere wäre Zeitverschwendung."

**QIANG CHEN – MAI LIN CHEN**

- Er: Am 11. 7. 1974 in London geboren.
- Übernahm vor fünf Jahren den väterlichen Lebensmittelladen in Soho und baute ihn zu einem Supermarkt aus. Heiratete 1997 die Nachbarstochter Mai Lin (geboren in London am 6. September 1976). Mai Lin ist gelernte Friseurin und hat es zu einem eigenen Salon gebracht. Zwei Söhne (Lian, geboren 1998, und Lee Chen, geboren 2000).
- REISEGRUND: Erster Urlaub seit Jahren anlässlich des fünfzehnten Hochzeitstags. Kannten Deverell angeblich nicht und wollen im Internet auf die Gartentour nach Yew Hall gestoßen sein.
- ALIBI: Nur gegenseitig bestätigt. Haben fotografiert und sich danach auf die Suche nach der Reiseleiterin gemacht, weil sie Näheres über die Rosensorten wissen wollten. Sind vor allen anderen beim Teesalon eingetroffen, wo sie kurz darauf die Hilferufe ihrer Söhne gehört haben.
- MOTIV: Ähnliche Konfliktsituation wie bei Susan Hampton denkbar. Deverell könnte stiller Teilhaber am Supermarkt gewesen sein.

„Ein Mord auf der nachgeholten Hochzeitsreise? Noch dazu, wenn die eigenen Kinder jederzeit am Schauplatz auftauchen könnten? Die Chens konnten sich denken, wo sich ihre Buben herumtreiben." Sydney schüttelte den Kopf. „Nein, das kann ich mir beim besten Willen nicht vorstellen.

„Auch nicht, wenn die Verzweiflung groß genug war? Vielleicht hat Deverell dem Ehepaar das Messer angesetzt und einer der beiden ist ausgerastet?"

„Höchst unwahrscheinlich", beharrte Sydney. „Aber wir werden die Geschäftsbücher genau prüfen."

„Deine Einschätzung ..."

„... lautet zehn zu eins. Die Chens waren es nicht, das sagt mir mein Bauch. Aber bleiben wir professionell."

„20 zu 80, weil es ein denkbares Motiv, aber keine Alibis gibt. Auch wenn ich dir insgeheim recht gebe, von der Liste streichen können wir die beiden nicht. Warten wir ab, was wir bei den übrigen vier Kandidaten finden."

**Felicitas Cape**

- Geboren am 6. 6. 1952 in Wien, Mädchenname Brunner. Österreichische Staatsbürgerin. Architekturstudium in Wien begonnen, heiratete 1975 den Engländer John Cape (Immobilienmakler), zwei Söhne. Erfolgreicher Studienabschluss an der Londoner Universität (1986), arbeitete als Garten- und Landschaftsarchitektin. Lebt seit 1995 von ihrem Mann getrennt, seit der Scheidung 2008 berufliche Krise.
- Kennt die Familie seit mehr als 30 Jahren. Wurde nach dem Tod des alten Grafen von Roger als Be-

raterin bei der Instandsetzung des Parks von Yew Hall engagiert. Roger übergab den Auftrag dann aber ohne Angabe von Gründen nicht ihr, sondern einem Kollegen. Hielt trotz des abgekühlten Verhältnisses weiterhin Kontakt zu den Deverells. Vor wenigen Wochen offerierte ihr Roger den Job als Reiseleiterin für exquisite Gartentouren. Ein Angebot, das Cape, die über keine nennenswerten Rücklagen verfügt, nicht ausschlagen konnte.

- ALIBI: Nur für die ersten zwanzig Minuten des Zeitfensters. Wurde erst wieder nach dem Auffinden der Leiche gesehen. Gibt an, sie hätte dringend eine Erholungspause gebraucht und sich deswegen in einen kaum besuchten Teil des Parks unweit des Begrenzungsgrabens zurückgezogen.
- MOTIV: Im privaten Bereich zu suchen. Hegte Felicitas Cape einen alten Groll gegen Roger, weil er sie als Architektin gefeuert hatte? War sie eine seiner Geliebten? Sie ist lediglich acht Jahre älter als er und …

„… sieht nach wie vor blendend aus“, unterbrach Giorgio. „Wie du weißt, kenne ich sie schon länger. Feli verkörpert geradezu perfekt einen ganz bestimmten Frauentyp, auf den unser Graf fixiert zu sein scheint.“

„Wie meinst du das?

„Ist dir die Ähnlichkeit mit Patricia Deverell nicht aufgefallen? Felis Augen sind dunkelgrau und nicht blau, ihre Nase ist ein wenig größer, dafür aber schmäler, das Blond ihrer Haare ist dunkler. Aber die Gemeinsamkeiten überwiegen eindeutig – die zierliche Figur, die wohlgeformten Beine, die klaren, feinen Gesichtszüge, das perfekte Profil. Vor allem ihre alterslose Ausstrahlung lässt die beiden wie Schwestern aussehen. Nicht wie Mutter und Tochter, was sich vom Alter her locker ausginge."

Sydney blieb vor Erstaunen der Mund offen stehen. „Unglaublich, was Dir an Frauen alles auffällt! Oder registrierst du Details automatisch und kannst sie bei Bedarf abrufen, weil du ein fotografisches Gedächtnis hast?"

Giorgio konnte sich ein Grinsen kaum verkneifen. „Du kannst ja testen, ob ich dir Männer genauso gut beschreiben kann."

„Später. Haken wir zunächst einmal Felicitas Cape ab. Kein Alibi und jede Menge vorstellbarer Motive. Das ergibt für mich eine Schätzung von 80 zu 20. Bist du einverstanden?"

„Gefühlsmäßig nein, den Fakten nach ja. Ich mag Feli und bin daher befangen, aber ich gebe zu, sie ist bisher unsere Nummer eins", stimmte Giorgio mit leiser Stimme zu. „Nehmen wir uns als Nächstes Hochwürden vor. Sozusagen als Kontrastprogramm."

„Wenn du dich da nur nicht täuschst. Hör erst einmal zu."

**Percival Cockerton**

- Am 15. 3. 1964 in Worthing, Sussex, geboren, ledig.
- 1989 Priesterweihe, übernahm 2005 Vikariat in Gotham, Nottinghamshire.
- 2009 nach einem bis heute nicht aufgeklärten Diebstahl einer gotischen Madonna aus der St.-Lawrence-Kirche von Gotham nach Shoreham-by-Sea, Sussex, strafversetzt.
- Reisegrund: Interessiert sich weder für Gartenarchitektur noch für Botanik. Ist für seine erkrankte Schwester, die ihm den Haushalt führt, eingesprungen.

- Alibi: Keines. Will sich zum Meditieren auf eine Bank in einer Seitenallee zurückgezogen haben. Er wurde jedenfalls nach der offiziellen Führung bis zum Auffinden der Leiche von niemandem gesehen.
- Motiv: Hat ein gravierendes Alkoholproblem. Stand seinerzeit selbst unter Verdacht, die Statue gestohlen und verhökert zu haben, um seinen Whiskykonsum zu finanzieren. In diesem Fall könnte Deverell einen Käufer vermittelt, Cockerton aber um seinen Anteil geprellt haben.

„Wär ganz schön perfide, aber unserem Grafen durchaus zuzutrauen", setzte Sydney fort. „Stell dir das Szenario vor: Deverell hat einen Interessenten für die Statue, nicht aber einen Bildhauer an der Hand, der eine Fälschung anfertigen könnte. Was Cockerton, der sich zu einem Austausch überreden lässt, nicht weiß. Er liefert die Madonna vereinbarungsgemäß ab, erhält dafür aber weder Geld noch Kopie. Der Diebstahl fliegt auf – und er allein trägt die Konsequenzen. Jetzt sitzt er in einer unbedeutenden Pfarre in Shoreham in einer scheußlichen modernen Kirche, sein Ruf ist ruiniert und Deverell lacht sich ins Fäustchen."

„Als wäre der arme Teufel mit der Sauferei nicht schon genug gestraft", warf Giorgio ein, aber Sydney war nicht zu bremsen.

„Aus reinem Zufall bucht seine verwitwete Schwester eine Gartentour nach Gloucestershire und wird im letzten Moment krank. Cockerton glaubt an eine Fügung des Schicksals. Er nimmt ihren Platz ein, Deverell ist ahnungslos, der Name des Pfarrers steht ja nicht auf der Liste. Unbemerkt von den anderen stimmt er einem heimlichen Treffen zu, verspricht vielleicht sogar,

Cockerton seinen Anteil auszuhändigen. Es kommt zum Streit – das Weitere ist bekannt."

„Durchaus denkbar, dass sich das so oder ähnlich abgespielt hat, aber es gibt dafür nicht den Funken eines Beweises. Es sei denn, die Kunstfahnder finden in den Papieren des Earl eine Spur, die zu einem Sammler mittelalterlicher Kirchenkunst führt. Aber das halte ich für unwahrscheinlich."

„Wenn der Priester einen Mord auf dem Gewissen hat, bricht er früher oder später zusammen, davon bin ich überzeugt. Wir müssen nur den Druck auf ihn erhöhen. Mal sehen, wie er sich morgen beim Coroner verhält."

„Damit wurde Feli durch Hochwürden von der Spitze verdrängt", zog Giorgio, der zu einem Ende kommen wollte, Bilanz. Auch Sydney sah man die Erschöpfung allmählich an.

„Zumindest liegen beide gleich auf. Ein Rang, den unser junger Italiener kaum erreichen wird. Allerdings werde ich aus ihm nicht schlau. Irgendetwas stimmt nicht, aber ich kann den Finger nicht darauf legen. Hör bitte genau zu."

**Maurizio Bardi alias Francini**

- Am 3. 10. 1986 in Rom geboren ...

„Sag das nochmal!" Wie elektrisiert sprang Giorgio auf. „Nein, nicht das Geburtsdatum, sondern den zweiten Namen. Francini! Klingelt da nichts bei dir? Nein? Erst gestern hast du einen Francini getrunken. So heißt das Weingut in der Toskana, erinnerst du dich? Das kann kein Zufall sein, dass ein Francini hier auftaucht. Aber warum nennt er sich Bardi?"

„Wirst du erfahren, wenn du mich ausreden lässt. Er hat Land- und Forstwirtschaft studiert, findet in seinem erlernten Beruf keinen Job und versucht, als freiberuflicher Journalist für diverse Fachzeitschriften und Lifestyle-Magazine Fuß zu fassen. Seine Artikel unterzeichnet er mit dem Mädchennamen seiner Mutter. Deswegen hat er die Gartentour, über die er eine Reportage schreiben will, unter Bardi gebucht. Klingt doch einigermaßen plausibel, oder?"

„Ich glaube nicht an Zufälle", widersprach Giorgio. „Nimm unbedingt heute noch Charles ins Gebet. Wenn jemand weiß, warum sich ein Mann namens Francini unter einem falschen Namen auf Yew Hall aufhält, dann er. Das muss nicht unbedingt etwas mit dem Mord zu tun haben, aber verdächtig ist es allemal. Wie steht es übrigens mit dem Alibi?"

„Gibt es keines. Niemand hat ihn gesehen. Maurizio Bardi, pardon, Francini, gab an, er hätte den Park bis in den letzten Winkel inspiziert und sich Notizen für seinen Artikel gemacht."

„Lass dir diese Aufzeichnungen zeigen. Wenn sie wirklich existieren, hat er zumindest einen Beweis für seine Angaben. Sollte er sie aber aus irgendeinem Grund nicht vorweisen können, ließe das den Umkehrschluss zu."

„Eine gute Idee, Giorgio. Wie schon gesagt, ich bin sicher, dass Francini etwas zu verbergen hat. Aber ich halte ihn nicht für den Täter. Meine Einschätzung liegt bei 30 zu 70."

„Im Gegensatz zu mir. Ich würde die Zahlen umdrehen und ihn auf eine Stufe mit Kim Wang stellen."

„Interessant. Bisher waren wir immer ziemlich einer Meinung. Jetzt bin ich gespannt, wie du Charles einschätzt. Der segelt nämlich auch unter einem falschen Namen. Du wirst staunen, was ich herausgefunden habe.“

Sydney ließ das Vernehmungsprotokoll sinken und blickte Giorgio erwartungsvoll an.

„Dieser Butler, den ich für den Inbegriff eines Engländers gehalten habe, ist in Wahrheit ein österreichischer Adeliger, der sich als Diener verdingt. Ungewöhnlich, aber daran ist nichts Verdächtiges. Ein Motiv kann ich weit und breit auch nicht entdecken. Es sei denn, Charles war in die Geschäfte seines Dienstherren verwickelt. Das glaube ich aber nicht.“

Sydney hob protestierend die Hand, aber diesmal ließ ihn Giorgio nicht zu Wort kommen.

„Gewusst wird er davon haben, aber beteiligt sein? Nein! Bleibt die Frage nach seinem Alibi. Natürlich hat er keines. Wie auch? Seine Aufgabe ist es, sich um alles zu kümmern und sich dabei dezent im Hintergrund zu halten. Im Gegenteil, es wäre suspekt, wenn er eines auftischen würde. Das müsste man dann ganz genau prüfen.“

„Du solltest auf Anwalt umsatteln. Eine überzeugendere Verteidigungsrede habe ich schon lange nicht mehr gehört“, antwortete Sydney. „Ich habe am Beginn unserer Sitzung Charles zu den Hauptverdächtigen gezählt. Jetzt revidiere ich mein Urteil. 20 zu 80, wie beim Ehepaar Chen, denn ein Restverdacht bleibt trotz allem. Einverstanden?“

Bevor Giorgio etwas erwidern konnte, betrat Charles den Raum.

„Sergeant Freeman lässt fragen, wann er den Wagen vorfahren soll?“

Erschrocken blickte Giorgio auf die Uhr. „Um Himmels willen, es ist bald acht. Sagen Sie dem Sergeant bitte, dass ich sofort komme.“

„Eigentlich wollte ich noch den Obduktionsbericht mit dir durchgehen", sagte Sydney, als sie wieder allein waren. Mir wäre es sehr recht, wenn du zumindest einen Blick darauf werfen könntest. Vielleicht während der Fahrt nach Bourton? Ich gebe dir eine Kopie mit."

„Wird erledigt, versprochen. Bis morgen."

„Spätestens um zehn in Fretton beim Coroner, aber es wäre klug, ein wenig früher da zu sein. Für die Zeugen gibt es zwar im Saal genügend reservierte Sitzplätze, aber vor dem Eingang wird es garantiert turbulent zugehen. Und ich lasse mich bei deiner Elena entschuldigen, dass ich dich heute so lange in Beschlag genommen habe."

Mit ausgebreiteten Armen ging Giorgio auf seinen Freund zu – und besann sich gerade noch rechtzeitig eines Besseren. Wenn man sich in Kürze wiedersah, gab man sich in England nicht einmal die Hand, erinnerte er sich. Er aber hätte Sydney um ein Haar an seine Brust gedrückt.

Auf der Fahrt zu Elena dachte Giorgio über diese Abschiedsszene nach, bei der er alles andere als eine gute Figur gemacht hatte. Wie ein Hampelmann war er sekundenlang wortlos dagestanden und schließlich mit einem gemurmelten Gruß davongestürzt. Sydney hatte ihm verblüfft nachgestarrt.

Andere Länder, andere Sitten, sagte er sich. Manchmal steckte sogar in einer Binsenweisheit etwas Tröstliches. Ein Salon auf Yew Hall war nun einmal keine sizilianische Piazza, auf der Männer sich in aller Selbstverständlichkeit umarmten.

Während die liebliche Landschaft der Cotswolds im letzten Abendlicht am Autofenster vorbeiglitt, empfand Giorgio seltsamerweise erstmals in seinem Leben einen Anflug von Heimweh.

## 12. Kapitel

*„Biscotti o salatini?“* Florence Deverell zuckte zusammen, als sich der Steward mit gelangweilter Miene zu ihr herabbeugte und sie unsanft aus ihren Gedanken riss. Das lieblos offerierte Knabberzeug, süß oder salzig, und die Wahl zwischen Mineralwasser, Cola oder Fruchtsaft war alles, was vom einstigen Bordservice der Alitalia übrig geblieben war. Sie sah ja ein, dass die Fluglinie nur durch ein radikales Sparprogramm vor einem endgültigen finanziellen Absturz bewahrt werden konnte, aber ein wenig freundlicher hätte man mit den Passagieren dennoch umgehen können.

Oder zumindest die infernalisch krachenden Lautsprecher reparieren. Das Englisch des Captain war sowieso unter jeder Kritik, doch selbst von der italienischen Ansage hatte sie kaum ein Wort verstanden. Wenigstens werden wir pünktlich ankommen, stellte Florence fest, als sie ihre Uhr auf Lokalzeit einstellte. In etwa 30 Minuten würden sie in Heathrow landen.

Bei ihrem letzten Besuch hatten Roger und sein Butler sie vom Flughafen abgeholt. Diesmal würde Charles allein auf sie warten. Mit ihrer Schwägerin rechnete sie nicht – und das war auch gut so. Unter vier Augen würde Charles offen darüber sprechen, was eigentlich genau passiert war. Bisher wusste Florence bloß, was ihr Patricia Donnerstagabend am Telefon mitgeteilt hatte:

Roger war tot. Ein tragischer Unfall, der nun, den Vorschriften entsprechend, von der Polizei untersucht werden musste. Das konnte sich allerdings einige Tage hinziehen. Sobald ein Begräbnistermin feststand, würde sie natürlich sofort anrufen. Ihr ginge es den Umständen entsprechend gar nicht gut, aber helfen könne ihr niemand. Sie müsse ganz alleine da durch und Florence brauche wirklich nicht überstürzt nach England aufzubrechen.

Am liebsten wäre es der lieben Patricia wohl, ihre ungeliebte Schwägerin würde überhaupt nicht kommen, dachte Florence und verzog den Mund zu einem grimmigen Lächeln. Aber eine Countess of Wharvedale konnte das natürlich nicht offen aussprechen. Von wegen *Contessa*! Auch wenn sie sich noch so sehr bemühte, diese Rolle war der kleinen Patsy Marilyn Newhouse aus Oxnard, California, die sich einen Grafen geangelt hatte, nach wie vor um einige Schuhnummern zu groß.

Seltsam, manche Menschen bringen es fertig, bei anderen die schlechtesten Eigenschaften zutage zu fördern, spann Florence den Gedanken weiter. Normalerweise war sie nämlich alles andere als ein Snob, was ihre Herkunft betraf. Das bewies allein schon ihre Ehe. Eine Lady Wharvedale, die einen bürgerlichen, geschiedenen Italiener zum Mann nahm – eine unerhörte Mesalliance!

Wenigstens hatte sie nach Ansicht ihres Vaters genügend Grips besessen, nicht in England, sondern in Florenz zu heiraten. Dadurch behielt sie – nach dem italienischen Recht – automatisch ihren Mädchennamen. Was der über beide Ohren verliebten Florence damals gar nicht bewusst geworden war – und selbst wenn, wäre es ihr von Herzen egal gewesen. Für sie hatte nur eines gezählt: Florence heiratet in Florence die Liebe ihres Lebens. Romantischer konnte sich doch das Schicksal, das ihr mit der Taufe vorgegeben worden war, nicht erfüllen.

Als Halbwüchsige hatte sie ihren altmodischen Vornamen, bei dem jeder sofort an Florence Nightingale dachte, aus tiefster Seele verabscheut. Niemand lässt sich in diesem Alter gern mit einer „aufblühenden englischen Rose" vergleichen, wie es ihr Vater voll Stolz zu tun pflegte. Nicht selten hatten sich auch ihre Altersgenossen zu dümmlichen Wortspielen hinreißen lassen. „Florence zeigt wieder einmal ihre *Flower Power*" – immer noch klang ihr der Spott ihrer Schulkollegen in den Ohren, wenn sie an ihre Jugend zurückdachte.

*The cry of „Flower Power" echoes through the land. We shall not wilt. Let a thousand flowers bloom* – wie viele Hoffnungen auf eine schönere, bessere Welt hatte der Hippie-Aktivist Abbie Hoffman einst an diese seine Worte geknüpft. Doch die Blumen waren ebenso verwelkt wie ihre Kinder, von denen sich die meisten längst nicht mehr an ihre Träume erinnern konnten.

Florence aber zehrte noch immer von dieser herrlich-verrückten Zeit, in der sie den Aufbruch zu neuen Ufern gewagt hatte. Nomen est omen – dabei war sie im Gegensatz zu der tatsächlich in Florenz geborenen englischen Nationalheldin Lady Nightingale nicht nach der Stadt am Arno, sondern nach einem Schloss in Nordirland getauft worden. Nach Florence Court, dem Anwesen ihres Paten Lord Enniskillen.

Damit war ein symbolischer Schlussstrich unter einen Konkurrenzkampf gezogen worden, wie er skurriler nicht sein konnte. *Spieglein, Spieglein an der Wand, wer hat den schönsten Schlosspark im ganzen Land* ... Im achtzehnten Jahrhundert konnte man einen solchen Wettstreit, der zwischen den reichsten Adelssitzen des Landes ausgetragen wurde, nur mit einer botanischen Rarität gewinnen.

Der achte Earl of Wharvedale wähnte sich mit seinen eigens aus China importierten Whiteberry Yews bereits als Sieger, als ihm ausgerechnet ein heimisches Kind der Natur die Show stahl. Eine bis dato unbekannte Eibenart aus den Bergen Nordirlands, die der erste

Lord Enniskillen auf seinem Anwesen anpflanzen und auf den Namen *Florence Court Yew* taufen ließ, machte in kürzester Zeit international Furore.

Eine botanische Pioniertat, nach wie vor von einem Hauch Exklusivität umgeben. Angeblich stammte nämlich jedes *Irish-Yew*-Exemplar auf der Welt von jenem Baum ab, der vor bald dreihundert Jahren zufällig entdeckt worden war.

Zugegeben, die Weißbeer-Eiben aus China, die in England nie wirklich heimisch geworden sind, waren ein Flop, aber Whiteberry Yew Hall ist noch immer in den Händen unserer Familie, dachte Florence mit einem Anflug von Stolz. Nicht zuletzt ihre Großzügigkeit hatte das ermöglicht. Der Verzicht auf ihr Erbteil an Schloss und Ländereien war nämlich nach dem Tod des Vaters die Voraussetzung für eine grundlegende Sanierung gewesen. Der Anwalt hatte es ihr unmissverständlich klar gemacht: Erst wenn das gesamte Anwesen in einer Hand läge, würden die Banken Roger Deverell die nötigen Millionenkredite bewilligen.

Ihr kleiner Bruder, der Lord! Die Mittel waren bereitgestellt worden, doch die Aussicht, dafür bis an sein Lebensende über beide Ohren verschuldet zu sein, hatte ihm ganz und gar nicht gefallen. Die einzige Lösung für sein Problem: auf Freiersfüßen zu wandeln und seine Haut so teuer wie nur möglich zu verkaufen. Was ihm 1994 auf dem Debütantinnenball in New York auf Anhieb gelungen war – kaum hatte er die Angel ausgeworfen, zappelte bereits der ersehnte Goldfisch am Haken. Ein Jahr später heiratete Roger Deverell, der dreizehnte Earl of Wharvedale, in der St. Margrets Church im Schatten der Westminster Abbey die Milliardärstochter aus Kalifornien.

*Something old, something new, something borrowed, something blue* – auch Patricia hatte auf dem alten Brauch bestanden, der seit der Hochzeit von Prinz Charles und Lady Di wieder in Mode gekommen war. Etwas Altes, dafür hatte sich Patricia ein Diadem aus dem Schatzkästlein der Wharvedales ausgesucht. Und damit, ohne es zu ahnen, gleich auch etwas Geborgtes, dachte Florence und lächelte in sich hinein. Der gesamte Familienschmuck, aber auch alle wertvollen Gemälde und Antiquitäten auf Yew Hall waren nämlich im Gegenzug zu ihrer Verzichtserklärung auf Haus, Grund und Boden in ihren Besitz übergegangen.

Die einzige Bedingung Rogers, der diese Vereinbarung zähneknirschend unterschrieben hatte: Florence musste ihm in die Hand versprechen, die Bilder und Möbel samt und sonders im Schloss und die Juwelen im Banktresor zu belassen. Ein Entgegenkommen, das ihr nicht schwergefallen war. Bei welchem Anlass hätte sie die Schmuckstücke ihrer Ahnen tragen sollen? In ihrem neuen Leben in Italien fanden keine großen Empfänge statt, und wie ein Weihnachtsbaum geschmückt in die Oper oder ins Theater zu gehen, wäre übertrieben und auch viel zu riskant gewesen.

Die von den besten Künstlern ihrer Zeit gemalte Ahnengalerie passte ebenso wenig nach Florenz wie die großformatigen englischen Landschaftsbilder in ihren pompösen Goldrahmen. Nur den Turner – ein frühes Ölbild mit einer Ansicht von Rom – hätte sie gern mitgenommen.

Genau das würde sie tun, beschloss sie und fingerte in ihrer Handtasche nach dem Kuvert, das eine detaillierte Aufstellung ihrer Besitzansprüche enthielt. Notariell beglaubigt, darauf hatte sie bestanden. Erst nach ihrem Tod sollten die Kunstschätze und Pretiosen an den Earl of Wharvedale zurückfallen, also an Roger und – falls sie ihn überleben sollte – an seinen Sohn. All das war nun hinfällig, er war gestorben, ohne einen Erben zu hinterlassen. Somit konnte sie über ihr Eigentum frei verfügen.

Mit dem dreizehnten Earl of Wharvedale war eines der ältesten Adelsgeschlechter des Landes für immer erloschen. Auf Yew Hall würde sich nun die angeheiratete Verwandtschaft aus Amerika breitmachen. Nicht nur einmal hatte sie Roger gedrängt, für einen Erben zu sorgen, was dank dem heutigen Stand der Medizin doch hätte möglich sein müssen. Doch er hatte nur gelacht: „Wer im Glashaus sitzt, sollte nicht mit Steinen werfen, mein liebes Schwesterherz. Im Gegensatz zu dir ist meine biologische Uhr noch lange nicht abgelaufen. Und wer sagt dir, dass es nicht längst einen gibt?"

Noch immer klang ihr der spöttische Unterton in den Ohren, mit dem Roger auf ihre eigene Kinderlosigkeit angespielt hatte. War der Nachsatz wirklich nur eine Schutzbehauptung gewesen? Oder steckte doch mehr hinter dieser kryptischen Ansage? Sie traute ihrem Bruder durchaus zu, dass es einen unehelichen Sohn gab, den er jederzeit adoptieren und als Erben von Titel und Vermögen hätte einsetzen können, falls seine Ehe weiterhin kinderlos geblieben wäre.

Aber was auch immer Roger vorgehabt haben mochte, es war dafür nun zu spät.

Als würden sie tief Atem holen, brummten die zuvor leise summenden Flugzeugmotoren auf. Florence blickte aus dem Fenster. Wie mit dem Leuchtstift eines Riesen gezogen, zeichneten die Lichter Londons verschlungene Muster aus Kreisen und Linien in die

Schwärze der Nacht. In wenigen Minuten würden sie landen. Sie schob das Kuvert zurück in die Tasche und zog den Pass hervor. Das Foto schmeichelte ihr wahrlich nicht, fand sie, aber es war ihr ziemlich egal, ob es den Beamten am Einreiseschalter gefiel.

Hauptsache, sie sah in natura besser aus, was ihr ein Blick in den Spiegel ihrer Puderdose bestätigte: Der Pagenschnitt ihrer brünetten Haare machte sie nicht nur jünger als 63, er verbarg gleichzeitig auch die verräterischen Stirnfalten. Seit sie Kontaktlinsen trug, kamen ihre großen braunen Augen, die sie zuvor hinter vier Dioptrien starken Gläsern verbergen hatte müssen, zur Geltung. Florence wandte den Kopf und betrachtete ihr Halbprofil.

Auch wenn manche Frauen es nicht glauben wollen, älter zu werden hat auch seine Vorteile, stellte Florence nicht zum ersten Mal fest. Nicht nur verlieren Schönheitsfehler an Bedeutung, manchmal sind gerade sie es, die einem Gesicht Persönlichkeit und Charakter verleihen. Oder auch eine Ähnlichkeit mit Eltern oder Geschwistern, die in der Jugend nicht sichtbar ist.

Ob sie es wahrhaben wollte oder nicht, seit Roger die 50 und sie die 60 überschritten hatte, glichen sie einander mehr und mehr. Beide waren sie groß und schlank, nahezu lupenreine Leptosomen, die essen konnten, was sie wollten, und kein Gramm zunahmen. Gemeinsam waren ihnen auch der knochige Körperbau und die kräftigen Hände, die besser zu Bauern oder Dienstmägden als zu den Sprösslingen eines alten Adelsgeschlechts gepasst hätten.

Die nunmehr ausgeprägten Gesichtszüge verrieten unverkennbar die gemeinsamen Eltern, auch wenn Florence sich besser gehalten hatte als ihr um immerhin zehn Jahre jüngerer Bruder mit seinen Tränensäcken und tief eingegrabenen Wangenfalten. Spuren eines an Ausschweifungen nicht armen Lebens.

Sie erinnerte sich noch gut an den Tag, als ihre Mutter mit dem Baby nach Hause gekommen war und sie zum ersten Mal die zarte Haut des Neugeborenen berührt hatte.

Kurz danach war sie nach Oxford ins Internat geschickt worden, ihren kleinen Bruder, der in Rom aufwuchs, sah sie nur noch während der Schulferien. Als sie schließlich nach Italien zurückkehrte, um in Florenz zu studieren, berief das Außenministerium ihren Vater von seinem Botschafterposten ab und die Eltern übersiedelten mit Roger nach England.

Erstaunt stellte Florence fest, dass sie ihren Bruder eigentlich kaum gekannt hatte. Aber das war nicht der Grund, warum sie seit der Todesnachricht nicht eine Träne um ihn vergießen konnte. Immerhin war ihre Beziehung zu ihm stark genug gewesen, um ihn um Hilfe zu bitten, als sie nicht mehr aus und ein gewusst hatte. Was sich als kaum wiedergutzumachender Fehler erweisen sollte.

Wieder krachten die Lautsprecher, doch diesmal bemühte sich Florence erst gar nicht, die Anweisungen des Stewards zu verstehen. Automatisch tastete sie nach dem Sicherheitsgurt, während ihre Gedanken zu jenem schrecklichen Tag zurückwanderten, an dem ihr Rogers unfassbarer Vertrauensmissbrauch klar geworden war.

Schuld an dem Desaster trug auch ihr Mann Carlo, der ihr, einer in geschäftlichen Dingen gänzlich unerfahrenen Person, die Verantwortung für sein Weingut übertragen hatte. Vorangegangen war ein böser Streit mit seinem einzigen Sohn aus erster Ehe, den er um jeden Preis enterben wollte. Deswegen war er auf die unselige Idee verfallen, seinen gesamten Besitz einer Stiftung zu überschreiben. Mit ihm als Vorstand und einer entsprechenden Gewinnbeteiligung, die ihm und seiner Frau ein sorgloses Leben ermöglichte. Nach seinem Tod sollte seine Witwe den Vorsitz übernehmen und nach ihrem Gutdünken testamentarisch einen Nachfolger bestellen.

Dafür kam, wie Carlo genau wusste, nur einer in Frage: Sein damals noch unmündiger Enkel, den Florence wie einen eigenen Sohn liebte. Auf diese Weise konnte er sein Gesicht wahren – und das Weingut blieb letztlich doch in der Familie. Ein narrensicherer Plan, aber er hatte die Rechnung ohne seinen Schwager gemacht, der schon seit Längerem nach einer neuen Einnahmequelle Ausschau hielt.

2004 war der Earl of Wharvedale nicht nur seinen Lobbyisten-Job, sondern auch ein paar Schwarzgeld-Millionen losgeworden, nachdem ihn der Rüstungskonzern BFD von der drohenden Gefängnisstrafe freigekauft und sich danach an ihm schadlos gehalten hatte. Als Carlo fünf Jahre später einem Herzinfarkt erlag, witterte Roger seine Chance. Er eilte nach Florenz, um seiner Schwester bei der Abwicklung der Formalitäten zur Seite zu stehen.

Nur allzu bereitwillig hatte Florence damals ihrem Bruder den Papierkram, wie er es nannte, überlassen. Was sie mit ihrer leichtfertig erteilten Vollmacht angestellt hatte, war ihr erst vor Kurzem klar geworden. Als sie eine größere Summe von ihrem Bankkonto beheben wollte, um dringend nötige Reparaturen am Stadtpalais in Florenz durchführen zu lassen, wurde ihr beschieden, dass sie faktisch mittellos dastand. Von Monat zu Monat waren die Zahlungen aus den Stiftungserträgen geringer ausgefallen und vor knapp einem halben Jahr schließlich ganz ausgeblieben.

Noch immer glaubte Florence an einen Irrtum, doch als sie Roger endlich erreichte, wurde ihr das ganze Ausmaß ihrer Situation klar. Bis auf Weiteres würde die Stiftung außerstande sein, ihr auch nur einen Cent zu überweisen. Jeglicher Gewinn floss in die weitreichenden Investitionen, die ihr Bruder gemeinsam mit dem Gremium beschlossen hatte. Das alles sei durchaus rechtens und somit unanfechtbar. Einen Anwalt könne sie sich sparen – das waren die letzten Worte, die Florence von ihrem Bruder hören sollte.

In ihrer Verzweiflung rief sie ihren Stiefenkel zu Hilfe, der sofort aus Südtirol herbeieilte. Er hatte eben seinen Magister in Land- und Forstwirtschaft in Bozen gemacht und arbeitete nun an seinem Master in „Obstwissenschaft" – einer in Europa einzigartigen neuen Studienrichtung.

Bisher war Florence für seine Ausbildung aufgekommen, aber auch dafür war nun kein Geld mehr vorhanden. Es sei denn, sie verkaufte ihre anmutige kleine Renaissance-Villa, die seit Jahrzehnten ihr Zuhause war, und zog in eine bescheidene Wohnung um. Vom Verkaufserlös bliebe ihr genügend übrig, um bis ans Ende ihrer Tage gut leben zu können. Das hatte Roger bei ihrem letzten Telefonat noch hinzugefügt, bevor ihre Verbindung – in jeder Hinsicht endgültig – abgebrochen war.

Zum Glück hatte ihr Carlo das Haus, das sich seit Generationen im Besitz seiner Familie befand, überschreiben lassen. Als Hochzeitsgeschenk, und somit ebenfalls *rechtens und unanfechtbar* ihr Eigentum, wie sie ihrem Bruder, dem dieses Juwel zu seinem Missvergnügen entgangen war, entgegengeschleudert hatte.

Zu einem weiteren Kontakt war es nicht mehr gekommen, nicht mit ihr und schon gar nicht mit ihrem Stiefenkel, für den seine Lordschaft, der Earl of Wharvedale, nicht zu sprechen war. Als die Todesnachricht aus England eintraf, war er bereits abgereist. Frustriert und erstmals ohne ihr zu sagen, wohin. Dass sie kein Wort des Vorwurfs zu hören bekommen hatte, war ihr nach seinem plötzlichen Aufbruch mit unbekanntem Ziel nur ein kleiner Trost gewesen.

Erst Rogers Tod hat alles wieder in Ordnung gebracht, sagte sie sich mit einem Anflug von Bitterkeit und beschloss, keine Trauer zu heucheln, die sie nicht empfinden konnte. Schon gar nicht vor Charles, der ihr Krokodilstränen ohnedies nicht abnehmen würde. Er war zwar „nur" der Butler, aber für sie, wie schon für ihren Vater, auch ein Vertrauter, der besser als jeder andere wusste, was in den Bewohnern von Whiteberry Yew Hall vorging.

Sobald der Airbus der Alitalia mit Samtpfoten auf dem Airport Heathrow aufsetzte, konnte es Florence kaum erwarten, das vertraute Gesicht wiederzusehen. Auch wenn der Anlass noch so traurig sein mochte, sie rechnete damit, von Charles mit einem Lächeln begrüßt zu werden.

Als sie ihn endlich erblickte, konnte sie jedoch schon von Weitem an seiner Miene ablesen, dass irgendetwas ganz und gar nicht in Ordnung war.

## 13. Kapitel

„Aufgeregt?“, fragte Giorgio leise, als er neben Elena in der hintersten Reihe des Busses Platz nahm. „Du kannst ganz beruhigt sein. Der Coroner wird dich wahrscheinlich gar nicht aufrufen“, fügte er hinzu, weil er nur ein flüchtiges Kopfschütteln zur Antwort bekam. Was war denn jetzt schon wieder los? Irritiert musterte er Elena aus den Augenwinkeln. Sie verzog keine Miene. Dabei war doch alles in schönster Ordnung. Es hatte zwar Stunden gedauert, bis alle Missverständnisse zwischen ihnen ausgeräumt waren, aber dann waren sie sich lachend um den Hals gefallen. Um zwei Uhr früh – und da hatte ihre Versöhnung erst begonnen ...

Kein Wunder, dass er ein Gähnen kaum unterdrücken konnte. Giorgio lehnte sich zurück und schloss die Augen. Sah Elena und sich in dem Hotelzimmer mit Blumentapete und den mit grünen Ranken verzierten Vorhängen. Muster, die er zwar scheußlich, aber dennoch passend fand. Typisch englisch eben – oder zumindest so, wie er den Geschmack der Briten aus Filmen kannte. Auch darüber hatten sie beide gelacht, über ihre Klischeevorstellungen und Vorurteile, bevor sie nach einer letzten Umarmung endlich eingeschlafen waren.

Wie anders war das früher gewesen! Ohne es zu wollen, wanderten seine Gedanken in die Vergangenheit. Auseinandersetzungen mit seiner Ex-Frau Angelica hatten nie in gemeinsamem Gelächter, sondern in erbittertem Schweigen geendet. Seine Ehe war nicht zuletzt an der Sprachlosigkeit zwischen zwei grundverschiedenen Menschen mit völlig anderen Träumen und Vorstellungen gescheitert, das wusste er heute.

Angelica aber, die sich anfangs seinen Wünschen angepasst und später wegen jeder Kleinigkeit mit ihm gestritten hatte, konnte noch immer nicht verstehen, warum er nur sechs Jahre nach ihrer Hochzeit davongelaufen war. Wie auch? Er hatte ihr damals keine Chance gelassen, die Schuld lag also einzig und allein bei ihm. Weil er die Ehe mit einer Frau, die er nicht liebte und nicht einmal mehr begehrte, gar nicht retten wollte. Weil er kein zweites Mal den Mut aufgebracht hätte, den Ausbruch zu wagen. Weil er seit Jahren erstmals das Gefühl hatte, wieder frei atmen zu können. Weil ...

Für die sizilianische Mittelschicht, der Giorgio und Angelica entstammten, war seine Flucht unerhört gewesen. In ihrem damaligen Umfeld hielt man sich an ungeschriebene Gesetze – und dazu gehörte nun einmal, dass man bei allen Konzessionen an die neue Zeit einen einmal vorgezeichneten Weg nicht mehr verließ.

Selbst auf Sizilien hatte man vor 30 Jahren nichts mehr dabei gefunden, wenn ein unverheiratetes Pärchen in aller Öffentlichkeit Zärtlichkeiten austauschte. Im Gegenteil, damit zeigten die beiden der Welt, dass sie zusammengehörten. Der erste Kuss, den Giorgio der damals siebzehnjährigen Angelica vor aller Augen gegeben hatte, galt als Versprechen, das es einzulösen galt. Nach dem Abschluss seiner Ausbildung – in seinem Fall ein Germanistik-Doktorat an der Universität Palermo – nahm er das Mädchen, das so viele Jahre auf ihn gewartet hatte, zur Frau. Etwas anderes war ihm auch gar nicht übrig geblieben.

Dass ein junger Mann für seine Braut vielleicht gar nie Liebe, sondern bloß Begierde empfunden hatte, nahm die Gesellschaft als naturgegeben hin. Es musste geheiratet werden, mit allem Aufwand und immensen Kosten, so verlangte es die Tradition. Mit dem Ja vor dem Traualtar waren die Rollen dann endgültig verteilt – von der Wiege des zu erwartenden Nachwuchses bis zur eigenen Bahre. Und sobald sich das erste Baby einstellte, war die Falle für den frischgebackenen Ehemann endgültig zugeschnappt.

Die Eltern und Schwiegereltern, alle zeigten sich mit Giorgio ebenso zufrieden wie Angelica, die in ihrer Rolle als Hausfrau und Mutter aufging. Eine glückliche Familie, in der nur einer unglücklich war. Wie es in ihm aussah, danach fragte keiner. Dann geschah etwas völlig Banales – und der Glassturz über der heilen Welt ging in die Brüche.

Giorgio erinnerte sich, als ob es gestern gewesen wäre: Ein Sonntagsessen in einem typischen Ausflugslokal in den Salinen, unweit seiner Heimatstadt Trapani. Rund um ihn Familien, die seiner glichen, und mittendrin ein junger Mann, der offenbar erst vor Kurzem Vater geworden war. Alles drehte sich um das dickliche Baby und seine aus den Fugen geratene Mutter, die an der Spitze der Tafel residierte. Sie, rosig und glücklich plappernd, er, bleich, wortlos, schicksalsergeben.

Wie in einem Spiegel sah Giorgio plötzlich sich selbst dort sitzen, für immer und ewig eingekeilt zwischen Eltern und Schwiegereltern, Tanten, Onkeln, Cousins und Cousinen. Damals war er aufgestanden und ohne Erklärung fortgegangen. Ein Jahr später zog er aus, zwei Jahre später ließ er sich scheiden.

Als müsste er sich von einer Last befreien, schüttelte Giorgio den Kopf. An dieses Kapitel seiner Vergangenheit wollte er jetzt nicht denken. Sein „zweites Leben", wie er es gern bei sich nannte, hatte erst begonnen, als er Elena begegnet war. Nach neun einsamen Junggesellenjahren in einer lieblos eingerichteten Wohnung war er zu ihr in das kleine Haus in Taormina gezogen. Ein Risiko für zwei Menschen Mitte 40, aber alles war gut gegangen, trotz – oder vielleicht gerade wegen – der unzähligen Diskussionen und Gespräche, die sie nicht selten nächtelang führten. Um rechtzeitig Brücken über Gräben zu schlagen, die sich zwischen zwei ausgeprägten Persönlichkeiten im Alltag auftaten.

Lügen aber waren bisher noch nie ein Problem gewesen. Behutsam hatte Giorgio gestern Abend die Klippe umschifft, die die schmale Grenze zwischen Aussprache und Streit bildete. Mit Erfolg, denn es war kein einziges böses Wort zwischen ihnen gefallen. Und, wie er sich nun eingestand, vielleicht hatte er auch viel Lärm um nichts gemacht, denn mehr als Schwindeleien waren Elenas Ausreden nicht gewesen.

Giorgio schlug die Augen auf. Weshalb aber zeigte ihr Gesichtsausdruck nun eine Anspannung, für die es doch keinen Grund gab? Reglos starrte Elena vor sich hin. Im Gegensatz zu den anderen schien sie die Umgebung kaum wahrzunehmen. Dabei zeigte sich Bourton-on-the-Water an diesem Morgen von seiner schönsten Seite.

Zu dieser frühen Stunde gehörte das malerische Städtchen den Einheimischen und den wenigen Fremden, die hier übernachtet hatten. Bald aber würden die Touristen wie eine Horde Eroberer über den Ort an den Ufern des River Windrush herfallen und die Läden, Cafés und Teestuben stürmen. Noch aber lagen die romantischen Steinbrücken des „Venedigs der Cotswolds" still und unberührt im Schatten der Trauerweiden, die mit ihren tief herabhängenden Ästen ein Muster aus silbrigen Wirbeln auf das dunkle Wasser malten.

„Es war klug von Feli, vor dem Termin beim Coroner ein kleines Besichtigungsprogramm anzusetzen", brach Elena plötzlich ihr Schweigen.

„Du meinst, es wird sich heute auch nur einer für die Normannenkirche in Notgrove interessieren? Außer uns beiden natürlich und vielleicht auch noch Ludwig und Adele?"

„Kann schon sein, dass die Gruppe der Verhandlung entgegenfiebert. Wie mein liebes Mütterlein, das von gar nichts anderem mehr reden will. Aber ein Ausflug in die Vergangenheit wird die Gemüter beruhigen."

Giorgio bemühte sich, ein Grinsen zu unterdrücken. Elena ließ wirklich keine Gelegenheit für einen Seitenhieb auf ihre Mutter aus. Dabei waren die beiden einander doch so ähnlich. Aber wehe, er würde das aussprechen. Wie er aus Erfahrung wusste, gehörte das zu den Wahrheiten, die Elena nicht hören wollte. Dass auch sie seit ihrem Wiedersehen gestern Abend über kaum etwas anderes als „den Fall" gesprochen hatte, ließ er besser ebenfalls unerwähnt. Bei all ihrer Klugheit, über gewisse Dinge konnte man mit Elena nicht reden.

Dazu gehörte auch ihre fatale Neugierde. Sie dachte nicht an die Gefahr, in die sie sich bei ihren Recherchen, wie sie es nannte, bereits des Öfteren begeben hatte. Mörder fackelten nicht lange, wenn eine Hobby-Detektivin sorglos herumschnüffelte. Wer sollte das besser wissen als er, der ehemalige Leiter einer Mordkommission.

Genau darum war es gestern anfangs gegangen. Sie hatte geschwindelt, um ihm nichts von einem toten Grafen erzählen zu müssen, der unter dubiosen Umständen ums Leben gekommen war. Weil er stehenden Fußes herbeigeeilt wäre, was sie wiederum auf keinen Fall gewollt hätte – und auch nach wie vor nicht wollte.

Ihre Jagdinstinkte waren geweckt, das stritt sie gar nicht ab, dazu gab es inzwischen auch keinen Grund mehr. Nach der heutigen Verhandlung würde die Gruppe geschlossen nach London zurückkehren. Elena waren damit die Hände gebunden und er konnte ihr in ein, zwei Tagen folgen. Bis dahin, so hoffte er, konnte sie nicht allzu viel anstellen.

„Nein, aufgeregt bin ich nicht, das sind andere. Schau dich doch um und beobachte die Leute", platzte Elena, die sich nun doch zu einer Antwort bequemte, unvermittelt heraus. „Wir sehen doch alle nicht aus wie normale Touristen, sondern wie eine herausgeputzte Hochzeitsgesellschaft, die erwartet, dass die Braut durchbrennt."

Giorgio lachte laut auf, bevor er sich ernsthaft mit dem Gedanken befasste. Elena hatte recht. Keiner war salopp gekleidet und die seltsame Stimmung im Bus war fast mit den Händen zu greifen.

„Angespannte Erregung, würde ich sagen, und dazu nur schwer unterdrückte Sensationslust."

„Und alle wissen oder ahnen, dass es für einen oder eine bald um Kopf und Kragen gehen könnte", fügte Elena leise hinzu. „Rechnest du heute schon mit einer Verhaftung? Das habe ich dich gestern schon mehrmals gefragt, aber du bist mir immer ausgewichen."

„Später", antwortete Giorgio, denn in diesem Moment hielt der Bus vor einer Kirche, die schon von weitem alt und bedeutend aussah.

„Wir sind in Notgrove und das ist St. Bartholomew, im zwölften Jahrhundert von den Normannen errichtet. Davor stand hier bereits ein Gotteshaus der Sachsen, von dem nur noch der kleine Friedhof übrig geblieben ist, und davor waren es die Römer, die ..."

„Sie macht ihre Sache ausgezeichnet", flüsterte Elena, nachdem Feli ihre Erklärungen beendet und die Leute zum Aussteigen aufgefordert hatte. Eine halbe

Stunde musste genügen, um dieses Juwel aus der Romanik zu besichtigen. Danach sollte es dann über die Dörfer weitergehen, nach Fretton-on-Hill, dem eigentlichen Ziel der Fahrt.

Giorgio war begeistert. Als Sizilianer stand er mit der Geschichte der Normannen auf vertrautem Fuß und freute sich darauf, ihr kunsthistorisches Erbe nun auch in England zu sehen. Nach dem gestrigen Ermittlungs-Marathon mit Sydney und der ermüdenden Diskussion mit Elena, die am liebsten die ganze Nacht lang jeden einzelnen Verdächtigen in seine Charakterbestandteile zerlegt hätte, wollte er zumindest in der nächsten halben Stunde nicht über den Fall nachdenken.

Er genoss es, zumindest einen kurzen Eindruck von den vielgerühmten Cotswolds zu erhalten und blätterte in Adeles Reiseführer, während pittoreske Häuser, bedeckt mit schweren, von Moos überwachsenen Steinplatten, am Busfenster vorbeiglitten. Der Wollhandel hatte diese Gegend im Mittelalter reich gemacht, davon zeugten schmucke Marktplätze und imposante *Woolchurches*, die von den wohlhabenden Kaufleuten errichtet worden waren.

Schafe gab es in den Cotswolds nach wie vor, wie Giorgio bereits mehrmals festgestellt hatte. Wenn auch im Vergleich zu früher, so erklärte Feli, nur noch in bescheidener Stückzahl. Verarmt war die Gegend dennoch nicht, auch wenn die Einheimischen inzwischen von ganz anderen Herden lebten: Von Touristenherden.

Bunt gekleidet wie ein Schwarm exotischer Vögel flatterten sie durch die malerischen Gassen der maximal zwei-, dreitausend Einwohner zählenden Städtchen, die Giorgio allmählich ein wenig zu nett und niedlich vorkamen. Aufgeputzt wie eine ältliche Braut sind diese Orte, hätte seine Mutter gesagt, und das stimmte seiner Ansicht nach auch. Weniger geschniegelt ist oft so viel mehr, dachte er – aber so empfand wohl nur ein Süditaliener.

Früher als von Feli geplant erreichten sie Fretton. Chauffeur Kevin Middler, der über seinen heutigen Dienst alles andere als erfreut war, wollte seine Fahrgäste offenbar so rasch wie möglich wieder los werden. Ein Glück, wie sich herausstellte, als er den Bus gut eine halbe Stunde zu früh vor dem Rathaus einparkte.

„Was ist denn hier los? Ein Dorffest?", fragte Ilse Hubinek, doch keiner machte sich die Mühe, ihr zu antworten. Kein Wunder, der Ausruf war ihr auf Deutsch entschlüpft. Entsetzt starrten die Insassen des Busses auf die Menschenmassen auf den schmalen Gehsteigen des Zentrums.

„Eher ein Volksaufstand", konstatierte Adele, die als Erste die Situation erfasst hatte, in für alle verständlichem Englisch. „Ich bin sicher, dass die Leute zur Verhandlung wollen, aber nicht hineingelassen werden. Und jetzt kommen sie zu uns."

Geistesgegenwärtig schloss Kevin Middler die bereits geöffnete Bustür vor dem ersten Reporter, der mit einer Kamera bewaffnet bei ihnen angelangt war. Die getönten Scheiben schützten die Gruppe ein wenig vor dem Blitzlichtgewitter, das auf sie einprasselte.

„Vorhänge zu und Ruhe bewahren", rief Giorgio, stürzte durch den Gang nach vorne und nahm Feli das Mikrophon aus der Hand. „Bleiben Sie bitte sitzen, bis ich mit der Polizei Kontakt aufgenommen habe." Alle schwiegen, keiner rührte sich. Er wollte noch rasch erklären, wer er war und wieso er sich anmaßte, Anweisungen zu geben, doch dazu kam er nicht mehr, denn im selben Moment läutete sein Handy.

„Sydney, wo steckst du? Wir haben hier Schwierigkeiten.“

„Zwanzig Meter von dir entfernt. Schau heraus, ich sitze im Vauxhall. Alles unter Kontrolle? Keine Sorge, wir holen euch ab, aber es wird ein paar Minuten dauern. Versucht ja nicht, ohne unsere Hilfe ins Rathaus zu gelangen.“

Bevor Giorgio sein Okay geben konnte, ertönte bereits das Freizeichen. Die Situation war grotesk. Das Stimmengewirr der Medienmeute drang bedrohlich ins abgedunkelte Innere des Busses, in dem noch immer ratlose Stille herrschte. Bis ein helles, fröhliches Lachen aus der vierten Sitzreihe die Spannung, die in Panik umzuschlagen drohte, mit einem Schlag löste.

„Es ist doch wirklich zu komisch, finden Sie nicht?“, sagte Adele und erhob sich von ihrem Platz, damit alle sie sehen und ohne Mikrophon hören konnten. „Ich komme mir jedenfalls vor wie eine Berühmtheit. Und ich gebe zu, es gefällt mir. Nein, mehr als das, ich amüsiere mich königlich.“

„Die Lady hat recht. Wir alle erleben heute etwas Besonderes. Oder sind Sie schon einmal wie ein Star von Reportern umlagert worden? Ich jedenfalls wollte immer schon einmal einer sein, auch wenn das Vergnügen wahrscheinlich nur kurz sein wird.“ Kim Wang, der hinter Adele saß, war der Letzte, von dem die alte Lehrerin Schützenhilfe erwartet hatte. Aber jetzt stand der bisher so schweigsame New Yorker grinsend neben ihr.

„Kevin, schalten Sie doch bitte die Klimaanlage ein. Uns allen wird langsam warm und wir wollen ja nicht verschwitzt beim Coroner ankommen“, fügte er hinzu, bevor er sich wieder setzte und seine Krawatte lockerte.

Middler reagierte rascher als erwartet. Er fühlte sich geschmeichelt, weil sich dieser Amerikaner, den er für einen arroganten Geldsack gehalten hatte, an seinen Vornamen erinnerte. „Ohne Motor funktioniert das aber nicht, Sir“, brummte er und drehte den Zündschlüssel.

Der unbeabsichtigte Nebeneffekt war unüberhörbar. Schlagartig schwoll der Lärm vor dem Bus an. „Die da draußen glauben, wir wollen fliehen. Ich rühr mich keinen Millimeter von der Stelle. Sonst überfahr ich noch einen von denen und dann bin ich dran.“

„Müssen Sie auch nicht, wir werden abgeholt“, übernahm Giorgio, der die von Sydney angeforderte Verstärkung kommen sah, erneut das Kommando. Ein Trupp Uniformierter drängte vor der Bustür die Medienleute bereits unsanft zurück und bildete einen Kordon bis zum Eingang des Rathauses.

Wie von Kim Wang vorausgesagt, kam sich die Gruppe ungeheuer wichtig vor, als sie im Eilschritt den aus Menschenleibern gebildeten Gang passierte und ins Innere des Amtsgebäudes floh. Begleitet von zugeworfenen Fragen heiser geschrieener Journalisten, die in Wahrheit keine Antwort erwarteten, sondern für die TV-Kameras ihre Show abzogen.

„Auch Mörder werden zu Stars. Zumindest zu Medienstars“, murmelte Elena fast unhörbar und griff nach Giorgios Hand, bevor sie an der Reihe war, aus dem Bus zu klettern. „Wie muss sich unserer jetzt fühlen? Hat er Angst? Oder gefällt ihm dieses Spektakel vielleicht sogar? Jetzt verrat mir endlich, wird es eine Verhaftung geben?“

„Unser Mörder?“ Giorgio verschlug es fast die Sprache. Gab denn diese Frau nie auf? Draußen drängten sich aufgeregte Menschenmassen und Elena hatte nichts anderes im Sinn, als ihn auszufragen. „Du steigst jetzt aus und dann bitte kein weiteres Wort mehr, bis wir wieder allein sind.“

Widerwillig fügte sich Elena. Giorgio wusste viel mehr, als er zugeben wollte, das war ihr längst klar. Aber keine Antwort war auch eine, konstatierte sie, während sie vor ihm herlief. Einem von ihnen würde es bei dieser Coroner-Verhandlung an den Kragen gehen und sie konnte sich denken, wer das sein würde.

Genau das hatte sie befürchtet. Deswegen war sie während der Fahrt so bedrückt gewesen.

## 14. Kapitel

Bourton-on-the-Water und Fretton-on-Hill hatten ziemlich genau die gleiche Einwohnerzahl, aber das war auch schon die einzige Gemeinsamkeit. Während der eine Ort in keinem Reiseführer über die Cotswolds fehlen durfte, würde der andere auch in Zukunft nicht einmal eine Randnotiz wert sein. Fretton war offenbar schon immer langweilig gewesen. Ein Straßendorf, das nicht einmal zur Blütezeit des Wollhandels für die Kaufleute genügend Attraktivität besessen hatte, um sich hier dauerhaft niederzulassen. Dementsprechend gab es keine Bürgerhäuser aus dem Mittelalter, keine Kirche aus dieser Zeit und auch sonst nichts Bemerkenswertes.

Lediglich das neunzehnte Jahrhundert hatte sich an der Nordseite des Marktplatzes mit einem spätviktorianischen Bau verewigt. Das dreistöckige Rathaus, ein roter Ziegelbau mit einer Unzahl weißer Türmchen, Zacken und Verzierungen, sah aus wie eine Miniaturausgabe des Londoner Midland Hotels in St. Pancras – nur ein wenig schäbiger. Manchmal wirken Verkleinerungen schöner als das Original, hier aber galt das Gegenteil. Selbst Liebhaber des neugotischen Stils empfanden das Rathaus von Fretton als architektonische Entgleisung, über die man am besten großzügig hinwegsah.

„*Bram Stoker was here*“, lästerte Elena, als sie sich in der düsteren Halle umblickte, in der sich die Gruppe versammelt hatte.

„Sprich wenigstens deutsch, dann versteht dich keiner“, zischte Ilse Hubinek. Sie hatte auf Anhieb begriffen, was ihre Tochter damit meinte. Der Autor des weltberühmten Vampir-Romans, der etwa zeitgleich mit der Fertigstellung des Rathauses erschienen war, hätte sich hier zweifellos wohl gefühlt.

„Aber es stimmt doch“, beharrte Elena, dann verschlug es ihr die Rede. Die schwere Eingangstür, die ein Constable hinter ihr und Giorgio geschlossen hatte, öffnete sich und ein hagerer Mann mit wachsbleichem, ovalem Gesicht trat ein. Mit seinen eng beieinander stehenden Augen musterte er kurz die Versammlung, bevor er wortlos zum Treppenhaus schritt.

„Christopher Lee als Graf Dracula. Aber der Film ist mindestens 50 Jahre alt. Er kann es nicht sein“, stammelte Elena.

„Ist er auch nicht. Und du reißt dich jetzt schön zusammen, bevor du die anderen auch noch mit deinen Spinnereien verrückt machst!“

„Vampire in diesem Gruselkabinett, das würde doch passen. Du hast zu wenig Phantasie, Mutter“, gab Elena zurück, die sich für ihren Ausbruch ein wenig schämte.

„Und du zu viel. Mir reicht ein echter Mord. Aber still jetzt. Feli will uns etwas sagen.“

„Wir sind vollzählig und gehen nun geschlossen in den Verhandlungssaal im ersten Stock. Es gibt zwei Aufzüge, in denen haben allerdings jeweils nur vier Personen Platz. Es wäre mir lieber, wir benützen die Treppe. Geht das?“

Unter zustimmendem Gemurmel setzte sich die Schar in Bewegung und betrat wenig später den für die Verhandlung vorgesehenen Raum. Elena, die etwas Ähnliches wie den überladenen Gemeinderatssaal im Wiener Rathaus erwartet hatte, war angenehm überrascht.

Aus hohen Fenstern an der Straßenseite flutete Sonnenlicht den weiß getünchten Saal, der offenbar für Trauungen genutzt wurde. An der Stirnwand befand sich ein langer, glänzend polierter Holztisch, hinter dem sonst der Standesbeamte residierte. Noch waren die geschnitzten Stühle, auf denen in Kürze der Coroner und sein Gefolge thronen würden, leer. Auch in den in Halbkreisen angeordneten und von einem schmalen Gang durchschnittenen Sitzreihen saß noch niemand.

Ein Gemeindebeamter, der bereits auf sie gewartet hatte, zeigte Feli die für die Zeugen vorgesehenen Plätze an der Türseite in der ersten Reihe. Ihre Schäfchen umringten sie, niemand wollte den Anfang machen. Sie benehmen sich wie eine Schulklasse vor der Zeugnisverteilung, dachte Giorgio, der auf der Stelle umdrehen und Sydney entgegengehen wollte. Dennoch blieb er stehen und betrachtete die so unterschiedlichen Menschen, die für eine kurze Weile ein gemeinsames Schicksal teilten.

Alle Männer trugen dunkle Anzüge und weiße Hemden, nur der Amerikaner Kim Wang setzte mit seinem himbeerroten Sakko und einer darauf abgestimmten Krawatte ungewöhnliche Farbakzente. Die Frauen, die Giorgio bisher nur in langen Hosen gesehen hatte, zeigten erstmals Bein. Überraschenderweise waren die von Emilia Piazza die hässlichsten, woran auch die hohen Absätze ihrer Schuhe nichts ändern konnten. Wie zum Ausgleich hatte die Triestinerin ein umwerfend schickes, einfach geschnittenes Leinenensemble in Mitternachtsblau gewählt, das ihr hervorragend stand und zehnmal mehr gekostet haben musste als Susan Hamptons rüschenverziertes, rostbraunes Kleid.

Elena hatte sich, genauso wie ihre Mutter, Adele und Feli, für einen dunklen Rock, eine helle Bluse und eine dazu passende Jacke entschieden, was Giorgio unbewusst mit einem beifälligen Nicken quittierte.

Nicht over- und auch nicht underdressed, genau so sollte es sein.

Ob man aus der Sitzordnung, bei der es einiges Hin und Her gegeben hatte, etwas schließen konnte? Giorgio ließ seinen Blick über die Stuhlreihe wandern. Es war doch interessant, wer partout neben wem sitzen wollte – und neben wem nur, wenn es sich nicht vermeiden ließ. Die Plätze neben Francesco Montini waren auf beiden Seiten frei geblieben, aber den langweiligen Römer mieden die meisten ja auch bei anderen Gelegenheiten. Seltsamerweise zählte auch Susan Hampton zu jenen, um deren Nachbarschaft sich keiner riss.

Die Familie Chen hatte den Reigen auf der einen Seite eröffnet, gefolgt von dem Ehepaar aus Triest. Neben Doktor Burano blieb eine Lücke, die Kim Wang erst nach einigem Zögern füllte, damit Percival Cockerton und seine Schwester aufschließen konnten.

Die beiden waren nicht mit der Gruppe aus London, sondern aus Sussex angereist. Da es keine direkten Bus- oder Bahnverbindungen in die Cotswolds gab und der Pastor keinen Führerschein besaß, musste die unscheinbare Frau schwer einzuschätzenden Alters, irgendwo zwischen 50 und 60, ihren Bruder überall hinchauffieren. In der Zeugenreihe hatte sie eigentlich gar nichts zu suchen. Aber wahrscheinlich war es gut, dass sie den Pastor, der schon zu dieser frühen Stunde verräterisch nach Pfefferminz roch, im Auge behielt.

Ilse, Adele und Ludwig, die sich am anderen Ende der Reihe niedergelassen hatten, rückten um einen Sitz weiter, um Feli Platz zu machen, die sich selbst hier als Leiterin der Gruppe betrachtete. Prompt sprang sie auch gleich wieder auf, als Kevin Middler, der sich noch um den Bus gekümmert hatte, betont lässig in den

Saal schlenderte. Er wäre wohl am liebsten neben dem Amerikaner gesessen, musste aber nach einem gebieterischen Wink Felis den unbeliebten Römer als Nachbar in Kauf nehmen.

Die letzten, die noch standen, waren Elena und Maurizio Francini. Die beiden wollten sich eben an der anderen Seite von Francesco Montini niederlassen, als Charles Hiller und Patricia Deverell hereinkamen. Erneutes Hin- und Herrücken, um für die Gräfin – schmucklos und in tiefem Schwarz – und ihren Butler – in anthrazitfarbenem Anzug und dunkelroter Krawatte – die Stühle am Mittelgang freizumachen. Elena und Maurizio mussten sich mit Plätzen in der zweiten Reihe zufrieden geben.

Giorgio sah zur Tür, durch die mittlerweile bereits Journalisten drängten, gefolgt von jenen Einheimischen, die es geschafft hatten, eingelassen zu werden. Der halbe Ort wollte an der öffentlichen Verhandlung teilnehmen. Ein solches Spektakel im langweiligen Fretton, das durfte man sich einfach nicht entgehen lassen. Die meisten Neugierigen hatten jedoch aus Platzmangel draußen bleiben müssen, was sie alles andere als widerspruchslos hinnahmen, wie der Lärm von der Straße bewies.

Es war sinnlos, jetzt noch nach Sydney zu suchen. Giorgio schielte nach dem einzigen frei gebliebenen Stuhl zwischen Percival Cockerton und Susan Hampton. Hier würde sich ohnedies kein Außenstehender niedersetzen, außerdem hatte er so den Gang zwischen sich und den Amtspersonen, von denen einige bereits auf der anderen Hälfte des Halbkreises in der ersten Reihe Platz genommen hatten.

Außer Detective Inspector Peter Sterling vom CID Gloucester kannte Giorgio dort keinen. Der Mann neben Sydneys Intimfeind konnte der Leiter der Spurensicherung aus Gloucester sein, genauso gut allerdings auch der Arzt, der als erster Roger Deverells Leiche untersucht hatte. Aber Spekulationen konnte er sich sparen, sobald einer der ihm Unbekannten in den Zeugenstand trat, würde er ohnedies alles erfahren.

Giorgio blickte auf die Uhr. In zwei Minuten sollte es losgehen und Sydney war noch immer nicht da. Als ermittelnder Kommissar zählte er heute zu den wichtigsten Personen und ohne ihn würden sie doch nicht anfangen, oder?

In Italien gab es nichts Vergleichbares zu einem Coroner's Court, auch wenn die Tradition auf das elfte Jahrhundert und somit auf die Normannen zurückging. Im Gegensatz zu England hatten die Männer aus dem Norden auf Sizilien nur ein kurzes Gastspiel gegeben – in einem goldenen Zeitalter von kaum hundert Jahren. Wie eine Vision aus einer anderen Welt sah Giorgio für einen flüchtigen Moment den Normannenpalast in Palermo vor sich. In einem der mit Mosaiken geschmückten Säle hatten die normannischen Könige Gericht gehalten. Im Zentrum ihrer Macht, wo noch heute das sizilianische Parlament tagte.

Der Lärm um ihn herum holte Giorgio rasch in die Gegenwart zurück. Ein Coroner's Court war nach seiner Rechtsauffassung nicht Fisch und nicht Fleisch. Bei diesem Szenario handelte es sich um keine „richtige" Gerichtsverhandlung – und irgendwie doch wieder um eine, egal, ob man nun Geschworene beizog oder nicht. Diesmal würden keine dabei sein, hatte ihm Sydney gestern erklärt. Dann war ihr Gespräch unterbrochen worden und nun wusste Giorgio noch immer nicht genau, warum man sich hier und heute für die Schmalspurversion, wie er es insgeheim nannte, entschieden hatte. Wahrscheinlich, weil es so schnell gehen musste, überlegte er. Andererseits, in einem so spektakulären Fall …

Weiter kam Giorgio mit seinen Überlegungen nicht: In dem Moment erschien Sydney mit seinem Sergeant Freeman im Eingang und hinter ihnen wurde die Tür geschlossen. Das Stimmengemurmel verstummte zwar nicht zur Gänze, wurde aber um einiges leiser. Gleich musste es losgehen. Tatsächlich betrat nur Sekunden später der Coroner, gefolgt von zwei Männern und einer Frau, den Saal. Zu hören war jetzt nur noch das Scharren der Stuhlbeine auf dem dunkel gebeizten Parkett. Alle erhoben sich und setzten sich erst wieder, als der Gerichtsdiener sie dazu aufforderte.

Außer Giorgio bemerkte wahrscheinlich niemand den triumphierenden Blick, den Elena ihrer Mutter zuwarf. Sie hatte recht behalten, dieser Mann glich dem bekanntesten Dracula-Darsteller der Filmgeschichte fast in jedem Detail. Das langgezogene, blasse Gesicht mit den edlen Zügen, der spitze Haaransatz über den buschigen Brauen, die funkelnden Augen – genau so hatte Christopher Lee in seiner Paraderolle ausgesehen.

Ob auch dem einen oder anderen von den Zuschauern die verblüffende Ähnlichkeit aufgefallen war, konnte Giorgio nicht sagen. Dazu hätte er sich umdrehen müssen, und das wagte er nicht. Nichts wäre ihm peinlicher gewesen, als gleich zu Beginn unangenehm aufzufallen und deswegen vielleicht gar des Saales verwiesen zu werden.

Genau das war diesem Mann, der große Autorität ausstrahlte, durchaus zuzutrauen. Während er die Verhandlung mit der Verlesung des Protokolls eröffnete, herrschte atemlose Stille. Selbst die sprichwörtliche Stecknadel wäre mit einem lauten Klirren zu

Boden gefallen. Gnade Gott demjenigen, der vergessen hatte, sein Handy auszuschalten und jetzt angerufen wurde ...

„Beeindruckend“, flüsterte Ilse ihrer Tochter zu, als nach dem Ende der Eröffnungsrede aus dem Publikum dezentes Hüsteln zu vernehmen war. „Christopher Lee ist ja auch für seine tiefe, dunkle Stimme bekannt. Sag, lebt der eigentlich noch?“ Weiter kam sie nicht, denn schon donnerte der Coroner seinen Hammer auf den Tisch, nahm einen Schluck Wasser aus der bereitstehenden Karaffe und rief den ersten Zeugen auf.

Spätestens jetzt musste Peter Sterling klar sein, dass es nicht zu seinem erhofften Auftritt kommen würde. An seiner Stelle trat Sydney als Erster hinter das gerade noch rechtzeitig herbeigeschaffte Rednerpult, das als provisorischer Zeugenstand herhalten musste. Um das Verfahren nicht unnötig in die Länge zu ziehen, kam der Coroner nach den üblichen Präliminarien unverzüglich zur Sache.

„Detective Chief Inspector Sydney Aaron Smith, New Scotland Yard, Sie haben den Fall vom CID Gloucester übernommen. Ich habe die Akten, die Sie mir zukommen ließen, vor mir und bin mit den Tatsachen bestens vertraut. Dank Ihrer exzellenten Vorarbeit ist es nicht notwendig, sämtliche Zeugen von Ihrer Liste aufzurufen. Gibt es irgendetwas, das Sie noch hinzufügen wollen? Nein? Dann nehmen Sie bitte vorerst wieder Platz.“

Das Lob ließ Sydney erröten, während Peter Sterling vor Wut blass geworden war. Als Nächste kamen ein Beamter von der Spurensicherung und der Pathologe, der die Obduktion durchgeführt hatte, an die Reihe. Auch diesmal hielt sich der Coroner nur kurz mit der Verlesung der Fakten auf.

„Doktor Hayden, Ihre Untersuchung hat ergeben, dass das Opfer nach dem Sturz innerhalb weniger Minuten an einer Gehirnblutung gestorben ist. Daran gibt es laut Ihrem Gutachten nicht den geringsten Zweifel. Ist es jedoch denkbar, dass ein einmaliger Aufprall nicht die ursächliche Todesursache gewesen ist? Oder deutlicher: Könnte es sein, dass Roger Deverell vorerst gar nicht tödlich verletzt war und jemand nachgeholfen hat, indem er den Kopf des vielleicht nur Ohnmächtigen an den Haaren gepackt und in voller Tötungsabsicht auf die Steinkante geschlagen hat?"

Der Mediziner räusperte sich, bevor er auf die Frage, mit der er offensichtlich nicht gerechnet hatte, einging.

„Es ist möglich, dass der Kopf nochmals bewegt wurde. Falls das geschehen ist, können wir es nicht nachweisen", antwortete er zögernd.

„Wie ich den Fotos entnehmen kann, waren die Augen des Toten nicht nur weit aufgerissen, sie quellen auch deutlich hervor. Was besagt das?"

„Nichts Besonderes. Das kommt bei Gehirnverletzungen, die eine retrobulbäre asymmetrische Blutung zur Folge haben, manchmal vor."

„Eine Blutung, die zweifelsfrei durch den Aufschlag des Kopfes auf den Steinsockel ausgelöst wurde, egal ob einmal oder mehrmals. Habe ich das richtig verstanden? Und auch, dass das Opfer nach dem Aufprall auf jeden Fall sofort bewusstlos, aber nicht unbedingt tödlich verletzt war? Gut, ich würde Sie bitten, noch zu bleiben. Es könnte sein, dass ich noch weitere Fragen an Sie habe. Danke, Doktor."

Erneut vertiefte sich der Coroner in seine Papiere. Daher entging ihm das triumphierende Lächeln, das über das Gesicht von Chief Inspector Smith huschte und in Sekundenschnelle wieder verschwunden war.

Giorgio jedoch sah es und hätte fast Zeige- und Mittelfinger zum Siegeszeichen gehoben, als Sydney ihm verstohlen zublinzelte. Ihre gemeinsam angestellte Vermutung, dass man Deverell sozusagen im zweiten Anlauf getötet haben könnte, tauchte den Fall in ein gänzlich anderes Licht. Offenbar zog nun auch der Coroner diese Möglichkeit ernsthaft in Betracht.

Das hätte zu bedeuten, dass man möglicherweise nach zwei Schuldigen suchen musste. Nach einem, der mit dem Grafen in Streit geraten war, ihn gestoßen hatte und danach in Panik davongelaufen war. Und einem zweiten, der den Vorfall beobachtet und seine Chance kaltblütig genützt hatte. Das würde im Klartext heißen: zwei Täter und zwei gänzlich unterschiedliche Charaktere, aber nur einer von ihnen war ein Mörder.

Aber welches Verhalten passte zu wem aus der Reihe der Verdächtigen? Wer war jähzornig genug, um jemanden körperlich anzugreifen? Und wer besaß genügend Geistesgegenwart und kriminelle Energie, um einen hinterhältigen Mord an einem Wehrlosen zu begehen? Giorgio war nun doppelt gespannt, wer als Nächster in den Zeugenstand gerufen wurde.

Erstauntes Geraune erfüllte den Raum, als Percival Cockerton nach vorne stolperte. Jeder konnte sehen, dass sich dieser dickliche Mann nur mit Mühe aufrecht halten konnte. Der Coroner war zwar nur ein falscher Christopher Lee, aber offensichtlich doch einer, der seine Opfer aussaugte. So wie jetzt den armen Pastor, dachte Giorgio, und er empfand Mitleid mit dem Mann, an dem sich dessen Peiniger festgebissen hatte.

Erbarmungslos rollte der Coroner die unselige Vergangenheit des Geistlichen auf; die nie aufgeklärten Kirchendiebstähle, seine darauffolgende Versetzung, seine Alkoholprobleme. Immer wieder blickte Giorgio unauffällig zu Sydney hinüber. Diesmal aber vermied sein Freund den Blickkontakt. Mit eingezogenem Kopf sah er betreten zu Boden, denn was sich hier abspielte, ging auf sein Konto. Er hatte, wie Giorgio wusste, in seinem Bericht an den Coroner die „harte Tour" vorgeschlagen, um Cockerton weichzuklopfen.

Die Fragen folgten Schlag auf Schlag, doch die Vernehmung ergab letztlich nichts anderes als jene Tatsachen, die ohnedies in Sydneys Protokoll standen. Cockerton bestritt vehement, Roger Deverell vor der unseligen Gartentour jemals begegnet zu sein. Er hatte ihn nicht gekannt, nicht mit ihm gestritten, ihn nicht gestoßen, sondern war als Teilnehmer an der Gartentour lediglich der Lückenbüßer für seine erkrankte Schwester gewesen.

Der Lückenbüßer – was für ein Wort in diesem Zusammenhang. Die Cockertons dieser Welt werden als Verlierer geboren. Ihr Leben lang sind sie die zweite Wahl, gerade einmal gut genug, um jene Lücken zu füllen, die andere hinterlassen haben. Aber aus Opfern werden Täter, wenn das Fass überläuft. Auch diese Erfahrung hatte Giorgio bei den Ermittlungen in einem besonders brutalen Mordfall bereits gemacht.

Als Cockerton nach einer qualvollen halben Stunde endlich entlassen wurde, taumelte er wie ein Blinder auf seinen Sitz zu – und überlegte es sich im letzten Moment anders. Ein Ruck ging durch seinen Körper und er schritt mit erhobenem Haupt zur Tür, die er leise hinter sich zuzog.

Wie die auf den Gang verbannten Fotoreporter später berichteten, ging er ebenso aufrecht die Treppe hinunter. Danach hatte ihn niemand mehr gesehen.

Im Saal erwies sich unterdessen auch der nächste Zeuge als Überraschung.

„Maurizio Francini, treten Sie bitte vor. Oder soll ich Sie als Maurizio Bardi aufrufen? Das scheint Ihnen ja lieber zu sein. Aber hier in England hat man falsche Namen nicht ganz so gern wie vielleicht bei Ihnen daheim“, eröffnete der Coroner seine Befragung mit einem Lächeln, das man nicht anders als zynisch nennen konnte.

*Stronzo!* Was für ein arrogantes Arschloch! Jetzt fehlt nur noch, dass dieser Dracula-Verschnitt seine zwei langen, spitzen Zähne zeigt. Giorgio musste an sich halten, um nicht aufzuspringen und dem Coroner die Meinung zu sagen. Was fiel dem Kerl eigentlich ein!

In seinem Zorn über die Darbietung dieses eitlen Selbstdarstellers, der Italien ungestraft als Heimat der Lügner und Betrüger bezeichnen durfte, hätte er fast das Wesentliche vergessen. Gerade noch rechtzeitig dachte er daran, dass Patricia Deverell bis zu diesem Moment über Maurizios wahre Identität nicht Bescheid gewusst hatte. Giorgio beugte sich vor, um ihre Reaktion genau beobachten zu können.

Die Verblüffung, die ihre Züge widerspiegelten, konnte nicht gespielt sein, daran zweifelte Giorgio keine Sekunde. Womit er allerdings nicht gerechnet hatte, war der lauernde Ausdruck, mit dem sie den jungen Italiener musterte. Je länger Giorgio das klassisch-schöne, kalte Gesicht der Gräfin betrachtete, umso weniger begriff er, wie er jemals auf den oberflächlichen Charme dieser Frau hatte hereinfallen können. Diesmal zeigte das Kätzchen keine Krallen, sondern sah aus wie eine zufriedene Löwin, die sich ans Verspeisen einer Gazelle macht.

Nachdenklich geworden folgte Giorgio der Verlesung der Personalien und den ersten Fragen und Antworten nur mit halbem Ohr. Maurizio sprach so leise, dass man ihn kaum verstehen konnte, und auch der Coroner hatte seine Stimme gesenkt. Er schrak erst wieder auf, als der Gerichtshammer mit lautem Knall auf den Tisch aufschlug.

„Heben Sie den Kopf und schauen Sie mich an, Mister Francini. Ich wiederhole für alle verständlich, was Sie gesagt haben: Sie sind nicht nach England gekommen, um sich hier als Tourist Schlossgärten und Parkanlagen anzusehen, sondern um Roger Deverell zu treffen. Und Sie haben diese Reise unter einem falschen Namen bei dessen Agentur gebucht, um sich unerkannt Zugang zu Whiteberry Yew Hall zu verschaffen. Ist das soweit richtig? Nein, nicken genügt mir nicht, antworten Sie laut und deutlich."

„Ja."

„Können Sie mir dafür einen Grund nennen?"

„Nein."

„Dann werde ich Ihnen einen nennen. Lady Florence Deverell, die Schwester des Opfers, war mit Ihrem Großvater Carlo Francini verheiratet. Nach den mir vorliegenden Auskünften aus Italien übernahm sie nach seinem Tod im Jahre 2009 den Vorsitz jener Stiftung, die das Gesamtvermögen an Land und Immobilien der Familie Francini verwaltete. Lady Deverell hätte nach dem Willen ihres verstorbenen Mannes Sie, den leiblichen Enkel von Carlo Francini, zu ihrem Nachfolger bestimmen sollen. Aus welchen Gründen auch immer hat sie jedoch die gesamte Verantwortung – und damit auch die Nachfolgeregelung – ihrem Bruder Roger Deverell übertragen. Lady Deverells Motive dafür tun vorerst weiter nichts zur Sache, wohl aber die Frage, wann Sie davon erfahren haben. Oder anders formuliert: Ich wüsste gern, wann Ihnen klar wurde, dass Sie wahrscheinlich leer ausgehen werden."

Die Spannung im Saal war förmlich greifbar.

„Sie wollen nicht antworten? Lady Deverell, die sich nach meinen Informationen seit gestern im Land befindet, wird darüber Auskunft geben können. Bis dahin ergeht folgender Beschluss: Sie dürfen das Land innerhalb der nächsten 48 Stunden nicht verlassen. Um sicherzustellen, dass Sie sich daran halten, gibt es zwei Möglichkeiten: Die erste ist, dass der Coroner's Court der Polizei empfiehlt, Sie wegen des begründeten Verdachts, am Tod Roger Deverells beteiligt gewesen zu sein, in Untersuchungshaft zu nehmen. Oder aber ..."

Nicht zufällig legte der Coroner an dieser Stelle eine Pause ein. Es war mucksmäuschenstill und es schien fast, als würde selbst die Zeit den Atem anhalten. In den schräg einfallenden Sonnenstrahlen, die kleine Lichtinseln auf den Parkettboden malten, flimmerte feiner Staub, der sich setzte und gleich wieder aufwirbelte.

„... oder aber Sie übergeben mir unverzüglich Ihren Reisepass und finden sich morgen früh pünktlich um acht Uhr bei Detective Chief Inspector Smith in New Scotland Yard ein. Wie bitte, Sie haben sich schon entschieden? Gut. Damit ist sichergestellt, dass Sie die englische Polizei bei ihren Ermittlungen unterstützen werden. Die Schriftführerin wird Ihnen eine Empfangsbestätigung für Ihren Pass ausstellen. Danke, Mister Francini, Sie können sich setzen."

Fast alle seine Mitreisenden blickten zu Boden, als ein sichtlich verstörter Maurizio zu seinem Platz zurückkehrte. Es war nicht schwer zu erraten, was sie dachten. War die Sache damit für sie ausgestanden? Oder würde der Coroner noch jemanden aus ihrem Kreis als tatverdächtig bezeichnen und seinen Pass einziehen? Oder, schlimmer noch, vor aller Augen bis auf die nackte Haut ausziehen und grillen wie den unseligen Pastor?

Es verging eine kleine Ewigkeit, bis der Coroner von seinen Akten aufsah und mit seiner wohlmodulierten Stimme verkündete: „Weitere Einvernahmen erachte ich zu diesem Zeitpunkt nicht für nötig und ich möchte allen Zeugen danken, die sich heute hier eingefunden haben. Die Aufgabe des Coroner's Court war es, zu klären, ob Roger Deverell, Earl of Wharvedale, durch einen Unfall, Selbstmord, Totschlag oder Mord ums Leben gekommen ist. Nach eingehender Prüfung der vorliegenden Untersuchungen und Vernehmungsprotokolle sowie der heutigen Zeugenaussagen kann der Coroner's Court Unfall oder Selbstmord ausschließen. Das Urteil lautet auf gewaltsamen Tod durch Fremdverschulden. Ob Körperverletzung mit Todesfolge, Totschlag oder Mord wird noch zu klären sein. Die Verhandlung ist geschlossen."

## 15. Kapitel

Charles Hiller wusste, dass er sich nicht mehr heraushalten konnte. Es widerstrebte ihm zwar zutiefst, sich in etwas einzumischen, das ihn nichts anging, aber diese Ausrede vor sich selbst erlaubte er sich diesmal nicht. Das Schicksal der Familie Wharvedale, der er sein halbes Leben lang verbunden war, durfte ihm nicht gleichgültig sein. Wenn er nicht einschritt, würde die Situation auf Yew Hall eskalieren – mit unabsehbaren Folgen für alle Beteiligten.

„Ihre Ladyschaft, auf ein Wort, bitte."

Patricia Deverell, die an seiner Seite die Rathaustreppe hinunterging, blieb stehen.

„Was gibt es denn, Charles? Ich möchte so schnell wie möglich nach Hause. Alles andere kann warten."

„Kann es nicht, mit Verlaub und verzeihen Sie, wenn ich gleich zum Punkt komme: Sie müssen Maurizio Francini nach Yew Hall einladen."

„Sind Sie verrückt geworden? Das meinen Sie doch nicht ernst? Dieser Mann hat Roger auf dem Gewissen. Sie haben doch gehört, was der Coroner gesagt hat."

„Genau deswegen müssen Sie jetzt etwas unternehmen, Countess. Mister Francini ist der Enkel von Lady Florence ..."

„Ein angeheirateter, das zählt nicht, mein lieber Charles. Sie ist nicht mit ihm verwandt, und ich bin es schon gar nicht."

Ein scharfer Zug hatte sich um Patricias Mund gegraben. Auch sie war in der Familie Wharvedale „nur angeheiratet".

„Lady Florence hat offenbar keine Ahnung, dass ihr Enkel in England ist. Aber sie wird es in Kürze erfahren. Und auch, dass er unter Verdacht steht, ihren Bruder getötet zu haben. Sie müssen ihr eine Chance geben, mit Maurizio zu reden, bevor er verhaftet wird."

Patricia sah zu Feli hinüber, die in der Halle ihre Gruppe um sich scharte. Offenbar wurde beratschlagt, wie man die Medienmeute am besten austricksen könnte, die auf der Straße lauerte. Ein englischer Pastor und ein junger Italiener als Hauptverdächtige im Mordfall des Jahres, das war eine Sternstunde für TV und Boulevard. Allerdings nur, wenn man wenigstens einen der beiden vor die Kameras bekam.

Das wird euch nicht gelingen, sagte sich Sydney, der im Gegensatz zu vielen seiner Kollegen kein entspanntes Verhältnis zur Presse hatte.

„Mister Middler, Sie holen den Bus und chauffieren ihn möglichst knapp an die Eingangstür heran. Ja, Sie haben richtig verstanden, Sie müssen über den Gehsteig fahren. Ich weiß, dass das normalerweise verboten ist. Aber nicht heute. Tun Sie bitte, was ich Ihnen sage. Und zwar sofort."

Murrend trollte sich der Chauffeur. Die Polizei drehte sich auch immer alles so, wie sie es gerade haben wollte! Nicht auszudenken, wenn dieser Vorschlag von ihm gekommen wäre! Was fällt Ihnen denn ein, Kevin Middler, das kommt gar nicht in Frage, hätte es da geheißen. Aber wenn sich ein hohes Tier von Scotland Yard etwas in den Kopf setzte, war wohl alles möglich.

Es funktionierte. Von der Polizei zusätzlich abgeschirmt, blieb die Gruppe, die schon das Schlimmste befürchtet hatte, unbehelligt. Während die Reporter ihrem Unmut über die verpassten Chancen lauthals Luft machten, kletterte ein Zeuge nach dem anderen in den Bus.

Erleichtert seufzte Patricia auf. Jetzt musste nur noch dieser Maurizio Francini einsteigen, dann war sie die Entscheidung los. Ohne ihr Einverständnis konnte Charles gar nichts tun ...

Charles konnte. Er begriff, dass er mit Argumenten nichts erreichen würde. Kurzerhand ließ er seine Dienstgeberin stehen und ging auf den jungen Mann zu.

„Auf ein Wort, Sir." Maurizio zuckte erschrocken zusammen.

Was gesprochen wurde, konnte Patricia nicht verstehen, aber die Gesten zwischen ihrem Butler und dem Italiener waren beredt genug. Die Diskussion zog sich hin. Feli, die nervös von einem Bein aufs andere trat, drängte zum Aufbruch, doch die beiden Männer blickten nicht einmal auf, als sie nähertrat.

In ihrem schwarzen Faltenrock, der weißen Bluse und mit dem zum Pferdeschwanz gebundenen Blondhaar sah Feli wie ein Schulmädchen aus, bemerkte Patricia nicht ohne Neid. Wie ein Blitz aus heiterem Himmel durchfuhr sie ein Stich. Noch immer empfand sie Eifersucht auf die fast zwanzig Jahre ältere Frau, die sich so gut gehalten hatte. Die „gute Freundin der Familie" war, wie sie selbst, Rogers bevorzugter Frauentyp. Zwar gehörte die Affäre der beiden längst der Vergangenheit an, seltsamerweise aber schmerzte sie der Betrug noch immer. Nicht, weil Roger sie wieder einmal hintergangen hatte, denn damals war zwischen ihnen längst nicht mehr von Liebe die Rede gewesen. Aber seine schulterzuckende Gleichgültigkeit klang ihr immer noch im Ohr.

„Oxnard in Kalifornien ist nun einmal nicht Oxford in England und das merkt man deiner Erziehung leider auch an. Feli kommt zwar auch nicht von hier, aber sie weiß, wie man sich benimmt. Contenance, meine Liebe, das ist etwas, was du noch lernen musst." Mit diesen Worten hatte er sie abgefertigt und damit jede weitere Aussprache über seine Amouren abgewürgt.

Contenance, nichts anderes verlangte nun auch Charles von ihr. Und zum Teufel, beschloss Pat trotzig, sie würde seinem Rat folgen und Maurizio nach Yew Hall einladen. Und damit aller Welt beweisen, dass sie nicht mehr das unbedarfte kalifornische Mädchen von einst war.

„Wenn wir fort sind, werden sich die Medien auf dich stürzen, Pat. Am besten, du fährst mit uns. Charles kann uns mit deinem Wagen folgen. Sobald wir keinen Reporter mehr sehen, kannst du dann umsteigen“, schlug Feli spontan vor.

„Eine hervorragende Idee, Milady“, stimmte Charles zu. „Bis die Meute mitbekommt, dass Sie sich nicht mehr im Rathaus verstecken, sind Sie längst daheim.“

Patricia blieb gar nichts anderes übrig, als zustimmend zu nicken. Ohne weitere Diskussionen stieg sie in den Bus und setzte sich neben Elena in die hinterste Sitzreihe. Durch das Rückfenster konnte sie sehen, wie Charles zu ihrem cremefarbenen Daimler eilte, der sich zwischen den hässlichen Mittelklassewagen-Entlein auf dem Marktplatz von Fretton wie ein stolzer Schwan ausnahm. Eine einzige Reporterin hatte sich hinter den Stoßstange an Stoßstange parkenden Fahrzeugen versteckt. Doch auch sie ließ ihre Kamera enttäuscht sinken, als statt der erwarteten Gräfin ein Mann in die Luxuskarosse stieg.

Die unscheinbare Frau, die als letzte das Rathaus verließ, beachtete niemand.

Als die Reporter die Verfolgung aufnahmen, hatten die Gräfin und ihr Gast längst die Pferde gewechselt. Mit seinen 170 PS schnurrte der Daimler von Paparazzi unbehelligt über die schmale Nebenstraße. Die Fahrt nach Yew Hall verlief schweigend. Erst als sie die Einfahrt erreicht hatten, ergriff Patricia, die sich ihre Worte sorgfältig zurechtgelegt hatte, die Initiative.

„Ihre Großmutter weiß bisher nur, dass ihr Bruder gestorben ist. Mit Ihnen rechnet sie absolut nicht. Und schon gar nicht mit dem, was Sie ihr zu sagen haben. Ich glaube, es ist das Beste, Charles warnt Lady Florence erst einmal vor. Sie bleiben solange im Auto. Und jetzt entschuldigen Sie mich."

Patricia war stolz auf sich, bisher hatte sie die Lage souverän gemeistert.

„Danke, Contessa. Sie sind sehr großherzig. Ich kann mir denken, wie schwer es Ihnen gefallen ist, mich hierher zu bringen. Aber ich muss unbedingt mit Florina reden, sonst wäre ich nicht mitgekommen." Maurizio schluckte, bevor er leise hinzufügte: „Es tut mir alles so leid."

Pat hob erstaunt die Augenbrauen. War das ein Geständnis? Es klang zumindest ganz danach. Seltsam, dass er Florence nicht Nonna, sondern zärtlich Florina nannte. Sie rechnete rasch nach. Maurizio war vermutlich noch keine 30, ihre Schwägerin knapp über 60. Zu jung für eine Großmutter, auch wenn es sich mathematisch ausginge. Aber bei einem angeheirateten Enkel war das ohnedies egal. Was zählte, war das Verhältnis der beiden zueinander – und das schien ziemlich eng zu sein.

„Wie gesagt, ich verlasse Sie jetzt. Charles wird sich um alles Weitere kümmern", antwortete Patricia, weil ihr nichts Besseres einfiel. Aus Neugier wäre sie gerne noch geblieben, aber man erwartete von ihr, dass sie sich vor der Begegnung der beiden diskret zurückzog. Sie würde ja auch später miterleben können, wie weit es mit der Contenance einer geborenen Wharvedale her war, tröstete sie sich, während sie die Stiegen zu ihren Privaträumen emporstieg. Nicht einmal einer Lady Florence konnte es im Schatten eines Mordes gelingen, ihre wahren Gefühle auf Dauer zu verbergen.

Kaum allein im Wagen, war es mit Maurizios Selbstbeherrschung vorbei. Er war ein Mörder, ein ganz gemeiner Mörder, nun wusste es alle Welt. In wenigen Augenblicken musste er Florina Rede und Antwort stehen, sich erklären für eine Tat, die er selbst nicht begriff. Würde sie ihm jemals verzeihen, dass er ihren Bruder umgebracht hatte? Laut aufstöhnend lehnte sich Maurizio zurück.

Er hatte nichts Böses im Sinn gehabt, aber würde sie ihm das glauben? Die Tatsachen sprachen nun einmal gegen ihn. Schließlich war es um sein Erbe gegangen: um das Weingut seiner Familie, um das Roger Deverell seine Schwester – und damit letztlich auch ihn – geprellt hatte. Ein glaubwürdiges Motiv, daran zweifelte nach dem Spruch des Coroners niemand mehr. Warum hätte sich Maurizio Francini sonst unter falschem Namen auf Yew Hall einschleichen sollen? Die Antwort war simpel: um überhaupt bis zum Grafen, der sich am Telefon stets hatte verleugnen lassen, vorzudringen. Aber wer sollte ihm das jetzt noch abnehmen? In seiner Naivität hatte er es tatsächlich für möglich gehalten, den Earl of Wharvedale bei der Ehre packen und ihn umzustimmen zu können, wenn er ihm erst einmal von Angesicht zu Angesicht gegenüberstand.

Erstaunlicherweise war Deverell sofort darauf eingegangen, die Angelegenheit noch einmal zu besprechen. Fernab von möglichen Lauschern und in aller Diskretion, darauf hatte er bestanden und als Treffpunkt nicht sein Arbeitszimmer, sondern das Zentrum des Labyrinths vereinbart. Ein merkwürdiger Vorschlag, der Maurizio hätte vorwarnen sollen. In seiner Euphorie über das unerwartete Entgegenkommen war ihm jedoch alles recht gewesen.

Nie hätte er sich darauf einlassen dürfen – aber später war man immer klüger. Tatsächlich hatte der Graf den Schauplatz einzig und allein gewählt, um sich entsprechend in Szene setzen zu können. Als Maurizio eintraf, erwartete Deverell ihn bereits, lässig an die Hermes-Statue gelehnt, die seine Gesichtszüge trug.

„Hören Sie genau zu, junger Mann, denn ich will, dass die Sache ein für alle Mal vom Tisch ist. Die Francinis haben auf dem Weingut nichts mehr verloren", hatte er Maurizio entgegengeschleudert und zynisch hinzugefügt: „Als Vorstand der Stiftung bin ich der neue Hausherr und gedenke es auch zu bleiben. Wenigstens einmal in ihrem Leben hat meine dumme Schwester etwas Kluges getan. Richten Sie ihr das aus. Und jetzt verschwinden Sie!"

In diesem Moment war bei Maurizio eine Sicherung durchgebrannt. Ein Stoß, ein Schrei – nur daran konnte er sich vage erinnern. Erst als sich der rote Schleier gehoben hatte, war ihm klar geworden, was er angerichtet hatte.

Maurizio ging schonungslos mit sich ins Gericht. Erbärmlicher hätte er sich nicht verhalten können. Als Roger Deverell reglos zu seinen Füßen gelegen war, war er einfach weggelaufen. Vielleicht hatte der Graf in diesem Moment noch gelebt, vielleicht wäre ihm noch zu helfen gewesen? Aber es brachte nichts, jetzt noch darüber zu spekulieren. Kopflos war er davongestürzt, nichts anderes im Sinn, als seine Haut zu retten. Was ihm um ein Haar missglückt wäre, denn plötzlich hatte er Schritte gehört und sich erst im letzten Moment in einem Seitenpfad verstecken können.

Mit geschlossenen Augen ließ Maurizio die Szene Revue passieren. Für einen Moment hatte er das Gefühl gehabt, dass sich außer den chinesischen Buben, die kurz darauf Alarm schlugen, noch jemand im Labyrinth aufhielt. Mit angehaltenem Atem und in unmittelbarer Nähe. Jemand, der seine Auseinandersetzung mit dem Grafen mitbekommen haben konnte. Oder hatte er sich das in seiner Panik nur eingebildet?

Bitter lachte Maurizio auf. Das sah ihm ähnlich. Den großen Unbekannten zu erfinden, um sich aus der Verantwortung zu stehlen. Abgesehen davon, dass ihm das ohnedies niemand glauben würde, es war höchste Zeit, sich der Wahrheit zu stellen. Und damit endlich erwachsen zu werden.

Sein ganzes Leben war er davongelaufen, wenn ihn sein aufbrausendes Temperament wieder einmal in Schwierigkeiten gebracht hatte. Jähzornig war er schon als Kind gewesen, ein unglückseliges Erbteil seines Vaters, wie Florina nicht müde wurde zu betonen, wenn er wieder einmal einen Spielgefährten mit bloßen Fäusten attackiert hatte. Ihn in Schutz zu nehmen, ihn zu verteidigen, war ihr zur zweiten Natur geworden. Nur ihr zuliebe hatte er allmählich gelernt, sich zu beherrschen.

Von dem in seinem Inneren brodelnden Vulkan ahnte niemand etwas, wenn er dem charmanten, gut aussehenden Francini-Enkel mit seinen geschliffenen Manieren begegnete.

„Dir ist ja wohl klar, dass ich Geld brauche. Sofort. Maurizio wird den besten Verteidiger bekommen, den ich auftreiben kann."

„Das kann ja wohl nicht dein Ernst sein. Du willst, dass ich dem Mörder meines Mannes helfe? Ich werde dir keinen Penny borgen.“

„Von *borgen* war auch nicht die Rede, meine liebe Patricia, und auch nicht von *deinem* Geld. Ich wollte dir lediglich rechtzeitig mitteilen, dass ich mir ab morgen das nehme, was mir gehört. Rechne mir das als Höflichkeit an – deine Erlaubnis brauche ich nicht.“

„Wieso Höflichkeit und welche Erlaubnis? Wovon sprichst du eigentlich?“

„Dass wir als zivilisierte Menschen in Ruhe darüber reden könnten, was ich am schnellsten zu Geld machen kann. Ich glaube, da kommt nur der Schmuck in Frage. Mit Bildern und Antiquitäten würde ich bei einem Notverkauf wahrscheinlich ziemlich draufzahlen. Also gib mir bitte den Schlüssel für den Banksafe, ich werde ihn morgen früh in London brauchen. Roger hatte ihn in Verwahrung, und wie ich annehme, liegt er in seinem Schreibtisch.“

Pat sprang auf und starrte ihre Schwägerin entgeistert an.

„Pass auf, sonst wirfst du die Karaffe um. Roger wollte diese hübsche, kleine Antiquität nicht wie unser Vater in der Vitrine lassen, sondern benützen. Wäre schade, wenn sie jetzt noch zerbricht. Waterford, neunzehntes Jahrhundert. Dafür müsstest du mir schon ein paar tausend Pfund hinblättern. Was vermutlich für die Anzahlung in einer Anwaltskanzlei genügen dürfte.“

Ein trauriges Lächeln huschte über Florence Deverells Gesicht. Auch wenn sie Pat nicht besonders mochte, diese Enttäuschung hätte sie ihr gern erspart. Für Roger war Pat offenbar nie eine ernstzunehmende Partnerin gewesen, sonst wäre sie nicht dermaßen ahnungslos.

„Du weißt wirklich nicht Bescheid, Patricia?“ Florence holte tief Luft, bevor sie fortfuhr. „Roger hat mit dir nie über unsere familieninterne Vereinbarung gesprochen? Offensichtlich hat er dir nicht gesagt, dass ihm zwar das Schloss Yew Hall gehört hat, aber kein einziges Stück von den Kunstschätzen und Antiquitäten, die sich im Inneren befinden. Kein Bild, kein Möbelstück, keine Kristalllüster, ja nicht einmal das Waterford-Glas, aus dem du gerade trinkst. Und natürlich auch nicht der Familienschmuck, den du so sehr liebst. Das alles ist mein Eigentum. Ich hätte es testamentarisch dem nächsten Earl of Wharvedale, Rogers Sohn, vermacht. Wie die Dinge liegen, wird es jedoch keinen nächsten Earl geben. Es tut mir leid.“

Charles hatte unbemerkt den Raum betreten, doch was auch immer er sagen wollte, musste warten.

„Was tut dir leid? Dass Roger tot ist? Das nehme ich dir nicht ab. Ihr habt in letzter Zeit nur noch gestritten. Worüber weiß ich nicht, aber nach den Telefonaten mit dir war er jedes Mal ungenießbar. Dir tut nur einer leid: Maurizio. Und der ist zufällig der Mann, der meinen Gatten umgebracht hat. Was ihm wiederum leidtut. Könnt ihr zwei endlich einmal mit diesem Gewäsch von der Leidtuerei aufhören! Ich kann es nicht mehr hören. Du brauchst mir die Papiere, die deine Ansprüche beweisen, gar nicht erst vorzulegen. Jemand wie du lügt nicht, dazu hast du viel zu viel Contenance. Der Teufel soll euch holen, alle beide!“

Gerade noch rechtzeitig trat Charles beiseite, um nicht mit Countess Patricia zusammenzustoßen, die tränenblind aus dem Salon stürzte.

Das zufriedene Grunzen kam aus den tiefsten Tiefen von Giorgios Seele. Endlich kam er zu seiner Siesta. Der ersten, seit er englischen Boden betreten hatte, und das war nunmehr bald zwei Wochen her. Der Countdown lief, in wenigen Tagen sollte er zurück nach Italien fliegen. Giorgio schloss die Augen, um besser nachdenken zu können.

Elenas Idee, ein paar Urlaubstage anzuhängen, war vielleicht gar nicht so schlecht. Von London hatte er bisher kaum etwas gesehen und daran würde sich auch bis zu seiner Abreise nichts ändern. Im Gegenteil, selbst die Pub-Besuche mit Sydney waren vorerst gestrichen. Erst die Arbeit, dann das Vergnügen. Ein Feierabend-Bier stand erst wieder nach seinem – verschobenen – Vortrag auf dem Programm.

Viel weiter kam Giorgio mit seinen Überlegungen nicht. Nach einem letzten Gedanken an Elena, die mittlerweile zurück in London sein musste, glitt er in einen traumlosen Schlaf. Als er ziemlich genau eine Stunde später erfrischt erwachte, wusste er im ersten Moment nicht, wo er sich befand. Nicht auf Yew Hall und nicht in Elenas Hotel, auch wenn die Vorhänge und Tapeten mit dem Blumenmuster-Mix an das Zimmer in Bourton-on-the-Water erinnerten.

Er war im White Lamb Inn in Fretton, wo er sich einquartiert hatte! Langsam kehrte die Erinnerung zurück. Bis auf ihn waren alle Teilnehmer der Coroner-Verhandlung abgereist. Nur die Kollegen von der Art Squad befanden sich noch auf Yew Hall, und dort sollte sich eigentlich auch er aufhalten, doch dafür war es vermutlich zu spät. Sechs Uhr abends – keine ideale Zeit, um mit der Arbeit anzufangen, sagte sich Giorgio, der plötzlich merkte, wie hungrig er war. Der Speisesaal war noch geschlossen, aber vielleicht konnte er im Pub des Hotels rasch etwas Essbares ergattern. Sofern die Journalisten, die wie ein Heuschreckenschwarm über die Vorräte der Gastwirtschaft hergefallen waren, nicht alles vertilgt hatten.

Giorgio stieß die Tür zum Pub auf, das für die Tageszeit erstaunlich gut besucht war. Das Bier schien jedenfalls nicht ausgegangen zu sein, stellte er aufgrund des Lärmpegels fest. Leise redete keiner der Gäste, das große Wort aber führte ausgerechnet jener Mann, dem Giorgio am wenigsten begegnen wollte: Die Stimme von Detective Inspector Peter Sterling, der umringt von Dorfpolizisten und einheimischen Zivilisten an der Bar Hof hielt, war nicht zu überhören.

„Ich tippe auf Erhängen. Selbstmörder greifen lieber zum Strick als zur Pistole und ins Wasser gehen eher Frauen als Männer. Wir werden ihn bald finden, meine Leute sind schon ausgeschwärmt."

Wovon sprach dieser Sterling eigentlich? Giorgio ließ sich unbemerkt in der hintersten Ecke des Lokals nieder.

„Tragisch, wenn so einer von der Flasche nicht loskommt. Das wird der erste Geistliche sein, den wir hier vom Baum schneiden. Seine Schwester soll das nicht miterleben, deswegen habe ich sie zurück nach Shoreham geschickt, um Nachschau zu halten. Es gibt ja eine geringe Chance, dass Cockerton nach Hause gefahren ist und dort irgendwo betrunken herumkugelt. Glaub ich aber nicht. Und auch nicht, dass er was mit dem Mord an unserem Earl zu tun hat. Auf so eine Schnapsidee kann nur Scotland Yard kommen."

Sterling kicherte vergnügt. „Schnapsidee! Das ist gut in diesem Zusammenhang ..."

Giorgio schüttelte angewidert den Kopf. Angesichts dieses Kotzbrockens war ihm der Appetit gründlich vergangen und ein Bier konnte er wohl auch anderswo trinken. Andererseits, warum sollte er sich von Peter Sterling vertreiben lassen? Unschlüssig, was er tun sollte, blickte sich Giorgio um und griff nach einer Zeitung am Nebentisch.

Interessantes hatte der wöchentlich erscheinende *Cotswolds Chronicle*, der vor dem Tod des Grafen erschienen war, nicht zu bieten. Aber das Blatt eignete sich hervorragend, um sich dahinter zu verstecken. Nichts wäre Giorgio unangenehmer gewesen, als von dem unsympathischen Kollegen, der immer wieder in seine Richtung blickte, entdeckt zu werden. Geistesabwesend überflog Giorgio einige Artikel.

Plötzlich stutzte er. Er konnte sich natürlich irren, aber instinktiv wusste er, dass er mit seiner Vermutung richtig lag. Er wusste, wo man nach Percival Cockerton suchen musste.

## 16. Kapitel

Als Morgenschönheiten konnte man sie allesamt nicht bezeichnen, stellte Florence Deverell mit bitterem Humor fest. An den verquollenen Gesichtern war freilich nicht nur die unchristliche Tageszeit schuld, zu der sie nach London aufbrechen mussten. Offenbar hatte keiner von ihnen in der vergangenen Nacht genügend Schlaf bekommen, was angesichts der Ereignisse kein Wunder war.

Selbst Charles sah hinter dem Steuer des Daimler, den er wie verabredet um fünf Uhr früh vorfuhr, ziemlich zerknittert aus. Maurizio schien überhaupt kein Auge zugetan zu haben, wie die tiefen Schatten auf seinem jungen Gesicht verrieten. Lediglich Patricia wirkte nach einem tiefen Griff in ihre Make-up-Vorräte einigermaßen fit. Sie selbst würde auf weitere Blicke in den Spiegel verzichten, beschloss Florence, als sie auf der Rückbank Platz nahm.

Wie schon am Tag zuvor beanspruchte ihre Schwägerin den Beifahrersitz für sich, um nicht auf Tuchfühlung mit Maurizio gehen zu müssen. Wozu fährt sie überhaupt mit, fragte sich Florence, die auf Patricias Gesellschaft allzu gern verzichtet hätte. Nur, um sich in ihrer Lieblingsboutique einzudecken? Schwarz zählte ohnedies zu ihren Lieblingsfarben, also gab es in ihren Schränken garantiert jede Menge passender Trauerkleidung. Abgesehen davon stand der Termin für das Begräbnis, für das sich die Countess of Wharvedale herausputzen musste, noch gar nicht fest.

Sie selbst hatte jedenfalls Wichtigeres zu tun, als sich um ihre Garderobe zu kümmern. Kritisch betrachtete sich Florence nun doch im Rückspiegel des Daimler. Vorerst musste das anthrazitfarbene Kostüm, zu dem sie eine hellgraue Seidenbluse trug, genügen. Für ihren Termin in der Anwaltskanzlei, den Charles gestern für sie vereinbart hatte, war sie in jedem Fall korrekt gekleidet. Abgesehen davon würde Sir Richard Waterford, der zu den besten – und teuersten – Strafverteidigern des Landes zählte, ihr Aussehen ziemlich egal sein.

Hauptsache, die Kassa stimmt – dieser Ruf eilte dem Staranwalt voraus, was wiederum Florence gleichgültig war. Sie würde jedenfalls weder Kosten noch Mühen scheuen, um Maurizio zu helfen. Aus Liebe, aber nicht nur. Dass ihre finanziellen Probleme seit Rogers Tod der Vergangenheit angehörten, war unbestritten eine Tatsache. Maurizio aus der Patsche zu helfen, war das Mindeste, das sie für ihn tun konnte.

Wie hoch auch immer Sir Waterfords Honorar sein mochte, sie konnte es sich leisten. Wenn auch vorläufig nur mit geliehenem Geld, bis das Turner-Bild verkauft war. Der Scheck, den Patricia ihr gestern Abend ausgehändigt hatte, würde für den Anfang reichen. Vielleicht stellte sich alles als weit harmloser heraus, als es ihr im Moment erschien. Noch hatte Maurizio, dem nichts nachzuweisen war, nicht vor der Polizei ausgesagt. Und dabei würde es auch bleiben. Was sollte er auch gestehen? Seine Auseinandersetzung mit Roger? Wozu? Er war kein Mörder, sondern selbst ein Opfer verhängnisvoller Umstände, davon ging Florence nach Maurizios Beichte aus. Alles Weitere würde sich finden.

Zerschlagen schleppte sich Giorgio ins Badezimmer. Selbst durch die geschlossene Tür war das Schnarchen noch zu hören, stellte er fest, während er aus verklebten Augen sein verschlafenes Gesicht musterte. Angenehmer wäre es gewesen, Percival Cockerton in einem anderen Zimmer unterzubringen, aber wie hätte er das um drei Uhr früh bewerkstelligen sollen? Um diese Zeit war im White Lamb Inn, in dem es keinen Nachtportier gab, niemand mehr erreichbar gewesen.

Ihm war nichts anderes übrig geblieben, als den völlig erschöpften Mann in sein eigenes Bett zu verfrachten und sich selbst mit der unbequemen Sitzbank zu begnügen. Aber egal, was zählte schon eine schlechte Nacht gegen die gute Tat, die er vollbracht hatte. Sein Instinkt hatte ihm den richtigen Weg gewiesen – das erfüllte ihn mit tiefer Befriedigung.

Ohne zu zögern war Giorgio zu der Kirche St. Andrews geeilt, die sich nur einen Steinwurf vom Rathaus entfernt unter den mächtigen Kronen altehrwürdiger Kastanienbäume versteckte. Auf dem danebenliegenden Friedhof hatte er zwischen verwitterten Grabsteinen und bemoosten Engeln Position bezogen und die schwere Eingangstüre zum Pfarrhaus nicht aus den Augen gelassen. Kaum eine halbe Stunde später war eine kleine Gruppe – sechs Männer und drei Frauen – herausgekommen. Nachdem sie sich voneinander verabschiedet hatten, war einer übrig geblieben, der offenbar nicht wusste, was er nun mit sich anfangen sollte.

Wenn man ihn jetzt allein lässt, geht er ins nächste Pub und lässt sich volllaufen; das war für Giorgio so sicher wie das Amen im Gebet. Giorgio, der im Veranstaltungskalender des *Cotswolds Chronicle* den Jour fixe der Anonymen Alkoholiker von Fretton entdeckt hatte, erinnerte sich nur allzu gut daran, wie es Salvatore, einem Freund aus Jugendtagen, nach seinem ersten AA-Treffen ergangen war. Nach der Euphorie, mit seinem Problem nicht mehr allein zu sein, hatte die Einsamkeit danach mit doppelter Wucht zugeschlagen. Mit allen Konsequenzen für einen Trinker.

Salvatore hatte es erst im dritten Anlauf geschafft, dem *sangue di diavolo*, dem Blut des Teufels, abzuschwören. Auf dem langen, schweren Weg war Giorgio an seiner Seite gewesen, deshalb wusste er auch um den *point of desaster* in jedem Alkoholikerleben. Um die schlimmste Katastrophe, nach der sich das Schicksal entschied. Selbstmord oder Kampf ums Überleben, etwas anderes gab es irgendwann nicht mehr.

Die öffentliche Demütigung musste Percivals absoluter Tiefpunkt gewesen sein, doch im Gegensatz zu Peter Sterling hatte Giorgio die Körpersprache des Pastors, der mit hoch erhobenem Haupt aus dem Verhandlungssaal gegangen war, richtig gedeutet. Was er dringender als alles andere brauchte, war ein Mensch, mit dem er reden konnte. Und zwar die ganze Nacht, wenn es sein musste.

Leise schlich Giorgio ins Zimmer zurück. Eine halbe Stunde würde er Percival noch gönnen, bevor er ihn seiner Schwester Muriel, die er noch in der Nacht verständigt hatte, übergeben konnte. Erst dann würde er Elena und Sydney anrufen, um von Peter Sterlings erbitterter Reaktion auf seine Einmischung zu erzählen.

Keine Leiche, die an einem Strick baumelte, sondern ein höchst lebendiger Geistlicher, der bloß eine Kirche aufgesucht hatte – eine weitere Niederlage für den ehrgeizigen Inspektor, die sich bald herumsprechen würde. Dass auch Sydney damit seinen Verdächtigen Nummer eins verlor, würde er locker verkraften. Mit Maurizio Francinis Verhaftung, die unmittelbar bevorstand, war sein Fall so gut wie gelöst.

„Im Gegensatz zu dir habe ich hervorragend geschlafen. Aber ich finde es großartig, was du gemacht hast.

Was wir heute unternehmen werden? Einiges, aber du kannst ganz beruhigt sein, nichts davon ist gefährlich. Ich muss mich jetzt sputen. Mutter hat schon vor fünf Minuten an meine Tür geklopft, um mich zum Frühstück zu holen. Ach, verdammt ..."

Elenas Balanceakt, gleichzeitig zu telefonieren und sich die Augen zu schminken, war kläglich gescheitert. Statt auf den Wimpern war die Tusche auf ihrem frischen T-Shirt gelandet und hatte einen hässlichen Fleck hinterlassen.

„Sag jetzt ja nicht, ich soll Mineralwasser draufschütten. Ich habe keines bei der Hand", fauchte sie, als Giorgio über ihr Missgeschick hell auflachte. „Weißt du was? Ich werde mir einfach eine neue sündteure Bluse kaufen. Oder besser gesagt von Mutter und Adele mitbringen lassen. Die wollen nämlich heute Vormittag zu Harrods, was mich wenig reizt. Ich gehe lieber ins British Museum. Das ist gleich um die Ecke von unserem Hotel."

„Dann werde ich ja eine kundige Führerin haben. Ich will nämlich auch noch etwas von London sehen. Die Chancen stehen gut, dass wir etwas länger bleiben können. Mein Chef hat zwar noch nicht ja, aber auch nicht nein gesagt."

„Wunderbar! Aber dann hängen wir nicht nur ein paar Tage, sondern bitte gleich eine ganze Woche an. Dann kann ich nämlich Ludwig darauf ansetzen, uns eine Wohnung zu suchen. Das ist billiger und auch netter als ein Zimmer im Harlingford Hotel. In Bloomsbury werden immer wieder Apartments vermietet, aber eben nur wochenweise. Um etwa 300 Pfund müssten wir eigentlich etwas Hübsches bekommen."

„Geht Ludwig eigentlich mit zu Harrods oder begleitet er dich ins Museum?"

„Weder noch. Er will in der British Library irgendwas nachschlagen. Die ist von hier auch nur fünf Minuten entfernt. Er tut ziemlich geheimnisvoll, aber Adele meint, er will sich nur vor dem Einkaufsbummel drücken. Womit sie wahrscheinlich recht hat. Warte einen Moment, Mutter ist schon wieder vor der Tür."

Bevor Giorgio, dem ebenfalls die Zeit davonlief, etwas einwenden konnte, hatte Elena ihr Handy bereits zur Seite gelegt. „Ja, ich komme gleich. Stell dich nicht so an, wenn ihr fertig seid, marschiert doch einfach los. Ihr müsst nicht auf mich warten", hörte er sie von Ferne mit Ilse reden.

„Da bin ich wieder. Was machst du heute? Und wann kommst du nach London? Erst spät am Abend? Habt ihr wirklich noch so viel in Yew Hall zu tun? Okay, okay, ich weiß schon, du hast mehr mit Sydney ermittelt als mit der Art Squad und das macht sich nicht gut. Apropos Sydney: Ich frage dich nochmals und werde wahrscheinlich wieder keine Antwort bekommen. Wird es eine Verhaftung geben?"

Giorgio räusperte sich. „Nachdem sich der Coroner so weit aus dem Fenster gelehnt hat, wird Sydney gar nichts anderes übrig bleiben. Auch ohne Geständnis ..."

„Also doch! Scotland Yard wird den armen Maurizio einsperren. Aber er ist kein Mörder, da bin ich mir sicher. Wie bitte, dieses Thema willst du nicht am Telefon diskutieren? Sehe ich ein. Also raff dich auf und schau heute noch bei uns vorbei. Egal, wie spät es ist. Wie du dir vorstellen kannst, reden wir nämlich von nichts anderem mehr. Ludwig hat sogar eine Theorie, wie sich das alles abgespielt haben könnte. Uns gegenüber hat er sich bisher in Schweigen gehüllt, aber vielleicht sagt er dir ja mehr als uns drei Damen. Ein kleiner Macho steckt doch in jedem Mann. Auch wenn es keiner von euch zugibt. Aber jetzt muss ich wirklich Schluss machen. *Ciao, amore.* Bis zum Abend."

Wie sie es schon seit Jahren nach dem Beispiel von Prinzessin Diana praktizierte, stieg Patricia graziös aus dem Daimler, indem sie beide Beine eng geschlossen aus dem Auto schwang. Noch nicht einmal halb acht, stellte sie fest. Vor neun Uhr morgens rührte sich in Belgravia nichts. Wie ausgestorben lagen die von eleganten Fassaden flankierten Straßen und Plätze da. Da und dort waren uniformierte Wachposten zu sehen, die im Wohnviertel der Superreichen ihre Runden drehten. Egal, um diese frühe Stunde wollte sie ja auch niemanden besuchen, sondern bloß Nachschau halten, wie weit die Arbeiten in der Wohnung am Chester Square gediehen waren.

An dieser Hinterlassenschaft wird sich Florence die Zähne ausbeißen, dachte Pat voll Ingrimm, als sie das mit Stuck verzierte Palais aus dem frühen neunzehnten Jahrhundert betrat. Ab 1820 war das elegante Viertel im Herzen von London entstanden, großteils im Besitz von Richard Grosvenor, dem zweiten Marquess of Westminster.

Schon damals konnten sich nur die wohlhabendsten Aristokraten eine Residenz in Belgravia leisten. Daran hatte sich bis heute nichts geändert, auch wenn sich viele Immobilien inzwischen in den Händen internationaler Stars oder des bürgerlichen Geldadels befanden. Bereits vor der Jahrtausendwende hatte die Gegend als teuer gegolten, unmittelbar danach aber waren die Preise ins Astronomische gestiegen. Wer es sich leisten konnte, blätterte für ein Palais in Belgravia mittlerweile bis zu 100 Millionen Pfund auf den Tisch.

Zum Glück hatte ihr geschäftstüchtiger Vater noch vor Patricias Hochzeit darauf bestanden, dass das Sechs-Zimmer-Apartment der Deverells, um das sich jahrzehntelang niemand gekümmert hatte, auf ihren Namen überschrieben wurde. Nur unter dieser Bedingung war er bereit gewesen, das Geld für die dringend nötige Renovierung lockerzumachen. Eine lohnende Investition und ein noch besseres Geschäft, falls sie die Wohnung zum Verkauf anbieten sollte. Daran dachte Pat jedoch nicht einmal im Traum. Statt sich wie bisher auf dem Land zu vergraben, würde sie künftig den Großteil des Jahres in der Stadt verbringen.

Dass ihre Schwägerin keine Ansprüche auf den Londoner Familiensitz geltend machen konnte, erfüllte sie mit tiefer Befriedigung. Und auch um den Turner, der ursprünglich die Wand über dem Kamin im großen Salon der Stadtwohnung geschmückt hatte und somit nicht zum Interieur von Yew Hall zählte, würde sie kämpfen. Aus Prinzip, denn viel abgewinnen konnte Patricia dem Gemälde, das verschwommen Ruinen in Rom zeigte, eigentlich nicht.

Zurzeit befand sich das Bild in den Händen von Scotland Yard, und sie wollte rechtzeitig dafür sorgen, dass man es ihr und nicht etwa Florence zurückerstattete. Sofern es sich überhaupt um das Original handelte, denn daran hegte sie Zweifel. Pat hatte von den Geschäften ihres Mannes weit mehr mitbekommen, als diesem klar gewesen war, und die Polizei konnte mit ihrem Verdacht, dass der beschlagnahmte Turner nur eine Kopie war, durchaus recht behalten.

Auf der anderen Seite machte ein echter Turner einiges her, sagte sie sich, als sie an die Gesellschaften dachte, die sie in naher Zukunft am Chester Square geben würde. Pat war ein recht einfach gestrickter Snob und schmückte sich allzu gern mit der Prominenz in ihrer Nachbarschaft. Die bereits ziemlich hinfällige Lady Thatcher würde ihrer Einladung wahrscheinlich nicht mehr folgen und auch Joan Collins zeigte sich nur noch selten in der Öffentlichkeit. Aber Andrew Lloyd Webber, den erfolgreichsten Musical-Komponisten der Welt, oder den Bühnenstar Sarah Brightman zu Gast zu haben, wäre auch nicht schlecht.

Ein leises Lächeln umspielte Patricias Mund, als sie an die Zukunft dachte. Besser hätte es sich nicht fügen können. Sobald der ihr längst verhasste Ehemann unter der Erde lag, konnte sie endlich tun und lassen, was sie wollte. Und dass die Countess of Wharvedale für einige Überraschungen gut war, würde die feine Londoner Gesellschaft bald merken. Sehr bald sogar.

## 17. Kapitel

In der letzten Sekunde ihres Lebens schloss Adele die Augen. Gleich war alles vorbei. Etwas Hartes hatte sie im Rücken getroffen und sie war – steif wie eine Puppe – nach vorn gestürzt. Jeden Moment würde sie auf der Fahrbahn aufschlagen und von dem Doppeldecker-Bus erfasst werden, der unaufhaltsam auf sie zuschoss. Die schweren Räder zermalmten alles, was unter sie geriet. Kein schöner Anblick, dachte sie noch, bevor es dunkel um sie wurde.

Der Notarzt hatte keinen Zweifel: Der Stoß in den Rücken der Frau, die bleich und reglos dalag, war mit aller Gewalt ausgeführt worden. Davon zeugte ein faustgroßes, schwarzblaues Hämatom zwischen den Schulterblättern. Nach kurzer Beratung mit seiner Kollegin begann er, die Nummer der Mordkommission zu wählen.

„Alles Weitere nach der Obduktion, Doc? In welcher Krimi-Serie spiele ich eigentlich mit?“

Erschrocken fuhr der Mediziner herum. Die Verletzte, die man auf eine mit Rädern versehene Liege verfrachtet hatte, war wie ein Springteufel in die Höhe geschnellt und blickte ihn spöttisch an.

„Wie Sie schon festgestellt haben, bin ich eine ziemlich lebendige Leiche. Wozu also die Polizei aufscheuchen? Ich bin einfach nur gestolpert und dieser Gentleman dort drüben hat mich gerade noch rechtzeitig zurückgerissen. Dabei bin ich gestürzt. Glücklicherweise in die andere Richtung, sonst wäre ich jetzt wirklich tot. Ich gebe zu, dass ich mir dabei ein wenig wehgetan habe. Nur ein wenig, wohlgemerkt. Ein verstauchter Knöchel, ein aufgeschundenes Knie, ein paar blaue Flecken, das ist alles.“

Adele wollte aufstehen, um ihren Worten Nachdruck zu verleihen, aber der kurze Ausbruch hatte sie mehr Kraft gekostet, als sie sich eingestehen wollte. Sichtlich erschöpft ließ sich die alte Lehrerin zurücksinken.

„Möglicherweise eine Gehirnerschütterung. In jedem Fall aber leidet die Patientin unter den Folgen eines Schocks, weshalb sie unter Beobachtung gestellt werden muss", stellte der Notarzt ungerührt fest. Ungeduldig winkte er einen Sanitäter herbei. „Ab ins Spital mit ihr. Dort kann sich dann auch die Polizei um sie kümmern."

„Rühren Sie meine Freundin nicht an", rief Ilse Hubinek, die sich mit Mühe durch die Reihen der Schaulustigen gekämpft hatte. „Sie haben doch gehört, dass ihr nichts fehlt. Adele fährt mit mir zurück ins Hotel und sonst nirgendwohin. Alles, was wir brauchen, ist ein Taxi. Aber dafür sind Sie ja nicht zuständig."

„Auf Ihre Verantwortung. Aber zuerst muss mir Ihre Freundin eine Bestätigung unterschreiben, dass sie die Kontrolluntersuchung gegen meinen ausdrücklichen Rat ablehnt." Für den Mediziner waren widerspenstige Patienten und renitente Angehörige nichts Neues. Wobei letztere sich zumeist als noch lästiger erwiesen, weshalb er sich erneut Adele zuwandte.

„Aus medizinischer Sicht halte ich Ihre Entscheidung für äußerst unklug. Aber was soll's, Ihr Wille ist mir Befehl. Scotland Yard werde ich trotzdem verständigen. Meiner Ansicht nach war das kein Beinahe-Unfall, sondern ein Mordanschlag. Nein, Sie brauchen gar nicht den Versuch zu machen, mich umzustimmen. Ich bin verpflichtet, meinen Verdacht zu melden."

„Schön und gut, wenn Sie nicht anders können, dann hetzen Sie uns eben die Polizei auf den Hals. Inzwischen sind wir ja daran gewöhnt, dass die Mordkommission bei uns aus- und eingeht", brummte Adele fast unhörbar vor sich hin, doch der junge Notarzt hatte gute Ohren.

„Was haben denn Sie mit der Polizei zu tun?", fragte er gedehnt.

„Gar nichts, die Sache verhält sich genau umgekehrt. Scotland Yard wollte etwas von uns, aber die Angelegenheit hat sich inzwischen erledigt."

Wovon um alles in der Welt sprach diese Ausländerin? Was war den beiden alten Damen, die so harmlos aussahen, sonst noch widerfahren? Die Neugier des Mediziners war geweckt.

„Ein Vorschlag zur Güte: Wir bringen Sie mit dem Ambulanzwagen ins Hotel und Sie erzählen mir während der Fahrt, woran Sie sich erinnern können. Einverstanden?"

Das war ein Angebot, das man nicht ablehnen konnte, fand Ilse. Sie wartete Adeles Antwort erst gar nicht ab, sondern nickte dem Arzt lächelnd zu. Womit die alte Lehrerin, die sich nach dem ausgestandenen Schrecken schwächer fühlte, als sie bisher zugegeben hatte, durchaus einverstanden war.

Auch konnte es nicht schaden, das Geschehen in Gedanken noch einmal durchzugehen, fand Adele. Welche Version der Ereignisse sollten sie Ludwig und Elena präsentieren? Das musste sie mit Ilse absprechen. Gnade ihr Gott, wenn die beiden von einem Mordanschlag ausgingen! Bis zu ihrem Abflug aus London würden die zwei sie keine Sekunde mehr aus den Augen lassen.

Eine grässliche Vorstellung; allein schon beim Gedanken an eine 24-Stunden-Überwachung schüttelte es die freiheitsliebende Adele. Andererseits schloss sie die Möglichkeit, dass der Doktor vielleicht doch recht haben könnte, allmählich nicht mehr völlig aus. Je länger sie nachdachte …

Adele lehnte sich zurück und ließ den Vormittag noch einmal Revue passieren.

Sie selbst wäre lieber durch den Camden Market gestrolcht, aber Ilse wollte unbedingt zu Harrods. Mit der U-Bahn ginge es am schnellsten, hatte sie gemeint. Also stiegen sie nicht am Leicester Square in die Northern Line um, sondern fuhren mit der Piccadilly Line vier Stationen weiter bis Knightsbridge. Wenn das Wetter hielt, konnten sie ihre Einkäufe ins Hotel bringen und danach immer noch mit dem Bus 168 von Euston Station nach Camden fahren, tröstete sich Adele, die Londons bekanntestem Warenhaus seit jeher nicht viel abgewinnen konnte.

Wie sie befürchtet hatte, standen sie vor verschlossenen Türen. Harrods öffnete seine Pforten nicht vor zehn Uhr morgens. Wozu auch früher aufsperren? Wer seine Einkäufe hier erledigte, konnte es sich leisten, den halben Vormittag im Bett zu verbringen. So lautete die Firmenphilosophie, die der nunmehrige Eigentümer – die Qatar Holding – von Mohamed Al-Fayed übernommen hatte.

Irgendwann werden sie es auch noch billiger geben und kundenfreundlicher werden! Den Status „Hoflieferant“ war das Warenhaus jedenfalls schon los, weil Al-Fayed keine Gelegenheit ausgelassen hatte, den britischen Hof für den Tod seines Sohnes Dodi und den von Prinzessin Diana verantwortlich zu machen. Adele erinnerte sich, erst vor Kurzem einen Artikel zu diesem Thema gelesen zu haben. In ihrem Reiseführer stand darüber nichts, dafür fand sie einen Hinweis auf das Motto des Hauses: *Omnia Omnibus Ubique – Alles für Alle Überall.*

Alles für alle, die sich nicht nur diese Preise leisten konnten, sondern auch einen ziemlich schrägen Sinn für Humor hatten. Adeles Blick blieb an dem Kapitel *Harrods Highly Selective A to Z* hängen. Al-Fayed hin, Qatar her, nur ein durch und durch britisches Unternehmen konnte mit einem solchen Angebots-Alphabet um Kunden werben, dachte sie amüsiert und pickte sich die skurrilsten Beispiele heraus. So stand A für Alligator – eine Weihnachtsgabe für den Bühnenautor und Schauspieler Noël Coward – oder E für ein Elefanten-Baby namens Gertie, ein Geschenk für den einstigen US-Präsidenten Ronald Reagan. In Goldpapier mit Harrods-Logo eingewickelt und mit einer großen Masche versehen? Zuzutrauen wäre das den Engländern durchaus!

Während Ilse die Schaufensterfront abschritt, kicherte Adele vergnügt vor sich hin. L für Ladies Club, M für Mörder ... Nein, bitte nicht schon wieder! Eine Leiche pro Urlaub genügte vollauf. Sie wollte nicht auf Schritt und Tritt an das tragische Ende des Grafen und schon gar nicht an die bevorstehende Verhaftung von Maurizio Francini erinnert werden. Auch wenn sich dieses M wahrscheinlich nur auf die bei den Briten beliebten Mörderspiele und nicht auf Al-Fayeds Verschwörungstheorie bezog. Um den Gedenkschrein für Diana und Dodi, der sich laut Führer samt einem Gedächtnisbrunnen im Untergeschoss von Harrods befand, würde sie jedenfalls einen großen Bogen machen.

„Was machen wir, bis sie uns reinlassen?“, wollte Adele wissen. „Möchtest du einen Kaffee trinken? Oder schauen wir uns ein wenig in Belgravia um?“

„Hast du dir vielleicht die Adresse der Deverells gemerkt?“, fragte Ilse hoffnungsvoll. Im Gegensatz zu Adele genoss sie Aufregungen aller Art in vollen Zügen. „Ich leider auch nicht, aber warte, vielleicht finden wir in der Zeitung einen Hinweis. Hast du Kleingeld?“

Adele verdrehte die Augen, während sich Ilse Hubinek an der beim U-Bahn-Abgang aufgestellten Zeitungsbox zu schaffen machte. *Wer ermordete den Earl of Wharvedale? Neffe und Pastor unter Verdacht*, titelte der *Daily Mirror* über einem unscharfen Foto, das den Coroner beim Betreten des Rathauses von Fretton zeigte. Begierig verschlang Ilse den Bericht, doch zu ihrer Enttäuschung entdeckte sie nichts, was sie nicht bereits wusste.

„Dort drüben ist ein Kiosk, dort bekommst du sicher noch mehr von dem Schund“, lästerte Adele. „Sind dir die Zeitungsleser in der U-Bahn nicht aufgefallen? Heute macht jedes Blatt in Großbritannien mit diesem Fall auf. Sogar die *Times*, wenn ich mich nicht irre.“

„Damit brauche ich mich nicht abzuschleppen, die hat Elena längst besorgt“, lachte Ilse unbekümmert. „Aus einem Lokalaugenschein bei den Deverells wird offenbar nichts, aber in Belgravia könnten wir uns dennoch ein wenig umsehen“, fuhr sie fort. „Wer weiß, ob ich in meinem Leben noch einmal ein so teures Pflaster unter den Füßen haben werde.“

„Schauen wir kurz zum Eaton Place, den kennen wir doch noch aus dem Fernsehen“, schlug Adele vor. „Erinnerst du dich an die Serie? Muss auch schon 40 Jahre her sein, aber wahrscheinlich sieht alles noch genauso aus wie damals.“

Ilse warf einen Blick auf den Stadtplan. „Das ist mir zu weit. In ein paar Minuten sperrt Harrods auf. Wenn wir dann noch Lust haben, können wir später durch Belgravia schlendern."

Dass es dazu nicht mehr kommen würde, konnten die beiden zu diesem Zeitpunkt nicht ahnen. Gemeinsam mit einer Gruppe japanischer Touristen, die ebenso wie sie geduldig vor dem verschlossenen Konsumtempel ausgeharrt hatte, betraten Ilse und Adele wenig später das Kaufhaus und peilten zielstrebig die *Food Halls* im Erdgeschoss an.

„Ich gebe zu, die Lebensmittelabteilung von Harrods ist zu Recht legendär. Allein beim Durchgehen habe ich fünf Kilo zugenommen."

„Dafür habe ich 50 Pfund für meine Einkäufe hingeblättert, also wer von uns beiden ist schlimmer dran?", konterte Ilse, die sich mit einer Auswahl sündteurer Süßigkeiten und einer exquisiten Teemischung eingedeckt hatte. „Für einen Imbiss ist es noch zu früh, aber wir können ja später noch einmal hier vorbeischauen, was meinst du?"

„Ich meine, dass ich jetzt noch frisch genug bin, um mit dir einen Blick in alle sieben Stockwerke zu werfen. Aber danach möchte ich nichts als weg von hier. Trotz Jugendstil-Ambiente und Verkäufern mit neckischen Strohhüten. Am Regent's Canal in Camden finden wir auch exotische Spezialitäten – zu einem Bruchteil der Harrods-Preise und noch dazu im Freien. Die Luft hier herinnen ist grässlich, merkst du das nicht?"

Ilse beschloss, gar nicht auf Adeles Klagen einzugehen. In jeder Etage gab es Cafés, Teestuben, Bars und Restaurants. Wenn ihre Freundin sich ausklinken wollte, so konnte sie das jederzeit tun. Noch aber trabte Adele fügsam hinter ihr her und protestierte erst, als sie im vierten Stockwerk die Abteilung für Umstands- und Babymode betraten.

„Was willst du denn hier?“, rief Adele erbost, doch Ilse war bereits in den Tiefen des Raums verschwunden, in dem sich bis auf ein paar gelangweilte Verkäuferinnen offenbar niemand aufhielt. Ein Irrtum, wie Adele feststellte, als eine schlanke Frau aus einer der Umkleidekabinen trat. Adele glaubte, nicht richtig zu sehen, und kniff die Augen zusammen. Kein Zweifel, vor dem großen Spiegel zwischen den Umkleidekabinen stand die Countess of Wharvedale in einem mitternachtsblauen Ensemble, das ihre Taille locker umspielte.

Instinktiv wich Adele zurück.

„Mir ist durchaus bewusst, dass Schwarz nicht unbedingt die Lieblingsfarbe von jemandem ist, der ein Baby erwartet. Aber wenn Sie sich ein wenig mehr bemühen, werden Sie mit Sicherheit etwas finden.“ Die Arroganz im Tonfall der Gräfin, die Adele bisher nur von ihrer liebenswerten Seite erlebt hatte, war nicht zu überhören. Mit versteinerter Miene verschwand die Angestellte, die verschmähten Modelle im Arm.

Adele fragte sich einstweilen, ob sie sich bemerkbar machen sollte. Oder würde sie Patricia damit in Verlegenheit bringen? Dass die Countess offenbar schwanger war, schien ein bisher wohlgehütetes Geheimnis zu sein und sollte es vermutlich auch noch einige Zeit bleiben. Es gehörte nicht viel Phantasie dazu, sich auszumalen, wie sich die Medien auf diese Nachricht stürzen würden. Eine Frau, die das Kind eines Ermordeten unter dem Herzen trug – allein das war eine gute Story, die auf die Tränendrüsen drückte und die Auflagen erhöhte. Die Story über den ungeborenen Erben des berühmt-berüchtigten Earl of Wharvedale aber musste die Erfüllung aller Reporter-Träume sein.

Und ein Albtraum für die Betroffene, schoss es Adele durch den Kopf. Während sie überlegte, wie sie sich unbemerkt davonschleichen könnte, klopfte ihr Ilse auf die Schulter.

„Was treibst du denn hinter dem Kleiderständer? Spielst du Verstecken?“

„Erraten. Pst, sei bitte leise. Ich erkläre dir gleich alles, aber erst müssen wir von hier weg“, flüsterte Adele und bewegte sich im Krebsgang in die Richtung, aus der sie gekommen war. Kopfschüttelnd folgte ihr Ilse, die überhaupt nichts mehr verstand. Sie hatte Patricia nicht bemerkt, weil sie den direkten Weg zurück nicht gefunden hatte, und staunte nun nicht schlecht, als Adele von ihrer überraschenden Entdeckung berichtete.

„Vielleicht hat sie dich doch gesehen und macht sich nun Sorgen, dass du die Geschichte einem Journalisten anbieten könntest“, meinte sie nach einer Weile. „Am besten wir gehen sofort zurück ...“

„Kommt überhaupt nicht in Frage. Auch wenn ich tatsächlich nicht sicher bin, ob ich mich rechtzeitig verstecken konnte. Doch selbst wenn nicht, wer weiß, ob Patricia mich erkannt hat. Spätestens morgen wird sie ohnehin wissen, dass ich ihr Geheimnis nicht verraten habe. Wieso? Weil nichts davon in der Zeitung stehen wird, liebe Ilse. Und jetzt auf nach Camden. Aufregung macht mich hungrig.“

„Wenn wir die Sloane Street überqueren, können wir durch Belgravia zur Victoria Station spazieren und von dort den Bus nehmen. Auf dem Stadtplan sieht das nicht allzu weit aus.“

„Und deine Pakete?“

„Stecke ich in Camden in eine Umhängtasche, die ich mir gleich als Erstes kaufen werde“, lachte Ilse und marschierte los. Sie erwischte gerade noch die Grünphase der Fußgänger-Ampel und musste von der anderen Straßenseite aus hilflos zusehen, wie Adele um ein Haar unter den Bus geriet.

Bis dahin war Adeles Erinnerung lückenlos, doch ab nun kamen die Bilder, die aus ihrem Gedächtnis aufstiegen, durcheinander. Da war Ilse, die Päckchen schwingend über die Sloane Street lief. Und sie selbst, wie sie an der Gehsteigkante stehen blieb, weil sie Ilse nicht bei Rot nachlaufen wollte. Rechts von ihr wartete ein junger Mann, links ein Pärchen, das sich an den Händen hielt, doch wer sich dahinter befand, wusste sie nicht. Auch ihren späteren Retter, der unmittelbar hinter ihr gestanden sein musste, bemerkte sie nicht.

Was war dann geschehen? Bisher waren die entscheidenden Sekunden in ihrem Gedächtnis wie ausgelöscht, aber nun zwang sich Adele dazu, sie nicht länger zu verdrängen. Und plötzlich spürte sie die Faust in ihrem Rücken, die sie mit aller Kraft nach vorne gestoßen hatte. Es war ein heftiger Schlag gewesen, er hatte sie ins Taumeln gebracht. Kein Schubsen oder Rempeln, sondern gezielte Gewaltanwendung. Mit der Absicht, sie umzubringen.

Adele begann zu zittern. Mit einiger Verspätung setzte der vom Notarzt prophezeite Schock nun doch ein.

„Wie ich sehe, geht es Ihnen gar nicht gut. Wollen wir nicht umdrehen und doch ins Spital fahren?“ Besorgt beugte sich der Notarzt über seine Patientin.

„Kein Spital“, krächzte Adele, die sich allmählich wieder fing. Um den Beweis anzutreten, dass mit ihr alles in Ordnung war, setzte sie sich mit einem Ruck auf. „Aber die Polizei können Sie informieren. Das war kein Unfall. Sie hatten völlig recht, Doc. Oder soll ich sie lieber Doktor Ligety nennen?“

„Woher wissen Sie, wie ich heiße?"

„Mein Erinnerungsvermögen funktioniert wieder bestens, aber um Sie muss man sich offenbar Sorgen machen. Man sollte Sie dringend untersuchen." Adele lachte vergnügt auf, als sie die verblüffte Miene ihres Gegenübers betrachtete. „Sie haben ein Namensschild angesteckt, schon vergessen, Frank? Ärzte sind ja bekanntlich die schlimmsten Patienten, also werden Sie meinem Rat kaum Folge leisten. Aber wie wäre es mit einem Drink nach Feierabend? Wann endet Ihr Dienst?"

„Um vier, also schon bald. Spätestens um fünf könnte ich bei Ihnen sein. Ich werde kommen, schließlich bin ich Ihr behandelnder Arzt. Aber ich gebe zu, ich komme nicht nur Ihretwegen. Sie haben mich ziemlich neugierig gemacht, Missis ..."

„Adele Bernhardt. Und das ist meine Freundin Ilse Hubinek aus Wien. Höchste Zeit, dass wir uns vorstellen, finden Sie nicht, Doktor Ligety? Wenn Sie mir jetzt noch Ihre Hand reichen würden, damit ich nicht auf allen Vieren von dieser Liege klettern muss. Ja, so geht es besser. Bis später also. Ich freue mich!"

Die beiden Damen waren längst hinter der verglasten Eingangstür des Harlingford Hotels verschwunden, als Frank Ligety noch immer wie vom Donner gerührt dasaß. Als Notarzt waren ihm schon einige erstaunliche Leute untergekommen, aber so jemand wie diese Mrs. Bernhardt noch nie.

Nachdem er sein Notizbuch konsultiert hatte, wählte er zum dritten Mal an diesem Tag die Nummer von Scotland Yard. „Verbinden Sie mich bitte mit der Mordkommission ..."

## 18. Kapitel

Es gibt Tage, an denen wäre man besser gar nicht erst aufgestanden. Tage wie heute, fand Sydney Smith, als er sich müde in seinem Schreibtischstuhl zurücklehnte. Dass der Coroner mit seiner Anordnung, Maurizio Francini habe sich um acht Uhr morgens bei Scotland Yard einzufinden, auch ihn mit einem allzu frühen Arbeitsbeginn bestraft hatte, war ärgerlich genug. Reine Effekthascherei, die niemandem etwas nützte. Wie erwartet war der Italiener auf die Minute pünktlich erschienen, aber gebracht hatte das Verhör weniger als nichts. Keine weitere Aussage, geschweige denn ein Geständnis.

„Ohne meinen Anwalt sage ich nichts", diesen Klassiker hatte man Francini, der danach nur noch stumm den Kopf schüttelte, mit Erfolg eingebläut. Erst gute zwei Stunden später fegte Sir Richard Waterford mit wehendem Mantel herein. Kein geringerer als Englands prominentester Strafverteidiger nahm sich des Schicksals des Hauptverdächtigen an. Für die Polizei verhieß das nichts Gutes.

Gegen eine astronomische Honorarnote natürlich, aber der Mann war wirklich jeden Cent wert, das musste Sydney zugeben. Er erledigte in Rekordzeit, wofür andere Tage benötigten. Der Untersuchungsrichter, der normalerweise aus jedem Termin einen Gnadenakt machte, ließ sich in diesem Fall nicht zwei Mal bitten. Auch die von ihm festgesetzte Kautionssumme hielt sich mit 50.000 Pfund durchaus im Rahmen des Üblichen. Als die Glocken der nahen Westminster Abbey die Mittagsstunde verkündeten, befand sich Maurizio Francini längst wieder auf freiem Fuß.

Wozu also die ganze Aufregung, fragte sich Sydney und gab sich die Antwort gleich selbst: Weil sich der

Coroner gern auf Titelseiten sah – und das war ihm auch vortrefflich gelungen. Angewidert schob er die Zeitungen zur Seite, um für die Berge von Papierkram Platz zu schaffen, die sich während seiner Abwesenheit angehäuft hatten. Sie abzuarbeiten würde ihm nicht erspart bleiben, also konnte er genauso gut gleich damit beginnen. Sydney wies seine Sekretärin an, nur wirklich dringende Anrufe durchzustellen.

Eine Stunde später erschien ihm der Aktenstoß unverändert hoch. Außerdem irritierte ihn – zu seinem eigenen Erstaunen – die ungewohnte Stille. Geradezu erbost blickte er das Telefon an, das er selbst zu einem stummen Dasein verurteilt hatte. Läute doch endlich, damit ich eine Ausrede habe, mit diesem Schwachsinn aufzuhören!, beschwor er den Apparat.

Sydney griff nach seinem Sakko, in dem die Zigaretten steckten. Mittlerweile galt das Rauchverbot in allen Amtsgebäuden. Jemandem wie ihm blieb also nichts anderes übrig, als die „Räucherkammer" aufzusuchen oder bei jedem Wetter im Freien herumzustehen. Im Vorbeigehen streifte Sydney die Beamtin in seinem Vorzimmer mit einem flüchtigen Blick.

„Irgendetwas Neues?"

„Diese Meldung ist vor 40 Minuten eingelangt, Sir, aber ich wollte Sie nicht stören. Ich glaube nämlich nicht, dass Sie die Sache interessiert ..." Die junge Frau, sichtlich überfordert, wühlte hektisch in ihren Unterlagen.

„Sagen Sie mir doch einfach in kurzen Worten, worum es geht", schnauzte Sydney seine Mitarbeiterin an, die seine seit Kurzem pensionierte Sekretärin nur unzulänglich ersetzte.

„Um einen angeblichen Mordversuch nahe Harrods. Die Anzeige wurde vom Notarzt erstattet. Wollen Sie seinen Namen, Sir? Ich habe alles notiert. Ach, hier ist ja der Zettel."

„Geben Sie her. Aha, ein Notarztwagen wurde um 12:43 Uhr in die Sloane Street gerufen, um eine gestürzte Frau zu versorgen. Die soll aber nicht verunglückt, sondern gestoßen worden sein. Behauptet ein gewisser Doktor Ligety. Woher will der das so genau wissen? Wahrscheinlich will er sich nur wichtigmachen. Leiten Sie die Angelegenheit an den diensthabenden Detective Sergeant weiter, der soll sich darum kümmern."

Sydney wollte die Notiz schon zurücklegen, als sein Blick zufällig auf den Namen des Unfallopfers fiel: Adele Bernhardt! So hieß doch die Frau, die er auf Yew Hall nur kurz einvernommen hatte, weil sie nicht zum Kreis der Verdächtigen zählte. Ein Anschlag auf eine mögliche Zeugin in einem Mordfall; das konnte doch kein Zufall sein? Irgendetwas musste sie gesehen – und er übersehen – haben.

„Vergessen Sie den Sergeant, ich übernehme die Angelegenheit selbst", blaffte er die Sekretärin an, die mit verstörtem Gesichtsausdruck bereits die Nummer der Nebenstelle wählte. „Sie können nichts dafür", entschuldigte er sich im selben Atemzug, denn selbst ihm war aufgefallen, dass er sich im Ton vergriffen hatte.

Wenn er nicht aufpasste, würde er sich den Ruf eines unleidlichen Chefs einhandeln, und davon gab es im Yard bereits mehr als genug – darunter sein eigener Vorgesetzter, der ihn nach der Freilassung von Maurizio Francini zu sich zitiert hatte. Für den Detective Commander der Mordkommission war der brisante Fall nämlich zufriedenstellend gelöst, auch wenn das entsprechende Geständnis dieses Ausländers noch fehlte. Das aber konnte nach Ansicht des Dezernatsleiters nicht am Anwalt liegen, der seinem Mandanten einen

Maulkorb verpasst hatte, sondern einzig und allein an der Unfähigkeit von Chief Inspector Smith, ein Verhör zu führen.

Noch mehr als zuvor gierte Sydney nach einer Zigarette. Doch zuerst musste er Giorgio anrufen. War Francini tatsächlich schuldlos? Dann lief der wahre Mörder noch frei herum. Wussten Elena oder ihre Mutter vielleicht mehr, als ihnen selbst klar war? Wenn ja, dann schwebten vielleicht auch sie in Gefahr. Sydney ließ den Hörer sinken. Es war sinnlos, Giorgio am Telefon vom Anschlag auf Adele zu erzählen, denn aus der Ferne konnte sein Freund gar nichts tun. Andererseits könnte er längst über den Vorfall informiert sein und ihm vorwerfen, das Risiko unterschätzt zu haben.

Eine Zwickmühle, aus der es nur einen Ausweg gab: Er musste auf der Stelle in das Hotel fahren, in dem Giorgios Freunde abgestiegen waren, und sich selbst ein Bild davon machen, welche weiteren Sicherheitsmaßnahmen notwendig waren. Zuvor aber musste er sich rasch eine Ausrede für seine Abwesenheit einfallen lassen, denn es war durchaus möglich, dass sein Chef noch heute eine Pressekonferenz anberaumte. Wenn der ermittelnde Beamte Smith dann unauffindbar war ... Sydney wollte sich die Konsequenzen für seine Karriere gar nicht erst ausmalen.

Bis vor Kurzem wäre das alles kein Problem gewesen. Seine langjährige Sekretärin und Vertraute hätte ihn gedeckt und im Fall des Falles eine Herzattacke oder zumindest einen Ischiasanfall erfunden. Dazu war das grüne Gemüse, das nun in seinem Vorzimmer saß, garantiert nicht fähig. Ihm blieb also nichts anderes übrig, als krank zu spielen ...

„Mein Ischias“, schrie er laut auf, was sogleich die erwünschte Wirkung zeigte. Entsetzt starrte die junge

Beamtin auf Sydney, der sich mit schmerzverzerrter Miene an den Türstock klammerte. „Ich brauche sofort eine Spritze. Rufen Sie mir bitte ein Taxi. Nein, Sie brauchen mich nicht zu stützen. Oder vielleicht ist es doch besser, wenn Sie mich zum Ausgang begleiten. Sie sind ein Schatz, meine Liebe. Nein, heute komme ich nicht mehr. Sie halten die Stellung. Wenn es brennt, können Sie mich jederzeit am Handy erreichen."

Unbeholfen kletterte Sydney in ein mit Werbesprüchen übersätes *black cab*, das sich als funkelnagelneuer TX4 entpuppte. „Ich muss das Auto erst abstottern, da kann ich jeden Cent gebrauchen", erklärte der Mann hinter dem Lenkrad, dem das Missfallen seines Fahrgastes nicht entgangen war. „Gewöhnen Sie sich daran, bald werden Sie keinen Wagen mehr ohne Aufschrift finden." Eine schlimme Vorstellung für jemanden, der wie Sydney an Traditionen hing. Die in elegantem Schwarz lackierten Londoner Taxis gehörten für ihn zum Stadtbild wie der Big Ben oder die Tower Bridge.

Eine Taxifahrt nach Bloomsbury erschien dem sparsamen Sydney ohnedies als unnötige Verschwendung, weshalb er unter Protest des Fahrers, der ihm in breitestem Cockney wenig Schmeichelhaftes hinterherrief, bereits am Hyde Park Corner wieder ausstieg.

Mit der Piccadilly Line war er genauso schnell gewesen, konstatierte er zufrieden, als er an der Station Russel Square ins Freie trat und am Brunswick Center, einem Mitteldding zwischen Wohnblock und Einkaufszentrum, vorbeischlenderte. An jeder Ecke gab es hier ein Kaffeehaus, eine Teestube, ein chinesisches, indisches oder vietnamesisches Restaurant, eine italienische Trattoria, eine spanische Bottega oder schlicht und einfach ein englisches Pub. Alle Lokale stellten bei nahezu jedem Wetter Tische und Stühle ins

Freie und waren selbst am frühen Nachmittag gut besucht.

Das Viertel, in dem Studenten das Straßenbild beherrschten, gefiel Sydney von Schritt zu Schritt besser. Er konnte sich kaum noch erinnern, wann er das letzte Mal in dieser Ecke Londons gewesen war. In der Marchmont Street prangte an nahezu jedem Haus ein dunkelblaues Medaillon, das Auskunft darüber gab, welcher Dichter, Bildhauer oder Maler zu welcher Zeit hier gewohnt oder gearbeitet hatte. Noch immer glaubte Sydney, auf diesem Pflaster den Geist der Bloomsbury Group zu spüren, einer um 1900 herum gegründeten Künstlervereinigung, der Schriftsteller vom Kaliber eines T.S. Eliot oder einer Virginia Woolf angehört hatten.

Sydney betrat das erstbeste Pub, an dem er vorbeikam. Ein wenig kam er sich wie ein Schulschwänzer vor, der sich an die gestohlene Freiheit erst gewöhnen musste. Ein herrliches, längst vergessen geglaubtes Gefühl, eine Mixtur aus Vorfreude und prickelnder Neugier, vermischt mit ein wenig Angst, durch einen dummen Zufall entdeckt zu werden. Schon lange hatte ihm kein Gin Tonic so gut geschmeckt wie dieser im Marquis of Cornwallis.

Am liebsten hätte er sich noch einen zweiten genehmigt, schließlich war er offiziell nicht mehr im Dienst, doch sein Verantwortungsbewusstsein erlaubte keine weitere Verzögerung.

„Ja, Mrs. Bernhardt und Mrs. Hubinek sind auf ihren Zimmern, aber die Damen wollen nicht gestört werden", gab wenig später der Rezeptionist des Harlingford Hotels Auskunft. „Mrs. Martell und Mr. Jakubowski? Die beiden habe ich seit heute Morgen nicht mehr gesehen. Nein, gefragt hat niemand nach ihnen. Aber wenn der Gentleman auf sie warten möchte?“

Sydney blieb nichts anderes übrig, als in der Lounge Position zu beziehen. Sobald Elena auftauchte, konnte er Giorgio getrost anrufen. Aber erst einmal würde er sich mit diesem Notarzt in Verbindung setzen. Er fischte den Zettel mit der Telefonnummer aus seiner Sakkotasche. Es war fünf vor fünf, also standen die Chancen nicht schlecht, ihn noch im Dienst zu erwischen.

„Doktor Ligety? Mein Name ist Detective Chief Inspector Smith von Scotland Yard. Ihre Anzeige ist an mich weitergeleitet worden. Was können Sie mir zu dem Vorfall sagen? Wie bitte, nicht am Telefon? Aber die Angelegenheit ist dringend und ich bin derzeit unterwegs. Sie auch? Wo stecken Sie? In den Cartwright Gardens in Bloomsbury? Bleiben Sie dran.“

Sydney sprang auf und stürzte aus dem Hotel. Tatsächlich, genau gegenüber stand ein schlanker Mann vor dem frisch lackierten Eisengitter, das einen kleinen Park mit Tennisplatz in der Mitte umschloss.

„Doktor Ligety, I presume“, wäre es Sydney fast herausgerutscht, als er das unterbrochene Gespräch wieder aufnahm. Die Situation entbehrte nicht einer gewissen Komik, aber für Scherze schien ihm die Sache doch zu ernst. „Wenn sie die Straße überqueren, können wir persönlich miteinander reden“, sagte er stattdessen. „Oder nein, besser, ich komme zu Ihnen hinüber. Für das, was wir zu besprechen haben, brauchen wir keine Zeugen.“

Ein vorbeifahrendes Auto verdeckte für einen Moment den Blick auf den Arzt, der entgeistert sein verstummtes Telefon betrachtete. Grinsend setzte sich Sydney in Bewegung und wäre um ein Haar von einer

Gruppe Radfahrer über den Haufen gefahren worden. Dann stand er dem noch immer fassungslosen Frank Ligety gegenüber.

Mit ernster Miene betraten die beiden Männer wenig später gemeinsam das Hotel, wo eine sichtlich aufgekratzte Adele Bernhardt bereits auf den Arzt wartete. „Ihre Tabletten sind fantastisch, Doktor. Es tut mir gar nichts mehr weh", rief sie Ligety, der mit seinen breiten Schultern den um einen Kopf kleineren Polizisten verdeckte, fröhlich entgegen. „Und Scotland Yard können Sie vergessen. Ob man mich gestoßen hat oder nicht, lässt sich sowieso nicht mehr nachweisen."

„Mit ein wenig Glück schon", sagte Sydney, der zu Adeles Verblüffung plötzlich wie vom Himmel gefallen im Raum stand. „Die Bänder der entsprechenden Überwachungskamera könnten uns weiterbringen. Wir müssen der Sache nachgehen. Es muss sich ja nicht unbedingt um einen Angriff auf Sie persönlich handeln, Mrs. Bernhardt. Es gibt immer wieder Geistesgestörte ..."

„Was ist denn hier los?" Verwundert blickte Elena sich um, die im selben Moment, in dem ihre Mutter die Treppen herunterkam, in die kleine Versammlung platzte.

„Beruhige dich, es ist überhaupt nichts passiert", setzte Adele zu einer Antwort an, aber Elena dachte nicht daran, sich mit irgendwelchen Beschwichtigungen abspeisen zu lassen.

„Was heißt da nichts? Was hat dann die Mordkommission hier zu suchen? Inspektor Smith kenne ich, aber wer sind Sie?"

„Ich bin Arzt. Und Sie haben recht, es ist etwas passiert. Aber ich glaube, das sollten wir nicht hier besprechen." Der Hinweis auf den Mann hinter der Rezeption, der mit offenem Mund das Gespräch verfolgte, war deutlich genug. „Gleich um die Ecke gibt es ein nettes Pub mit Tischen und Bänken im Freien. Um diese Zeit ist noch nicht allzu viel los. Dort können wir ungestört miteinander reden."

Frank Ligety kannte das nach Lord Russel getaufte Lokal noch aus seinen Studententagen und außer den Preisen hatte sich seither nicht viel geändert.

„Ideal, von hier aus können wir sogar Ludwig sehen, falls er jemals gedenkt, die British Library zu verlassen. Weiß der Kuckuck, was er den ganzen Tag dort treibt", murrte Adele, die sich ihren Partner dringender an ihre Seite wünschte, als sie jemals zugeben würde. „Aber jetzt zurück zum Thema. Sie haben von einem Verrückten gesprochen, bevor Elena uns unterbrochen hat, Inspektor."

„Es ist durchaus möglich, dass wieder einmal ein Irrer in London umgeht, der Leute auf die Geleise stößt, sobald ein Zug einfährt. Nur halt diesmal nicht in der U-Bahn, sondern auf der Straße."

„Könnte mir jetzt bitte endlich einmal jemand sagen, was geschehen ist?", versuchte Elena verzweifelt, sich Gehör zu verschaffen. Sie konnte sich mittlerweile ungefähr einen Reim auf die Geschehnisse machen. Aber welche Rolle spielte dieser zugegeben nicht unattraktive Mediziner bei der Sache?

„Weil ich nicht alles zweimal erzählen will, musst du dich gedulden, bis Ludwig kommt. Im Grunde weißt du ohnedies bereits das Wichtigste. Unklar ist nur noch, wie wir mit der Situation umgehen sollen. Wann hast du zuletzt mit Giorgio geredet? Er wird am besten wissen, was am klügsten ist."

„Vor dem Frühstück. Seither habe ich nichts mehr von ihm gehört. Eigentlich sollte er heute Abend in London eintrudeln, aber bei ihm weiß man ja nie ...“

„Giorgio ist bereits auf dem Weg, er steckt jedoch auf der A 40 in einem Stau. Ich habe eben mit ihm gesprochen“, mischte sich Sydney ein, der nach dem ersten Schluck Bier aufgestanden war, um ungestört zu telefonieren. „Er will sofort zu Ihnen ins Hotel kommen, Mrs. Martell, aber das kann noch Stunden dauern. Inzwischen müssen Sie wohl oder übel mit mir vorlieb nehmen.“

„Ach so ist das! Giorgio und seine Überängstlichkeit. Am liebsten würde er mich in Watte packen. Er hat Sie als Wachhund engagiert, stimmt's? Manchmal könnte ich glatt aus der Haut fahren, wenn er sich so aufführt! Damit Sie mich nicht falsch verstehen, Chief Inspector: Ich bin gern in Ihrer Gesellschaft, aber ich brauche niemanden, der auf mich aufpasst. Außerdem haben Sie garantiert etwas Besseres vor.“

Habe ich wirklich, dachte Sydney, der sich bereits den Krach mit Deborah ausmalte, wenn er heute nicht zum Abendessen bei ihren Eltern auftauchte. Andererseits, versprochen war versprochen, und Giorgio machte sich vielleicht zu Recht Sorgen um Elenas Sicherheit.

„Ich kann zwar keine Pistole ziehen, sondern nur eine Spritze, aber in Karate bin ich nicht schlecht und boxen kann ich auch ganz gut. Keine üblen Voraussetzungen für einen Leibwächter, meinen Sie nicht?“, wandte sich Ligety an den Polizisten, der sichtlich um eine Antwort verlegen schien. Was Elena, die es nicht gewohnt war, einfach ignoriert zu werden, erst recht in Harnisch brachte. Sie holte tief Luft, um dem aufdringlichen Arzt eine entsprechende Antwort zu geben, doch ihre Mutter kam ihr zuvor.

„Sie haben bereits genug für uns getan, Doktor, und wir wollen Ihre kostbare Zeit nicht weiter in Anspruch nehmen“, erteilte Ilse dem Mediziner an ihrer Stelle eine Abfuhr, die hart an der Grenze zur Unhöflichkeit schrammte. Dieser Mann, der ihre Tochter mit sichtlichem Wohlgefallen musterte, war nämlich eindeutig Elenas Typ. Eine jüngere Ausgabe Giorgios, der bereits auf die 50 zuging, während dieser Ligety die 40 erst kürzlich überschritten haben konnte. Wehret den Anfängen, dachte sie und setzte ihre grimmigste Miene auf. Dass sie bei ihrer widerspenstigen Tochter damit nur das Gegenteil erreichte, hätte ihr bewusst sein müssen.

„Ich nehme Ihr Angebot gern an, Doktor“, platzte Elena prompt heraus und funkelte ihre Mutter triumphierend an. Was sie zu tun oder zu lassen hatte, entschied immer noch sie selbst. Auch wenn sie einen Moment zuvor noch etwas ganz anderes hatte sagen wollen.

„Es ist mir ein Vergnügen, Mrs. Martell ...“

„Nennen Sie mich Elena. Sie heißen Frank, nicht wahr? Mit Vornamen tut man sich einfach leichter, finden Sie nicht? Ja, und ich hätte gern noch ein Glas von dem kalifornischen Chablis, bitte.“

Kein Zweifel, das uralte Spiel war eröffnet und Elena hatte den ersten Zug gemacht.

Sydney gab sich keinen Illusionen hin. Zwischen diesen beiden sprühten Funken, aber was konnte ein Außenstehender wie er schon dagegen unternehmen? Gar nichts. Die Situation war ihm ebenso entglitten wie Mrs. Hubinek, die zu seinem Erstaunen auch von ihrer Freundin keine Schützenhilfe bekam. Offenbar sorgte sich Mrs. Bernhardt weit mehr um ihren verschollenen Partner als um Elena.

„Wo kann Ludwig bloß stecken? Die Bibliothek schließt um sechs, sagt der Hotelportier, und jetzt ist es bald sieben. Es wird ihm doch nichts passiert sein?"

„Ist heute nicht Dienstag? Da sperrt die Bibliothek erst um acht Uhr zu", beruhigte Ligety, zwei volle Weingläser balancierend, seine Patientin.

„Dann ist er sicher noch dort. Wenn Ludwig sich erst einmal festgelesen hat, vergisst er die Welt um sich herum. Was ist, Ilse, gehen wir ihm entgegen? Es sind nur ein paar Schritte bis zur Euston Road und ein wenig Bewegung kann uns nicht schaden. Einverstanden, Doktor?"

„Natürlich, ein kurzer Spaziergang wird Ihnen guttun", antwortete Frank Ligety. Nur mit Mühe unterdrückte er ein verräterisches Grinsen. Sydney Smith hatte sich bereits verabschiedet und wenn jetzt auch noch die beiden Damen aufbrachen ...

Bis dieser Giorgio auftauchte, blieb er mit der hübschen Wienerin allein – und er hatte durchaus die Absicht, die Zeit bis dahin zu nützen.

## 19. Kapitel

Das also war die *rush hour*, vor der ihn alle gewarnt hatten. Nur Masochisten oder Narren fuhren zwischen sieben und neun Uhr morgens ohne triftigen Grund mit der Londoner *Tube*. Zu Recht, wie Giorgio nun am eigenen Leib erfuhr. Zwischen Menschen mit müden Gesichtern eingeklemmt, bekam er kaum Luft. Wenigstens kann keiner umfallen, sagte er sich, als sich der zum Bersten vollgestopfte Zug mit Karacho in eine Kurve legte, um Sekunden später mit schrillem Quietschen vor der nächsten Station zu bremsen.

Nichts wie raus hier! Statt wie geplant bis zum Russel Square zu fahren, kämpfte sich Giorgio bereits in der Station Holborn zurück ans Tageslicht. Lieber nahm er einen Fußmarsch in Kauf, als noch eine Minute länger in dieser Hölle zu schmoren. Zudem versprach das Wetter für den heutigen Tag „sonnige Abschnitte“, wie es im Meteorologen-Jargon hieß, was in London allerdings lediglich bedeutete, dass sich der Himmel zwischen zwei Regenschauern ein wenig aufhellte.

Misstrauisch musterte Giorgio die Wolken, die sich über seinem Kopf zusammenballten. Mit ein wenig Glück würde er trockenen Fußes bis zu Elenas Hotel kommen. Gestern Abend hatte er es beim besten Willen nicht mehr geschafft, sie aufzusuchen. Nach dem Stau vor der Umfahrung von Oxford waren er und seine Kollegen von der Art Squad gleich in den nächsten geraten, der sich noch langsamer aufgelöst hatte als der erste. Und so waren sie nicht wie geplant um acht, sondern erst kurz vor Mitternacht in London eingetroffen.

Um diese Zeit war Elena längst auf ihrem Zimmer und somit in Sicherheit gewesen, wie sie ihm am Telefon mit verschlafener Stimme erklärt hatte. Seiner

Ansicht nach gab es zwischen dem Mord auf Yew Hall und Adeles Missgeschick ohnedies keinen Zusammenhang, doch er rechnete es Sydney hoch an, dass er keine Eventualität ausschloss.

Erst einmal galt es, die Überprüfung der Überwachungsbänder abzuwarten. Bis dahin wollte sich Giorgio selbst ein Bild von dem Vorfall machen und zwar mit Informationen aus erster Hand. Bei einem gemeinsamen Frühstück mit Adele, Ilse, Elena und Ludwig, das ihm zudem eine wunderbare Ausrede vor sich selbst lieferte, das Seminar weiterhin zu schwänzen. Von den Kursteilnehmern, die ihn seit Tagen nicht gesehen hatten, würde ihn an diesem Vormittag keiner vermissen. Nur morgen musste er zur Stelle sein, um seinen überfälligen Vortrag zu halten, aber darüber wollte er sich jetzt nicht den Kopf zerbrechen.

Giorgio zuckte zurück. Fast wäre er einer Taube, die in aller Seelenruhe vor ihm herspazierte, auf die Schwanzfedern gestiegen. Keine zehn Rösser würden Elena um diese Tageszeit hierher bringen, dachte er schmunzelnd, als er am Bloomsbury Square eine Zigarettenpause einlegte. Um ihn herum gurrten und flatterten die von ihr verabscheuten Vögel um die Wette, während sich in den schmalen Straßen kaum eine Menschenseele zeigte.

Plötzlich schaffte es ein vorwitziger Sonnenstrahl, die Wolkendecke zu durchbrechen. Wie durch Zauberhand leuchteten die weiß getünchten Fassaden der georgianischen Herrenhäuser auf, von denen viele nunmehr als kleine, exquisite Hotels dienten. Die Kronen der altehrwürdigen Platanen, die sich mit frischem Frühlingsgrün schmückten, warfen lange Schatten auf das tauglitzernde Gras, auf dem ein kleiner schwarzer Hund seinem Ball nachjagte. Vor dieser zeitlosen Idylle, die für immer zu Giorgios Erinnerungen an London zählen sollte, machte selbst die gefürchtete *rush hour* Halt.

Auch rund um die Cartwright Gardens herrschte bis auf das Gepolter der Trollys, die ein paar abreisende Touristen über das buckelige Pflaster zogen, frühmorgendliche Stille. Giorgio fürchtete, viel zu früh dran zu sein, als er den Frühstücks-Salon des Harlingford Hotels betrat, doch er irrte sich. Nahezu alle Tische des Raums, in dem es verführerisch nach Toast und gebratenem Speck duftete, waren bereits besetzt.

Elena sieht nicht nur verkatert aus, sie hat auch eine leichte Fahne, stellte er fest, als er sich auf dem für ihn bereitgestellten Stuhl niederließ. Vielleicht aber war er seit seiner Nacht mit Percival Cockerton übersensibel und bildete sich das nur ein. Auch still kam sie ihm vor, was ihre Mutter an diesem Morgen gleich doppelt wettmachte.

„Giorgio, endlich! Ich bin die halbe Nacht wachgelegen und habe nachgedacht, aber ich kann mir noch immer keinen Reim auf die Sache machen. Du musst zugeben, das alles ist ziemlich mysteriös. Die waren doch nicht erst seit gestern verheiratet. Wieso bekommt sie ausgerechnet jetzt ein Baby? Was sagst du dazu?", sprudelte Ilse hervor.

„Ich verstehe nur Bahnhof. Wen meinst du mit *die* und wer bekommt ein Baby?" Giorgio wandte sich hilfesuchend an Elena.

„Wie bitte, du hast ihm noch gar nicht erzählt, dass die Countess of Wharvedale schwanger ist?", fuhr Ilse ihre Tochter an.

„Das behauptest du. Ich bin mir da nicht so sicher. Sie kann doch für eine Freundin ..." Weiter kam Elena nicht.

„Papperlapapp. Weshalb hätte sie sonst nach einem Umstandskleid gefragt. In Schwarz, wohlgemerkt, was beweist, dass es für sie, die trauernde Witwe, und keine andere gedacht ist. Die ist schwanger, glaube mir. Und ich würde mich nicht wundern, wenn sie es war, die Adele gestoßen hat."

„Alles der Reihe nach", versuchte sich Giorgio Gehör zu verschaffen, doch seine Bemühungen verpufften an Adeles lautstarkem Protest.

„Du kannst gar nichts behaupten, meine Liebe, denn du warst ja nicht dabei. Aber es stimmt, was Ilse sagt. Ich habe die Gräfin im Maternity Department von Harrods beim Probieren von Umstandsmode gesehen. Und gehört, wie sie sich nach schwarzen Modellen erkundigt hat. Wenig freundlich übrigens, mir hat die Verkäuferin leidgetan. Vielleicht habe ich mich auch deswegen versteckt. Das alles war mir peinlich; die Schwangerschaft, von der offenbar keiner weiß, die arrogante Art ..."

„Ilse ist also erst später aufgetaucht. Danach habt ihr das Kaufhaus verlassen. Auf dem schnellsten Weg?"

„Nicht ganz", gestand Adele zögernd ein. „Wir haben erst noch einen Ladies Room gesucht, der gar nicht so einfach zu finden war.

„Was schätzen Sie, wie viel Zeit bis zu dem Anschlag auf Sie vergangen ist? Zehn Minuten, fünfzehn, zwanzig?"

„Insgesamt sicher eine gute Viertelstunde."

„Das heißt, Patricia Deverell hätte Ihnen locker folgen können ..."

„Da hat Ihnen Ilse aber einen schönen Floh ins Ohr gesetzt. Sie werden doch nicht etwa die Gräfin verdächtigen, Giorgio? Vermutlich hat sie mich gar nicht bemerkt. Abgesehen davon, was könnte ich schon groß verraten? Dass sie schwanger ist. Na und? Wenn es stimmt, wird sie es ohnehin nicht mehr lang geheim halten können."

„Stimmt, aber alles, was sie braucht, sind ein paar Tage. Nach Roger Deverells Einäscherung kann nämlich niemand mehr beweisen, dass er gar nicht der Vater sein kann."

Die drei Frauen starrten Giorgio mit offenem Mund an, es war Ludwig, der sich als Erster fing.

„Für eine so schwerwiegende Behauptung müssen Sie gute Gründe haben. Dürfen wir erfahren, was Sie auf diese Idee bringt?"

Giorgio zögerte, entschloss sich dann aber, die vier ins Vertrauen zu ziehen. Bei der Coroner-Verhandlung war der Obduktionsbericht mehr oder minder öffentlich geworden, also verriet er kein Geheimnis. Auch wenn das Detail, auf das es ankam, nicht zur Sprache gekommen war.

„Der Earl of Wharvedale konnte keine Kinder zeugen. Er hat eine Vasektomie vornehmen lassen – und das schon vor einiger Zeit."

Giorgios Eröffnung schlug ein wie eine Bombe. Nach der Detonation herrschte für eine Sekunde Stille, dann brach das Chaos aus. „Wieso? Wozu? Warum? ...", alle redeten gleichzeitig und jeder versuchte, den anderen an Lautstärke zu übertreffen.

„Seid bitte ein wenig leiser", mahnte Giorgio, als er die erstaunten Blicke von den Nebentischen bemerkte. „Ich sage euch gern alles, was ich weiß, aber bitte einer nach dem anderen." Keiner hörte auf ihn, bis er mit der Faust auf den Tisch schlug. „Ruhe jetzt, sonst stehe ich auf und gehe."

Betreten senkte Ilse, die sich am lautesten bemerkbar gemacht hatte, den Kopf, und auch die anderen schwiegen abrupt. Geradezu schüchtern zeigte Elena auf.

„Soviel ich weiß, kann man eine Sterilisation jederzeit rückgängig machen. Vielleicht hat Deverell ...“

„Hat er nicht. Die Samenleiter waren nach wie vor durchtrennt und abgebunden. Außerdem hätte man einen weiteren Eingriff an der Narbe erkennen müssen. Nein, an Deverell wurde keine Refertilisation, wie es im Fachjargon heißt, versucht.“

„Wieso sprechen Sie von einem Versuch? Für eine Wiederfruchtbarmachung – ein schreckliches Wort – muss man doch nur die Samenleiter zusammenflicken. Das kann doch heutzutage, wo man ganze Gliedmaßen wieder annäht, keine Hexerei sein“, warf Adele ein.

„Meines Wissens liegt die Wahrscheinlichkeit, dass man nach einer Rückoperation wieder zeugungsfähig ist, nach wie vor bei unter 50 Prozent. Weil mehr als die Hälfte der Männer nach einem solchen Eingriff Antikörper gegen ihren eigenen Samen bilden.“

Sieh mal einer an, dachte Elena. Giorgio kennt sich damit erstaunlich gut aus. Ob er selbst einmal mit dem Gedanken gespielt hatte, weiterem Kindersegen ein für alle Mal den Riegel vorzuschieben? Ein bitteres Lächeln umspielte ihre Lippen. Jetzt kann er sich das jedenfalls sparen! So gerne sie Kinder gehabt hätte, der Zug war für sie abgefahren. Giorgio wollte nicht nochmals Vater werden und sie hatte sich mit seiner Entscheidung einverstanden erklärt.

„Am interessantesten ist wohl die Frage, warum ein Mann wie der Earl of Wharvedale so etwas macht.“ Nachdenklich zerkrümelte Ludwig den Rest seines Toasts. „Ob die Familie Hinz oder Kunz ausstirbt, ist egal, aber Leute wie er müssen für einen Erben sorgen.“

„Vielleicht gibt es bereits irgendwo einen Sohn, den er jederzeit wie ein Kaninchen aus dem Hut zaubern hätte können. Nur ist er dazu nicht mehr gekommen“, warf Ilse ein. „Oder aber er hat vor der Sterilisation seinen Samen einfrieren lassen?“

„Damit sich seine Frau zum gewünschten Zeitpunkt künstlich befruchten lässt? Denkbar, aber unwahrscheinlich. Das wäre früher geschehen. Die Countess muss inzwischen auch über 40 sein ...“

„... und erwartet ein Baby, also ist sie keineswegs zu alt“, unterbrach Elena ihre Mutter.

„Ein Kind, das alle Erbschaftsansprüche geltend machen kann, egal, ob es ein Bub oder ein Mädchen ist. Solange niemand die Vaterschaft des Earl in Zweifel zieht. Ein interessanter Gedanke“, spann Giorgio den Faden weiter. „Ein toter Roger Deverell kann keine Einwände mehr erheben, geschweige denn eine DNA-Untersuchung in Auftrag geben. Das wäre natürlich ein perfektes Mordmotiv ...“

„Aber Patricia hat ihn nicht umgebracht, das ist völlig unmöglich“, protestierte Elena mit erhobener Stimme. „Sie ist neben mir gesessen, als ihr Mann ums Leben kam. Das kann ich beschwören.“

Dazu gab es nichts zu sagen. Schweigen breitete sich aus, dafür war das Klappern der Teller und Tassen, die von den Serviermädchen abgeräumt wurden, umso lauter zu vernehmen. Eine unüberhörbare Aufforderung an die letzten Frühstücksgäste, sich endlich zu erheben. Adele wollte eben vorschlagen, das Gespräch in der Lounge fortzusetzen, als Ludwig einen Zettel hervorzog.

„*Wenn man alle logischen Lösungen eines Problems eliminiert, ist die unlogische, obwohl unmöglich, unweigerlich richtig*“, las er mit leiser Stimme vor. „Dieses

Zitat habe ich mir gestern notiert und ich glaube, es passt zu unserem Problem."

Verdutzt sah Adele ihren Lebensgefährten an. Sie kannte diesen Spruch und wusste auf Anhieb, woher er stammte. „Du warst den ganzen Tag in der British Library, um bei Conan Doyle nachzuschmökern? Wozu? Du hast seine gesammelten Werke daheim und kennst ihn fast auswendig."

Ludwig grinste. „Beinahe auswendig, aber nicht ganz. Und da du nichts für ihn übrig hast, bin ich gestern, um mir eine weitere Doyle-Diskussion zu ersparen, allein ins Sherlock-Holmes-Museum gegangen. Aber erst, nachdem ich in der Library, die du dir unbedingt anschauen musst, einen Lesesaalausweis beantragt und ein paar Bücher bestellt habe. Spätestens nach 24 Stunden sollte ich sie bekommen, also müssten sie bereits da sein."

„Und, wie war's?", fragte Adele spitz. „Im Haus von deinem Meisterdetektiv, meine ich."

„Verstaubt, altmodisch und herrlich kitschig. Also nichts für dich, aber ein Erlebnis für Leute wie mich. Auch wenn ich nicht zu denen zähle, die Briefe in die Baker Street schicken. Du wirst es nicht glauben, Sherlock Holmes beschäftigt sogar eine eigene Sekretärin, die sich um seine Korrespondenz aus aller Welt kümmert."

„An jemanden schreiben, den es nie gegeben hat – wie verrückt muss man da sein?" Adele schüttelte den Kopf. „Nein, du wirst mir diesen Sherlock nicht schönreden. Ich kann diesen aufgeblasenen Kerl nicht ausstehen."

„Würdet ihr euren Disput bitte später austragen?", unterbrach Elena die beiden. „Ob sympathisch oder nicht ist nicht das Thema, sondern ob wir vom größten Detektiv aller Zeiten etwas lernen können. Oder von seinem Erfinder, wenn dir das lieber ist, Adele."

„*Nichts ist trügerischer als eine offenkundige Tatsache.* Das hat Holmes auch gesagt." Ludwig war sichtlich in seinem Element. „Genau damit haben wir es zu tun. Mit der offenkundigen Tatsache eines Alibis, das es zu hinterfragen gilt. Vielleicht kann ich euch heute Abend mehr dazu sagen", fügte er kryptisch hinzu, bevor er sich erhob und nach seinem Mantel griff.

„Und es wäre nicht schlecht, wenn Doktor Ligety dabei sein könnte. Bis später, Adele. Oder kommst du mit in die Bibliothek? Die Dauerausstellung ist wirklich sehenswert. Was ist mit dir, Ilse? Keine Lust, einen Blick auf die erste Seite des Beowulf zu werfen? Oder auf die Magna Carta? Auch gut, dann kommt beide mit. Und was ist mit dir, Elena? Du begleitest Giorgio zu Scotland Yard und willst anschließend durch China Town bummeln? Eine gute Idee, wenn es nicht mehr regnet. Aber wie es aussieht ..."

Ludwig nahm sich nicht einmal die Zeit, den Satz zu beenden, sondern stürzte hinaus, um seine beiden Damen unter aufgespanntem Schirm zu erwarten.

„Donnerwetter, so unternehmungslustig habe ich den alten Herrn noch nie erlebt", sagte Giorgio verwundert, als er sich nach dem abrupten Aufbruch des Trios plötzlich mit Elena allein am Tisch vorfand.

„Möchtest du gleich aufbrechen? Besser, wir warten den schlimmsten Guss in meinem Zimmer ab", sagte Elena, die genau wusste, was als Nächstes folgen würde.

„Wer ist dieser Doktor Ligety?" Kaum war die Türe hinter ihnen ins Schloss gefallen, platzte Giorgio mit der erwarteten Frage heraus.

„Der Notarzt, der als erster bei Adele war. Er hat sie am späten Nachmittag aufgesucht, weil sie partout nicht ins Spital wollte. Und bevor du weiterfragst: Er ist mit uns allen ins Pub nebenan gegangen und ich bin mit ihm hängen geblieben. Nicht allzu lang, wir haben jeder noch zwei Gläser Wein getrunken. Als du angerufen hast, war ich längst im Bett. Allein, wohlgemerkt."

Daher also Elenas Fahne, die sich nach dem Frühstück verflüchtigt hatte.

„Und noch etwas. Frank ist kein pflichtbewusster älterer Herr, sondern ein fescher Mann Anfang 40 und außerdem gescheit und witzig. Dir wird er auch gefallen, da bin ich mir sicher. Ich habe mich jedenfalls bestens mit ihm unterhalten und freue mich darauf, ihn bald wiederzusehen." Elena pokerte hoch, aber es schien ihr am klügsten, den Stier bei den Hörner zu packen.

Giorgio riss sich zusammen. Er war von Natur aus eifersüchtig, aber er hatte gelernt, mit dieser Schwäche umzugehen. Wobei die Regel Nummer eins lautete, weder sich noch Elena etwas vorzuspielen.

„Verzeih mir, *carissima*. Ich kann halt nur schwer aus meiner Haut", flüsterte Giorgio und vergrub sein Gesicht in Elenas Haaren. Draußen herrschte mittlerweile Weltuntergangsstimmung. Ein heftiger Sturm peitschte die Bäume vor den Fenstern, an denen das Regenwasser in dichten Schlieren herabfloss. Im Zimmer, das allmählich im Halbdunkel versank, wurde es umso heimeliger, je finsterer der Himmel wurde.

„Was meinst du, sollten wir nicht das Bitte-nicht-stören-Schild hinhängen?"

Das war wieder einmal typisch für seine Elena. Laut auflachend ließ sich Giorgio aufs Bett fallen. Er zerschmolz in romantischen Gefühlen – und sie dachte an den Staubsauger des Zimmermädchens.

## 20. Kapitel

*Tube or bus?* Unschlüssig, ob sie die U-Bahn oder einen Doppeldecker zum Trafalgar Square nehmen sollte, betrachtete Elena den Himmel. Im Moment regnete es kaum und Grund zur Eile hatte sie auch keinen. Sie musste weder zu Scotland Yard noch sonst irgendwohin. Es war erst elf Uhr – und der Tag gehörte ihr allein.

„Kommst du nicht mit?", fragte Giorgio, der sich bereits anschickte, die Station Russel Square zu betreten.

„Schon, wenn ich dabei sein kann, wenn Sydney dir die Aufnahmen der Überwachungskamera zeigt ..."

Giorgio stutzte. Das war vielleicht gar keine schlechte Idee. Elena kannte alle Personen, die in den Fall verwickelt waren und konnte durchaus etwas entdecken, das ihm entging. Andererseits würde Sydney vermutlich alles andere als erfreut sein, wenn er sie ohne vorherige Absprache einfach anschleppte.

„Also nicht, wenn ich dein Zögern richtig interpretiere." Tatsächlich hatte sich Elena keine Chancen ausgerechnet, in die heiligen Hallen von Scotland Yard vordringen zu dürfen. Als Ablenkungsmanöver eignete sich ihr Ansinnen hingegen vorzüglich. Auf diese Weise ersparte sie es sich, für Giorgio irgendein Vorhaben erfinden zu müssen, das sie ohnedies nicht durchzuführen gedachte.

Wie erhofft vergaß er prompt, sie nach ihrem Tagesprogramm zu fragen. In Gedanken war er längst bei seinem eigenen, das ihn wahrscheinlich bis spät in die Nacht auf Trab halten würde. Sein Chef verlangte dringend nach ihm, wie er beim längst überfälligen Abhören seiner Mailbox vor einer halben Stunde erfahren hatte. In Rom wollte man schleunigst über die

Ergebnisse der Hausdurchsuchung informiert werden, auf die man große Hoffnungen in eigener Sache setzte.

Jeder sichergestellte „echte Beltracchi“ konnte neues Licht auf die vermeintlichen Originale werfen, die es in Wahrheit nie gegeben hatte. Bei vielen Arbeiten des raffinierten Fälschers handelte es sich nämlich nicht um Kopien bekannter Meisterwerke, sondern um geniale Neuschöpfungen unter dem Namen großer Künstler. So manche dieser angeblichen Zufallsfunde und Entdeckungen, die Sammler und Museen nach sorgsam inszeniertem Medienrummel aufgekauft hatten, wurden bald danach geraubt und erzielten nun als Hehlerware auf dem italienischen Schwarzmarkt zum zweiten Mal horrende Preise.

Ein einträglicher Kreislauf der wundersamen Geldvermehrung, erfunden von einem *Mastermind* wie dem Earl of Wharvedale, der Scotland Yard – wenn auch erst posthum – vielleicht endlich ins Netz gegangen war.

Giorgio, der eigentlich bis zum Nachmittag blaumachen wollte, wusste plötzlich nicht mehr, wo ihm der Kopf stand. Er musste sich nicht nur möglichst rasch bei den Kollegen von der Art Squad über den aktuellen Ermittlungsstand informieren, auch im Morddezernat gab es offenbar Neuigkeiten. Zumindest hatte Sydney an diesem Morgen bereits dreimal versucht, ihn zu erreichen.

„Es tut mir leid, *carissima,* du kannst unmöglich mitkommen. Ich hab es schrecklich eilig. Schalte dein *cellulare* nicht ab. Wenn ich irgendwann eine Sekunde Zeit habe, melde ich mich. *Ciao, amore.*“ Ein flüchtiger Kuss, der Elenas Wange kaum streifte – und schon war Giorgio hinter den Drehkreuzen der Station verschwunden.

Das kam davon, wenn man auf zwei Hochzeiten gleichzeitig tanzte! Giorgio rieb sich mittlerweile zwischen Mordkommission und Kunstdezernat auf. Dass sie dabei auf der Strecke blieb, lag auf der Hand. Elena hatte sich ihren Englandurlaub ganz anders vorgestellt. Wenigstens heute Morgen hatte sie Giorgio ganz für sich gehabt. Aber auch nur, weil sie geistesgegenwärtig genug gewesen war, sein Handy abzuschalten. Von ihm unbemerkt, doch das bereitete ihr kein schlechtes Gewissen.

Manchmal muss man Männer zu ihrem Glück einfach zwingen, hatte bereits ihre Großmutter gepredigt. Und vor allem müssen sie nicht alles wissen, merk dir das, mein Kind. Während Elena nach dem Bus der Linie 91 Ausschau hielt, umspielte ein triumphierendes Lächeln ihre Lippen.

Als das Nelson-Denkmal am Trafalgar Square in Sicht kam, kletterte Elena gerade noch rechtzeitig vom Oberdeck des 91ers – und sprang in eine große Pfütze, die sich wie ein kleiner See vor dem Seehelden ausbreitete. Bis zu den Knöcheln stand sie im Wasser. Bei diesem Sauwetter haben sogar die Tauben die Flucht ergriffen, tröstete sie sich. Oder es war der Stadtverwaltung tatsächlich gelungen, das Problem einigermaßen in den Griff zu bekommen.

Sie machte sich auf den Weg zur Portrait-Gallery am anderen Ende des Platzes, als sich der Himmel plötzlich verdunkelte und Hagelkörner auf die wenigen Passanten prasselten, die keinen Unterstand aufgesucht hatten. Mit einem Satz rettete sich Elena unter die tempelartig vorspringende Fassade von St. Martin-in-the-Fields. Die königliche Pfarrkirche stand ohnedies auf ihrem Programm, also konnte sie sich das barocke Bauwerk genauso gut gleich ansehen.

Ein Entschluss, den sie nicht bereute; sie platzte mitten in eine Chorprobe. Die jungen Sänger in ihren spitzenbesetzten Chorhemden, die vor dem eigenwilligen Glasfenster in der Apsis Madrigale von Claudio Monteverdi zum Besten gaben, gefielen Elena. Spontan beschloss sie, Adele, Ludwig und ihre Mutter zu dem Kirchenkonzert einzuladen. Ticketverkauf im Untergeschoss, informierte ein Plakat in der Vorhalle.

In einem gläsernen Lift glitt Elena geräuschlos in die Tiefe, in der zu ihrer Verblüffung alles andere als Stille herrschte. Wie konnte man bloß den ältesten Teil eines Gotteshauses als Cafeteria oder Restaurant nützen? Ein hässlicheres Interieur als diese Tische, die sich mit ihren schäbigen Resopalplatten unter den Gewölben der romanischen Krypta breitmachten, müsste man lange suchen, dachte Elena entsetzt. Es roch unangenehm nach Küche, die Luft war zum Schneiden und dazu herrschte ein Stimmengewirr, in dem man sein eigenes Wort nicht verstand.

Sie wollte auf der Stelle die Flucht ergreifen und drehte sich um. Erst jetzt bemerkte sie den kleinen Bereich am anderen Ende der Unterkirche, der vor Verschandelungen verschont geblieben war. Hier gab es kein abgesplittertes Resopal, sondern würdig verwitterte Grabmonumente. Offenbar stammten die mit Sprüchen und Portraits geschmückten Steinplatten von dem längst aufgelassenen Gottesacker von St. Martin.

Der Versuchung, sich hier umzusehen, konnte Elena nicht widerstehen. Seit jeher hatten Friedhöfe auf sie eine geradezu magische Anziehungskraft ausgeübt. Eine Faszination, die Giorgio nicht begreifen konnte.

„Was interessiert dich bloß an einer seit zweihundert Jahren toten Missionarsgattin? Verstehe ich nicht", hörte sie ihn in Gedanken fragen, als sie sich über das aus einem Marmorblock gemeißelte Halbprofil einer jungen Frau neigte. Hübsch musste sie gewesen sein, diese Maria Augusta Murray, die mit nur 30 Jahren gestorben war. Ihre Nase mochte vielleicht etwas zu groß gewesen sein, dafür umspielte eine kleine Lachfalte ihren Mund!

*„Her pious soul to God hath wing'd it's flight ...*" Mühsam entzifferte sie die kaum noch lesbare Inschrift, indem sie sich Wort für Wort halblaut vorlas.

*„... and left behind but sorrow, gloom and night*", raunte ihr plötzlich eine Stimme ins Ohr, die ihr bekannt vorkam. *„Und ließ zurück nichts als Kummer, Schwermut und Nacht.* Die Übersetzung holpert zwar ein wenig und mir gefiele *Kummer, Dunkelheit und Leid* besser, aber das ist Geschmackssache."

„Charles! Wie schön, Sie zu sehen", rief Elena freudig überrascht. Sie hatte den Butler auf Anhieb gemocht. „Was hat Sie nach London verschlagen? Wie lang bleiben Sie? Haben Sie Zeit für einen Kaffee? Aber nicht hier, wenn es Ihnen nichts ausmacht."

„Im Gegenteil, bin schon überredet. Gehen wir doch, wie es in Wien so schön heißt, auf einen Kaffee, um dann etwas ganz anderes zu trinken", lachte Charles. „Und ich meine auch, dass eine Krypta dafür nicht der geeignete Ort ist. Wir könnten vielleicht gleich mittagsessen gehen. Ohne den Umweg über ein Kaffeehaus. Ich habe einen Schirm dabei, also auf nach Soho, wenn es Ihnen recht ist. Ich kenne dort einen guten Italiener ..."

„Ein Chinese wäre mir lieber", platzte Elena heraus. „Vielleicht wissen Sie nicht, dass ich auf Sizilien lebe ..."

„... und Sie deshalb nicht ausgerechnet auf die italienische Küche Londons erpicht sind. Wie gedankenlos von mir." Charles grinste und setzte weiterhin auf

Deutsch fort: „Der Commissario hat Ihnen doch sicherlich gesagt ..."

„Eh klar." Elena bemühte sich, so viel Wiener Akzent wie nur möglich mitschwingen zu lassen. „Ich meine, klar, dass Giorgio mir von Ihrer Herkunft erzählt hat. Aber spätestens jetzt wäre ich von selbst darauf gekommen", fügte sie hinzu.

Charles schaute sie fragend an.

„Kein Engländer findet etwas dabei, eine altehrwürdige Krypta durch eine Gaststätte zu entweihen. Sie aber empfinden das genauso wie ich als geschmacklos."

„Die katholische Erziehung wird man offenbar nie ganz los", stimmte Charles zu. „Ich gehe sogar noch einen Schritt weiter und nenne es degoutant, wenn nicht blasphemisch. Mit dieser Ansicht stehen wir allerdings ziemlich allein da. Schauen Sie doch einmal ins Internet, was die Leute im TripAdvisor dazu sagen. Da finden sich Kommentare wie: *Habe auf einem Grabstein sitzend Kaffee getrunken. Juhu!*"

„Weshalb kommen Sie dann überhaupt hierher? Warten Sie, ich möchte raten. Wann immer Sie in der Nähe sind und ein paar Minuten Zeit haben, erweisen Sie den Toten von St. Martin Ihre Reverenz. Als eine Art Wiedergutmachung für den unwürdigen Rummel."

Charles schwieg.

„Ich lehne mich sogar noch weiter aus dem Fenster. Sie sind ein Skorpion. Nur Skorpione kommen auf solche seltsamen Ideen. Das weiß ich, weil ..."

„... Sie selbst einer sind, Elena. Das war jetzt nicht mehr schwer zu erraten. Auf die Idee bin ich allerdings schon auf Yew Hall gekommen. Skorpione riechen einander, das wissen Sie doch. Und nun kommen Sie, ich halte es hier nicht länger aus."

Keine zwanzig Minuten später nahmen die beiden in einem kleinen Lokal im nahen Chinesenviertel Platz. Auf dem Weg nach Soho war kaum ein Wort zwischen ihnen gefallen. Erst als eine Kanne mit grünem Tee vor ihnen stand, wich allmählich die Befangenheit, die sie beide gleichermaßen erfasst hatte.

„Schleichen wir nicht wie Katzen um den heißen Brei", ergriff Elena die Initiative. „Zugegeben, wir finden einander sympathisch, wofür wir die Sterne verantwortlich machen. Und wir sind Landsleute. Gut und schön, aber im Grunde sitzen wir nicht deswegen hier."

„Weshalb dann?", fragte Charles und hob gekonnt eine Augenbraue.

„Weil Sie etwas von mir wollen und ich etwas von Ihnen."

„Und was sollte das sein?" Charles strapazierte noch einmal die Fertigkeit, die er sich mühsam antrainiert hatte. Sein Gesicht versteinerte zu einer distanzierten Miene, sogar die Lachfältchen um Mund und Augen wirkten wie ausradiert.

Elena holte tief Luft, bevor sie weitersprach.

„Informationen, Auskünfte, Indiskretionen ..."

„Indiskret? Ich? Sie werden doch nicht ernsthaft glauben, dass Sie von mir das Geringste über die Familie Wharvedale erfahren werden ..."

„Doch. Ich bin sogar überzeugt, dass Sie reden werden. Es stellt sich für Sie nur die Frage, was Sie sich im Gegenzug dafür einhandeln. Um jemand schützen zu können, muss man bestmöglich informiert sein, das wissen Sie genauso gut wie ich. Also sind sie erpicht darauf, sich die nötigen Informationen zu verschaffen. Mit einer Art Gegengeschäft. Es kommt also darauf an, was ich, die ich Ihrer Meinung nach an der Quelle sitze, zu bieten habe, und was Sie im Gegenzug dafür preisgeben müssen."

Charles Hiller gab sich geschlagen. Mit jedem Wort hatte Elena ins Schwarze getroffen. Ihm blieb nichts anderes übrig, als ebenfalls die Flucht nach vorne anzutreten.

„Möchten Sie bestellen?", fragte ein Kellner, der höflich auf eine Gesprächspause gewartet hatte, mit gezücktem Notizblock.

Kurz darauf standen Bambuskörbchen mit dampfendem Dim Sum vor ihnen. In stillem Einverständnis nahm keiner der beiden den Gesprächsfaden wieder auf, solange ein köstliches Gericht nach dem anderen auf ihrem Tisch landete. Von Giorgio hatte Elena gelernt, gutes Essen still zu genießen, deshalb interpretierte sie das Schweigen ihres Gegenübers keineswegs als Verlegenheit.

„Wissen Sie, was *dim sum* wörtlich übersetzt heißt?", fragte Charles und fischte mit seinen Essstäbchen nach dem letzten Happen, bevor die Schüsseln und Teller abserviert wurden. „*Touch the heart*."

Ein besseres Stichwort hätte er Elena nicht liefern können.

„*Das Herz berühren* – interessant. Was berührt denn Ihres, Charles? Der Ruf der äußerst lebendigen Gräfin oder das Andenken des toten Grafen?"

„*To touch my heart* – um mich im Innersten zu berühren, braucht es mehr als das angeknackste Renommee der Wharvedales."

Elena konnte ihre Überraschung über die offene Antwort kaum verbergen. Weil ihr keine passende Reaktion einfiel, wartete sie ab.

„Was nicht für alle Familienmitglieder gilt“, fügte Charles nach einer Weile hinzu. „Nicht für Lady Florence ...“

„Rogers Schwester? Ich weiß erst seit Kurzem, dass es sie überhaupt gibt.“ Diesmal war es Elena, die eine undurchdringliche Miene aufsetzte.

Florence Deverell, Witwe von Carlo Francini, Stiefgroßmutter von Maurizio Francini, den bisher nur die Kaution und ein Anwalt mit besten Beziehungen vor dem Gefängnis bewahrt hatten. Diese Frau, die selbst nichts mit dem Mord an ihrem Bruder zu tun haben konnte, wurde für Elena mehr und mehr zur Schlüsselfigur. Wie sie nämlich erst gestern von Giorgio erfahren hatte, gehörten die in Yew Hall beschlagnahmten Kunstschätze nicht dem Grafen und somit nun auch nicht dessen Witwe, sondern Lady Florence.

Darüber wusste Charles möglicherweise Bescheid, aber hatte er auch Kenntnis von dem, was in Rogers Testament stand? Dass man in Adelshäusern das Erbe nach eigenen Regeln aufteilte, die nicht unbedingt den jeweiligen Landesgesetzen entsprachen, war Elena bekannt. Wenn er ihr darüber etwas sagte, würde sie ihm dafür von Patricias Schwangerschaft erzählen. Oder war das für ihn gar nichts Neues und er wollte bloß in Erfahrung bringen, ob sonst noch jemand davon wusste?

Elena beschloss, das dornige Gestrüpp aus Misstrauen, Taktik und gegenseitigem Belauern mit einem Streich zu durchschlagen.

„Aus unserem Informationshandel wird nichts. Ich ziehe mein Angebot zurück“, sagte sie kurz angebunden und verlangte die Rechnung. Charles deutete dem Kellner, sich Zeit zu lassen, bevor er Elena tief in die Augen sah.

„Ich kann nur raten, warum Sie es sich anders überlegt haben. Sagen Sie mir, wenn ich richtig liege? Ihnen kommt unser Geschacher auf einmal ziemlich mies vor, stimmt's? Der springende Punkt ist nämlich, dass Sie sich aus Jux und Tollerei einmischen, während ich dafür durchaus triftige Gründe habe. Das ist Ihnen plötzlich klar geworden. Und nun widerstrebt es Ihnen, weiterhin aus Neugier oder Sensationslust, nennen Sie es, wie Sie wollen, im Leben anderer herumzustochern. Für mich aber geht es um Menschen, die mir seit vielen Jahren, ja sogar seit Jahrzehnten, nahestehen. Ich habe eine Rechtfertigung für mein Handeln – Sie nicht. Darum beneiden Sie mich, bewusst oder unbewusst, und deshalb haben Sie beschlossen, ganz auszusteigen."

„Skorpion zu Skorpion, Charles? Touché! Ihr Stachel hat allzu gut getroffen." Elena lachte bitter auf. „Ich bin in diesem Drama nur eine Randfigur und wie Sie richtig erkannt haben, behagt mir diese Rolle ganz und gar nicht. Um in den Mittelpunkt zu gelangen, gibt es nur einen Weg. Man muss seine Nase in Dinge stecken, die einen eigentlich nichts angehen. Das hier ist aber kein Spiel mehr, das habe ich nach dem Anschlag auf Adele begriffen ..."

„Davon weiß nichts. Was ist passiert?" Charles sprang auf und stieß eine halbvolle Teekanne um. Gleich mehrere Serviermädchen eilten herbei, um den Tisch trockenzulegen.

„Zwei Espresso und zwei Brandy", orderte Elena, ohne Charles zu fragen. Der versuchte verzweifelt, sein über und über mit grünem Tee bespritztes Hemd zu säubern. Erst als die Bestellung eingetroffen und der Kellner wieder außer Hörweite war, berichtete Elena, was ihrer Freundin gestern widerfahren war.

„Wie Sie sehen, habe auch ich zumindest einen echten und ehrlichen Grund für meine Neugierde. Aus Loyalität können und wollen Sie wahrscheinlich nichts dazu sagen, aber manchmal ist keine Antwort auch eine. Also frage ich Sie jetzt: Ist die Gräfin schwanger?"

Charles verzog keine Miene.

„Also ja, die schöne Patricia erwartet ein Baby. Aber nicht von ihrem Mann!"

Noch immer starrte der Butler des Grafen mit unbewegtem Gesicht vor sich hin.

„Zweiter Treffer!" Elena war mit dem Ergebnis ihrer Befragung zufrieden. Zwar hatte Sie nichts Neues erfahren, aber sie wusste nun, dass der Butler wusste, was vielleicht auch noch andere wussten ...

„Stehen Sie eigentlich in Verbindung mit Mrs. Cape?", fragte Charles nach einer Weile in unverbindlichem Konversationston. „Wenn nicht, sollten Sie unsere Landsmännin bald einmal aufsuchen."

„Landsfrau", verbesserte Elena automatisch, bevor sie in befreiendes Gelächter ausbrach. „Verzeihen Sie, ich wollte Sie nicht korrigieren und außerdem klingt Landsfrau mehr als lächerlich. Lassen wir das, sonst diskutieren wir bis morgen darüber, warum wir uns den Maulkorb gefallen lassen, den uns ein paar wild gewordene Sprachpuristen umhängen."

Wie stets bei diesem Thema war Elena in Rage geraten. Zorn steht ihr gut, dachte Charles. Aber hoffentlich ließ sie sich nicht ablenken, sonst musste er mit dem Zaunpfahl winken. Eine Befürchtung, die sich bei Elenas nächsten Worten erübrigte.

„Dass ich darauf nicht selbst gekommen bin! Feli ist mit den Deverells seit Ewigkeiten befreundet. Wenn jemand den neuesten Tratsch kennt, dann sie. Und sie wird auch keine Hemmung haben, mir alles zu erzählen, wenn sie die Geschichte mit Adele hört. Danke, Charles, Sie sind ein Schatz!"

So hatte ihn schon lange niemand mehr genannt. Um seine Verlegenheit zu überspielen, zerbrach Charles das Glückskeks auf seinem Teller. Grinsend schob er den Zettel zu Elena hinüber.

*Der Vorteil der Klugheit besteht darin,*
*dass man sich dumm stellen kann.*

„Wie passend", lachte sie und schickte sich an, die für sie bestimmte Weissagung zu lesen.

*Du wirst das Abenteuer finden,*
*oder das Abenteuer findet dich.*

Wenn sie nicht alles täuschte, steckte sie bereits mittendrin.

## 21. Kapitel

„Fassen wir die Fakten nochmals zusammen, dann sehen wir vielleicht klarer“, schlug Sydney vor. Sein Schreibtisch war mit Papieren übersät. „Wir gehen davon aus, dass Patricia Deverell schwanger ist. Aber nicht von ihrem Mann Roger Deverell, der aufgrund einer Vasektomie zeugungsunfähig war, wie der Obduktionsbericht zeigt. Es sei denn, er zählte zu den Ausnahmen.“

Nach einigem Herumkramen zog Sydney ein Blatt unter einem Aktenstoß hervor.

„Laut Statistik wird nur ein Mann unter 400 wider Erwarten Vater und das ...“

„... sind meiner Ansicht nach gar nicht so wenige“, warf Giorgio ein, der allmählich nervös wurde. Er hätte sich längst im Kunstdezernat und anschließend im Seminarraum einfinden sollen. „Aber könnten wir darüber nicht später sprechen? Ich muss jetzt wirklich ...

„Gar nichts musst du“, sagte Sydney ungerührt. „Die Kollegen von der Trödeltruppe kommen auch ohne dich bestens zurecht. Zurück zum Grafen. Wir gehen davon aus, dass die Sterilisation bei ihm geklappt hat. Einverstanden? Gut. Er könnte dennoch der Erzeuger des Babys sein. Nicht wenige Männer deponieren vor dem Eingriff ihr Sperma in einer Samenbank. Die Wahrscheinlichkeit ist groß, dass der Earl of Wharvedale, der aus Familientradition dazu verpflichtet war, einen Erben in die Welt zu setzen, genau das getan hat.“

„Das wird eine Spekulation bleiben, am Datenschutz beißt du dir da die Zähne aus.“

„Weiß ich, darauf kommt es mir vorerst auch nicht an. Als Nächstes müsste ich nämlich nachweisen, dass sich die Gräfin einer künstlichen Befruchtung unterzogen hat, was wiederum unter die ärztliche Schweigepflicht fällt. Und die zu knacken ist noch schwieriger. Ich habe die Samenbank nur der Vollständigkeit wegen ins Spiel gebracht."

„Worauf willst du eigentlich hinaus, Sydney? Dass die Schwangerschaft der Countess, wie auch immer sie zustande gekommen sein mag, und der Mord an ihrem Mann in einem ursächlichen Zusammenhang stehen?"

„Ganz genau. Auch wenn Patricia Deverell als Mörderin ausscheidet, hat sie auf irgendeine Weise ihre Finger im Spiel."

„Dazu würde der Anschlag auf Adele Bernhardt passen. Sie sollte zum Schweigen gebracht werden, bevor sie jemandem von ihrer Entdeckung erzählen konnte. Dass auch Ilse Hubinek in der vierten Etage von Harrods gewesen ist, hat der Täter – oder die Täterin – nicht bemerkt."

„Zu dumm, dass die Überwachungsbänder nichts gebracht haben. Wieso eigentlich?"

„Weil sich der Schauplatz nahezu im toten Winkel befindet und nur am Rande zu sehen ist."

„Also stehst du mit leeren Händen da", stellte Giorgio trocken fest und stand auf. „Ob Maurizio Francini irgendwann doch gesteht, Roger Deverell niedergestoßen zu haben, oder ob er weiterhin leugnet, der Fall Deverell ist abgeschlossen. Finde dich damit ab."

„*Alles Weitere entscheiden die Gerichte*, heißt es weiter im Text. Wenn du das jetzt auch noch sagst, schreie ich", drohte Sydney. „Francini hat Deverell angegriffen und zu Fall gebracht, das steht für mich fest. Aber er ist kein Mörder. Der läuft weiterhin frei herum und lacht sich ins Fäustchen. Eine Hoffnung, Licht in die Sache zu bringen, gibt es noch, ich warte nämlich ..."

Bevor Sydney den Satz beenden konnte, läutete sein Telefon. Giorgio sah seine Chance, sich davonzumachen, und war schon an der Tür, als er einen Gesprächsfetzen aufschnappte.

„Ein leiblicher Sohn? Unehelich? Aha, aber er wollte ihn adoptieren. Sind Sie absolut sicher?"

Wovon redete Sydney? Und vom wem? Giorgio drehte auf dem Absatz um. Doch nicht etwa von Roger Deverell?

„Nicht am Telefon? Verstehe. Wenn es Ihnen recht ist, komme ich gleich in Ihre Kanzlei. Großartig. Ihre Adresse? Kenne ich, das ist nur ein paar Schritte von der Station Blackfriars entfernt. In zwanzig Minuten bin ich bei Ihnen."

Über das ganze Gesicht strahlend sprang Sydney auf und griff nach seinem Mantel.

„Von wegen abgeschlossener Fall. Allmählich kommt Bewegung in die Sache. Das war die Anwaltskanzlei, die seit Generationen für die Earls of Wharvedale arbeitet. Genauer gesagt: der Senior höchstpersönlich. Er gehört selbst so gut wie zur Familie."

Ein leises Klicken kündigte den Aufzug an.

„Ich rufe dich an, sobald ich Näheres weiß", raunte Sydney seinem Freund verschwörerisch zu, bevor er sich in den überfüllten Lift quetschte.

Sollte er auf den nächsten warten, was erfahrungsgemäß ziemlich lange dauerte, oder verordnete er sich ein Fitness-Training und nahm die Treppe? Während Giorgio noch überlegte, öffnete sich die Aufzugstür, was ihm die Entscheidung abnahm. Seltsamerweise hatte er es mit einem Mal gar nicht mehr so eilig, sich im Kunstdezernat einzufinden. Langsam ging er den Gang entlang, der zu den Depots und Laboratorien führte.

Was sollte er eigentlich hier? Bei allem Respekt, den ihm die Kollegen entgegenbrachten, mehr als die Rolle eines Zuschauers gestand ihm die Art Squad bei ihren

Ermittlungen nicht zu. Es würde Monate dauern, bis die Untersuchungen der in Yew Hall beschlagnahmten Kunstschätze abgeschlossen waren. Zuvor würde eine ganze Armee von Experten mit Infrarot, UV- und Röntgenstrahlen über die Bilder herfallen.

Es galt, Art und Alter des Materials, auf dem sie gemalt waren – Leinwand, Holz oder Papier – zu untersuchen. Winzige Farbsplitter mussten abgelöst und im Chemielabor untersucht werden. Zu guter Letzt kamen sorgfältig ausgewählte und international renommierte Gutachter zum Zug, deren Expertisen allerdings nicht selten weit auseinander lagen oder sich überhaupt widersprachen. Ihnen oblag es, den Pinselstrich oder die Dicke des Farbauftrages mit anderen Werken des jeweiligen Künstlers zu vergleichen, um dann mit einer gehörigen Portion Intuition und Selbstvertrauen den Daumen zu heben oder zu senken.

Echt oder falsch, diese Frage ließ sich in vielen Fällen nicht mit hundertprozentiger Sicherheit beantworten. Die Methoden der Meisterfälscher wurden immer raffinierter und die Betrüger waren ihren Jägern oft gleich mehrere Schritte voraus.

Auch in England kochte man nur mit Wasser, das wusste sein Chef ebenso gut wie er. Dass Rom dennoch schon jetzt mit Ergebnissen rechnete, lag einzig und allein an ihm, gestand sich Giorgio ein. Um Sydney zu seinem Tatort begleiten zu können, war ihm jedes Mittel recht gewesen. Daher hatte er seinem Vorgesetzten die bevorstehende Hausdurchsuchung auf Yew Hall nicht als Beginn, sondern als Finale langwieriger Ermittlungsarbeiten verkauft. Als von langer Hand vorbereiteten Paukenschlag, mit dem Scotland Yard einen Kunstskandal von unglaublichen Ausmaßen ans Licht bringen würde.

Wäre er doch in London geblieben! Dann hätte er seinen Vortrag, auf den man im Seminar seit Tagen wartete, bereits hinter sich. Es fehlte nicht viel, und Giorgio hätte sich wie ein reuiger Sünder auf die Brust geklopft. Welcher Teufel hatte ihn bloß geritten, unter dem Vorwand, auf Yew Hall mit dem Kunstdezernat von Scotland Yard zusammenzuarbeiten, Schulung Schulung sein zu lassen, um auf Mörderjagd zu gehen?

Beim nächsten Mal würde die Dienststelle in Rom garantiert nicht mehr ihn, sondern einen verlässlicheren Kollegen ins Ausland schicken. Einen pflichtbewussten Beamten, der im Gegensatz zu ihm seine Grenzen kannte.

Andererseits sollte er vielleicht nicht allzu schwarz sehen. Für einen Moment blitzte in seinen Augen ein schwer definierbarer Ausdruck auf. *Furbizia*, jene Mischung aus Verschlagenheit und Schlauheit, die Sizilianern seit jeher nicht als Charakterfehler, sondern als erstrebenswerte Tugend galt. Er musste nur durchhalten und Ruhe bewahren. Unbewusst straffte Giorgio die Schultern.

Irgendwann würde das Ergebnis vorliegen und es würde klar sein, dass es sich bei den Beständen von Yew Hall größtenteils um Fälschungen handelte. Dann war die Katze aus dem Sack – und er konnte sich rühmen, der einzige Polizist Italiens zu sein, der gemeinsam mit Scotland Yard in einem der spektakulärsten Fälle der internationalen Kunstszene ermittelt hatte.

Wie von selbst spitzten sich Giorgios Lippen und er begann, fröhlich vor sich hin zu pfeifen, als aus einem der Büros Stimmen auf den Gang drangen.

„Gefühlsmäßig würde ich sagen, dass die Expressionisten allesamt echte Beltracchis sind. Auch den Turner halte ich für falsch, aber den hat vermutlich ein anderer gemalt. Vielleicht Mrgulla, der hat von Giotto bis Picasso alles in seinem Repertoire."

„Edgar Mrgulla lebt noch? Bist du sicher, Jochen?"

„Ziemlich. Müsste etwa Anfang 70 sein. Aber er ist längst seriös geworden. Hat eine eigene Galerie und eine Zeitlang sogar Malunterricht gegeben."

„Der Turner könnte aus seiner aktiven Fälscherzeit stammen ..."

„Möglich, aber das glaube ich nicht. Ich würde eher auf Tom Keating tippen. Der war ebenfalls ein Allrounder. Keating ist, wenn ich mich recht entsinne, Mitte der achtziger Jahre gestorben. Damals war Roger Deverell wie alt, Clemens?"

„Vor bald 30 Jahren? Selbst keine 30, und sein Vater hat mit Sicherheit noch gelebt. Und für den alten Grafen lege ich meine Hand ins Feuer."

„Wenn nicht Keating, dann Hebborn. Der wurde allerdings auch zum reuigen Sünder, bevor man ihn ermordet hat. Irgendwo in Italien ..."

„Nicht irgendwo, sondern in Rom", sagte Giorgio und stieß die einen Spalt geöffnete Tür ganz auf. „Verzeiht, dass ich mich einmische, aber ihr unterhaltet euch nicht gerade leise."

„Weil wir keine Geheimnisse haben." Grinsend forderte ihn der Berliner Kommissar mit dem unaussprechlichen Nachnamen Krontoschewsky zum Eintreten auf. „Wir kennen uns vom Seminar. Ich bin Jochen, mehr brauchst du dir nicht zu merken. Und du bist ..."

„... Giorgio. Und ich kenne Clemens MacDermot. Wir waren gemeinsam auf Yew Hall."

„Du meinst wohl eher gleichzeitig, denn viel zu sehen haben wir von dir nicht bekommen", entgegnete der Mann hinter dem Schreibtisch. „Die meiste Zeit bist du mit Sydney Smith zusammengesteckt, aber der arme Kerl kann auch jede Hilfe gebrauchen. Es ist sicher kein Zuckerschlecken, den Mord am berühmt-berüchtigten Earl of Wharvedale aufzuklären ..."

„Dieser windige Graf, Gott sei seiner Seele gnädig, war doch nichts anderes als ein schamloser Betrüger. Oder seid ihr da anderer Meinung?" Unwillkürlich kniff der Deutsche die Augen zusammen.

„Das will ich nicht gehört haben, mein lieber Jochen. Keine Vorverurteilung bitte ..."

„Immer schön korrekt bleiben, wie es sich für einen Beamten von Scotland Yard gehört. Kommt mir bekannt vor. In Berlin kann ich auch nicht alles sagen, was mir auf der Zunge liegt. Und du nicht in Rom, stimmt's Giorgio? Aber hier können wir beide eine große Klappe riskieren."

Lächelnd wandte sich der Deutsche Giorgio zu. „Weißt du vielleicht auch, wann Hebborn umgebracht wurde?"

„Im Januar 1996, unmittelbar nach der Veröffentlichung der italienischen Ausgabe seines Kunstfälscher-Handbuches."

„Donnerwetter, du bist ja ein wandelndes Lexikon."

„Reiner Zufall. Vor Kurzem sind mir Hebborns Memoiren *Drawn to Trouble* in die Hände gefallen. Mit einer Biografie auf dem Umschlag, daher meine Weisheit. In *Trouble* ist er ja auch prompt geraten. Man hat ihm mit dem berühmten stumpfen Gegenstand den Schädel eingeschlagen. Sein Mörder wurde nie gefunden ..."

„Apropos Mord. Stimmt das Gerücht, das bei uns seit gestern die Runde macht? Man musste den Mann, der unseren Earl auf dem Gewissen haben soll, laufen lassen? Aus Mangel an Beweisen, wie es so schön heißt? Sag schon, Giorgio ..."

„Die Ermittlungen sind längst noch nicht abgeschlossen ..."

„Damit kannst du die Presse abspeisen, aber nicht uns."

„Ob ihr es glaubt oder nicht, es ist die Wahrheit. Sobald ich Näheres erfahre, ..."

„... wirst du es uns auch nicht auf die Nase binden, wetten? Weil du Sydney nicht vorgreifen willst. Sehe ich ein. Bevor wir uns unserer Sache sicher sind, geben auch wir uns zugeknöpft. Erst wenn es ans Eingemachte geht, arbeiten wir mit anderen Abteilungen zusammen. Aber noch ist es nicht soweit. Du wirst deinem Chef, den ich vorhin übrigens am Apparat hatte, nicht allzu viel berichten können."

„Mit reicht es, wenn ich weitergeben darf, was ich von eurem Gespräch aufgeschnappt habe. Geht das in Ordnung?"

„Kommt darauf an, was du mir dafür anbietest, Ich bin Schotte. Bei mir gibt es nichts gratis", antwortete Clemens mit einem Augenzwinkern, doch Giorgio nahm den Scherz seines Kollegen durchaus ernst.

„Mir ist etwas aufgefallen, das euch vielleicht entgangen ist", antwortete er mit gedehnter Stimme. „Eine Kleinigkeit nur, aber es sind schon größere Gangster als Roger Deverell über eine Bagatelle gestolpert. Denkt nur an Al Capone. Wegen seiner Morde hat man ihn nie drangekriegt, aber wegen Steuerhinterziehung."

Giorgio hüstelte, bevor er weitersprach. Ihm war bewusst, dass er sich auf heiklem Terrain bewegte. Kein Polizist hörte gern, dass er etwas übersehen hatte. Andererseits kannte er den Frust darüber, nach monatelanger Arbeit letztlich mit leeren Händen dazustehen, nur allzu gut. Eine Fälschung aufzudecken war eine Seite der Medaille, eine strafrechtlich relevante Tat nachzuweisen die andere. Beispiele dafür gab es zur Genüge.

So war zum Beispiel Eric Hebborn, der zwei seiner Arbeiten der National Gallery of Art in Washington als Originale untergejubelt hatte, zwar aufgeflogen, aber dennoch unbehelligt geblieben – und konnte die Kunstwelt weitere zehn Jahre zum Narren halten. Wie also sollte man einem Earl of Wharvedale böse Absichten unterstellen? Kopien großer Meister zu sammeln war kein Gesetzesverstoß. Ein falscher Turner? Das Bild befand sich seit Generationen in Familienbesitz, ein Austausch hätte jederzeit stattfinden können. Wenn die britische Polizei nichts anderes vorweisen konnte, würde Roger Deverell auch im Grab seine weiße Weste behalten, das war Giorgio ebenso klar wie diesem Jochen aus Berlin.

„Sprich weiter und nimm kein Blatt vor den Mund“, forderte Clemens, der sich vorstellen konnte, was in den Köpfen seiner Kollegen vorging, Giorgio auf. „Auch Scotland Yard ist nicht unfehlbar. Wenn wir etwas übersehen haben sollten, können wir jetzt noch eingreifen. Der Hausdurchsuchungs-Beschluss läuft erst am Wochenende ab.“

„Im Arbeitszimmer des Grafen hängt das Horn eines Rhinozeros an der Wand. Das solltest du dir näher ansehen.“

„Wozu? Wenn ich mich recht erinnere, ist das nur eine Jagdtrophäe unter vielen. Außerdem gehen uns Nashörner nichts an.“ Clemens war sichtlich enttäuscht. „Nicht einmal, wenn sie gefälscht sind“, fügte er mit einem bitteren Lächeln hinzu.

„Sollten sie aber. Sie werden inzwischen zu unglaublichen Preisen gehandelt. 35.000 Euro pro Kilo und mehr, das ist kein Pappenstiel, wenn man das Gewicht dieser Trophäen bedenkt. Erst kürzlich wurden in Florenz drei Hörner aus dem Naturkunde-Museum gestohlen. Eines davon war mehr als einen Meter lang ...“

„... wie in Hamburg und zuletzt in Bamberg. Nashorn-Diebstähle im großen Stil gab es auch in England, Frankreich, Tschechien, Schweden und in ein paar anderen Ländern, die mir im Moment nicht alle einfallen“, warf Jochen ein, doch Giorgio ließ sich nicht bremsen.

„Inzwischen ist es fast genauso einträglich, Nashörner zu stehlen wie Bilder, dafür aber weit weniger riskant. Naturhistorische Sammlungen sind außerdem schlechter bewacht als kunsthistorische. Und die Spur eines Horns lässt sich nicht mehr zurückverfolgen, wenn es erst einmal zu Pulver zerrieben ist. Asiaten in aller Welt reißen sich darum, weil sie das Zeug für ein Potenzmittel halten. Frag doch einmal bei eurem Einbruchsdezernat nach, Clemens. Die Europol vermutet, dass eine Bande aus Großbritannien dahintersteckt, ...“

„... mit unserem ehrenwerten Earl als Drahtzieher? Durchaus denkbar“, überlegte Clemens laut. „Mit seiner Nase für Trends und einträgliche Geschäfte könnte er mit den Rhino-Räubern gemeinsame Sache gemacht haben. Nach bewährtem Prozedere ...“

„... das ihr euch im Detail wie vorstellt?“, wollte Jochen wissen.

„Deverell zeigte Interessenten, die als Touristen getarnt bei ihm hereinschneiten, Kunstschätze, die Schlossbesitzer mit Titel, aber ohne Mittel unter der Hand verhökern wollten. Wenn man sich einig wurde, hat der Earl die entsprechende Kopie in Auftrag gegeben. Sobald diese fertig war, reiste das Original ohne Wissen der Denkmalbehörde auf den Kontinent oder über den großen Teich. Und im jeweiligen Landsitz hing von Stund an ein von Meisterhand kopierter

Gainsborough oder Constable über dem Kamin. Ein narrensicheres Konzept, im Lauf der Jahre wurden Millionenbeträge umgesetzt", sagte Clemens erbittert.

„Und Yew Hall diente als Hauptquartier und Zwischenlager", fügte Giorgio hinzu. „Aber ich gehe jede Wette ein, dass kein einziges Werk dabei war, das auf irgendeiner Liste gestohlener Kunstschätze steht."

„Du sagst es. In dieser Hinsicht waren alle beschlagnahmten Bilder sauber", bestätigte Clemens. „Roger Deverell war schlau."

„Vielleicht nicht schlau genug." In wenigen Worten schilderte Giorgio, was ihn im Arbeitszimmer des Grafen gestört hatte.

*„Thanks"*, sagte Clemens schlicht und griff zum Telefon. „Jetzt haben wir ihn."

Große Hoffnung, Feli auf der Stelle zu erreichen, hatte Elena nicht, doch bereits nach dem dritten Läuten hob sie den Hörer ab. Zu ihr ins West End könne sie nicht kommen, aber ob Elena eigentlich Richmond kenne? Nein? Dann wäre es höchste Zeit. Von Soho nur zwei Stationen, vom Leicester Square bis Embankment, und von dort eine halbe Stunde Fahrt mit der District Line, nicht mehr. Dann könnten sie gemeinsam Tee trinken und ungestört plaudern.

Spontan sagte Elena zu. Das noble Richmond upon Thames wollte sie ohnedies gerne besichtigen. Schade, dass sie den Ausflug nicht mit einem Besuch der Kew Gardens verbinden konnte. Selbst wenn sie sich sofort auf den Weg machte, für einen Spaziergang durch die berühmten botanischen Gärten war es heute zu spät. Abgesehen davon sah der Himmel verdächtig nach weiteren Regenschauern aus und von Botanik in Kombination mit Nässe und Matsch hatte sie seit den Cotswolds für längere Zeit genug.

Wie verabredet wartete Feli am Ausgang der Station. Sie freut sich wirklich, dachte Elena, als ihr die um einiges ältere Frau um den Hals fiel. Dabei waren sie keineswegs das, was man unter „besten Freundinnen" verstand, die einander alle Intimitäten anvertrauten. Sie mochten einander sehr, aber bisher hatten sie eine gewisse Grenze nicht überschritten.

Verstohlen musterte Elena die aparte Erscheinung an ihrer Seite. Wie groß war eigentlich der Altersunterschied zwischen Felicitas Cape und Roger Deverell? Keine zehn Jahre, wenn sie nicht alles täuschte. Was weiter keine Rolle gespielt haben dürfte. Mit seinen Tränensäcken, die von seinem ausschweifenden Lebenswandel zeugten, und den tief eingekerbten Nasenfalten, die er vermutlich einem Magengeschwür verdankte, war der Graf frühzeitig gealtert. Feli hingegen, die ihre beiden Söhne bereits zur fünffachen Großmutter gemacht hatten, sah man ihre bald 60 Jahre nicht an.

Gerne hätte Elena das Haus gesehen, in dem Feli seit ihrer Heirat wohnte. Adele hatte ihr von dem Landsitz im georgianischen Stil unweit der Themse vorgeschwärmt, der nach einem geschickten Umbau in mehrere Wohneinheiten aufgeteilt worden war. Pech gehabt: Felis Apartment wurde momentan neu tapeziert. Sie selbst schlief bei einer Nachbarin, und in ihrer Küche, die als Lagerraum für Unmengen an Tapetenrollen, Klebstoff-Behälter und sonstiges Handwerkszeug diente, konnte sie derzeit nicht einmal Kaffee oder Tee kochen.

Dafür bekam Elena das elegante Richmond mit seinen verwinkelten Altstadtgassen zu sehen, in denen sich Antiquitätenläden, Antiquariate und Galerien, Cafés, Teestuben und Pubs eingenistet hatten. Seit jeher war das Städtchen, das sich seit den Tagen von Elisabeth I. einer engen Verbindung zum Königshaus rühmen konnte, ein teures Pflaster. Einst exquisiter Wohnort des britischen Hochadels, heute gefragt bei Show-Größen wie Mick Jagger, der in den frühen 1990er Jahren das aus braunen Ziegeln errichtete Downe House erworben hatte. Ein prachtvolles Herrenhaus aus dem achtzehnten Jahrhundert mit Blick auf Themse und Richmond Hill, in dem seine Ex-Frau Jerry Hall nach wie vor lebte.

Wie Felis Mann war der Rolling Stone nach der Scheidung aus Richmond fortgezogen. Im Gegensatz zu John Cape, der sich mit dem Verzicht auf seinen

Wohnungsanteil von jeglichen Unterhaltszahlungen freigekauft hatte, besaß Jagger nach wie vor die Hälfte von Downe House. Was er nach jedem Krach mit seiner Ex alle Welt wissen ließ. Wie sollte selbst eine Jerry Hall geschätzte fünf Millionen Pfund aus dem Ärmel schütteln, um ihn auszuzahlen.

„Männer können so was von mies sein", sagte Feli mit düsterer Miene, bevor sie die Glastür zu einem von außen unscheinbaren Lokal aufstieß. Seit ihrer Scheidung gehörte ihr die Eigentumswohnung zwar allein, dafür musste sie jeden Cent zweimal umdrehen. Oder bei der Bank um einen Überziehungskredit bitten und betteln, wie zuletzt heute früh. Die Handwerker wollten nicht auf ihr Geld warten, doch Felis Konto war im Minus. Einige Honorare für ihre Beratungen als Gartenarchitektin waren trotz mehrfacher Mahnungen noch ausständig und es stand in den Sternen, wann Roger Deverells Reisebüro ihr die fällige Reiseleiter-Gage überweisen würde.

Elena frohlockte innerlich. Früher als erwartet hatte Feli das Thema, das ihr unter den Nägeln brannte, selbst zur Sprache gebracht. Warum wandte sich Feli nicht an Patricia Deverell, die sie schließlich lange genug kannte? Auf diese Frage reagierte Feli nur mit einem bitteren Lachen. Ein Serviermädchen, angetan mit weißer Rüschenschürze und passendem Häubchen, war an ihren Tisch getreten und wollte wissen, was die Damen wünschten.

Keinen Tee, erklärte Elena dezidiert, was Feli, die sich selbst nur wenig aus dem britischen Nationalgetränk machte, mit einem verständnisvollen Schmunzeln quittierte. Nach einigem Hin und Her entschieden sich beide für eine Kaloriensünde und bestellten heiße Schokolade. Eine durchaus angemessene Wahl in einem Lokal, in dem man sich ins viktorianische Zeitalter zurückversetzt fühlte.

„Eine abgelegte Geliebte, die bei der betrogenen Ehefrau zu Kreuze kriecht? Darauf kann die Countess of Wharvedale lange warten!“, brach es aus Feli heraus, sobald die Kellnerin verschwunden war. Natürlich wusste Pat seit Langem über ihr Verhältnis mit Roger Bescheid, das in den Pausen zwischen anderen Beziehungen immer wieder aufgeflammt war.

Um mehr über den verblichenen Grafen zu erfahren, brauchte es wenig. Elena musste sich nur zurücklehnen, hin und wieder verständnisvoll nicken und ab und zu ein aufmunterndes Wort einwerfen. Als Feli nach ihrem Monolog erschöpft verstummte, rief Elena nach der Serviererin. Zwei Wodka-Martini, egal, ob geschüttelt oder gerührt, orderte sie, bevor sie sich ihrer Freundin zuwandte.

Mit Unterbrechungen hatte die Affäre mehr als zwei Jahrzehnte gedauert und war auch nicht wirklich zu Ende gewesen, als Roger starb. Patricia war sicherlich stets über den aktuellen Stand informiert gewesen, auch wenn sie das Thema nie angesprochen hatte. Weil es ihr im Grunde nichts ausmachte, dass ihr Mann fremdging? Oder weil sie daraus einen Freibrief ableitete, sich selbst einen Liebhaber zu nehmen?

Den hatte Pat auch längst gefunden – und zwar mehr als nur einen. Was wiederum Roger kalt ließ, solange nach außen hin die Form gewahrt blieb. Er sorgte dafür, dass seine Frau den entsprechenden Passus des Ehevertrags nie vergaß: Sollte es zu einer Scheidung kommen, verlor sie den Titel der Countess of Wharvedale. Eher würde Pat einen Mord begehen als das zuzulassen, hatte Roger lachend erklärt, als der Haussegen wieder einmal schief gehangen war. Waren das wirklich leere Worte gewesen? Oder steckte hinter ihnen jene Wahrheit, nach der sie jetzt alle suchten?

Wenn man den Ehevertrag kannte, war der Gedanke, der Elena nun durch den Kopf schoss, eigentlich naheliegend.

„Pat schwanger? Von Roger? Unmöglich!“ Erregt fuhr Feli auf und beruhigte sich auch nicht, nachdem sie den Martini-Cocktail in einem Zug hinuntergestürzt hatte. Er konnte gar nicht der Vater des Babys sein. Weil er zeugungsunfähig war. Dafür hatte er schon vor Jahren gesorgt, was Pat wahrscheinlich nicht wusste. Oder nur durch Zufall erfahren haben konnte. Aber dann wäre sie doch nicht so leichtsinnig gewesen ...

Feli verstummte abrupt, während Elena für sich festhielt, dass zumindest eine von Rogers Geliebten von seinem Geheimnis gewusst hatte. Warum also nicht auch die Ehefrau? Aber erst einmal wollte sie herausfinden, warum Roger sich zu einer so drastischen Maßnahme entschlossen hatte.

„Weil er als junger Mann hereingelegt worden ist und diese Erfahrung kein zweites Mal machen wollte“, antwortete Feli und bestätigte damit, was Ilse Hubinek vermutet hatte. Und es war ihm wirklich egal gewesen, dass er keinen Erben mehr in die Welt setzen konnte? Wieso hatte er überhaupt von dem Eingriff erzählt und vor allen Dingen wann?

Frage um Frage prasselte auf Feli ein, die ihr Gesicht zwischen ihren aufgestützten Armen verbarg. Irgendwann war ihr ein kleiner, vernarbter Schnitt am Hodensack aufgefallen. Danach hatte sie auch auf der anderen Seite eine winzige Narbe entdeckt und ihr war klar gewesen, was das bedeutete. Zuerst hatte Roger geleugnet, den Eingriff aber dann doch zugegeben, berichtete Feli, die sich allzu gut an diese denkwürdige Nacht erinnern konnte. Sie hob den Kopf und sah Elena offen an. Zum ersten Mal war sie mehr für ihn gewesen als eine Affäre. Er hatte ihr sein Herz ausgeschüttet und ihr Dinge anvertraut, über die er noch nie mit jemandem gesprochen hatte. Nicht mit einer Frau – und schon gar nicht mit seiner.

Einen weiteren Wodka-Martini später kannte Elena die traurige Ehegeschichte der Deverells. *Poor Little Rich Girl* – wie einst die Woolworth-Erbin Barbara Hutton hatte die kleine, reiche Patricia Marilyn Newhouse erfahren müssen, dass Geld nicht unbedingt glücklich machte. Auch wenn man sich dafür einen Ehemann mit Adelsprädikat kaufen konnte. Mitgift gegen Titel, das war in Rogers Augen ein fairer Handel, den er jedoch im letzten Moment beinahe selbst vermasselt hatte.

Dabei war alles bestens gelaufen. Beim traditionellen New Yorker Debütantinnenball hatte er nicht die achtzehnjährige Cornelia, sondern ihre um sechs Jahre ältere Schwester Patricia abgeschleppt. Leichte Beute, denn mit 24 galt sie in ihren Kreisen bereits als Ladenhüter. Worauf die Reporterin Shirley Summer, die mit den beiden Schwestern und dem englischen Kavalier ein Rundfunk-Interview aufzeichnete, ziemlich unverblümt angespielt hatte.

Spätabends begegnete Roger der Journalistin in der Bar des Waldorf Astoria zum zweiten Mal. Sie war weder jung noch schön und mit ihren kurz geschnittenen brünetten Wuschellocken alles andere als sein Typ. Roger liebte schlanke Blondinen mit langen, glatten Haaren und sonnengebräunter Haut, jünger als er und vor allen Dingen dümmer. Nichts davon traf auf Shirley zu, die in einem viel zu engen Kostüm an der Bar lümmelte. Der Rock kniff in der Taille, die Bluse spannte über der Brust und die Fältchen in ihrem blassen Gesicht verrieten, dass sie bereits jenseits der 40 angekommen war.

Diese Reporterin konnte ihm nicht gefährlich werden, dachte Roger, als er auf den Barhocker neben ihr kletterte – und irrte sich gründlich. Wenn Shirley Summer lachte, verwandelte sie sich in eine aparte Frau, bei der niemand mehr auf Schönheitsfehler achtete. Ihre dunkle, angenehme Stimme schlug Roger ebenso in Bann wie ihre intelligenten Augen. Als ständige Geliebte war sie ihm zu klug und damit auch zu anstrengend, aber für eine Nacht …

Shirley wusste genau, worauf sie sich einließ, als sie dem selbstbewussten Briten auf sein Zimmer folgte. Längst hatte sie seinen Namen in Erfahrung gebracht – und was ein Earl aus England auf einem Debütantinnenball suchte, war nicht schwer zu erraten. Sie würde ihm jedenfalls keinen Strich durch die Rechnung machen. Selbst wenn passierte, worauf sie schon so lange hoffte – sie wollte ein Kind, bevor es endgültig zu spät war.

Am 25. September 1995 kam Thomas Allen Summer zur Welt. Ein rundum gesundes Baby, von dem Roger erst erfahren hatte, als es für eine Abtreibung längst zu spät gewesen war. Sollte Patricia dahinterkommen, würde die für den kommenden Juni geplante Hochzeit platzen, soviel stand fest. Roger nahm das nächste Flugzeug nach New York.

Auf die Idee, dass Shirley an seiner Person nicht das geringste Interesse haben könnte, war er nicht gekommen. Wohl aber an dem Geld, das er zu erheiraten beabsichtigte, wie sie ihm unverblümt ins Gesicht sagte. Nur ein Mann, der über die entsprechenden finanziellen Mittel verfügte, konnte seinem Sohn einmal die Schulen bezahlen, die ihr vorschwebten.

Als die Karten auf dem Tisch lagen, war eine Einigung rasch erzielt. In die Geburtsurkunde würde Shirley *Vater unbekannt* eintragen lassen. Somit schien der Name Deverell nirgendwo auf, was Roger die größte Sorge bereitet hatte. Er traute Pats Vater durchaus zu, eine Detektei auf den künftigen Schwiegersohn anzusetzen, bevor er auch nur einen Cent Mitgift herausrückte.

Der zweite Punkt der Vereinbarung: Shirley verpflichtete sich auch ihrem Kind gegenüber zu Stillschweigen. Erst an seinem achtzehnten Geburtstag sollte Thomas Allen Summer erfahren, wer sein Vater war. Im Gegenzug musste Roger ein Konto für die Ausbildungskosten seines Sohnes unterhalten. Ansonsten war jegliche Kontaktaufnahme mit Shirley unerwünscht, was Rogers Eitelkeit wohl am tiefsten getroffen haben musste. Nur wenige Wochen später hatte er sich in London einer Vasektomie unterzogen.

„Wahrscheinlich war das völlige Desinteresse an seiner Person der Auslöser für diesen radikalen Schritt", mutmaßte Feli. „Shirley hat in ihm nichts anderes als einen Samenspender gesehen. Ihn hereinzulegen sollte künftig keiner Frau mehr gelingen. Nicht einmal seiner eigenen, die sich im Gegensatz zu ihm sehnlichst ein Kind wünschte. Ihm reichte ein Sohn, den er zu adoptieren gedachte, sobald er achtzehn war, vollauf.

Dass Patricia von Arzt zu Arzt lief, um die Ursache für ihre Unfruchtbarkeit herauszufinden, ließ ihn kalt. Sollte sie ruhig glauben, dass es an ihr lag! Von dem vorsorglich eingefrorenen Samen durfte sie erst recht nichts erfahren. Nach wie vor führte Roger das Leben eines Junggesellen, trotz des Eherings, den er seltsamerweise nie ablegte, und Kinder waren das Letzte, was er sich wünschte. Am liebsten hatte er sie, wenn sie schrien, pflegte er zynisch zu sagen, sobald man ihn auf das heikle Thema ansprach. Dann käme nämlich jemand, der sie wegträgt.

Und jetzt war Patricia schwanger.

Pater semper incertus est, das alte Lied, dachte Elena. Aber wer fragt nach Rogers Ableben danach? Das Baby wird den Namen Deverell tragen, und, wenn es ein Bub wird, einmal als vierzehnter Earl of Wharvedale auf Yew Hall residieren. Aber so sehr Pat den Tod ihres Mannes auch herbeigesehnt haben mochte, sie konnte ihn nicht umgebracht haben. Es sei denn, es gab einen Komplizen, aber wer sollte das sein? Maurizio Francini? Möglich, aber unwahrscheinlich.

Elena sah auf die Uhr. Ludwig hatte sie alle für heute Abend in ein Lokal unweit der Tower Bridge eingeladen. Feli konnte sie ungefragt mitbringen, das wusste sie, aber alle Überredungsversuche fruchteten nicht.

Der Abschied an der U-Bahn-Station fiel kurz aus. Feli hob die Hand zu einem flüchtigen Gruß, bevor sie sich umdrehte und langsam davonging. Wie zerbrechlich sie aussieht, stellte Elena betroffen fest. Mit Rogers Tod hat sie mehr verloren, als sie sich bis heute eingestehen wollte. Sie dachte daran, was Feli zuletzt gesagt hatte.

„Nein, geliebt habe ich ihn nicht. Aber gern mit ihm geschlafen. Er war mit Abstand der beste Liebhaber, den ich je hatte. In ihm steckte so viel Lebensfreude. Ja, Roger war lebendiger als alle Männer, die ich gekannt habe, zusammen."

Ein ungewöhnlicher Nachruf, aber vermutlich der schönste, den Roger Deverell je bekommen würde.

## 23. Kapitel

Dann eben nicht, dachte Elena trotzig, als sie auf die Uhr sah. Es war spät geworden. South Kensington wäre die letzte Chance gewesen, von der District zur Piccadilly Line zu wechseln. Ihren Plan, vor dem Abendessen noch rasch ins Hotel zu fahren, konnte sie vergessen.

Warum hatte sie nicht daran gedacht, sich in Richmond etwas zum Umziehen zu kaufen? Laut ihrem Reiseführer galt der elegante Vorort als Mode-Mekka schlechthin. Weil ihr nach Felis Enthüllungen nicht nach Shopping zumute gewesen war, gab sie sich gleich selbst Antwort. Irgendwie wäre es ihr unpassend erschienen, nach dem Kassasturz eines Lebens nahtlos zu so etwas Banalem wie dem Erwerb eines neuen T-Shirts überzugehen.

Somit blieb ihr nichts anderes übrig, als das verdrückte Oberteil anzubehalten, das sie seit dem Vormittag trug. Giorgio würde natürlich nicht in Jeans, sondern in seinem Armani-Anzug erscheinen, um sich nicht vor dem stets etepetete gekleideten Ludwig zu blamieren. Mutter hatte endlich Gelegenheit, ihr neues Kostüm auszuführen und Adele sah ohnedies in allem elegant aus.

Mit sich und ihrem Schicksal hadernd ließ Elena sich mit der Menge zu den Rolltreppen schwemmen, die in die tiefsten Tiefen des Londoner Underground-Systems führten. Dass sie in Kürze die Wassermassen der Themse über ihrem Kopf in Kauf nehmen musste, trug ebenfalls nicht gerade zu ihrer Stimmung bei. *The Drain* – das Abflussrohr – nannten die Einheimischen spöttisch den U-Bahn-Tunnel zwischen Westminster und Waterloo. Britischer Humor, dem Elena ausnahmsweise nur wenig abgewinnen konnte.

Ihre Laune besserte sich erst, als sie in Bermondsey ausstieg und von Tageslicht empfangen wurde, das durch eine futuristisch anmutende Glaskuppel auf den Bahnsteig fiel. Eine raffiniert angebrachte Stützkonstruktion aus hellem Stahl reflektierte jeden Sonnenstrahl ins Innere. Eindeutig ein gutes Omen, fand Elena, als sie ins Freie trat und einen Straßenhändler entdeckte, der eben dabei war, seine Waren in einem kleinen Handwagen zu verstauen. Unverkennbar Stoffe aus Pakistan oder Indien, die es Elena mit ihren behutsam aufeinander abgestimmten Farbnuancen seit jeher angetan hatten.

Kurzentschlossen wühlte sie in dem bunten Sammelsurium aus Bettüberwürfen, Taschen und Tüchern, bis sie schließlich einen schmal geschnittenen Kasak in gedeckten Orange- und Rottönen hervorzog. Nicht unbedingt die ideale Ergänzung zu ihren hellblauen Jeans, aber immer noch besser als ihr verschwitztes Shirt. Elena zückte ihre Geldbörse. In Richmond wäre sie nicht so billig davongekommen, und was auch immer der junge Mann für das Oberteil haben wollte, sie würde nicht mit ihm feilschen.

Fragend blickte sie den Händler an, doch der grinste nur und deutete auf ein Stoß weiterer Textilien, die er aus seinem Wagen zu Tage gefördert hatte. *Black trousers?* Ein Griff, und Elena hielt eine schwarze Leinenhose in ihrer Größe in der Hand. *Wanna try, ma'am?* Nicht nur probieren, sondern gleich anbehalten, beschloss Elena, als sie sich hinter einer eilig aufspannten Stoffbahn in einem aus dem Nichts aufgetauchten Spiegel betrachtete.

Zur Mode-Ikone würde sie es in diesem Outfit nicht bringen, aber die leger fallenden Klamotten standen ihr verblüffend gut. Rasch zog sie in der provisorischen

Umkleidekabine die Lippen nach, stäubte sich ein wenig Puder auf die Nase, fertig. Keine Viertelstunde später stand Elena auf die Minute pünktlich vor dem vereinbarten Lokal. Kein Zweifel, sie war zur richtigen Zeit am richtigen Ort, nur war sonst keiner da.

Damit konnte man glatt einem Riesen den Kopf abschlagen! Elena trat ein paar Schritte zur Seite, um nicht unmittelbar unter dem Hackbeil zu stehen, das dem Nobelrestaurant *Butlers Wharf Chop House* als Wirtshausschild diente. Im Schatten des Tower of London geschmacklich etwas fragwürdig, sagte sie sich. Wie viele Menschen hatten unweit von hier unter dem Richtschwert des Henkers ihr Leben lassen müssen! Wieder einmal ging die Phantasie mit ihr durch. Lieber an saftige Steaks oder Koteletts denken, nicht an Blut und Gewalt, hätte Giorgio sie ermahnt. Von ihm war weit und breit allerdings ebenso wenig zu sehen wie von Ludwig, Adele oder ihrer Mutter.

„Einen Penny für Ihre Gedanken?"

Elena fuhr herum. Was hatte Frank Ligety hier zu suchen? Natürlich, Ludwig wollte sich bei Adeles Arzt mit einer Einladung revanchieren.

„So billig gebe ich es nicht, Doktor", sagte sie nach einer Schrecksekunde, die sie geschickt überspielte. „Wie wäre es außerdem erst einmal mit *good evening, my dear Elena?*"

*„Üdvözöllek, Ilonka! Hogy vagy*?"

Diesmal fing sich Elena schneller. „Ich verstehe zwar kein Wort, aber in meinen Ohren klingt das ungarisch. Aber wieso ..."

„Weil meine Familie aus Budapest stammt. Mein Großvater ist 1956 über die österreichische Grenze geflohen. Mit meinem Vater, der damals knapp zwölf Jahre alt war. Zum Glück herrschte in England Ärztemangel und aus Tamás wurde nicht Thomas, sondern Tom und aus Doktor Ligety kein Österreicher, sondern ein Brite." Frank grinste von einem Ohr zum anderen.

„*Grandfather* würde sich allerdings im Grab umdrehen, wenn er mein Ungarisch hören könnte. *Welcome* und *how do you do*, viel mehr kann ich nicht und wahrscheinlich spreche ich sogar das falsch aus."

„*Nem beszélek magyarul, Ferenc*", antwortete Elena und diesmal war es Frank, der verwundert dreinblickte. „Ich bin Wienerin, schon vergessen?", fügte sie mit einem spitzbübischen Lächeln hinzu. „Bitte heißt *kérem*, danke *köszönöm, igen* ja und *nem* nein. Weiß bei uns jeder, der einmal seine Nase über die Grenze gesteckt hat."

„In jedem Fall sind Sie eine Frau, die perfekt schwindelt. Sie behaupten, kein Ungarisch zu verstehen? Schamlos gelogen", lachte Frank und schickte sich an, Elena einen Kuss auf die Wange zu drücken.

„*Buona sera, carissima.* Komme ich zu früh?"

Schon von Weitem hatte Giorgio die beiden beobachtet und fand, dass es höchste Zeit war, sich bemerkbar zu machen. Wer zum Teufel war dieser Kerl?

„Giorgio! Wie schön, dass du schon da bist." Elena war nicht die geringste Verlegenheit anzumerken. Im Gegensatz zu dem Mann, der für einen Moment wie ein ertappter Sünder aussah, bevor auch er sich zu einem Lächeln zwang. „Darf ich dich mit Frank Ligety bekannt machen? Du erinnerst dich, der Doktor hat sich rührend um Adele gekümmert."

Nicht nur um Adele. Mit undurchdringlicher Miene streckte Giorgio die Hand aus. Elena hatte nicht übertrieben, zumindest was Ligetys Aussehen betraf. Fesch und maximal Anfang 40 – er erinnerte sich genau. Ob er auch klug und geistreich war, musste sich allerdings erst herausstellen. War es wirklich nur ein paar Stunden her, dass sie sich wegen dieses Mannes in die Haare geraten waren? Giorgio kam es wie eine halbe Ewigkeit vor.

„Warten wir vor dem Lokal oder setzen wir uns lieber nieder?“, fragte Elena und blickte zu der überdachten Terrasse hinüber. „Ludwig hat sicher reserviert, aber wenn wir nicht rechtzeitig kommen, nützt uns das gar nichts.“

Einmal Reiseleiterin, immer Reiseleiterin. Als die beiden Männer einander unschlüssig ansahen, steuerte Elena zielstrebig den einzigen noch freien Tisch an. Ihr war die kleine Gruppe nicht entgangen, die hoffte, doch noch einen Platz zu ergattern.

„Wir nehmen erst einmal einen Aperitif“, beschied Elena dem Kellner, der mit einem bedauernden Schulterzucken zu den Touristen hinübersah, bevor er sichtlich missmutig die Bestellung entgegennahm.

„Dem haben wir ein ordentliches Trinkgeld vermasselt. Die hätten ihm einiges geschmiert, um an unserer Stelle zu sitzen. Und da kommen schon die nächsten Anwärter“, stellte Elena fest. „Pech für ihn, dass wenigstens wir pünktlich waren. Aber wenn mich nicht alles täuscht, ist das dort drüben Mutter.“ Sie nippte an ihrem Campari-Orange, der farblich perfekt zum neuen Outfit passte.

„Absicht oder Zufall? Du siehst aus wie auf einem Werbefoto“, flüsterte Ilse ihrer Tochter ins Ohr, nachdem sie Giorgio demonstrativ mit einem Wangenkuss begrüßt hatte. „Schön, Sie zu sehen, Doktor“, fügte sie höflich hinzu. „Ich bin vorausgelaufen, aber Adele und Ludwig müssen auch jeden Moment da sein.“

„Dann verrate uns doch rasch den Grund für die Einladung.“

„Ich bin genauso ahnungslos wie du. Geburtstag hat er nicht, aber das ist schon alles, was ich weiß. Außer dass er ausgesehen hat wie eine Katze, die eine ganze Mäusefamilie verspeist hat, als er heute Mittag von der British Library zurückgekommen ist."

„Was er dort wohl entdeckt haben mag?", rätselte Elena. „So zugeknöpft kenne ich ihn gar nicht. Aber seit wir aus den Cotswolds zurück sind, ..."

„... haben wir nicht viel von ihm zu sehen bekommen. Wenn er sich ausnahmsweise nicht in der Bibliothek verschanzt, versteckt er sich im Hotel hinter seinen Büchern. Gestern hat sich Adele bitter bei mir beklagt, dass er wie ausgewechselt ist. Keine Spur mehr vom alten Ludwig, dem ununterbrochen was Neues einfällt. Ein richtiger Langweiler ... Aber pst, da kommen sie."

„Schön, dass ihr da seid. Handys sind eine herrliche Erfindung. Wie sonst hätte ich euch alle rechtzeitig erreicht? Das Lokal hat mir der Portier in der Library empfohlen. Regensicher und mit Blick auf die Tower Bridge, was will man mehr? Gutes Essen soll es hier auch geben. Traditionelle englische Küche vom Feinsten. Lamm aus Wales, Geflügel aus Schottland, Spargel aus Norfolk, genau darauf habe ich Lust. Ah, da ist ja die Karte ..."

Von wegen Langweiler, dachte Elena. Ludwig sprudelte wie eh und je – ohne Punkt und Komma. Schlecht gelaunt hatte sie den stets salopp-elegant gekleideten älteren Herrn, der wie immer ein makellos gebügeltes weißes Hemd zu einer sportlich geschnittenen dunklen Hose trug, eigentlich nie erlebt. Dafür erinnerte sie sich umso besser an manchen feucht-fröhlichen Abend auf Sizilien und in Wien.

„Ernste Gespräche erst nach dem Dessert", gab der Gastgeber die Linie des Abends vor und verpasste sich damit gewissermaßen selbst einen Maulkorb. Am liebsten wäre er auf der Stelle mit seiner Entdeckung herausgeplatzt.

„Kein Wort über Mord und Totschlag, hast du gehört?“ Mahnend deutete Giorgio mit dem Zeigefinger in Elenas Richtung. Er sah ihr an der Nasenspitze an, dass ihr etwas auf der Seele brannte, und nach dem Treffen mit Feli konnte das nur etwas sein, das mit Roger Deverell zusammenhing. Ihm selbst fiel es hingegen nicht schwer, über die neuesten Entwicklungen zu schweigen. Was Sydney ihm nach seinem Anwaltsbesuch berichtet hatte, durfte er nicht einmal andeuten. Zumindest nicht in Anwesenheit eines Außenstehenden.

Zugegeben, dieser Ligety hatte sich rührend um Adele gekümmert, aber musste Ludwig ihn deswegen gleich zum Essen einladen? An ihrem vermutlich letzten gemeinsamen Abend in London? Der Countdown lief unbarmherzig, und wenn er nicht bald etwas unternahm, blieben ihm bis zum Rückflug nach Rom nur noch zwei Tage. Giorgio ließ seinen Blick hinüber zur Tower Bridge wandern, die sich wie eine Vision vom Abendhimmel abhob. Die blaue Stunde, jene magische Zeit zwischen Tag und Nacht, war angebrochen und hüllte die Welt in eine Farbe, an die sich kaum ein Maler heranwagte. Es sei denn, man war ein Meister des Lichts wie William Turner.

Giorgio dachte an die derzeit laufende Sonderausstellung in der National Gallery, die er gern gesehen hätte. Aber wann? Morgen musste er den überfälligen Vortrag halten, Freitag endete das Seminar mit einer Reihe von Veranstaltungen und am Samstag saß er bereits im Flugzeug nach Rom.

Er blickte zu Elena, die sich angeregt mit diesem Pseudo-Ungarn unterhielt. Sie und ihre Mutter flogen erst am Montag nach Wien zurück. Nach einem Wochenende, das sich Ligety wahrscheinlich längst frei genommen und für Elena reserviert hatte. Dieser Mann war ein Womanizer, keine Frage, auf diesem Gebiet kannte sich Giorgio aus eigener Erfahrung aus. Auch wenn es seit Elena keine andere mehr in seinem Leben gegeben hatte, wie man eine Frau nach allen Regeln der Kunst verführte, wusste er genau.

Erster Schritt: Bring sie zum Lachen! Genau das geschah im Moment. Frank gab eine Anekdote nach der anderen zum Besten, ein wahres Feuerwerk an amüsanten Geschichten – und Elena hing wie verzaubert an seinen Lippen.

„... hat ein Pariser Stadtrat offiziell verlangt, dass der Londoner Bürgermeister den Eurostar-Bahnhof umbenennt. Waterloo! Wie geschmacklos, Franzosen gleich bei der Ankunft an das schwärzeste Kapitel in ihrer Vergangenheit zu erinnern, ...“

„... worauf euer Bürgermeister wie reagiert hat?“

„Natürlich gar nicht. Das Problem hat sich von selbst gelöst, weil der Bahnhof aus ganz anderen Gründen verlegt wurde und die Züge durch den Kanaltunnel seit ein paar Jahren nicht mehr in Waterloo, sondern in St. Pancras ankommen.“

„Ihre Geschichten sind besser als jede Medizin, Frank.“ Adele strahlte den Arzt an, was ihr einen scheelen Seitenblick von Ludwig eintrug, der allmählich ungeduldig wurde. „Ich könnte Ihnen stundenlang zuhören.“

Ligety lehnte sich zurück und lächelte bescheiden.

Schritt Nummer zwei: Geordneter Rückzug, um nicht als Schwätzer zu gelten. Der Mann kennt die Spielregeln genau, dachte Giorgio, als er Ilses Hand beruhigend auf seinem Unterarm spürte.

„Nicht nur du, liebe Adele, aber ich glaube, Ludwig möchte uns etwas erzählen."

„Darf ich zuerst?", warf Elena ein. „Feli lässt euch alle schön grüßen. Mein Nachmittag mit ihr war recht aufschlussreich ..."

*„Ladies first"*, sagte Ludwig höflich, bevor Ilse dazwischenfahren konnte. „Vielleicht ist das, was Elena uns zu berichten hat, für mich die richtige Einleitung. Es geht doch um unseren toten Grafen ..."

„... und um unsere schwangere Gräfin. Feli hat nichts von dem Baby geahnt, davon habe erst ich ihr erzählt. Aber ihr war sofort klar, dass Roger es nicht gezeugt haben konnte. Fragt nicht wieso, ihr könnt es euch denken. Der Punkt ist, dass Roger bereits einen Sohn hat, den er demnächst zu adoptieren gedachte. Du hast mit deiner Vermutung völlig recht gehabt, Mutter. Ein Earl of Wharvedale muss für einen Erben sorgen – und das hat er auch getan. Außerdem wollte er die Scheidung einreichen."

Giorgio konnte es nicht fassen. Dieses Teufelsweib hatte in einer Stunde im Café genauso viel in Erfahrung gebracht wie ein Chief Detective Inspector von Scotland Yard in tagelanger mühsamer Kleinarbeit. Das strenge Stillschweigen, das er laut Sydney wahren musste, hatte sich damit wohl erledigt. Mit widerwilliger Bewunderung sah er Elena an. Wenn sie sich einmal in etwas verbissen hat, lässt sie nicht mehr locker. Nach wie vor weigerte sie sich beharrlich, an die alleinige Schuld des jungen Italieners zu glauben. Auch wenn weiterhin alle Indizien gegen Maurizio Francini sprachen.

Demnächst würde sie wohl den wahren Mörder wie ein Kaninchen aus dem Hut ziehen. Auch wenn es Giorgio schleierhaft war, wie Elena dieser Zaubertrick gelingen könnte, versuchen würde sie es garantiert. Und damit das Risiko eingehen, einem Mörder in die Quere zu kommen, der sich bereits sicher fühlte. Was konnte sie alles anstellen, wenn sie sich ohne ihn in London herumtrieb? Abgesehen von diesem Frank Ligety, der kam noch dazu. Die Abreise am Samstag konnte er jedenfalls vergessen. Gleich morgen früh musste er seinen Flug stornieren, egal, ob ihm sein Chef nun einen Extraurlaub zugestand oder nicht.

Während die Gedanken im Zeitraffer durch Giorgios Kopf rasten, herrschte für einen Moment betroffenes Schweigen. Ludwig war der Erste, der sich fing.

„Interessant, was du herausgefunden hast, Elena. Aber ich bin dir einen Schritt voraus“, sagte er mit ruhiger Stimme. „Ich weiß nämlich nicht nur mit absoluter Sicherheit, wer Roger Deverell umgebracht hat, sondern auch wie er es getan hat.“

Unwillkürlich verfiel Adele in jenen Tonfall, den Psychiater ihren Patienten gegenüber anschlagen, wenn diese behaupten, Ramses der Große oder Napoleon zu sein. „Das hättest du uns auch bei *fish and chips* erzählen können, mein Lieber. Für uns alle ist doch die schöne Patricia die Verdächtige Nummer eins. Aber leider ..."

„... hat sie ein Alibi, an dem nicht zu rütteln ist", antwortete Ludwig mit dem nachsichtigen Lächeln eines Menschen, der es besser weiß. „Einerseits sind wir überzeugt, dass niemand anderer als die Countess triftige Gründe hatte, Roger Deverell ins Jenseits zu befördern. Andererseits wissen wir, dass sie es nicht gewesen sein kann. Das können wir drehen und wenden, wie wir wollen. Aber erinnert ihr euch? *Nichts ist trügerischer als eine offenkundige Tatsache*. Deswegen habe ich mir das Offenkundige nochmals Punkt für Punkt vorgenommen."

„Nicht schon wieder", flüsterte Elena ihrer Mutter zu. „Das haben wir doch alles bis zum Überdruss durchgehechelt."

Ludwig Jakubowski, der für sein Alter erstaunlich gut hörte, ließ sich nicht aus dem Konzept bringen. Zufrieden, dass es niemand mehr wagte, ihn zu unterbrechen, nahm er einen Schluck aus seinem Weinglas.

„Ihr glaubt doch alle, der Alte redet jetzt wirres Zeug. Auch du, Adele, streit es nicht ab. Ich bin nicht reif für die Klapsmühle, du wirst schon sehen. Aber erst einmal zu den Fakten, die wir alle kennen. Erstens: An der Tatzeit ist nicht zu rütteln. Zweitens: Roger Deverell ist an einer Gehirnblutung gestorben. Drittens: Der Tod ist etwa zwanzig Minuten nach dem Sturz eingetreten.

In ungewöhnlich kurzer Zeit, wie Doktor Ligety bestätigen wird."

Für einen Moment wandte sich die Aufmerksamkeit dem Arzt zu, der zustimmend nickte. Ludwig nützte die Unterbrechung, um sich eine Zigarette anzuzünden, wofür er einen bösen Blick vom Nebentisch erntete.

„*Sorry, madam*, aber im Freien ist es erlaubt", sagte er. „Kann ich mit dir Platz tauschen, Ilse? Damit der Rauch nicht zu der Lady hinüberweht?"

Die Prozedur dauerte einige Zeit. Giorgio, der sich bisher beherrscht hatte, rückte nach und steckte sich ebenfalls eine Zigarette an. Man konnte Rücksichtnahme auch zu weit treiben. Elena verlor allmählich die Geduld. Je früher Ludwig zum Ende kam, desto besser. Bisher waren seine Ausführungen nicht gerade spannend.

„Kommen wir zum Obduktionsergebnis, das der Coroner auszugsweise verlesen hat. Todesursache Gehirnblutung. Welche Menge Blut das Opfer durch seine äußeren Verletzungen zusätzlich verloren hat, wurde allerdings nicht festgestellt, weder am Tatort noch in der Pathologie. Auch das ist ein Punkt, auf den wir noch zurückkommen müssen. Außerdem: Die routinemäßige Blutuntersuchung hat keinen Hinweis auf eine Vergiftung ergeben. Roger war bei seinem Hinscheiden auch weder alkoholisiert, noch stand er unter Drogen. Es gab also keinen Grund, das Blut des Opfers auf andere Substanzen zu testen."

Ein Hustenanfall zwang Ludwig, kurz innezuhalten. Nachdem er ein Glas Wasser hinuntergestürzt hatte, bekam er wieder genügend Luft, um den Faden aufzunehmen.

„Wo war ich stehengeblieben? Ach ja, bei der Frage, was ein zweiter toxikologischer Test ergeben könnte.

Hat der Graf vielleicht Medikamente geschluckt? Ich meine damit nicht hin und wieder etwas gegen Kopfschmerzen oder Durchfall, sondern Tabletten, die er täglich einnehmen musste. Zum Beispiel ein Schilddrüsenhormon oder ein Mittel gegen zu hohen oder zu niedrigen Blutdruck."

„Worauf wollen Sie hinaus?" Giorgios Interesse war zweifellos geweckt. „Sie glauben doch nicht, dass Patricia Deverell ihren Mann mit einer Überdosis Vitamine vergiftet hat?"

Ludwig zog ein paar Blätter aus der Brusttasche seines Sakkos und schwenkte sie triumphierend.

„Das sind Fotokopien aus einer hochinteressanten Lektüre, die ich in der British Library wiedergefunden habe. Das Buch mit dem Titel *Der fast perfekte Mord* ist längst vergriffen. Auf Deutsch und auch im englischen Original. War bei uns leider kein Bestseller und wurde bald verramscht, aber mich haben die Geschichten seinerzeit fasziniert", sagte er schmunzelnd und beugte sich zu Giorgio, der ihm Feuer gab.

„Wie dein geliebter Conan Doyle?", warf Adele ein. „Langsam mache ich mir Sorgen. Du hast nicht nur einen Sherlock-Holmes-Tick, du leidest am Buchhändler-Syndrom, Ludwig. Weil du bei all dem Zeug, das du verschlingst, allmählich Schein und Wirklichkeit verwechselst. Fiktive Kriminalstorys haben nichts mit der Realität zu tun. Genauso wenig wie ein Detektiv, der nie gelebt hat. Ist doch so, Giorgio?"

„Manchmal ist das Leben irrealer als die Phantasie, meine Liebe. Und lass Giorgio in Ruhe. Was soll er darauf sagen, ohne mich zu kränken? Du siehst doch, wie sich der Arme windet", entgegnete Ludwig scharf.

Schau mal einer an, der sanfte Ludwig kann auch anders, stellte Ilse belustigt fest. Höchste Zeit, dass er

Adele einmal Kontra gab. Er sollte sie ruhig ein wenig dunsten lassen, auch wenn sie jetzt mit beleidigter Miene schwieg. Wie sie ihn kannte, würde er ohnehin bald wieder einlenken. Ein Irrtum, wie sich gleich herausstellen sollte.

„Ein ernstzunehmender Buchhändler liest querfeldein alles, was er seinen Kunden anbietet, meine liebe Adele. Schwer verdauliche Schwarten und Schund, Belletristik und Fachliteratur. Sogar Kochbücher, auch wenn er so wie ich höchstens Rühreier fabrizieren kann. Bei aller Bescheidenheit, ich war gut in meinem Beruf. Deswegen kann ich vielleicht Spreu von Weizen besser trennen als du. Und sehr wohl fiktive Geschichten von solchen unterscheiden, die sich tatsächlich ereignet haben. Wie jene, auf die ich jetzt zu sprechen komme."

Über einen Mangel an Aufmerksamkeit konnte er sich nicht mehr beklagen, stellte Ludwig fest, als er in die Runde blickte. Bis auf das Wortgefecht mit Adele verlief der Abend zu seiner vollen Zufriedenheit. Mit der Ouvertüre war er am Ende angelangt, der erste Akt konnte beginnen.

„Was passiert, wenn man einem Menschen über längere Zeit ein Cumarin-Derivat in hoher Dosierung verabreicht, Doktor?" Unbewusst verfiel Ludwig in den gleichen Tonfall wie der Coroner, der aus formalen Gründen nach Dingen fragen musste, die er bereits wusste.

„Damit macht man ihn zum künstlichen Bluter. Wenn er Pech hat und sich verletzt, wird er verbluten – und zwar ziemlich schnell", antwortete Ligety wie aus der Pistole geschossen.

„Genau das sollte der schwangeren Freundin unseres fast perfekten Mörders bei der Geburt passieren. Einige Wochen vor dem Termin hat er sie ohne ihr Wissen mit Marcumar vollgestopft. Der Plan ist nur deswegen schief gegangen, weil die Frau vorzeitig Blutungen bekam. An sich eine harmlose Sache, nur wäre sie daran fast gestorben. Was ihr aber letztlich das Leben gerettet hat, weil sie im OP und nicht im Kreißsaal gelandet ist. Die Ärzte entdeckten gerade noch rechtzeitig die Ursache und konnten ein Gegenmittel spritzen.“

„Der Graf war zwar steril, aber doch nicht schwanger …“, warf Elena ein.

„Dafür hatte er ein Magengeschwür oder etwas Ähnliches“, wurde sie von Giorgio unterbrochen, der hektisch in den Taschen seines Anzugs herumfingerte. „Wo steckt bloß das Kuvert mit dem Obduktionsbericht? Ah, da ist er ja. Schauen Sie, Dottore Ligety, was da steht: *Ulcus duodeni* …“

Aufgeregt deutete Giorgio mit dem Zeigefinger auf einen Passus, den er zuvor nur überflogen hatte.

„Geben Sie her. Ach ja, das ist eindeutig. Er litt an Geschwüren am Zwölffingerdarm, die kurz vor dem Aufbrechen waren. Daran kann man auch ohne eine entsprechende Menge Marcumar sterben, …“

„… aber mit dem Zeug im Leib hat man so gut wie keine Überlebenschance, ist das richtig, Doktor?“, ergänzte Ludwig. „Und kein Arzt würde zögern, eine natürliche Todesursache zu bescheinigen. Wie der Pathologe von Scotland Yard. Der musste angesichts der Kopfverletzung zwar das Wort *natürlich* weglassen, aber wurde auch nach anderen Ursachen für die Gehirnblutung gesucht? Hat man den ungewöhnlich hohen Blutverlust hinterfragt?“

Giorgio schüttelte nur stumm den Kopf, Ludwig kannte die Antwort ohnehin.

„Kommentar überflüssig“, sagte er trocken. „Patricia Deverell ist die Mörderin, der zornige junge Italiener ist ihr nur zuvorgekommen. Was ihr einen ziemlichen Schreck eingejagt haben dürfte. Denn dass sich die Polizei einschaltet, war nicht eingeplant. Aber dann ist für sie doch noch alles gut gegangen. Die Autopsie hat nichts Verdächtiges ergeben, ..."

„... sie besaß dank Elena ein perfektes Alibi, und der Zufall hat ihr mit Francini den idealen Sündenbock auf dem Präsentierteller serviert", stellte Adele, die ihr selbst auferlegtes Schweigen nicht länger durchhielt, lakonisch fest. „So viel Glück muss man erst einmal haben. Ihr Plan mit dem Geschwür hätte ja auch schief gehen können. Wieso hast du eigentlich davon gewusst? Wenn ich mich recht entsinne, hat es der Coroner nicht erwähnt?"

„Gewusst hab ich es nicht, aber geahnt", antwortete Ludwig. „Nach meiner Theorie musste der Graf an einer chronischen Krankheit gelitten haben, an der man verbluten kann. Also habe ich Giorgio angerufen, damit er sich den Obduktionsbericht nochmals vornimmt."

„Sydney hat mir eine Kopie mitgegeben, weil ich tagsüber zu nichts gekommen bin. Erst auf der Fahrt hierher habe ich hineingeschaut und da ist mir zufällig dieser Absatz aufgefallen. *Ulcus duodeni* kam mir bekannt vor, aber ich habe mir weiter nichts dabei gedacht ..."

„Ludwig hat dich im Unklaren gelassen, wonach er sucht?", fragte Elena erstaunt. „Das macht doch keinen Sinn."

Giorgio wand sich verlegen. „Wahrscheinlich habe ich nur mit einem halben Ohr zugehört, weil ..."

„... du der Meinung bist, dass dir Amateurdetektive ohnedies nur Zeit stehlen. Wer wüsste das besser als ich. Du warst nur zu höflich, um Ludwig abzuwimmeln, gib es zu."

„Lass ihn in Ruhe, Elena. Zwei Zicken an einem Tisch sind eindeutig zu viel“, leistete ausgerechnet Adele dem sichtlich betretenen Giorgio unerwartet Schützenhilfe. „Es genügt, dass ich gesponnen habe. Was mir übrigens leidtut, Ludwig, aber so ist das nun einmal mit alten Lehrerinnen. Sie wissen alles besser“, fügte sie mit entwaffnender Selbstironie hinzu.

„Elena hat leider recht, Adele. Aber wenn Sie schon so ehrlich sind, will ich es auch sein. Es stimmt, aus Erfahrung bin ich skeptisch, wenn Amateure bei Polizeiermittlungen mitmischen wollen. Da kommt meistens nichts dabei heraus. Jedenfalls nichts Gutes.“

Elena schwieg zu dem Seitenhieb, der eindeutig auf sie gemünzt war.

„Andererseits muss ich zugeben, dass wir Profis uns oft auf eingefahrenen Geleisen bewegen. Was im Großteil der Fälle durchaus richtig ist. Die Verbrecher, mit denen wir es in der Regel zu tun haben, sind recht einfach gestrickt – und für einen groben Klotz braucht man keine feine Klinge, sondern einen ebenso groben Keil.“

„Womit du hoffentlich nicht Maurizio meinst. Der ist weder grob noch ein Klotz. Nicht einmal du glaubst inzwischen mehr, dass er der Täter ist“, warf Elena ungnädig ein.

„Wie würdest du einen Mann bezeichnen, der einen anderen niederschlägt und hilflos verbluten lässt?“, konterte Giorgio. „Auch wenn sich Francini nach wie vor auf freiem Fuß befindet, die Polizei hat ihre Arbeit getan und aus einem ziemlich großen Kreis von Verdächtigen den Richtigen herausgesiebt.“

Wiederum wollte Elena dazwischenfahren, doch diesmal genügte ein Blick von Adele, um sie zurückzuhalten.

„Was Ludwig herausgefunden hat, ist sensationell", fuhr Giorgio fort. „Er hat mich überzeugt, dass Patricia Deverell ihren Mann ermorden wollte und zwar auf besonders perfide Art und Weise. *Wollte*, wohlgemerkt. Aber hat sie ihn auch tatsächlich umgebracht? Ich meine damit: Wäre er nicht vielleicht in jedem Fall den Kopfverletzungen erlegen? Oder ist er nur deswegen an den Folgen des Sturzes gestorben, weil er eine Überdosis Marcumar intus hatte? Was übrigens auch noch zu beweisen wäre, aber das hat Zeit."

Frank Ligety schüttelte den Kopf. „Leider nein. Ihr müsst euch beeilen, wenn es nicht schon zu spät ist. In einer Blutprobe zerfallen Cumarin-Derivate erfahrungsgemäß nach sechs bis sieben Tagen. Wann genau ist Deverell gestorben? Morgen ist es eine Woche her? Dann wird es eng. Bald lässt sich die ursprüngliche Menge des Wirkstoffs, von dem nicht mehr viel vorhanden sein dürfte, nicht mehr hochrechnen. Im Gewebe hält sich Cumarin meines Wissens nach etwas länger, aber auch das variiert. Die Leiche ist noch in der Pathologie, sagen Sie? Sehr gut!"

In Giorgios Kopf überschlugen sich die Gedanken. Deshalb hatte die Countess also mit so viel Nachdruck auf die Freigabe gedrängt. Mit Erfolg, denn Sydney war deswegen sogar ins Büro des Commanders zitiert worden. Auf Anweisung von ganz oben sollten die sterblichen Überreste des Earl of Wharvedale morgen früh von einem Bestattungsunternehmen abgeholt werden. Giorgio sah auf die Uhr. Halb elf vorbei. In Italien wäre es kein Problem, um diese Zeit jemanden anzurufen, aber in England?

„Worauf warten Sie noch? Es gilt nicht nur nachzuweisen, ob dem Mann Marcumar oder ein ähnliches

Präparat verabreicht wurde, sondern vor allem wie viel. Wie gesagt, der Wirkstoff zerfällt, es zählt jede Stunde."

Damit hatte ihm Ligety die Entscheidung abgenommen. Giorgio sprang auf, um ungestört telefonieren zu können. Ludwig nützte die Unterbrechung, um eine letzte Flasche Wein zu bestellen. „*Last order*, ihr wisst, da ist man hierzulande streng. Um elf ist Sperrstunde."

„War nicht einfach, Sydney zu überzeugen, aber er trommelt jetzt einen Pathologen aus dem Bett, der sich noch heute Nacht darum kümmern wird", erklärte er. „Aber er ist nach wie vor skeptisch. Seiner Einschätzung nach wird die Countess so oder so ungeschoren davonkommen."

„Obwohl sie ihren Mann mit Rattengift gefüttert hat ...", murmelte Frank Ligety grimmig vor sich hin.

„Wieso Rattengift?", fragten Mutter und Tochter wie aus einem Mund.

„Nichts anderes ist Marcumar, wusstet ihr das nicht? Nun ja, darüber spricht die Pharmaindustrie natürlich nicht. Klingt auch nicht wirklich gut", gab er sich gleich selbst die Antwort, ehe er mit konzentrierter Miene fortfuhr. „Ratten verbluten innerlich, wenn sie Cumarin-Köder fressen, die im Fachjargon Rodentizide genannt werden. Marcumar, so lautet der Handelsname des am häufigsten verwendeten blutverdünnenden Arzneimittels, enthält auch nichts anderes. Cumarin-Derivate setzt man am häufigsten nach Herzinfarkten, Herzklappenoperationen oder bei Vorhofflimmern ein. Die Dosierung ist allerdings eine heikle Sache. Deswegen müssen sich Marcumar-Patienten auch regelmäßigen Blutkontrollen unterziehen."

„Das Präparat ist natürlich verschreibungspflichtig ..."

„Keineswegs, Giorgio. Ich darf Sie doch so nennen? Und Sie lassen bitte endlich das *dottore* bleiben. Sie ahnen ja nicht, was man heutzutage alles ohne Rezept kaufen kann. Marcumar auf jeden Fall, denn es handelt sich nicht um ein Gift im herkömmlichen Sinn und Halluzinationen bekommt man davon auch nicht. Das schluckt kein Junkie, sondern nur jemand, der es braucht. Die Countess kann es in jeder Apotheke besorgt haben. Und das ist garantiert niemandem aufgefallen, wenn sie vorsichtig war und mehrere abgeklappert hat."

„Jedenfalls nicht in Fretton-on-Hill", wandte Ilse mit ihrem Sinn fürs Praktische ein. „Dazu ist der Ort viel zu klein. Und auch in keinem anderen Städtchen in der Umgebung von Yew Hall. Selbst Oxford erscheint mir riskant, aber dort nachzuforschen wäre zumindest einen Versuch wert."

„Laut Internet kommen in Oxford zehn *Pharmacies* auf rund 150.000 Einwohner", sagte Ludwig. Grinsend deutete er auf den leuchtenden Screen eines Smartphones, das er unter der Tischkante hervorzog. „Warum schaut ihr mich so erstaunt an? Weil ein alter Mann wie ich mit der Zeit geht? Dieses Wunderding habe ich mir selbst geschenkt und ich kann euch sagen, ich bin begeistert. Was wollt ihr wissen?"

„Wo genau die Gräfin Marcumar gekauft hat. Mit größter Wahrscheinlichkeit in London", antwortete Elena. „Da hilft uns kein Internet weiter, Ludwig. Du brauchst gar nicht erst zu googeln, wie viele Apotheken es in einer Stadt mit mehr als acht Millionen Einwohnern gibt. In jedem Fall zu viele, um Patricia Deverell auf die Schliche zu kommen. Wie es aussieht, hat sie den perfekten Mord begangen ..."

Weiter kam sie nicht. Mit beiden Fäusten trommelte Frank Ligety auf den Tisch.

„Wo leben wir eigentlich? In einer Bananenrepublik? Bei den Wilden, wo die Häuptlingsfrau den Häuptling umbringt, weil sie ihren Bastard auf den Thron setzen will?“, stieß er wütend hervor. „Dieses Miststück hätte um ein Haar auch Mrs. Bernhardt auf dem Gewissen, habt ihr das schon vergessen? Keine Frage, dass sie es war. Ein netter, kleiner Mordversuch, der genauso ungesühnt bleiben wird. Nein, damit kann und will ich mich nicht abfinden.“

„Und was gedenken Sie dagegen zu tun, Frank?“, fragte Giorgio. „Ihr eine Falle stellen? Das funktioniert nur in Romanen oder im Fernsehen, glauben Sie mir. Eine Möglichkeit gibt es allerdings noch ...“

„Die wäre? Sagen Sie schon!“

„Kann man das Aufbrechen eines Geschwürs medikamentös beschleunigen? Und wenn ja, womit?“

„Genial, Giorgio! Natürlich ist das möglich, aber auf diesem Gebiet bin ich nicht sattelfest. Bevor ich mich jetzt blamiere – darf ich mir Ihr Handy kurz ausleihen, Sir?“

Während sich Ludwig um die Rechnung kümmerte, war von Frank Ligety außer ein paar mühsam unterdrückten Flüchen wenig zu hören.

„Verflixt noch einmal, ich habe mich geirrt, mit Aflatoxinen funktioniert es nicht. Hätte ich mir eigentlich denken können.“ Einige Zeit sagte er nichts mehr, bis er schließlich erleichtert ausrief: „Da haben wir es! Allein in England sterben bis zu tausend Menschen pro Jahr an gastrointestinalen Komplikationen, wie sie unter anderem als Nebenwirkung von NSAID auftreten. Und die Dunkelziffer dürfte deutlich höher liegen.“

Ligety klappte Ludwigs Handy zu und lächelte in die Runde, die nur Bahnhof verstanden hatte und ihn fragend ansah.

„Sorry, ich wollte mich nicht mit Fachkauderwelsch wichtigmachen. Im Klartext heißt das, dass Menschen mit Geschwüren im Magen- oder Darmtrakt mit *non-steroidal anti-inflammatory drugs*, kurz NSAID genannt, vorsichtig umgehen müssen. Kurzum, alle entzündungshemmenden Schmerzmittel können Blutungen auslösen, wobei die bei Rheumatherapien angewandten Medikamente am gefährlichsten sind. Und zwar vor allem dann, wenn man an einem Zwölffingerdarmgeschwür leidet. Die kommen übrigens vier Mal öfter vor als Magengeschwüre, sie treten zumeist im mittleren Lebensalter auf und interessanterweise bei Männern zweimal so häufig wie bei Frauen – und bei der Blutgruppe 0."

„Passt alles perfekt auf Roger Deverell", warf Giorgio ein. „Er war ja geradezu ein Schulbeispiel ..."

„... und hätte deshalb auch früher oder später garantiert mit starken Blutungen auf ein Anti-Rheuma-Mittel reagiert. Rofecoxib wurde wegen der Nebenwirkungen bereits vom Markt genommen, aber auch bei Ibuprofen oder Diclofenac ist Vorsicht geboten. Weshalb kein seriöser Arzt einem Patienten mit einem Magen- oder Darm-Geschwür ein Antirheumatikum verschreiben würde."

„Alles schön und gut, aber machen Sie sich keine Illusionen", dämpfte Adele die Euphorie, die Ligety erfasst hatte. „Selbst wenn der Toxikologe einen Teufelscocktail aus Blutverdünnungs- und Schmerzmitteln nachweisen kann, hat Scotland Yard damit zwar Indizien, aber keine Beweise in der Hand. Und wenn Patricia Deverell die Nerven behält, ..."

„... reicht es nicht einmal für eine Anklage. Ein trauriges Schlusswort, aber es wird dir keiner widersprechen“, sagte Ludwig. „Wir sind die letzten und der Kellner wartet darauf, dass wir endlich gehen. Überschlafen wir die Sache, dann sehen wir weiter.“

*„One for the road?* Ich kenne ein Lokal ganz in der Nähe ...“, fragte Frank Ligety, nachdem er sich für die Einladung bedankt hatte. Ludwig sah Adele fragend an.

„Ein andermal“, winkte sie ab. „Zumindest was mich betrifft, ich möchte ins Bett. Und Ilse hat auch schon ganz kleine Augen.“

Zu Elenas Überraschung stimmte Giorgio zu. „Auf maximal einen Drink, Frank. Um zehn muss ich morgen meinen Vortrag halten, was schon schlimm genug ist. Und um acht steht Sydney vor meiner Tür.“ Auch Elena war alles andere als müde, aber als ihre Mutter sich bei ihr unterhakte und sie mit sich fortzog, blieb ihr nichts anderes übrig, als sich zu fügen.

Seite an Seite schlenderten die beiden Männer die Uferpromenade stromabwärts, während Ludwig und seine Damen den Weg zur Tube Station einschlugen. Die meisten Londoner Pubs schlossen auch nach Aufhebung der streng begrenzten Öffnungszeiten um elf. Im Blind Mouse in einer unscheinbaren Seitengasse, die Frank zielstrebig angesteuert hatte, herrschte hingegen kurz vor Mitternacht Hochbetrieb.

„Gutes altes Southwark, Touristen werden Sie um diese Tageszeit hier kaum finden“, lachte Frank und drängte sich zur Theke vor, wo man ihm unaufgefordert einen Whiskey einschenkte. *„The same for your brother?“* Giorgio nickte verblüfft. Der Arzt war offenbar Stammgast und ihn hielt man für den Bruder. Kein Wunder, dachte er, als er ihre Spiegelbilder an der Hinterwand der Bar betrachtete. Volles schwarzes Haar, braune Augen, schmale Gesichter mit regelmäßigen Zügen und dazu noch unübersehbare dunkle Bartstoppeln, denen keine Rasur länger als ein paar Stunden Herr wurde – sie sahen einander wirklich ähnlich. Wenn er Elenas Typ war, dann musste ihr der um einiges jüngere Mann erst recht gefallen.

„Auf Elena", sagte Frank mit einem Augenzwinkern und hob sein Glas. Ihm war nicht entgangen, wie Giorgio auf die Bemerkung des Barkeepers reagiert hatte.

„Und auf Ludwig", erwiderte Giorgio, doch Ligety ließ sich nicht so einfach von dem Thema ablenken, das ihm auf der Seele brannte.

„Sie dürfen nicht glauben, dass zwischen Elena und mir ..."

„... etwas vorgefallen ist, was ich besser nicht wissen sollte. Nein, das glaube ich nicht, sonst wäre ich jetzt nicht hier. Ich gebe zu, am Anfang war ich ..." Giorgio zögerte, bevor er weitersprach. „Ich gebe es ungern zu, aber ich war eifersüchtig. Aber nicht allzu sehr", wiegelte er im selben Atemzug wieder ab. „Auf Elena ist Verlass."

„Auf mich ebenfalls. Zumindest, seit ich Sie kenne. Es ist nicht meine Art, einem Mann, den ich schätze, die Frau auszuspannen. Ich hoffe sehr, dass wir drei weiterhin in Kontakt bleiben. Aber es gibt noch etwas, worüber ich mit Ihnen sprechen will. Verstehen Sie mich nicht falsch, ich möchte einem Profi nicht ins Handwerk pfuschen. Ich mag es auch nicht, wenn medizinische Laien im Internet surfen und dann alles besser wissen als ihre Ärzte."

„Raus damit."

„Vielleicht lässt sich über die Oyster-Card herausfinden, in welchem Teil Londons sich Patricia Deverell mit den Medikamenten eingedeckt hat. Sie wird ja nicht mit dem Taxi von Apotheke zu Apotheke gefahren sein. Das klappt natürlich nur, wenn sie eine namentlich registrierte Karte verwendet oder per Überweisung eingezahlt hat.“

„Keine schlechte Idee“, antwortete Giorgio gedehnt. „London Transport zeichnet jede gefahrene Strecke auf, richtig? Wenn die Daten lang genug gespeichert werden, haben wir vielleicht Glück.“

Plötzlich durchzuckte ihn ein Geistesblitz. Natürlich, das war es! Wie konnte er das Naheliegendste übersehen haben? Das musste er seinem neuen Freund, der ihn mit routiniertem Medizinerblick musterte, nicht gleich auf die Nase binden.

„Sie haben es geschafft, *caro Francesco*“, lenkte er ab. „Jetzt werde ich wortbrüchig. Die nächste und unwiderruflich letzte Runde geht auf mich.“

Als er eine Stunde später endlich im Bett lag, galt Giorgios letzter Gedanke der Idee, mit der er Sydney überraschen wollte. Mit dem heiteren Lächeln eines Mannes, dem nicht nur ein paar Gläschen Whiskey Flügel verliehen hatten, schlief er ein.

## 25. Kapitel

Am liebsten hätte sie eine Flasche Champagner bestellt, aber der war vorerst genauso gestrichen wie ihre geliebten Benson & Hedges. Kein Alkohol, keine Zigaretten bis zur Geburt – an die Anweisungen ihres Arztes würde sie sich strikt halten. Für das erste Kind sei sie mit 42 Jahren relativ alt, hatte er ihr heute Nachmittag unverblümt erklärt und gleich noch eins draufgesetzt: Die Natur lasse sich nicht betrügen und Frauen, die sich vor dem Klimakterium noch rasch ins Wochenbett legten, müssten doppelt vorsichtig sein. Eigentlich eine Unverschämtheit. Nur ein Gynäkologe, dem ganz London die Ordinationstüre in der Harley Street einrannte, konnte sich solche Grobheiten leisten.

Im Gegensatz zu vielen seiner Kollegen, die sich nicht selten irrten, weigerte er sich prinzipiell, vor der dreizehnten Schwangerschaftswoche eine Prognose über das Geschlecht eines Babys abzugeben. Bub oder Mädchen – seit ein paar Stunden hatte sie endlich Gewissheit. Der Doktor ahnte nicht, wie viel für sie davon abhing, denn eine zweite Chance würde sie nicht bekommen. Nunmehr aber stand es fest: In weniger als einem halben Jahr würde sie, Patricia Marilyn Deverell, den vierzehnten Earl of Wharvedale zur Welt bringen.

Sie hatte hoch gepokert und alles auf eine Karte gesetzt. Nun konnte sie keiner mehr aus Yew Hall vertreiben. Nicht ihr Mann, der in einem Kühlfach der Prosektur lag, und schon gar nicht seine Schwester, der nach den ungeschriebenen Hausgesetzen der Wharvedales der Familiensitz zufiel, falls es keinen männlichen Erben geben sollte.

Ein böses Lächeln umspielte Patricias Lippen. Ihre Schwägerin sah sich bereits als Schlossherrin und benahm sich dementsprechend. Typisch, dass sie ausgerechnet im Claridge's abgestiegen war. Gemeinsam mit ihrem sogenannten Enkel hat sie sich dort einquartiert, wo die Royal Family ihre Gäste unterbrachte.

Sie selbst gab dem eben erst eröffneten Bulgari in Knightsbridge den Vorzug. Ihr sagte der unterkühlte Stil des italienischen Star-Architekten Antonio Citterio mit seiner Vorliebe für Schwarz, Silber, Spiegel und Glas weit mehr zu als der Goldglanz eines Art-Déco-Ambientes. Und im Unterschied zu Florence, die bald aus allen Wolken fallen würde, verfügte sie auch über die entsprechenden Mittel, um sich eine der 170-Quadratmeter-Suiten in der derzeit teuersten Unterkunft Londons leisten zu können.

„Kennst du die Steigerung von vulgär? Volgare, Vulgarity – Bulgari. Sagt man zumindest in Mailand. Gemein, aber nicht ganz unberechtigt. Willst du nicht doch lieber mit mir ins Claridge's kommen? Schau dir doch die Typen an, die da gerade hineingehen. Bist du sicher? Na dann, viel Vergnügen mit den Oligarchen aus Russland", hatte Florence gelästert, als Charles gestern früh vor der schmucklos-eleganten Fassade des funkelnagelneuen Designhotels vorgefahren war.

Ihr wird die Lust am Spotten schon noch vergehen. Spätestens dann, wenn sie selbst zum Gespött geworden ist. Patricia konnte sich die Schlagzeilen unschwer ausmalen, wenn die Kunstfahnder von Scotland Yard ihre Ergebnisse publik machten. Lediglich der Familienschmuck war vermutlich noch echt. Das meiste andere von Wert, das nicht ihm gehörte, dürfte Roger in seiner Gier längst durch Kopien ersetzt haben. Vor allem den Turner, den Florence nun so rasch wie möglich unter den Hammer bringen wollte.

Ein ganz ähnliches Bild aus der Serie „Modern Rome“ hing nunmehr im Getty Museum von Los Angeles. Es stammte aus dem Besitz des Earl of Rosebery, der mit dem Verkauf seines Turners um 35 Millionen Pfund reicher geworden war. So mancher Spross aus Englands Adel verhökerte neuerdings seine Schätze – und wurde dafür von den Medien gekreuzigt. So auch Prinzessin Dianas Bruder, der kürzlich nicht weniger als 750 Kunstwerke aus der Familiensammlung der Grafen Spencer bei Sotheby's verscherbelt hatte.

Dem Earl of Wharvedale und seinen Freunden hingegen konnte niemand einen *Ausverkauf des nationalen Erbes* vorwerfen. Sie hatten einen einfacheren – und einträglicheren – Weg gefunden, die Schätze ihrer Väter in bare Münze zu verwandeln. In aller Stille und an der Steuer vorbei.

Wer klammheimlich ein kostbares Gemälde verkaufen wollte, war bei Roger an der richtigen Adresse. Sobald sich das Werk erst einmal in seiner Obhut befand, kümmerte er sich um alles Weitere. Ganz offiziell wurde das Bild einem Restaurator anvertraut, der sein Metier verstand. Und zwar so gut, dass er eine perfekte Kopie anfertigen konnte.

Dank seiner phänomenalen Verbindungen hatte Roger nicht nur die besten Fälscher, sondern auch einen zahlungskräftigen Kundenkreis an der Hand, der größten Wert auf Diskretion legte. Und die war auf Yew Hall garantiert. Auf dem gräflichen Landsitz konnte das jeweilige Objekt der Begierde von Interessenten und ihren Gutachtern unauffällig in Augenschein genommen werden. Sie mussten nur eine von Deverells Reisebüro veranstaltete Schlösser-&-Gärten-Tour durch die Cotswolds buchen und ersparten sich Heimlichkeiten und konspirative Treffen.

Auf Yew Hall waren alle Fäden zusammengelaufen und zu einem Netz aus Fälschung und Betrug verwoben worden. *No risk, more fun* – Roger Deverells Geschäftsmodell war schlicht, aber genial gewesen.

Durch puren Zufall hatte Patricia vor einigen Jahren entdeckt, was hinter ihrem Rücken vor sich ging. Roger war nichts anderes übrig geblieben, als die Flucht nach vorn anzutreten: Er flog mit ihr auf die Kanalinseln und machte sie zur Zeichnungsberechtigten für seine Offshore-Konten.

Was sie in ihrer Naivität für einen Vertrauensbeweis gehalten hatte, entpuppte sich als Demütigung. Mitgehangen, mitgefangen, hatte er ihr höhnisch ins Gesicht geschleudert. Und im selben Atemzug klar gemacht, dass er nun vor Erpressungsversuchen ihrerseits in Sicherheit war. Für das Gesetz galt sie durch ihre Unterschrift zumindest als Mitwisserin, wenn nicht gar als Mittäterin. Somit blieb ihr nichts anderes übrig, als den Mund zu halten.

Von selbst wäre sie niemals auf die Idee gekommen, ihr Wissen gegen den eigenen Mann zu verwenden. Roger hätte es nicht nötig gehabt, ihr die vermeintliche Waffe aus der Hand zu schlagen. Voll Bitterkeit dachte Pat an die hässliche Szene zurück – an den Anfang vom Ende. Während sie sich auf die Reise nach Guernsey gefreut und von einem zweiten Honeymoon geträumt hatte, war er nur darauf aus gewesen, sie auszutricksen.

Etwas war damals in ihr zerbrochen. Und in diesem Moment hatte sie den Entschluss gefasst, ihr Leben wieder selbst in die Hand zu nehmen. Sie begann, die Renovierung der Londoner Stadtwohnung voranzutreiben, um sich nicht länger auf dem Land vergraben zu müssen. Sie ging wieder unter Leute, indem sie die Mitgliedschaft bei ihrem Golf-Club endlich nützte. Und sie verordnete sich mindestens zwei Mal im Jahr einen Flug nach Los Angeles, wo sie alte Freundschaften erneuerte und neue knüpfte.

Dort traf sie auch den ersten aus einer Reihe von jungen Liebhabern, mit denen sie Roger von da an betrog. Selbst schuld, rechtfertigte sich Pat, als sie deswegen ein schlechtes Gewissen hatte. Warum schlief er auch kaum noch mit ihr? Mit Freuden hätte sie jeden ihrer Galane gegen den eigenen Ehemann eingetauscht. Roger war ein hemmungsloser Egomane und ein charakterloser Kerl, ein skrupelloser Lügner und Betrüger, aber er wusste, wie man eine Frau glücklich machte. Zumindest im Bett.

Patricia hob die mit Orangensaft gefüllte Sektflöte und prostete ihrem Spiegelbild zu. Sie gefiel sich in dem knöchellangen dunkelroten Gewand, das ihre noch schlanke Figur umspielte. Wenn sie sich recht entsann, nannte man ein solches Mittelding zwischen Nachthemd und Abendrobe Kaminkleid. Eine idiotische Bezeichnung, die nur noch die Generation ihrer Mutter verwendete. Wie auch immer, das Modell, das sie trug, hatte ein kleines Vermögen gekostet. Aber warum sollte sie ihr Geld nicht mit vollen Händen ausgeben?

Abgesehen von Anteilen an den Firmen ihres Vaters verfügte sie nun auch über Rogers Schwarzgeld-Konten. Weil sie geistesgegenwärtig genug gewesen war, alle brisanten Unterlagen noch vor dem Eintreffen der Polizei aus dem Safe zu holen. Nicht auszudenken, wenn die Papiere in die falschen Hände geraten wären. Statt des sorgsam auf den Kanalinseln gebunkerten Geldes hätte sie demnächst ein Verfahren wegen Steuerhinterziehung in Millionenhöhe am Hals.

Niemand sollte den Fehler begehen, sie zu unterschätzen! Wenn es darauf ankam, bewahrte sie besser als jede andere kühles Blut. Wie auch am Pokertisch, was selbst ihr mit allen Wassern gewaschener Ehemann irgendwann eingestehen musste. Üblicherweise war er es gewesen, der seine Freunde abzockte, gegen seine Frau aber hatte selbst Roger Deverell nur selten eine Chance gehabt.

Umso unverständlicher erschien Pat ihre Kurzschlusshandlung. Weshalb war sie dermaßen ausgerastet? Nur weil die alte Dame, die im Rathaus von Fretton neben ihr gesessen war, sie in der Umstandsmoden-Abteilung von Harrods ertappt hatte?

Nein, weil ihre Alarmglocken geschrillt hatten – und auf ihre Instinkte war stets Verlass. Niemand versteckte sich ohne guten Grund zwischen Kleiderständern wie diese Person, die ihr offenbar hinterherschnüffelte. Dennoch, etwas Dümmeres als dieser stümperhafte Versuch, sich ihrer zu entledigen, hätte ihr nicht einfallen können.

Vielleicht sollte sie sich jetzt doch ein klitzekleines Schlückchen Dom Pérignon gönnen? 280 Pfund verlangte man im Bulgari für die Flasche. Das wäre selbst für sie ein teurer Spaß, denn das meiste würde sie wegschütten müssen. Sie konnte natürlich auch einen der hübschen Burschen vom Etagenservice einladen, ihr Gesellschaft zu leisten ...

Besser nicht, beschloss Pat. Zweifellos hatte man sie erkannt und der Jüngling würde allzu leicht der Versuchung erliegen, sein Liebesabenteuer mit der derzeit prominentesten Witwe des Landes einem Schmierblatt zu stecken. Patricias Blick fiel auf den Zeitungsstapel zu ihren Füßen. Vor bald einer Woche war Roger gestorben, aber die Medien überschlugen sich nach wie vor mit Spekulationen über den berühmt-berüchtigten Earl of Wharvedale und seinen mysteriösen Tod.

Alle alten Skandale wurden noch einmal aufgewärmt, was unangenehm, aber nicht zu verhindern war. Umso rascher musste sie für neue Schlagzeilen sorgen, und zwar für Schlagzeilen nach ihrer Regie. Ein prunkvolles Begräbnis, eine schöne, traurige Witwe, die ein Baby erwartete – besseres Futter für die Medien konnte es wohl kaum geben.

Sarg oder Urne, auch darüber hatte sie mit Florence, die ihren Bruder in aller Stille in der Familiengruft beisetzen wollte, eine heftige Diskussion geführt. Aus der sie als Siegerin hervorgegangen war. Sobald die Polizei die Leiche freigab, würden Rogers sterbliche Überreste unverzüglich verbrannt werden. Wenn Florence unbedingt dabei sein wollte, war ihr das natürlich freigestellt, aber eine Trauerfeier würde es im Krematorium nicht geben.

Spätestens morgen Mittag war es endlich so weit. Aus dem Häufchen Asche, das von Roger übrig blieb, konnte ihr niemand mehr einen Strick drehen. Ein beruhigender Gedanke, auch wenn Pat nicht ernsthaft gefürchtet hatte, dass ein übereifriger Pathologe im letzten Moment doch noch misstrauisch werden könnte. Es war wirklich zu dumm, dass dieser Maurizio dazwischenfunken musste! Nach ihrem Plan wäre Roger friedlich im Bett gestorben, wodurch ihr einige Ängste erspart geblieben wären.

Zum Beispiel, dass irgendwer auf den Gedanken kommen könnte, sie hätte ihrem Mann ein Kuckucksei ins gräfliche Nest gelegt. Aber egal, selbst wenn im Obduktionsbericht etwas von einer Vasektomie stand, wer konnte nach der Einäscherung beweisen, dass Roger sich keiner Rückoperation unterzogen hatte?

Sicher war sicher – erst wenn eine neuerliche Untersuchung nicht mehr möglich war, würde sie ihre Schwangerschaft publik machen.

Dasselbe galt für den Medikamenten-Mix, den sie Roger verabreicht hatte. In den Blutproben in der Asservatenkammer des Yard waren die an sich harmlosen Substanzen, die ihn letztlich jedoch umgebracht hatten, vermutlich nicht mehr nachzuweisen, möglicherweise aber noch in der Leiche.

Allmählich bekam sie Hunger. Um ins Restaurant zu gehen, hätte sie sich umziehen müssen, und dazu verspürte Pat nicht die geringste Lust. Wozu hatte sie eine Suite gebucht? Kurzentschlossen bestellte sie beim Room-Service ein simples Omelette mit Salat und eine große Flasche Mineralwasser.

Während sie auf ihr Essen wartete, zappte sich Pat durch einige TV-Kanäle, fand aber nichts, was sie von dem Durcheinander in ihrem Kopf und ihren Erinnerungen ablenken konnte. Wie auch? Es gab kein Quiz, keinen Film und schon gar keinen Krimi, der es mit der Seifenoper aufnehmen konnte, die sich seit Rogers Tod in ihren Gedanken abspielte. Pat lehnte sich zurück, schloss die Augen – und schon saß sie mittendrin in ihrer höchstpersönlichen Reality-Show. Mit einem Earl und einer Countess in den Hauptrollen.

Der Einstieg: Ein Graf mittleren Alters kehrt nach einer Gastroskopie mit schlechten Nachrichten auf seinen Landsitz zurück. Der Befund: Zwölffingerdarmgeschwür. Die Therapie: Strikte Diät. Eine Katastrophe, denn ab sofort muss er auf alles verzichten, was sein Leben lebenswert macht.

Dementsprechend gestaltete sich das Alltagsleben auf Yew Hall. Keine Feste, keine Freunde, keine Fröhlichkeit, kein Lachen. Nur ein Hausherr, der mit schmerzverzerrtem Gesicht in seinem Schloss umherschlich, wegen jeder Kleinigkeit brüllte und seiner schönen jungen Frau das Leben zur Hölle machte.

In den weiteren Folgen Variationen eines einzigen Themas: Eine verzweifelte Gräfin, die sich ihre Zukunft an der Seite eines viel zu früh gealterten Lebemanns ausmalt. Nur ab und zu sieht das Drehbuch eine Sexszene vor, allerdings ohne Küsse, ohne Zärtlichkeiten. Zwischen dem Ehepaar, das nach außen weiterhin die Form wahrt, herrscht Eiseskälte. Dennoch hat die Countess eine Hoffnung nicht aufgegeben: Sie will ein Kind. Um jeden Preis.

Ende der ersten Staffel: Die einsame Gräfin recherchiert im Internet über Darmerkrankungen – und stößt dabei auf einige interessante Informationen. Allmählich nimmt in ihrem Kopf ein Plan Gestalt an. Ihre Intelligenz gegen den Rest der Welt – endlich ein Poker nach ihrem Geschmack. Sie weiß nun, wie sie den perfekten Mord begehen könnte – dennoch bleibt er vorerst ein Gedankenspiel.

Ein Spiel, aus dem bald tödlicher Ernst werden sollte.

Ein Klopfen an ihrer Tür ließ Pat erschrocken auffahren. Wie in Trance öffnete sie dem Etagenkellner, der genauso gut aussah, wie sie es sich vorgestellt hatte. Wo steckte bloß ihre Tasche? Im Bulgari erwartete das Personal für jeden Handgriff ein fürstliches Trinkgeld. Sogar der Liftboy, der nur einen Knopf drückte und freundlich lächelte, wurde von manchen Gästen mit einem Fünf-Pfund-Schein belohnt.

Zwei Pfund für das Bringen eines Tablettes erschienen Pat durchaus angemessen. Der junge Mann, der sich kaum bedankte, sah das eindeutig anders. Florence hatte nicht ganz unrecht, neureiche Russen und arabische Öl-Scheichs verdarben die Preise – und den Stil. Wie viel würde der Jüngling wohl für ein Schäferstündchen berechnen? Pat lachte hell auf. Nicht mit ihr! Noch konnte sie sich die Männer aussuchen, die sie mit ins Bett nahm.

Das Intermezzo hatte ihre Laune gehoben, sie machte sich mit Genuss über ihr bescheidenes Abendmahl her. Weshalb grübelte sie über Dinge, die nicht mehr zu ändern waren? Weil sie die Vergangenheit „aufarbeiten" musste – das hätte zumindest ihr Psychiater in Los Angeles gesagt. Insgeheim wusste Pat, dass er recht hatte. Bevor ihre Taten endgültig ad acta gelegt werden konnten, musste sie sich ihnen noch einmal stellen.

Es war der 27. März gewesen. Ein stürmischer Tag, der noch keine Ahnung von Frühling in sich trug. In ihrem Inneren aber schien die Sonne, heller und strahlender als je zuvor. Überglücklich stürmte sie in Rogers Salon. Es gab keinen Zweifel mehr: Sie war endlich schwanger!

Wie deutlich sah sie heute noch sein Gesicht vor sich. Das ungläubige Staunen, das sich allmählich in einen undefinierbaren Ausdruck verwandelte. Eine gute Nachricht fürwahr, hatte er mit bösartigem Grinsen erklärt. Damit liefere sie ihm den lang ersehnten Scheidungsgrund, denn von ihm könne das Baby nicht sein. In einer Mischung aus Triumph und Schadenfreude schleuderte er ihr die Wahrheit entgegen: Er hatte sich schon vor ihrer Hochzeit sterilisieren lassen. Weil er keine Kinder wollte, warum wohl sonst?

Wer also war der Erzeuger dieses Bastards, der natürlich nicht als ein Wharvedale zur Welt kommen durfte? Dafür würden seine Anwälte sorgen. Dann sei auch Schluss mit ihrem lächerlichen Gräfinnen-Getue, dieser Peinlichkeit, über die sich seine Freunde hinter vorgehaltener Hand lustig machten. Ob sie denn verdrängt habe, was im Ehevertrag stand? Im Übrigen interessiere es ihn herzlich wenig, mit wem sich seine Frau im Bett herumgewälzt hatte. Vermutlich mit dem neuen Golflehrer, das würde zu ihr passen.

Noch aber wolle er ihr eine Galgenfrist als Hausherrin auf Yew Hall gewähren. Sie solle aber ja keine Hoffnung schöpfen oder glauben, dass er auf ihre Anwesenheit den geringsten Wert lege. Er wolle sich durch ihre Eskapaden nur nicht im letzten Moment den Einstieg in einen neuen Geschäftszweig verderben lassen. Damit sei alles gesagt. Keine weiteren Störungen, bitte. Sein Magen, der ihm seit ein paar Tagen kaum zu schaffen gemacht hatte, spiele wieder einmal verrückt, und er wolle allein sein.

Welch ein Glück, dass ihr Baby nicht die Gene eines solchen Ekels in sich trug! Mit diesem Gedanken war Pat aus Rogers Salon gestürzt. Jeder andere war ihr als Vater lieber als dieser abgetakelte Playboy, der mittlerweile nur noch ein Gesprächsthema kannte: Seine Gesundheit. Aber was nun? Von wegen in Würde mit Schmerzen umgehen! Rogers Krankheit, die wahrscheinlich halb so schlimm war, entwickelte sich mehr und mehr zum Alptraum für alle, die mit ihm leben mussten. Am besten, er wäre tot!

Fünf kleine Worte, die in ihrem Kopf hämmerten.

Der perfekte Mord – es war doch ganz einfach. Was sie dafür brauchte, bekam man in jeder Apotheke. Oder noch bequemer: per Internet. Jede Woche lieferte der Postbote mindestens ein Päckchen für sie auf Yew Hall ab. Es würde nicht auffallen, wenn sie ein Sortiment gängiger Blutverdünnungs- und Anti-Rheuma-Mittel bestellte.

Wie vermutet eignete sich nur ein Teil der Medikamente, um in einen Drink gemixt zu werden. In Rogers geliebtem Campari wären die bitteren Pillen, die sie ihm im wahrsten Sinne des Wortes zu schlucken gab, nicht weiter aufgefallen. Bei den Kräutertees, die er neuerdings in sich hineinschüttete, musste sie vorsichtiger sein. Was allzu intensiv schmeckte oder sich nur zu grobem Pulver zerreiben ließ, spülte sie in der Toilette hinunter.

Nachdenklich drehte Pat an dem Ring mit dem eingravierten Familienwappen. Dass Roger wie eine Ratte verblutet war, entbehrte nicht einer gewissen Ironie. Nicht nur einmal hatte er sich gerühmt, das beste von allen chinesischen Tierkreiszeichen zu sein. Sie sei leider nur ein Hund. Eine unterwürfige Kreatur, die vor dem eigenen Schatten davonlief. Ratten hingegen würden sich den Herausforderungen des Lebens stellen. Für ihre Führungsqualitäten seien sie genauso bekannt wie für ihren legendären Geschäftssinn. Diese Eigenschaften könne man ihm ebenso wenig absprechen wie seinen unwiderstehlichen Charme. Zudem führten die Wharvedales seit jeher eine tanzende Ratte in ihrem Wappen. Eine Seltenheit in der Heraldik, was man in Rogers Kreisen durchaus zu schätzen wusste.

In Kreisen, die nun endgültig die ihren waren. Auch wenn Pat im Grunde ihres Herzens die Gesellschaft verabscheute, die nur Verachtung für die Tochter eines hemdsärmeligen Amerikaners übrig hatte. Wie merkwürdig, dass man sich etwas gleichzeitig wünschen und es verwünschen konnte. Dazuzugehören zählte für sie mehr als alle Millionen ihres Vaters zusammen – und jetzt war es endlich soweit. Als Mutter des nächsten Earl of Wharvedale würde man ihr die ersehnte Anerkennung nicht länger verweigern können.

War der Preis, den sie dafür gezahlt hatte, zu hoch? Nein und nochmals nein. *Je ne regrette rien.* Auf Yew Hall hätte sie sich jetzt im Musiksalon die Piaf angehört.

Pat trat ans Fenster. Neun Uhr, aber noch immer nicht völlig finster. Eindeutig zu früh, um zu Bett zu gehen. Worauf wartete sie eigentlich? Wer schrieb ihr vor, was sie zu tun und zu lassen hatte? „Niemand!", rief sie jubelnd aus, als sie endlich begriff, dass die Türe ihres goldenen Käfigs offenstand.

*Nimm dir im Leben, was du willst, und bezahle dafür – sagt Gott.* Warum kam ihr plötzlich das spanische Sprichwort in den Sinn, das ihre mexikanische Nanny ihr einst ins Ohr geflüstert hatte? Welcher Gott? Wenn es ihn denn wirklich gab – ihre Rechnung war bezahlt. Schon seit Langem.

Heute hatte sie zum letzten Mal vor sich selbst Rechenschaft abgelegt – und damit endgültig einen Schlussstrich gezogen.

Nein, sie bereute nichts.

*No, I don't feel sorry about anything, it's paid for, removed, forgotten.* Leise vor sich hin summend ging Pat ins Schlafzimmer ihrer Suite.

## 26. Kapitel

„Charles? Guten Morgen. Habe ich Sie aufgeweckt? Entschuldigen Sie, aber es ist dringend.“

„Mrs. Martell?“

„Wer sonst? Bekommen Sie öfters Anrufe von Damen mit Wiener Akzent?“

„Ebenfalls einen guten Morgen. Was kann ich für Sie tun?“

„Mir sagen, wo ich Maurizio finden kann. Oder Lady Florence. Ich muss den beiden etwas ganz Wichtiges mitteilen.“

„Nicht um acht Uhr früh“, widersprach Charles. „Wir sind in England, da findet selbst der Weltuntergang nicht vor halb elf statt.“

Elena lachte. „Was, durch die Blume gesagt, nichts anderes heißt, als dass ich mich unmöglich benehme. Weil ich Sie zu einer unchristlichen Zeit aus den Federn geholt habe. Tut mir leid, aber Sie werden gleich verstehen.“

Botschaft angekommen! Charles schmunzelte in sich hinein.

„Ein Vorschlag zur Güte. Ich mache mir erst einmal einen Kaffee und rufe Sie in etwa zwanzig Minuten zurück.“

Elena konnte ihre Ungeduld zwar kaum bezähmen, aber ihr blieb nichts anderes übrig, als zu warten. Sie selbst war schon seit einer halben Ewigkeit munter. Genauer gesagt: Seit sie ein hypernervöser Giorgio vor mehr als einer Stunde aus dem Schlaf gerissen hatte. Dieser vermaledeite Vortrag, den er heute Vormittag halten musste, lag ihm wirklich im Magen. So sehr, dass er seit dem Morgengrauen über seinen Unterlagen brütete. Auf die Idee, dass sie gerne länger geschlafen hätte, war er erst gar nicht gekommen.

Andererseits war es vielleicht ganz gut, dass Giorgio für seine Umwelt blind und taub zu sein schien. Sonst hätte er möglicherweise erraten, was sie im Schilde führte. Elena konnte sich unschwer vorstellen, wie er auf ihr Vorhaben reagieren würde.

Sie mit Vorwürfen zu überhäufen, war noch das Mindeste! Völlig zu Unrecht, fand Elena. Sollte er doch explodieren. Oder sich samt seinem Sydney in einen Trotzwinkel zurückziehen! Sie verriet jedenfalls kein Amtsgeheimnis und beging auch keinen Vertrauensbruch, wenn sie Maurizo Francini und Florence Deverell mitteilte, was Ludwig herausgefunden hatte. Was konnte denn sie dafür, dass ein Amateur wie Ludwig schlauer war als alle Profis von Scotland Yard zusammen.

Ihr machte viel mehr zu schaffen, dass sie Charles in einen gehörigen Konflikt brachte. Bei aller Sympathie für Lady Florence, als Butler stand er nun einmal in den Diensten von Countess Patricia – und bis zum Beweis ihrer Schuld war er in erster Linie ihr zu Loyalität und Treue verpflichtet.

„Die nächste *tube-station* ist Bond Street, von dort sind es drei Minuten zum Claridge's. Und grüßen Sie bitte Lady Florence von mir."

Typisch Charles! Wie versprochen hatte er sich pünktlich auf die Sekunde gemeldet und ihr auch gleich so etwas wie ein Empfehlungsschreiben mitgegeben. Er wusste genau: Wenn Elena seine Grüße ausrichtete, konnte sie nicht ohne Weiteres abgewiesen werden.

Vom Russel Square eine Station bis Holborn und umsteigen in die Central Line bis Bond Street. Oder von Kings Cross mit der Victoria Line zum Oxford Circus und von dort zu Fuß weiter? Ein nahezu wolkenloser Himmel nahm Elena die Entscheidung ab. Ein Bummel durch Mayfair an einem schönen Maitag, das passte perfekt. Wie hieß es in ihrem Reiseführer? *... der aristokratischste Teil des aristokratischen Westend* – na, dann mal los! Aber nicht in Jeans und Sneakers, sondern in Kostüm und Pumps. Wenn sie gleich aufbrach, blieb ihr genügend Zeit, sich St. George's am Hannover Square anzusehen. Die Kirche aus dem frühen achtzehnten Jahrhundert, in der Georg Friedrich Händel musiziert und Theodore Roosevelt geheiratet hatte, wollte sie schon immer einmal sehen.

Eine bemerkenswerte Architektur im Stil von Christopher Wren, stellte Elena fest, als sie das Säulenportal erblickte, das kühn und selbstbewusst über das Pflaster des Gehwegs ragte. Zweifellos eine der schönsten Kirchen Londons. Und im Gegensatz zu St. Paul's, wo man unverschämte Eintrittspreise verlangte, wollte hier niemand einen Obolus. Spontan griff sie nach ihrer Geldbörse. Sie wehrte sich nur gegen Zwangsabgaben und Nepp, eine freiwillige Spende war etwas ganz anderes.

Schaden kann es jedenfalls nicht, dachte Elena, als sie einen großzügigen Betrag in den Opferstock steckte, bevor sie für Giorgio eine Votiv-Kerze anzündete. Alles Gute, mein Schatz, es wird alles gelingen, was du dir wünschst. Wenn sein Vortrag, vor dem er sich so fürchtete, nur schon vorbei wäre! Sie schloss die Augen und schickte ihre Wünsche in das lichtdurchflutete Kirchenschiff.

Glaubte sie wirklich daran, dass ihre Bitten irgendetwas bewirken konnten?

Ein Luftzug ließ die von ihr entzündete Flamme aufflackern. War das eine Antwort? Den Glauben ihrer

Kindheit hatte sie längst verloren, nicht aber jenes Quäntchen Irrationalität, das sie nun dazu brachte, nochmals in ihre Tasche zu greifen. Behutsam platzierte sie eine zweite Kerze auf die mit Wachstropfen übersäte Halterung. Für ihren Vater, der vor mehr als dreizehn Jahren gestorben war. Er hatte eine Antwort auf all ihre Fragen gewusst. Warum sollte das jetzt anders sein, bloß weil er tot war?

Wie aus dem Nichts formulierten sich mit einem Mal die Worte in ihrem Kopf.

Was maßte sie sich eigentlich an? Immer alles besser zu wissen als der Rest der Welt? Wie kam sie dazu, sich in Dinge einmischen zu wollen, die sie nichts angingen? Sie wollte sich doch nur wichtigmachen. Im Mittelpunkt stehen, geliebt, bewundert, gefeiert sein. Weil sie als einzige genügend Zivilcourage besaß, der Countess of Wharvedale die Stirn zu bieten. Das waren doch ihre wahren Triebfedern und nicht etwa ihr Gerechtigkeitssinn, oder?

Noch war es für einen Rückzug nicht zu spät. Niemand zwang sie, das Claridge's aufzusuchen. Die Entscheidung, wie es im Mordfall Deverell weitergehen sollte, lag ohnedies längst nicht mehr bei ihr. Einer Außenstehenden und Ausländerin noch dazu. Spätestens seit Giorgios Telefonat mit Sydney gestern Nacht hatte Scotland Yard alle Fäden in der Hand. Englands berühmteste Polizeitruppe hatte mit Sicherheit nicht auf sie gewartet. Und würde wohl am besten wissen, was zu tun war.

Weshalb also diese nagenden Zweifel?

Giorgios Credo, wie ein Rechtsstaat zu funktionieren hatte, klang Elena in den Ohren. Beamte mussten den Amtsweg beschreiten und durften keiner wie auch immer gearteten Spekulation Tür und Tor öffnen. Die

Fakten lagen der Mordkommission vor, und nun musste man abwarten, was sich daraus ergab. Die Polizei hatte ihre Schuldigkeit getan – letztlich fiel die Entscheidung über Schuld und Sühne in die Verantwortung der Gerichte.

Was aber, wenn die Beweise gegen Patricia Deverell nicht ausreichten? Wenn ein geschickter Anwalt ein Verfahren niederschlug und es erst gar nicht zu einer Anklage kam? Maurizio würde niemals erfahren, dass ihn vielleicht nur eine Mitschuld an Rogers Tod traf. Morde warfen lange Schatten, sogar über Generationen hinweg. Damit würde die Familie Francini künftig leben müssen. Solange nicht alle Fragen geklärt waren, blieb immer etwas haften. Selbst an den Schuldlosen.

Die Kerze vor ihren Augen drohte zu verlöschen, und plötzlich wusste Elena, was sie zu tun hatte. Unterlassene Hilfeleistung – das gab es auch im übertragenen Sinn. Nichts anderes wäre es, wenn sie sich jetzt feige aus der Verantwortung stahl. Vorsichtig goss Elena etwas von dem flüssigen Wachs ab, das den Docht zu ersticken drohte.

Beim Ausgang drehte sie sich noch einmal um und blickte zu dem schmiedeeisernen Kerzenständer zurück. Ruhig und mit sanftem Schein brannten die zwei kleinen Lichter, die sie entzündet hatte.

Wenige Schritte vor dem eher unscheinbaren Portal des Claridge's flitzte ein Jogger an Elena vorbei. Das war doch Maurizio! Größe und Figur passten, mehr hatte sie von dem Mann, der im nächsten Moment bereits Richtung Hyde Park verschwunden war, nicht erkennen können. Zu dumm, wenn sie ihn verpasst haben sollte. Doch vielleicht war es ohnedies besser, wenn sie zuerst unter vier Augen mit Lady Florence sprach.

Auf die Idee, dass man sie für eine Journalistin halten könnte, wäre Elena nie gekommen. Erst die steinerne Miene, mit der man sie an der Hotel-Rezeption abwies, machte ihr klar, dass offenbar schon andere versucht hatten, zu Florence Deverell vorzudringen. Sorry, Ihre Ladyschaft sei für niemanden zu sprechen – und da sie kein Hotelgast sei, müsse man sie bitten, sich freundlicherweise zu entfernen.

Einen Eklat werden sie hier wohl nicht riskieren, sagte sich Elena. Statt den Rückzug anzutreten, betrat sie die Lobby und ließ sich neben einem Kamin in den erstbesten Fauteuil sinken. Misstrauisch beäugt von einem dunkel gekleideten Mann, der ihr auf einen Wink des Empfangschefs unauffällig gefolgt war. Ein Sicherheitsbeamter zweifellos. Mit dem Auftrag, sie keine Sekunde aus den Augen zu lassen.

Nervös kramte sie in ihrer Handtasche nach ihren Visitenkarten. Was sollte sie schreiben? Vielleicht genügte ihr Name, schließlich lebte Lady Deverell in Florenz, dort kannte man die Arbeiten des Bildhauers Paul Martell. Nein, sie war in eigener Mission hier und wollte sich nicht auf ihren verstorbenen Mann und auch nur im Notfall auf Charles berufen. Elena kritzelte ein paar Worte, bevor sie aufstand und die Karte dem Security-Mann in die Hand drückte.

„Sorgen Sie dafür, dass meine Nachricht auf der Stelle weitergeleitet wird. Und geben Sie in der Rezeption auch gleich Bescheid, dass ich hier auf Ihre Ladyschaft warte. Sehr freundlich von Ihnen, danke.“ Mit einem Wink, der einer Herzogin würdig gewesen wäre, entließ Elena den völlig verblüfften Hotelangestellten. Sie amüsierte sich königlich, als sie das pikierte Gesicht des Rezeptionisten beobachtete. Lächelnd nickte sie ihm zu, bevor sie über den auf Hochglanz polierten Marmorboden zurück zum Kamin schlenderte.

Bis vor Kurzem hatte Elena es kaum erwarten können, Lady Deverell mit ihren Neuigkeiten zu überraschen. Nun aber hoffte sie, dass ihr genügend Zeit blieb, um sich in Ruhe umzusehen. Als Wienerin war sie mit den Werken von Otto Wagner, Josef Hoffmann oder Gustav Klimt aufgewachsen. Sie liebte den Jugendstil in all seinen Spielarten.

Art Nouveau, Modern Style, Stile Liberty, Modernismo, Sezession – wie auch immer man die von Sinnlichkeit geprägte Kunst nennen wollte, die den Aufbruch in eine neue Ära symbolisierte. Den von so vielen Hoffnungen begleiteten Beginn eines Jahrhunderts, das seine Unschuld allerdings längst verloren hatte, als man dem Claridge's seinen prachtvollen Art-Decó-Mantel überwarf. Der in elegantem Schwarzweiß gehaltene Boden, die silbrig schimmernden Säulen und Bögen, die Täfelungen aus geschliffenem Lalique-Glas, die Lampen, Lüster und Spiegel – jedes Detail des Foyers stammte unverkennbar aus den späten 1920er Jahren.

„Signora Martell, was kann ich für Sie tun?" Elena sprang auf. Bisher hatte sie sich keine Vorstellung gemacht, wie Roger Deverells ältere Schwester aussehen mochte. Sie erinnerte sich an sein verlebtes Gesicht, an seine Tränensäcke und Falten. Auf den ersten Blick konnte sie keine Ähnlichkeit entdecken.

Das Schicksal hatte es mit der Frau, die vor ihr stand, vielleicht auch nicht immer gut gemeint, doch sie hatte sich vom Leben nichts abkaufen lassen. Der heitere Zug um ihren Mund war ebenso unübersehbar wie der Kranz an Lachfältchen in ihren Augenwinkeln. Ein Gesicht, das ebenso viel Kraft wie Humor ausstrahlte.

Mit jemandem wie ihr konnte man Klartext reden, ohne Schnörkel und Umschweife. Elena zögerte nur kurz, bevor sie auf den Austausch weiterer Höflichkeiten verzichtete und direkt zur Sache kam.

Florence Deverell unterbrach ihr Gegenüber kein einziges Mal. Nichts an ihrer Miene ließ den Aufruhr in ihrem Inneren erahnen, nur ihre Augen verrieten sie. In ihnen spiegelten sich Skepsis, Zweifel, aufkeimende Hoffnung, Gewissheit – und unbändiger Zorn.

„Damit wird Pat nicht davonkommen", sagte sie leise, als Elena geendet hatte. Und dann fügte sie nur noch ein einziges Wort hinzu, bevor sie nach ihrem Handy griff.

„Danke."

## 27. Kapitel

„Sie sollen sofort zum Chef kommen, Smith“, hatte ihm der Kollege am Empfang ausgerichtet und ihn dabei mitleidig gemustert. „Er hat bereits zweimal nach Ihnen gefragt. Und, unter uns gesagt, er ist ziemlich aufgebracht.“

Wie seltsam! Fünf Minuten nach neun und sein Vorgesetzter, der sich normalerweise erst am späten Vormittag blicken ließ, war bereits im Yard. Was ist bloß los?, fragte sich Sydney, als er die Vorzimmertür zum Büro des Detective Commanders aufstieß. Dass die Sekretärin nur kurz aufblickte, bevor sie zum Telefon griff und seine Ankunft meldete, verhieß nichts Gutes.

„Was glauben Sie, wen ich vor fünf Minuten am Telefon hatte? Guten Morgen übrigens, Detective Chief Inspector. Auch wenn ich bezweifle, dass irgendetwas daran gut ist.“

„Sir?“, stieß Sydney hervor, weiter kam er nicht.

„Ich kann mir das alles nicht erklären, Sir“, äffte ihn sein Vorgesetzter nach, der wie ein trauriger Buddha hinter seinem Schreibtisch thronte. „Mehr ist mir auch nicht eingefallen, als mich der Bürgermeister zusammengestaucht hat.“ Mit einem Seufzer ließ sich der schwere Mann gegen die Lehne seines Drehstuhls fallen.

„Dürfte ich erfahren, worum es eigentlich geht, Sir?“, wagte Sydney einen zweiten Anlauf.

„Um die unerhörte Schlamperei im Fall Deverell. Die Leiche ist doch freigegeben, also warum hat man sie nicht herausgerückt? In der Prosektur behauptet man, dass die Mordkommission eine zweite Obduktion angeordnet hat. Das kann doch nur ein Irrtum sein. Eine skandalöse Verschwendung von Steuergeldern, ...“

„... was unseren Herrn Bürgermeister kurz vor den Wahlen am meisten irritieren dürfte", konnte sich Sydney nicht verkneifen. „Es handelt sich nicht um einen Irrtum und auch nicht um einen Skandal. Ich selbst habe in der Nacht weitere Untersuchungen angeordnet."

Erschrocken fuhr Sydney zurück, als der Oberkörper seines schwergewichtigen Chefs mit überraschender Behändigkeit nach vorne schnellte.

„Sofort einstellen. Das ist ein Befehl, Smith. Die Ermittlungen sind abgeschlossen."

„Das ist richtig, Sir. Aber erst seit wenigen Stunden. Ich warte noch auf den schriftlichen Befund. Was mir der Toxikologe am Telefon gesagt hat, klingt vielversprechend. Aber ohne handfeste Fakten kann ich Patricia Deverell nicht vorladen. Sir? Ist Ihnen nicht gut, Sir?"

Mehr als ein Krächzen brachte der Dezernatsleiter nicht heraus. „Sind Sie verrückt geworden, Smith? Hände weg von der Gräfin. Sie ist eine gute Freundin der Frau des Bürgermeisters ..."

„... und deswegen glaubt sie, eine kleine Intervention genügt und Scotland Yard tanzt nach ihrer Pfeife? Bei allem Respekt, Sir, die Countess of Wharvedale steht unter dringendem Mordverdacht." Sydneys gutmütiges Dutzendgesicht verzog sich zu einer grimmigen Miene.

„Sie hat doch ein bombensicheres Alibi ..."

„Hatte, Sir. Sie hatte eines, aber das zählt nicht mehr. Der Sachverhalt ist ein wenig kompliziert. Wenn Sie erlauben, werde ich Ihnen einen der raffiniertesten Mordpläne erklären, mit denen wir uns je auseinandersetzen mussten. Und wir dürfen uns jetzt nicht den geringsten Fehler leisten, sonst zerfetzen uns Patricia Deverells Anwälte in der Luft."

Sydney verstummte, nicht aus Verlegenheit, sondern um seinem konsternierten Vorgesetzten Zeit zu geben, sich zu fangen. Er senkte nicht den Blick, als ihn sein Gegenüber ernst musterte. Die Spannung im Raum war förmlich zum Greifen. Kein Laut drang durch die gepolsterte Tür, nur das kleine Aquarium, das neben einem etwas zerzausten Philodendron auf einem Glastischchen stand, blubberte leise. Nach einer geraumen Weile griff der Detective Commander zum Telefon.

„Muriel, bis auf weiteres stellen Sie keine Anrufe durch. Nein, auch nicht vom Bürgermeisterbüro. Und bringen Sie uns bitte Tee und ein paar Kekse."

Als Sydney in sein Büro kam, herrschte dort jene trügerische Ruhe, die nicht selten einem Sturm vorausgeht. Niemand wollte etwas von ihm, auch das Telefon blieb stumm, während er sich den eben aus der Pathologie eingetroffenen Bericht vornahm. Erleichtert seufzte er auf, als er sich durch den Dschungel aus Fachausdrücken und Nebensächlichkeiten zur entscheidenden Passage durchgekämpft hatte.

Die Antworten auf die Fragen, auf die es ankam, ließen keine Zweifel offen. Erstens: Es gab keine Hinweise auf eine Rückoperation der Vasektomie. Zweitens: Das Geschwür am Zwölffingerdarm war in akutem Zustand gewesen und hätte unverzüglich entfernt werden müssen.

Was in der Beweiskette fehlte, war der toxikologische Befund, doch der würde erfahrungsgemäß einige Zeit auf sich warten lassen. Bis dahin musste Sydney, dem völlig klar war, was für ihn auf dem Spiel stand, seine Ungeduld zügeln. Er hatte sich weit hinausgelehnt – und noch war die Schlacht nicht gewonnen.

Während er überlegte, wie er die nächsten Stunden überbrücken sollte, platzte Sergeant Freeman herein, und mit ihm eine Beamtin undefinierbaren Alters, die er bisher noch nie gesehen hatte.

„Hat man Ihnen nicht gesagt, dass ich nicht gestört werden will?", herrschte Sydney seinen Assistenten an.

„Sie selbst haben doch heute früh angeordnet, dass ich Ihnen sofort Bescheid geben soll, wenn ich zurück bin", stammelte der junge Mann, während sich ein fleckiges Rot auf seinem pausbäckigen Gesicht ausbreitete.

Sydney hatte keine Ahnung, wovon der Sergeant sprach.

„Wie Sie befohlen haben, bin ich sofort nach Yew Hall gefahren, um sämtliche Computer zu beschlagnahmen. Vorgefunden habe ich leider nur einen, ein ziemlich altes Modell, in der Wohnung des Butlers, und einen zweiten im Morgensalon der Countess, auch nicht gerade der letzte Schrei. Schwierigkeiten gab es keine. Außer den beiden Dienstmädchen und der Köchin war niemand im Haus. Im Schloss meine ich. Und die drei wundern sich über gar nichts mehr, seit die Polizei gestern Abend das Nashorn des Grafen fortgeschleppt hat ..."

„Stopp David, stopp. Bitte alles nochmal von vorn", unterbrach Sydney, dem allmählich einiges dämmerte. Giorgio hatte ihn zu nachtschlafender Zeit aus den Federn geholt und mit einer bestechenden Idee überfallen: Patricia Deverell konnte sich die für ihren Plan nötigen Medikamente über das Internet besorgt haben. Noch gelte der Durchsuchungsbeschluss für Yew Hall, man müsse also nur jemanden losschicken – und zwar auf der Stelle.

Was Sydney auch prompt getan hatte, bevor er nach einem Blick auf den Wecker wieder eingeschlafen war.

Sechs Uhr früh, eine wahrlich barbarische Zeit! Kein Wunder, dass er sich an seine eigenen Anordnungen nur verschwommen erinnern konnte. Aber was faselte David von einem Nashorn? Sydney kramte verzweifelt in seinem Gedächtnis.

„... und da sind die von der Trödel-Truppe gestern Abend doch glatt zu dritt anmarschiert und haben das Schloss vom Keller bis zum Dachboden noch einmal durchsucht. Mitgenommen haben sie nichts mehr. Außer dem riesigen Nashorn, das seit Ewigkeiten im Arbeitszimmer an der Wand hängt. Ich meine natürlich das Horn des Nashorns ..."

„Den Ausdruck ‚Trödel-Truppe' will ich nicht gehört haben", sagte Sydney streng. Ihm war das kaum versteckte Grinsen im Gesicht der Frau, die bisher kein Wort gesagt hatte, nicht entgangen. „Und wenn ich Ihr Gestammel richtig interpretiere, mein lieber David, sprechen Sie vom Horn eines Rhinozeros? Ich kann mich erinnern, ein wahres Prachtexemplar in Yew Hall gesehen zu haben. Seltsam, dass die Kollegen von der Art Squad so etwas interessiert. Aber die werden schon wissen, was sie tun."

Das Rhino-Rätsel wäre somit gelöst, zumindest was ihn betraf, sagte sich Sydney erleichtert. Jetzt musste er nur noch einen unbürokratischen Weg finden, die Daten auf den Festplatten, die vermutlich längst gelöscht waren, wieder aufzuspüren. Wobei die hausinterne Abteilung für Internet-Kriminalität dafür nicht in Frage kam. Sydney dachte nicht im Traum daran, den mühsamen Amtsweg zu beschreiten, um dann tage-, wenn nicht wochenlang auf ein Ergebnis zu warten. Nein, mit den arroganten Kollegen von der Cyber-Crime Squad, die man erst im Vorjahr um ein Vierfaches aufgestockt hatte, wollte er nichts zu tun haben.

„Das ist Police Inspector Mathilda Bowes von der IT-Forensik.“ Sergeant Freeman war kein Gedankenleser, aber kaum hatte er seine Begleitung vorgestellt, wurde ihm bewusst, dass hinter der Stirn seines Vorgesetzten höchst Unerfreuliches vor sich ging. „Sie hat darauf bestanden, mitzukommen“, fügte er vorsichtshalber hinzu, während eine noch intensivere Nuance von Rot sein Gesicht überzog.

Hatte er in seiner Schlaftrunkenheit tatsächlich die Order gegeben, dass Freeman seine Beute unverzüglich zur Auswertung weiterleiten sollte? Offenbar. Aber dieser Fehler ließ sich zum Glück auf der Stelle korrigieren.

„Nett, Sie kennen zu lernen. Aber wir wollen doch nicht mit Kanonen auf Spatzen schießen, liebe Kollegin“, sagte Sydney mit einem aufgesetzten Lächeln, das niemanden täuschen konnte „Sie sind für diese kleine Aufgabe eindeutig überqualifiziert. Ich finde schon jemand, der ...“

„... herumpfuscht, und dann sind Ihre Beweise vor Gericht nichts mehr wert. Nein, Detective Chief Inspector, das wäre alles andere als klug. Sie sagen mir so konkret wie möglich, wonach ich suchen soll, und ich liefere Ihnen noch heute ein hieb- und stichfestes Ergebnis.“

Sydney fühlte sich überrumpelt. Wie kam diese unscheinbar aussehende Frau dazu, so mit ihm umzuspringen? Und weshalb erklärte sich die hochqualifizierte Beamtin einer Spezialabteilung aus freien Stücken dazu bereit, die Mordkommission zu unterstützen?

„Sie wundern sich? Streiten Sie es nicht ab, ich sehe Ihnen an der Nasenspitze an, was Sie denken. Wir vom Cyber Crime sind netter als unser Ruf, glauben Sie mir.“ Wieder huschte ein Grinsen über ihr Gesicht, bevor sie mit ernster Miene weitersprach. „Aber zugegeben, ich habe einen persönlichen Grund für mein Engagement. Als Ihr Sergeant bei uns auftauchte, habe ich zufällig mitbekommen, dass die beschlagnahmten Geräte von Yew Hall stammen. Ich bin in Gloucestershire aufgewachsen, ganz in der Nähe von Fretton-on-Hill. Mein Vater hat für den alten Earl of Wharvedale gearbeitet. Als Schafzüchter. Ich durfte ihn manchmal ins Herrenhaus begleiten. Es wäre mir eine Ehre mitzuhelfen, den Mord an seinem Sohn aufzuklären."

An der Aufrichtigkeit dieser Worte war nicht zu zweifeln. Welche seltsamen Kapriolen das Schicksal doch manchmal schlägt, sinnierte Sydney, der beschämt aufstand und seiner Kollegin mit reichlicher Verspätung einen Sitzplatz anbot. Mit ihren schlichten, bäuerlichen Gesichtszügen sah diese Mathilda Bowes wahrlich nicht wie ein Racheengel aus.

Und doch sollte ausgerechnet die Tochter eines Kleinhäuslers aus den Cotswolds zu einer der Erinnyen für Patricia Deverell werden.

Unter anderen Umständen hätte Sydney den Anblick, der sich ihm in der Eingangshalle von Scotland Yard bot, vermutlich komisch gefunden. Angesichts seiner angespannten Nerven aber war ihm nicht zum Lachen zumute, als er auf die beiden Männer zutrat, die sich vor dem Empfangspult wie Kampfhähne gebärdeten. Mit funkelnden Augen und gespreiztem Gefieder waren sie in Position gegangen. Untrügliche Vorzeichen, dass sie im nächsten Moment aufeinander einhacken würden. Nur ein gemeinsamer Gegner konnte sie von ihrem Vorhaben vielleicht noch abhalten.

„Meine Herren, was kann ich für Sie tun?", fragte Sydney, der von dem ratlosen Beamten hinter der Sicherheitsbarriere zu Hilfe geholt worden war. Wie auf ein Kommando wandten sich die Kontrahenten dem unerwarteten neuen Feind zu.

„Ich möchte den Polizeichef sprechen und zwar unverzüglich“, fauchte der ältere der beiden. Sydney wusste auf Anhieb, wen er vor sich hatte. Militärisch kurz geschnittenes, grau meliertes Haar, Adlerprofil, stechender Blick aus schmalen, wasserhellen Augen – Sir Richard Waterford, Medienstar Nummer eins unter Englands Anwälten, wie man ihn aus Fernsehen und Zeitungen kannte.

„Genau das möchte ich auch, verehrter Kollege. Aber ich war vor Ihnen da, wovon Sie offenbar keine Notiz nehmen wollen.“ Wütend schob sich der zweite Kampfhahn in den Vordergrund. „Im Gegensatz zu Ihnen, Sir Waterford, werde ich erwartet, aber das will hier keiner begreifen.“

Jetzt fehlt nur noch, dass er mit der Faust auf das Pult schlägt, dachte Sydney, als er den ihm unbekannten Anwalt näher betrachtete. Noch keine 40, das rötlich-braune Haar vielleicht etwas zu lang für die derzeitige Mode, gepflegte Sprache. Er sah nicht schlecht aus, wenn auch auf eine ziemlich durchschnittliche Weise, und seine Haltung ließ erkennen, dass er sich bemühte, älter und erfahrener zu erscheinen, als er war. Was er mit seinen nächsten Worten sogleich unter Beweis stellte.

„Worauf warten Sie noch? Man hat Sie doch abkommandiert, damit Sie mich zum Detective Commander führen.“ Der in arrogantem Tonfall geäußerte Vorwurf galt Sydney, dem allmählich der Kragen zu platzen drohte.

„Wenn ich Sie überhaupt irgendwohin bringe, dann höchstens in mein Büro. Mein Name ist Smith und ich bin Chief Inspector im Morddezernat. Erst einmal aber wüsste ich gerne, mit wem ich das Vergnügen habe und worum es eigentlich geht."

„Das fügt sich ja bestens, dann hab ich den Verantwortlichen gleich bei der Hand. Lionel Featherstone von der Kanzlei Wooleridge & Clifford. Als Rechtsvertreter der Countess of Wharvedale sehe ich mich gezwungen, mich bei Ihrem obersten Chef über die unglaubliche Schlamperei in Ihrer Abteilung zu beschweren."

Sydney hob nur die Augenbrauen, sagte aber kein Wort.

„Jawohl, Schlamperei und Ignoranz", fuhr Featherstone, der mit einer heftigen Reaktion gerechnet hatte, irritiert fort. „Oder wie würden Sie es nennen, dass meine Mandantin von Scotland Yard daran gehindert wird, ihren Mann in Ehren zu beerdigen? Die sterblichen Überreste des Earl hat man gestern offiziell freigegeben. Trotzdem wurde dem Bestattungsunternehmen heute früh die Übergabe der Leiche verweigert, was unerhört ..."

„... nein, was völlig richtig ist. Die Leiche bleibt in der Obhut der Polizei und zwar so lange, bis der Fall geklärt ist", donnerte Waterford los. „Von wegen beerdigen! Nach meinen Informationen ist eine Einäscherung vorgesehen, was allein schon für sich spricht. Die beste Methode, alle Beweismittel zu vernichten. Sie können sicher sein, Kollege, dass ich das zu verhindern weiß."

„Ich kann nur für Sie hoffen, dass ich mich verhört habe", konterte Patricia Deverells Anwalt, der sich selbstsicherer gab, als er sich nach der Attacke seines mit allen Wassern gewaschenen Kollegen fühlte. Die Intervention an höchster Stelle war ohne sein Zutun längst erfolgt. Man würde sich sofort darum kümmern, hatte man der Countess vom Büro des Bürgermeisters ausrichten lassen. Daraufhin wurde der entbehrlichste Mann losgeschickt, um sich im Namen der Kanzlei beim Polizeichef für sein rasches Eingreifen persönlich zu bedanken. Es schien allerdings einiges gründlich schiefgelaufen zu sein.

Featherstones Zwischenruf war dem alten Fuchs nicht einmal ein Schulterzucken wert gewesen. „Man hat mir am Telefon versichert, dass Roger Deverell nochmals obduziert wird. Das stimmt doch?", wandte sich der Staranwalt an Sydney. Er hatte seine Taktik offenbar neu überdacht und war nun die Liebenswürdigkeit in Person. „Alles andere hat Zeit, aber ich wäre dankbar, wenn ich bald mit Ihnen sprechen könnte. Verzeihung, in dem Tohuwabohu habe ich mich nicht einmal vorgestellt ..."

„Nicht nötig, Sir", gab Sydney ebenso freundlich zurück. „Sie sind ja bekannt ..."

„... wie das falsche Geld? Das hoffentlich nicht", lachte Waterford geschmeichelt. „Wie Sie vielleicht erraten haben, vertrete ich Maurizio Francini im Auftrag von Lady Florence Deverell. Und ich hätte einige Fragen, ..."

„... die ich Ihnen vermutlich nicht beantworten darf, solange meine Ermittlungen nicht abgeschlossen sind. Aber wem erzähle ich das? Ein Vorschlag zur Güte, Sir: Sie erhalten zum frühestmöglichen Zeitpunkt Akteneinsicht. Und jetzt entschuldigen Sie mich bitte, Sir Waterford. Ich empfehle mich, Mr. Featherstone."

Mit einer angedeuteten Verbeugung verabschiedete er sich und eilte zum Lift.

Zu dumm, dass seine Zigaretten in der Manteltasche steckten. Sydney, der seine Gier nach ein paar tiefen

Lungenzügen kaum noch beherrschen konnte, stürzte in sein Büro, wo ihn die nächste Überraschung erwartete. Aus dem alles andere als bequemen Besucherstuhl vor seinem Schreibtisch erhob sich ein älterer Mann, der ihm auf diffuse Weise bekannt vorkam.

„Dachte mir, ich bringe das selbst vorbei“, sagte er anstelle einer Begrüßung und hielt ihm eine dünne Papiermappe entgegen. „Eindeutig Cumarin-Derivate. Ist mir in dieser Dosierung seit Jahrzehnten nicht untergekommen.“

Schlagartig begriff Sydney, wen er vor sich hatte. Zwar fiel ihm der Name beim besten Willen nicht ein, aber sein Gegenüber konnte nur der legendäre Toxikologe sein, den außerhalb seines Labors kaum jemand zu Gesicht bekam.

„Wussten nicht gleich, wo Sie mich hintun sollen, wie? Bin ich gewöhnt und ist mir auch ganz recht so. Geh nicht gern unter die Leute. Ist meistens verschwendete Zeit. Mache auch nicht viele Worte.“

„Und was verschafft ausgerechnet mir die Ehre, Sir?“

„Ihnen? Gar nichts. Geht mir nur um den Fall. Bin bald in Pension. Bis dahin wird mir kaum mehr was Spannenderes unterkommen.“

„Und das wäre?“, fragte Sydney kurz angebunden. Wenn der spleenige Chemiker in Kürzeln reden wollte – bitte sehr, das konnte er haben.

„Schauen Sie nach, steht alles im Bericht. Große Mengen Cumarin und Antiphlogistika. Eine seltsame Mischung. Begreife den Zweck nicht. Sie?“

„Doktor Williams“, antwortete Sydney, der mit Erfolg nach der Namenszeile unter dem toxikologischen Befund gesucht hatte. „Ich weiß, was der Zweck dieses Cocktails war. Etwas durch und durch Böses. Geben Sie mir ein wenig Zeit, dann werde ich es Ihnen verraten.“

„Sehr gut, ich kann warten. Inzwischen vielleicht eine Tasse Tee?“

Um Himmels Willen, der alte Kauz nimmt tatsächlich alles wörtlich, stellte Sydney entsetzt fest. Soll er halt seinen Tee bekommen, sobald die Sekretärin, die wieder einmal durch Abwesenheit glänzte, auftauchte. Wahrscheinlich tratschte sie seit Stunden in der Teeküche. Er jedenfalls würde jetzt erst einmal eine Rauchpause einlegen, beschloss Sydney.

Weiter als bis in sein Vorzimmer kam er allerdings nicht.

„Da wären wir“, rief Mathilda Bowes, während sie die Tür weit genug aufstieß, um Sergeant Freeman mit seiner Last durchzulassen. Er schleppte einen Computer und blickte sich fragend um.

„Ja nicht auf meinen Schreibtisch“, fuhr Sydney ihn an. „Stellen Sie das Ding einfach dort drüben auf den Boden.“

„Schon wieder schlecht gelaunt, Chief Inspector? Dabei bringen wir gute Nachrichten.“ Mit einem zufriedenen Lächeln griff die IT-Expertin in ihre geräumige Umhängtasche. „Auf diesen Ausdrucken finden Sie alles, was Sie sich nur wünschen können. Bestellungen, Liefertermine, Rechnungen. Meinen Bericht liefere ich nach. Was soll jetzt mit dem PC geschehen?“

Wenn ihn dieser Doktor Williams nicht wie eine neugierige Eule angestarrt hätte, wäre Sydney seiner Kollegin um den Hals gefallen. So aber strahlte er Mathilda nur wortlos an.

„Ab in die Asservatenkammer damit, denke ich, aber David wollte sich vergewissern, dass er nicht wieder etwas falsch macht“, fügte sie mit einem Augenzwinkern hinzu. „Und wie steht es jetzt mit einer Belohnung? Sie haben hoffentlich daran gedacht, den Champagner rechtzeitig einzukühlen?"

„Das wäre ja noch schöner", dröhnte eine Stimme aus dem Vorzimmer. „In meiner Abteilung wird nicht gesoffen. Und schon gar nicht vor Sonnenuntergang." Sergeant Freeman hätte sich angesichts des drohenden Unwetters am liebsten unter den Schreibtisch verkrochen, aber Sydney ließ sich nicht täuschen. Er kannte seinen Chef und wusste echten Ärger sehr wohl von Theaterdonner zu unterscheiden.

„Nicht einmal Veuve Clicquot, Sir?", fragte er und konnte ein Schmunzeln kaum unterdrücken. Jeder im Yard kannte die kulinarischen Vorlieben des schwergewichtigen Commanders des Morddezernats: Italienische Küche und das Beste aus Frankreichs Kellern. Weshalb er bei Luigi's um die Ecke Stammgast war und stets eine wohltemperierte Flasche seiner Lieblingsmarke im Kühlschrank seines Büros lagerte.

Diesmal glich der hochkarätige Mordermittler einem glücklichen Buddha, als er, vom Türstock umrahmt, die kleine Versammlung betrachtete. „Brut oder Rosé, was soll es denn sein?", lachte er gutmütig. „Aber Spaß beiseite. Ich möchte hören, was es im Fall Deverell Neues gibt."

Mit einer Handbewegung wies Sydney auf seine Besucher. „Das sollen Ihnen die Kollegen am besten selbst sagen."

Wie erwartet kam der schrullige Toxikologe sofort zur Sache. „Keine Vergiftung im herkömmlichen Sinn. Aber eine gesunde Mixtur auch nicht. Da hat wer das Zeug mit Vitamintabletten verwechselt, denk ich mir."

„Wenn ich Sie richtig verstehe, haben Sie also Blutverdünnungs- und Schmerzmittel in großen Mengen gefunden, Doktor Williams. Aber Sie können nicht sagen, in welcher Form sie eingenommen wurden?", fasste die IT-Forensikerin zusammen.

„Kann und will mir nicht merken, wie die Pharma-Fuzzis das Zeug nennen. Ist unter einem Dutzend Namen im Handel."

„Die aber ich Ihnen aufzählen kann. Von Marcumar angefangen über Falithrom, Marevan bis Sintrom, um nur die gängigsten zu nennen. Außerdem Paracetamol, Ibuprofen, Diclofenac und Indometacin. Passt diese Auswahl zu Ihrem Cocktail?"

Der Toxikologe brummte zustimmend.

„Wie ich Smith bereits erklärt habe, lässt sich auf der Festplatte des von mir untersuchten Computers nachweisen, dass diese Medikamente von dort aus online bestellt worden sind", wandte sich Mathilda Bowes an Sydneys Vorgesetzten. „Auch wurde so ziemlich alles, was man im Internet über gefährliche Nebenwirkungen finden kann, heruntergeladen."

„Man muss also kein Mediziner sein ..."

„... um zu begreifen, dass man mit etwas Geduld und dieser Mischung jemanden umbringen kann? Nein, Commander. Wenn Sie gezielt suchen, liefert Ihnen das Netz eine perfekte Gebrauchsanweisung."

„Möchten Sie einen Blick auf den Bericht aus der Pathologie werfen, Sir?", fragte Sydney.

„Nein, mir genügt, wenn Sie mir sagen, dass sich Ihre Vermutungen bestätigt haben. Gut. Dann werde ich mich unverzüglich um den Haftbefehl kümmern. Sie brauchen vorerst gar nichts zu tun, Smith. Mir ist bekannt, wo sich Patricia Deverell derzeit aufhält. Und danke Kollegen. Gute Arbeit. Ganz hervorragend."

Sie hatten das Wild gestellt – aber die Jagd war noch lange nicht zu Ende.

Sergeant Freeman sprang herbei, um dem Chef seines Chefs, der sich mit Mühe in einen der Stühle gezwängt hatte, beim Aufstehen behilflich zu sein. Ein Unterfangen, das sich als schwierig erwies. Die gewaltige Kehrseite des Detective Commanders klemmte zwischen den Armstützen fest, als Giorgio nichtsahnend ins Büro seines Freundes tänzelte.

„*Volare ... oh, oh ...! Cantare ... oh, oh, oh, oh!*", schmetterte er lauthals und schwenkte übermütig eine Flasche, die er mit Schwung auf den mit Papieren übersäten Schreibtisch knallte. „*Nel blu, dipinto di blu, felice di stare lassu ...*" War eine schwere Schlacht, mein Vortrag. Danach gab es eine hitzige Debatte. Du ahnst gar nicht, was man alles von mir wissen wollte. Was ist? Freust du dich nicht, dass ich es endlich hinter mir habe?" Giorgio breitete die Arme aus, um seinen Freund an sich zu drücken.

Die zu einem Tableau erstarrte Versammlung am Konferenztisch bemerkte er erst, als er dem tödlich verlegenen Sydney über die Schulter blickte.

„Diese steifen Engländer! Nicht einmal die Hand wollen sie dir geben. Und dann kommt jemand daher und schnappt sich gleich den ganzen Mann. Die Gesichter hättest du sehen sollen, als ich Sydney umarmt habe.“

Giorgio bekam einen Lachanfall, wenn er an die Szene zurückdachte. „Wahrscheinlich wird es jetzt im ganzen Haus heißen, Detective Chief Inspector Smith ist stockschwul und in seinem Büro fließt der Champagner in Strömen.“

„Eher Prosecco“, warf Elena trocken ein. „Patriotisch wie du bist, hast du garantiert etwas Italienisches mitgebracht, oder? Dachte ich es mir doch. Aber was meinst du, wäre nicht ein Fläschchen aus der Kellerei Francini passender gewesen?“

„Weißt du, mein Schatz, was ich an dir so liebe? Dass du ein boshafter kleiner Teufel bist. Sydney bekommt schon beim Gedanken an einen Francini Kopfweh. Wie spät ist es? Vier Uhr vorbei? Dann hat er das Verhör von Maurizio gerade hinter sich.“

„Wieso das? Du hast doch gesagt, dass gegen Patricia ein Haftbefehl erlassen wurde?“

„Das eine schließt doch das andere nicht aus. Wie oft soll ich das noch wiederholen? Francini hat zumindest schwere Körperverletzung begangen. Was er nun nicht mehr weiter zu leugnen gedenkt, wie sein Anwalt am Telefon angekündigt hat. Ein freiwilliges Geständnis, unmittelbar bevor jemand unter Mordverdacht festgenommen wird – das ist doch ein seltsamer Zufall, findest du nicht?“

„Sollten wir uns nicht langsam fertig machen? Wann treffen wir den Professor? In einer halben Stunde? Und ich bin noch nicht einmal angezogen." Elena schlug die Decke zurück, um aus dem Bett zu springen, aber Giorgio kam ihr zuvor und hielt sie fest.

„Lenk nicht ab, *carissima*. Von deinem Zimmer bis zur Sandwich Street brauchen wir nicht einmal zwei Minuten. Dir ist schon klar, worauf dein Maurizio spekuliert? Auf mildernde Umstände natürlich. Aber woher nur dieser plötzliche Sinneswandel?"

Elena begriff, dass sie Giorgio nicht länger etwas vormachen konnte. Von wegen Teufel! Wenn man jemanden so nennen konnte, dann ihn! Vor einer Stunde war er als strahlender Held bei ihr im Hotel aufgetaucht. Seither wollte er von nichts anderem reden als von seinem Auftritt am Rednerpult. Oder die Slapstick-Szene in Sydneys Büro.

Die Neuigkeiten, die sie wirklich interessierten, ließ er sich hingegen nur widerwillig aus der Nase ziehen. Was wiederum sie dazu brachte, immer wieder nachzubohren. Eine geschickte Methode, um jemanden, der kein reines Gewissen hat, aus der Reserve zu locken. Gelernt ist gelernt, Giorgio wusste als gewiefter Kriminalist genau, wie er jemandem ein Geständnis entlockte. Aber nicht ihr, dachte Elena trotzig und setzte zum Gegenangriff an.

„Erstens ist das nicht *mein* Maurizio und zweitens ..."

„... willst du mich eigentlich gar nicht anschwindeln. Musst du auch nicht, *amore mio*, du hast ja nichts angestellt. Niemand kann dir verbieten zu reden, mit wem du willst. Warum sollte ich dir böse sein? Weil du mir kein Wort davon gesagt hast, dass du wieder einmal einen Alleingang planst? Es steht mir nicht zu, dir zu sagen, was du tun und was du lassen sollst. Will das in deinen Kopf nicht hinein? Ich liebe dich, weil du bist wie du bist ..."

Weiter kam Giorgio nicht. Von Küssen erstickt – wenn das einer schreibt, ist es Kitsch, dachte er und schnappte nach Luft. Aber wie er seit einigen Sekunden wusste, gab es das wirklich. Zärtlich strich er Elena, die sich an seine Brust kuschelte, über die verstrubbelten Haare.

„Was wirst du Sydney sagen?", murmelte sie.

„Gar nichts. Er wird sich denken können, woher der Wind weht. Aber wir haben uns gehütet, das Thema auch nur zu streifen. Ihm ist durchaus bewusst, dass er ohne euch nie so weit gekommen wäre. Trotzdem wird ihm niemand den Ruhm im Fall Deverell streitig machen."

„Und was meint Ludwig dazu? Immerhin ist er ..."

„... ein weiser alter Herr, der kein Publikum braucht, das ihm applaudiert. Er hat seinen Triumph gestern Abend wahnsinnig genossen, hast du das nicht gemerkt? Alles, was danach kommen könnte, wäre doch nur ein verwässerter Aufguss", dozierte Giorgio nicht ohne Pathos. „Wahre Größe zeigt sich, wenn man erkennt, wann der Zeitpunkt gekommen ist, sich klein zu machen."

„Männer", seufzte Elena in jenem Tonfall, den Frauen immer dann anschlagen, wenn ihnen jedes weitere Argument sinnlos erscheint. Es brannte ihr zwar noch so einiges auf der Seele, aber das würde sie schon noch klären. Zum gegebenen Zeitpunkt.

Kaum war sie im Badezimmer verschwunden, läutete Giorgios Handy. Der Yard, stellte er irritiert fest, bevor er die grüne Taste drückte. War bei Sydney irgendetwas schiefgelaufen?

„Giorgio? Clemens MacDermot von der Art Squad hier. *Good afternoon and congratulations.* Interessante Rede heute Vormittag, du warst wirklich gut. Aber das ist nicht der Grund, warum ich anrufe. Deine Idee war goldrichtig. Wir haben das Horn und das Jagd-Foto aus Yew Hall. Stimmen absolut nicht überein. Beschlagnahmt haben wir ein einfaches Horn, ein besonders schönes Exemplar des asiatischen Panzernashorns. Deverell hat seinerzeit aber ein Spitzmaulnashorn erlegt, wie das Bild eindeutig zeigt. Und diese Rhinozeros-Art marschiert doppelgehörnt durch den afrikanischen Busch. Was beweist, dass er die Trophäe ausgetauscht haben muss. Und dafür kann es nur einen Grund geben ...“

„Clemens, entschuldige, aber ich habe es im Moment furchtbar eilig. Wir reden morgen beim Abschiedsfest darüber, in Ordnung? Aber danke, dass du an mich gedacht hast. Ciao.“

„Wer war denn das? Nicht etwa dein Chef? Es bleibt doch bei deinem Urlaub? Also komm jetzt und vergiss deinen Mantel nicht. Es fängt an zu tröpfeln. Am liebsten würde ich mir gleich meinen neuen Regenhut aufsetzen ...“, drängte Elena und fegte an ihm vorbei zur Tür hinaus.

„Den wirst du schon noch brauchen“, brummte Giorgio und betrachtete missmutig die dunklen Wolken, die nichts Gutes verhießen.

„Ludwig ist wirklich ein Schatz. Kaum hat er gehört, dass wir ein paar Tage anhängen wollen, zaubert er auch schon ein preiswertes Quartier aus dem Hut“, plapperte Elena fröhlich. „Wie seinerzeit auf Sizilien, erinnerst du dich? Adele ist gar nichts anderes übrig geblieben, als ihre Ferien zu verlängern.“

Ihm erging es jetzt genauso, aber wie sollte er Elena beibringen, dass ihm gar nicht mehr so viel daran lag, in London zu bleiben? Kommt Zeit, kommt Rat, sagte er sich. Erst einmal mussten sie sich die Wohnung des Wiener Universitätsprofessors anschauen, den Ludwig in der British Library aufgegabelt hatte. Dann würde man weitersehen.

Pech gehabt, stellte er wenig später fest. Gegen das kleine Apartment, das sich hinter der langgestreckten Fassade eines Wohnblocks verbarg, konnte er beim besten Willen nichts einwenden. Britischer konnte ein Ambiente wohl nicht sein. Angefangen vom gepflasterten Innenhof, in dem Dutzende Blumentöpfe zu einem blühenden Gärtchen zusammengestellt waren, bis hin zu den mit viel Liebe und Geschmack eingerichteten Räumen. Es waren eigentlich eher Zimmerchen, aber auf den wenigen Quadratmetern fand sich alles, was man zum Wohlfühlen brauchte.

„*Tea or Coffee?*", fragte ihr Gastgeber und fügte im selben Atemzug auf Deutsch hinzu. „Ich meine natürlich: Möchten Sie lieber Tee oder einen Espresso, gnädige Frau? Einen Mokka, gerne." Dann wandte er sich höflich an Giorgio, der ihm eine Visitenkarte mit seiner sizilianischen Adresse überreicht hatte. „*Sorry, I don't speak Italian, Doctor Valentino. What would you prefer?*"

„Bleiben wir doch bitte beim Deutsch. Damit blamiere ich mich weniger als mit meinem Englisch. Und, wenn es keine Mühe macht, Kaffee bitte."

„Sie haben Germanistik studiert? In Palermo? Wollte ich immer schon einmal sehen. Da haben wir ja einiges zu plaudern. Das heißt, wenn Sie beide nichts Besseres vorhaben. Meine Frau wird jeden Moment kommen, dann gibt es eine österreichische Jause." Kaum hatte er die Worte ausgesprochen, versuchte sich jemand leise fluchend am Schloss.

„Es muss geölt werden, ich weiß. Warte einen Moment, ich komme!" Für Sekunden verschwand der Professor hinter der schweren Decke, die als Schutz vor der allgegenwärtigen Zugluft selbst im Mai noch vor der Eingangstür hing.

Was für ein nettes Paar, dachte Elena, als der weißhaarige Professor mit dem nahezu faltenlosen Gesicht und den verschmitzten Augen hinter einer hübschen, goldblonden Frau wieder auftauchte. „Mit Selbstgebackenem kann ich nicht aufwarten, dafür habe ich etwas aus der Konditorei um die Ecke mitgebracht", sagte sie lachend. „Die Apfeltorte wäre mir beim Aufsperren fast runtergefallen, aber es ist gerade noch einmal gut gegangen. Schön, Sie beide kennen zu lernen."

Giorgio fühlte sich so wohl wie schon lange nicht mehr. Das Gespräch drehte sich um alles Mögliche, nur nicht um Mord und Totschlag oder um Betrug, Fälschungen und Diebstahl. Gerne wäre er noch länger geblieben, aber er wollte die Gastfreundschaft nicht überstrapazieren.

„Es reicht, wenn Sie uns bis morgen Abend Bescheid geben", sagte der Professor, als sich Giorgio nach gut einer Stunde erhob und damit auch Elena, die sich offensichtlich noch nicht losreißen konnte, zum Aufbruch zwang. „Wir fliegen übermorgen nach Wien zurück, das würde also bestens passen. Aber haben Sie keine Skrupel, nein zu sagen. Bei der Agentur, die sich in unserer Abwesenheit um die Vermietung kümmert, liegen genügend Anfragen vor. Ich wollte Ihrem sympathischen Freund nur einen Gefallen tun. Grüßen Sie Herrn Jakubowski bitte ganz herzlich von uns."

Ein formvollendeter Handkuss zum Abschied und das mitten in London – Elena strahlte über das ganze Gesicht. „Maximal Anfang und Mitte 60 gebe ich den beiden, was meinst du? So könnten wir zwei in zwanzig Jahren aussehen."

„Wenn wir Glück haben“, antwortete Giorgio, während er stirnrunzelnd den Himmel betrachtete. Ein heftiger, böiger Wind war aufgekommen und trieb dunkle Wolken vor sich her. „Noch nicht einmal sieben Uhr und fast finster. Daheim in Taormina scheint jetzt noch die Sonne, ...“

„... während hier schon das nächste Island-Tief in Anzug ist. Was willst du damit sagen?“

*„I'm singin' in the rain, just singin' in the rain, what a glorious feeling ...“*, trällerte Giorgio los, um sich eine Antwort zu ersparen. *„I'm happy again, I'm laughing at clouds so dark, up above, the sun is in my heart and I'm ready for love.* Weiter kann ich den Text leider nicht ...“

„Lässt sich nachholen. Im Palace Theatre läuft derzeit ein Revival von *Singing in the Rain* und ich wollte dir ohnedies vorschlagen, dass wir es uns ansehen.“

„Eine gute Idee“, stimmte Giorgio zu. Elena blickte ihn skeptisch an.

„Ja, wirklich, ich kenne nur den Song, das Musical habe ich nie gesehen“, fügte er etwas lahm hinzu.

„Was bist du doch für ein Heuchler“, sagte Elena. „Und ein schlechter Schauspieler obendrein. Du hast genug von dem Sauwetter, gib es doch wenigstens zu.“

„Ja“, platzte Giorgio heraus. „Ich mag um diese Jahreszeit nicht mit Pullover und Mantel herumrennen und ich will mir auch keine nassen Füße holen. Aber dir zuliebe halte ich das auch noch eine weitere Woche aus.“

Giorgio drohte, erstickt zu werden – zum zweiten Mal an diesem Tag.

„Du ... musst ... gar ... nichts ... aushalten ...“, flüsterte Elena zwischen zwei Küssen.

„Das meinst du im Ernst? Aber ich habe mir doch extra Urlaub genommen ...“

„Du weißt nicht, wie schön Wien ist, wenn im Volksgarten der Flieder blüht ...“

Giorgio lachte auf, schnappte Elena um die Taille und wirbelte sie um die eigene Achse.

*„I’m dancing in the rain, I’m happy again, I’m singing and dancing in the rain, I’m dancing and singing in the rain ...“*

Diese Ausländer, dachte der Rezeptionist des Harlingford Hotels, als er unter das Vordach trat. Tanzen im strömenden Regen. Und uns Engländer nennen sie exzentrisch.

## Sieben Monate später

Felicitas Cape
57 Prince's Terrace
Richmond upon Thames TW 10
Greater London, UK

Liebe Elena,

handgeschriebene Briefe sind in Zeiten von E-Mails und SMS doch etwas herrlich Altmodisches, findest Du nicht? Ab und zu macht es mir Spaß, das Büttenpapier, das mir meine Mutter vor Jahren geschenkt hat, hervorzuholen. Vor allem im Advent, wenn dieser dicke Kerl mit dem weißen Bart überall auf der Welt sein unsägliches Ho Ho Ho grölt. Oder Engel auf elektronischen Weihnachtskarten Merry Christmas singen. Dann zücke ich schon aus Protest meine Füllfeder (keinen Kuli natürlich) und schreibe an die Menschen, die meine nur für sie bestimmten Zeilen auch zu schätzen wissen.

In diesem Jahr ist so viel geschehen, dass ich gar nicht weiß, wie und wo ich anfangen soll. Das meiste ist Dir ja bekannt. Ich nehme an, sogar das italienische Fernsehen hat über „Englands Prozess des Jahres" berichtet. Der ORF sowieso, wie ich aus Wien gehört habe. Zwanzig Jahre Haft für Patricia Deverell! Und nur ein Jahr bedingt für Maurizio Francini! Darüber waren die Meinungen hier ziemlich geteilt, immerhin war er es ja, der Roger niedergeschlagen und damit letztlich umgebracht hat.

Florence war natürlich überglücklich, dass ihr Maurizio so billig davongekommen ist. Bis zur Verhandlung ist sie wie eine kranke Katze herumgeschlichen. Am liebsten hätte sie die Sache so schnell wie möglich hinter sich gebracht, aber ihr Anwalt war unerbittlich. Waterford hat alles darangesetzt, dass Pat das Baby vor dem Prozess auf die Welt bringt. Eine Hochschwangere ins Kreuzverhör zu nehmen, macht sich nicht gut. Aber was ist ihm anderes übrig geblieben, sie hat ja erst ganz zuletzt ein Geständnis abgelegt. Was ihr dann als Milderungsgrund nur noch wenig geholfen hat.

Pat und Maurizio sind nicht in getrennten Verfahren vor Gericht gestanden, was im Vorfeld einige Debatten ausgelöst hat. Aber es musste geklärt werden, wer nun tatsächlich die Schuld an Rogers Tod trägt. Und da waren erst einmal die Sachverständigen am Wort. Sie waren sich selten einig (nur der von Pats Anwalt bestellte Experte hat natürlich das Gegenteil behauptet): Maurizios Affekthandlung (als solche wurde sein Angriff eingestuft) hätte ohne den im Blut nachgewiesenen Medikamenten-Mix nicht zum Tod geführt.

Schwere Körperverletzung und unterlassene Hilfeleistung, darauf ist es letztlich hinausgelaufen. Dass Maurizio sich aber wie ein gottverdammter Feigling benommen hat, nimmt ihm trotzdem keiner ab. Einfach wegzulaufen, ohne überhaupt nachzuschauen, ob der andere ohnmächtig, verletzt oder gar tot ist – na ja! Ich weiß, Du magst ihn, also will ich mich darüber nicht weiter äußern.

Er war jedenfalls beim Prozess die Reue in Person. Was man ihm auch abgenommen hat. Dazu kam sein Geständnis, was ebenfalls als mildernder Umstand gewertet wurde. Noch vor Pats Verhaftung ist Maurizio ja von sich aus zur Polizei gegangen. Wie ich annehme, nicht von selbst, sondern auf Anraten seines Anwalts. Waterford war bravourös wie immer, er hat beim Kreuzverhör buchstäblich Kleinholz aus Pat gemacht. Wenn ich Dir sage, dass sie sogar mir fast leidgetan hat! Aber nur fast.

Ihre Strategie, bei den Geschworenen Mitleid zu erwecken, ist jedenfalls nicht aufgegangen. Trotz ihres perfekten Auftrittes: Aufgestecktes Blondhaar, dezentes Make-up, klassisches schwarzes Kostüm (der Rock weder zu lang noch zu kurz) zartrosa Bluse (abgestimmt auf den Lippenstift natürlich), leise Stimme, die immer dann effektvoll versagt hat, wenn es um ihre verzweifelten Bemühungen ging, schwanger zu werden. Oder um die Kälte in ihrer Ehe, die Treulosigkeit Rogers, seine Lügen und so weiter und so fort.

Genützt hat es ihr insoweit, dass es dann doch nicht zum „lebenslänglich“ kam, wie es die Staatsanwältin gefordert hat. Wenn sie sich gut führt, was anzunehmen ist, kann Pat in etwa zwölf Jahren wieder frei sein. Dann ist sie erst Mitte Fünfzig, also immer noch um einiges jünger als ich heute. Jedenfalls jung genug, um noch etwas vom Leben zu haben. Ihr kleiner Sohn, den sie im Oktober noch unter dem Namen Deverell-Wharvedale zur Welt gebracht hat, wird als Adam Newhouse bei seinen Großeltern in Kalifornien aufwachsen. Florence kümmert sich schon jetzt um die Adoption von Rogers Sohn. Ja, Du liest richtig: Thomas Allen Summer wird ab seinem achtzehnten Geburtstag als Thomas Deverell, Earl of Wharvedale das Erbe seines Vaters antreten.

Florence war inzwischen schon zweimal drüben in New York, ihr Neffe – und bald Adoptivsohn – soll Roger wie aus dem Gesicht geschnitten sein. Das mit dem Aussehen ist ja okay, aber hoffentlich hat er nicht auch den Charakter seines Vaters geerbt. Sie will künftig einige Monate im Jahr (sicher im Sommer, wenn es in Florenz grauslich heiß ist) in England verbringen. In London muss sie allerdings ins Hotel gehen (ist ihr, glaube ich, ohnedies lieber), die Stadtwohnung in Belgravia gehört ja nach wie vor Pat.

Den Verlust des Turners hat sie verschmerzt und den anderen Schinken weint sie sowieso keine Träne nach. Hauptsache, Rogers Malversationen (Florence wörtlich, klingt besser als Diebstahl und Betrügereien) werden nicht auch noch in den Medien breitgetreten. Es war für sie schon schlimm genug, dass man seine dubiose Rolle als Waffenlobbyist wieder aufgewärmt hat. Die Angelegenheit mit dem Weingut wurde ebenfalls in aller Stille bereinigt. Florence hat wieder die Leitung der Francini-Stiftung übernommen, weil der von Roger eingesetzte Vorstand geschlossen zurückgetreten ist.

Alles bestens, glaubst Du? Ein Happy End à la Hollywood? Leider nein. Seit gestern muss

Florence mit einem neuen Skandal leben, der ihr vielleicht mehr zu schaffen macht als Rogers Tod (wirklich getrauert hat sie um ihn ja nie, wie ich meine).

Scotland Yard hat nämlich die seit Jahren gesuchte „Rhinozeros-Bande“ dingfest gemacht. Die Gangster haben Nashorn-Hörner aus Museen, Sammlungen und Privathäusern in ganz Europa geraubt. Gleichzeitig hat es in New York eine Razzia im Lagerhaus eines Export-Import-Kaufmanns gegeben, wo man mehr als ein Dutzend dieser Hörner sicherstellen konnte.

Und jetzt halt Dich fest. Wer glaubst Du, ist dieser Kaufmann? Niemand anderer als unser Mister Kim Wang! Ich fand ja, dass er einer der nettesten auf meiner Tour war, aber Du warst ihm gegenüber von Anfang an skeptisch. Wen ich auch nicht mochte, das war dieser Kevin Middler, Du weißt schon, der unsympathische Fahrer. Den haben sie auch festgenommen.

Um es kurz zu machen: Wang hat die heiße Ware (so sagt man doch?) auf Yew Hall in Augenschein genommen und Middler hat sie tags darauf nach London gebracht. Als Plastik-Dekorationen deklariert, wurden die Nashorn-Hörner (ein schreckliches Wort, aber mir fällt kein besseres ein) in Containern eingeschifft, was zwischen dem exotischen Krimskrams niemandem aufgefallen ist.

Ein simpler Plan, perfekte Organisation und ein Millionengeschäft: Da kommt doch nur einer als Mastermind dafür in Frage – und dreimal darfst Du raten, wer.

Zu Lebzeiten hat sich Roger die Hände zwar oft genug schmutzig gemacht, aber letztlich ist er immer mit reiner Weste dagestanden. Florence hoffte, dass ihr Bruder auch diesmal schlau genug war, keine Spuren zu hinterlassen. Vergeblich. Der Earl of Wharvedale, dem kein weltliches Gericht mehr etwas anhaben kann (verzeih den Pathos, aber mir ist danach), wird als gemeiner Verbrecher in die Annalen eingehen. Als Schandfleck für seine Familie.

Aber es gibt doch so etwas wie eine Unschuldsvermutung, meinst Du? Abgesehen davon, dass die Bande – allen voran Kim Wang – versuchen wird, die Hauptschuld auf den toten Roger abzuwälzen, hält Scotland Yard einen eindeutigen Beweis in Händen. Woher ich das weiß? Von Florence natürlich.

Dass sie sofort Waterford in Trab gesetzt hat, kannst Du Dir vorstellen. Das Ergebnis der Akteneinsicht ist wenig tröstlich: Scotland Yard hat nach dem Mord auf Yew Hall in Rogers Arbeitszimmer ein Nashorn-Horn beschlagnahmt, das ziemlich genau vor einem Jahr geraubt wurde. Und was glaubst Du, wo?

Wetten, das errätst Du nie: aus dem Wiener Dorotheum! Ich wusste gar nicht, dass die dort mit so etwas überhaupt handeln. Dieses Detail wird in den englischen Medien wahrscheinlich untergehen, aber für uns Auslands-Wienerinnen ist es schon ein lustiges Zusammentreffen. Nein, lustig ist das falsche Wort, aber ich muss es stehen lassen. Wenn man mit der Hand schreibt, gibt es nun einmal keine Löschtaste. Vielleicht sollte ich besser sagen: Ironie des Schicksals? Passt auch nicht, denn bis auf mich hatte Roger eigentlich keinerlei Bezug zu Wien.

Wie auch immer, Florence hat mich am zweiten Weihnachtstag nach Yew Hall eingeladen. Was mich nicht nur persönlich freut, es geht auch um Berufliches. Sie will nämlich das – ich zitiere wörtlich – „bloody maze" mit Stumpf und Stiel ausreißen lassen. Statt des düsteren Eiben-Labyrinths soll etwas Heiteres, Fröhliches dorthin. Eine Anlage, die natürlich zum Stil des Barockgartens passen muss. Eine reizvolle Aufgabe für jede Gartenarchitektin, und wie Du Dir vorstellen kannst, ich habe da schon so einige Ideen ...

Maurizio wird auch da sein und ich werde mich sehr bemühen, dass man mir meine Aversion gegen ihn nicht anmerkt. Nur Charles werde ich leider nicht täuschen können, ihm entgeht nichts. Florence verlässt sich in allem und jedem auf ihn. Irgendwie kommt er mir inzwischen wie der heimliche Hausherr vor. Oder nein, auch das ist wieder nicht der richtige Ausdruck. Charles nimmt nur seine Aufgabe wahr, als Statthalter für den nächsten Earl of Wharvedale zu fungieren! Bis dieser alt genug ist, selbst auf Whiteberry Yew Hall das Szepter zu übernehmen. Habe ich das jetzt nicht schön gesagt?!

Er lässt Dich jedenfalls ganz herzlich grüßen, das hätte ich fast vergessen, Dir zu bestellen.

So, und jetzt ist es höchste Zeit, dass ich zum Schluss komme, sonst fällt mir die Hand noch ab.

Bestelle Giorgio bitte meine Weihnachtswünsche. Und Du fühl Dich bitte fest umarmt von Deiner

Feli

P.S.: Ich habe erst beim Durchlesen gemerkt, wie gut es mir tut, mir das alles einmal von der Seele zu schreiben. Es bringt nicht nur Ordnung in meine Gedanken, es ist auch so etwas wie eine Katharsis. Deshalb ein letztes – kleines – Geständnis. Etwas, worüber ich nur mit Dir reden kann.

Ich finde die Geschichte mit dem Rhinozeros-Horn aus Wien einfach großartig. Da jagt die Polizei in ganz Europa nach dem guten Stück – und Roger hängt es einfach als Schmuck an die Wand. Das passt so genau zu ihm: Diebesgut frech vor aller Augen zu präsentieren, was jeder andere verstecken würde. Und glaub mir, er hätte es urkomisch gefunden, dass ausgerechnet ein Nashorn sich rächen – und einem Ehrenmann nach seinen Tod noch das Genick brechen kann.

Auf seine Weise war Roger einzigartig. Ich vermisse ihn sehr.

**Ein herzliches Dankeschön**
**für Hilfe jeglicher Art an**

Reinhard Deutsch
Alwine Federico
Hans Haider
Rainer Prandtstetten
Ute und Herbert Schendl
Heinz Tomek
Ria und Wolfgang Wagner

... und last but not least
meine großartige Lektorin Linda Müller

**Edith Kneifl | Stefan M. Gergely**
Satansbraut
Ein Waldviertel-Krimi
Originalausgabe
208 Seiten, € 9.95
HAYMONtaschenbuch 163
ISBN 978-3-85218-963-5

Schauerlicher Mord im schönen Waldviertel: Ein junger Popstar wird unter einem Granitblock aufgefunden, splitternackt und tot. Drogenexzess? Selbstmord? Oder ist der Jüngling gar Opfer eines Triebtäters geworden? Eine Gräfin, ein Donaukapitän, ein Pfarrer und ein Arzt, das Quartett genannt, ermitteln in diesem mysteriösen Todesfall auf die ihnen eigene Weise: bei Essen, Wein und Kartenspiel ...

*Satansbraut* ist mit authentischem Lokalkolorit und viel Humor gewürzt, dazu mit einer Prise Mystik verfeinert. Angesiedelt im rauen Hochland zwischen Donau und tschechischer Grenze, sind tiefe Einblicke in die Abgründe der österreichischen Seele garantiert!

*„... ein umfassendes Lesevergnügen, das über das Gänsehautfeeling eines normalen Krimis hinausgeht."*
Buchkritik.at, Sabine Breit

**www.haymonverlag.at**

**Tatjana Kruse**
Grabt Opa aus!
Ein rabenschwarzer Alpenkrimi
Originalausgabe
224 Seiten, € 9.95
HAYMON taschenbuch 156
ISBN 978-3-85218-956-7

Tollpatsch Alfie erbt eine Pension in Tirol – und wähnt sich in der schönen, aber verschlafenen Touristengegend im Glück. Schön? Ja. Verschlafen? Mitnichten! Schon bald überschlagen sich die Ereignisse im Grenzgebiet zwischen Seefeld und Mittenwald, wo sich Österreicher und Deutsche gute Nacht sagen, und Alfie muss feststellen, dass seine Hausgäste alles andere als harmlos sind ... Tatjana Kruse, wie man sie kennt: schräg, schwungvoll, spannend und rabenschwarz.

*„Tatjana Kruse ist der Ladykracher unter den deutschen Krimi-Comedians: scharfsinnig, gut getimet, clever ausgetüftelt und einfach unsagbar komisch.“*
Focus

**www.haymonverlag.at**